KB125764

최후의 인간 2

옮긴이 **김하나**

이화여자대학교 법학과를 졸업했다. 번역그룹 섬돌에서 활동하며 e북 프로젝트
번역서 출간을 준비하고 있다. 귀촌 후 2차 창조 행위라 믿는 번역을 병행하며 소
설을 쓰는 중이다. 로알드 달과 마르셀 에메, 살만 루슈디와 미하엘 엔데 같은 이
야기꾼이 되고자 노력하고 있다.

최후의 인간 2

1판 1쇄 발행 2014년 7월 10일

지은이 메리 셸리
옮긴이 김하나
펴낸이 김찬

펴낸곳 도서출판 아고라
출판등록 제2005-8호(2005년 2월 22일)
주소 경기도 파주시 와석순환로 347 101동 504호
전화 031-948-0510
팩스 031-948-4018
홈페이지 www.agorabook.co.kr

ⓒ 아고라, 2014
ISBN 978-89-92055-47-5 04840
        978-89-92055-45-1 04080(세트)

* 책값은 뒤표지에 있습니다.

아고라 재발견총서
Rediscovery 002

최후의 인간 2

메리 셸리 장편소설 | 김하나 옮김

AGORA

차례

———

제3부 149

옮긴이 후기 409

1권

저자 서문

제1부

제2부

———

5장

재앙으로 인해 질서가 깨지기 시작했다. 대기를 다스리는 바람은 그의 왕국에서 맹위를 떨쳤고, 바다를 후려치며 격노하게 만들었으며, 그에게 저항하는 땅 위의 존재를 진압하여 굴복케 했다.

신은 높은 곳에서 분노를 땅으로 내려보냈고,
기아와 역병의 더미 속에서 사람들은 죽어갔다.
신의 노여움을 인간들이 능욕하자 신은 직접 이 땅에 내려와
어마어마한 무리의 인간들 위에 자리 잡고, 그들의 휘청거리는
벽을 깨부수었다.
바다를 누비는 그들의 병사들을 포위하고,
땅의 중심에 솟은 산을 들어 그들에게 내리쳤다.
(헤시오도스의 서사시에서 인용한 것이다―옮긴이)

그 지독한 위력은 번창하던 남쪽 국가들을 쑥대밭으로 만들었고, 겨울이 되자 북쪽에 위치한 우리도 두려움에 떨기 시작했다.

태양이 바람보다 세다고 했던 우화는 온당치 못하다. 잠들어 있던 바람이 동쪽에서 깨어났을 때, 밝은 땅과 따뜻한 공기, 햇볕을 쬐고 있던 자연에 짙은 어둠이 드리우며 차갑게 식어가는 것을 느껴보지 못한 이가 어디 있단 말인가? 또는 두터운 먹구름이 하늘을 가리고 비를 내려 젖은 대지가 빗물을 빨아들이지 못하고 웅덩이를 만들 때, 한낮에 피워 올린 횃불이 유성처럼 희미하게 일렁이다 이내 꺼지고 말던 그때, 북쪽으로 모여들어 생겨난 거대한 구름이 휘몰아치는 바람에 떠밀려 하늘의 입구를 만들어내는 것을 보지 못한 이가 어디 있단 말인가? 두텁던 구름층도 조금씩 얇아지기 시작했다. 여전히 둥근 구름들이 계속해서 생겨나고 있었지만, 하늘은 구름의 장막을 거두었고, 태양은 빛을 발했으며, 선선한 바람으로 세상은 다시 활기를 띠기 시작했다.

아, 바람이여! 자연의 권능을 대리하는 다른 무엇보다도 강력한 그대가 옥좌에 올라야 마땅하다. 그대가 이 땅을 파괴하기 위해 동쪽에서 나타나든, 미물을 껴안고 서쪽에서 나타나든, 구름은 그대에게 복종하리라. 태양도 그대에게 굴종하리라. 드넓은 바다도 그대의 노예일지니! 그대가 휩쓸고 간 이 땅은, 오크 나무들은, 이 시대는, 그대가 휘두르는 보이지 않는 도끼에 무릎을 꿇을 것이다. 알프스 정상에 흩날리던 눈이 쌓여가는 것도, 우레와 같은 눈사태로 정상에 쌓였던 눈이 계곡으로 떨어지는 것도 모두 그대의 힘이라. 서리가 끼게 하는 힘의 열쇠를 그대가 지니고 있으며, 개울을 묶고 풀어주는 것 또한 그대의 힘이라. 그대의 너그러운 치하에서 꽃봉오리가 움트고 잎이 돋아나는 것이며, 이 땅이 번창한다면 그대가 돌보아주는 덕택일 것이다.

아, 바람이여! 그런 그대가 왜 이토록 울부짖는 것인가? 넉 달이란 긴 시간 동안 밤에도 낮에도 그대의 으르렁거림은 멈추질 않았네. 파도는 산산이 부서지고, 배가 항구에 들어설 수 없게 되었네. 이 땅은 그대의 뜻에 따라 아름다움도 저버렸어. 대기가 동요해서 열기구도 띄울 수 없다네. 그대가 다스리는 구름은 이 땅에 폭우를 퍼부었고, 강들은 강둑을 무너뜨려버렸어. 거친 급류가 산길을 갈가리 찢어놓고, 푸르던 평원과 숲 그리고 계곡들은 사랑스러움을 빼앗겨버렸지. 우리의 마을들도 그대에 의해 엉망진창이 되어버렸네. 아아! 이제 우리는 어떻게 되는 것인가? 마치 바다의 거대한 해일이, 어마어마한 그 팔뚝으로 영국이란 섬을 뿌리부터 뒤흔들고 있는 것 같네. 그리고 이 땅을 대서양의 한가운데에 내리꽂아 산산조각을 내려는 것 같아.

무한한 이 세상에 살고 있는 우리 인간들은 대체 어떤 존재일까? 우리의 마음은 세상의 무한함을 온몸으로 껴안고 있다. 눈으로 볼 수 있는 우리의 존재는 우주에서 그저 소소한 사건의 일부일 것이다. 날이 갈수록 우리는 이 사실을 믿을 수밖에 없게 된다. 이 혼란 속에서 상처 입은 자나 우리 주위의 적대적인 환경 속에서 사라진 그 누군가와 나는 똑같은 존재다. 나 역시 동일한 법칙에 따라야 하는 생명일 뿐이다. 이런 상황에 직면한 우리는 우리가 만물의 주인이며, 만물을 다스릴 권리가 있고, 심지어 삶과 죽음조차 결정할 수 있다고 자평했던 우리의 오만함을 변명해야 했다. 개인들은 파멸한다 해도, 인류는 영원히 살아남아야 하니까.

우리의 정체성을 잃어가면서도, 우리는 인류가 계속해서 살아남아왔다는 영광스러운 사실을 인지하며, 두려움 없이 죽음을 대하는 법을 습득했다. 하지만 우리가 좌우할 수 없는 외부의 힘에 의해 인류가 파괴의 제물이 되어가는 동안, 인간은 하찮은 존재로 전락할 수밖에 없었다. 이제 개인은 삶에 대해 자신할 수 없으며, 후손이 세상에 존재할 거라는 확신도 가질 수 없게 되었다.

나는 그리스에서 불의 파괴력을 경험한 뒤로 화로에 있는 작은 불꽃까지도 두려워하게 되었다. 엄청난 화염이 건물을 휘감고, 그로 인해 거대한 건물이 산산조각 나는 것을 목도하지 않았던가. 그 광경은 불이 자신의 앞길을 가로막는 것은 무엇이든 굴복시킨다는 것을 보여주었다. 그 엄청난 힘의 먹잇감이 되는 대신, 우리가 그것의 필수적인 부분이 될 수 있을까? 우리가 그 거친 짐승을 길들이고, 그것의 성장과 완성을 두려움 없이 마주할 수 있을까?

우리가 사는 지역에서도 수많은 얼굴을 가진 죽음이 천천히 걸음을 내딛었고 우리는 전염병에 대해 생각하기 시작했다. 우리는 여름이 다가오는 것이 두려웠다. 감염자가 생긴 국가의 마을들은 이미 폐쇄되었다지만, 우리는 안전을 보장하기 위해 대처 방안을 진지하게 모색하는 중이었다. 교역으로 살아가는 우리로서는 신중한 태도를 취하는 것이 가장 중요했다. 무엇보다 시급한 것은 감염이 어떤 식으로 이루어지는지에 관한 의문을 푸는 것이었다.

문제의 역병이 접촉을 통해 전염되는 성홍열이나 멸종된 천연

두 같은 일반적인 감염 방식을 따르지 않는다는 것은 이미 입증된 사실이었다. 이 병이 급속히 확산되는 전염병이라고 불리고 있긴 했지만 말이다. 어떻게 전염이 이루어지고 어떤 식으로 확산되는지가 가장 큰 의문이었지만, 우리는 해답을 찾지 못하고 있었다. 발진티푸스가 연안항으로 입항한 배에 의해 유입되었다고 치자. 그럼 우리는 그 병인을 들여온 사람들이 마을 사람들에게 접근하지 못하게 하면 된다. 하지만 이 역병의 경우 원인을 알 수 없었다. 공기를 통해 감염되는 게 아닐까 싶었지만, 그렇게 단언할 만한 근거가 없을뿐더러 그렇다면 감염을 막을 방법이 없었다. 공기를 통한 것이라면 막을 수도 없거니와, 병이 퍼지지 않은 다른 마을조차 안전하다고 할 수 없을 것 아닌가? 우리가 이런저런 방법을 통해 병을 아흔아홉 번 피한다 해도 결국 백 번째에 치명타를 맞게 될 것이 분명했다. 인간의 신체란 질병의 감염을 막고자 하는 면역력이 있기 마련이지만, 그래도 감염이 되는 경우가 있기 때문이다. 이런 의견들로 인해 의원들은 강제력이 있는 법률을 입안할 수 없었고, 그 어떤 노력과 대책도 불필요하다는 이유로 제외시킬 수 없었다. 섣불리 기회를 잃는 일이 생길지도 모르기 때문이었다. 그 사이에도 질병은 빠르고 맹렬하게 확산되고 있었다.

이런 골치 아픈 고민들이 우리의 머리를 짓눌렀으나, 우리는 그것이 위급하고 본질적인 문제라고 생각하지는 않았다. 영국은 여전히 안전지대였기 때문이다. 프랑스와 독일, 이탈리아와 스페인도 아직은 문제가 없었다. 우리와 역병 사이에 세워진 벽이 건재했다. 우리의 선박들이 거인국 사람들에게 농락당하는 걸리버

신세와도 같이 바람과 파도에 시달리고 있어 걱정이긴 했지만, 생명의 위험은 없었다. 우리는 두려워할 필요가 없었고, 두려워하지도 않았다. 물론 충격을 받기는 했다. 모든 이들이 숨이 멎을 정도로 놀라워했으며, 인류가 겪고 있는 수난에 고통스러워했다. 자연은 자애로운 어머니가 아니었던가. 그랬던 자연이, 늘 곁에서 벗처럼 위안을 주던 자연이, 우리를 위협하고 있었다. 우리는 자연이 이제껏 힘을 억누르며 스스로를 내주고 있었다는 걸 깨달았다. 자연이 가진 진정한 힘은 우리가 두려워해야 마땅한 것이었다. 자연이 손가락만 까딱해도 우리는 벌벌 떨어야 했다. 자연이야말로 전세계의 주인이었다. 산으로 주위를 둘러싸고, 공기로 세상을 옭아매며, 인류의 생존을 쥐락펴락할 수 있는 것도 자연이었다. 자연은 그 힘으로 인간들이 무언가를 만들어내게 할 수 있었고, 자신이 원하는 바를 이룰 수도 있었다. 자연이 자신이 손에 쥐고 있는 이 세상을 생명이 말라버린 먼 우주로 집어던지면, 인류는, 그리고 인류의 모든 노력은 영원히 사라질 것이다.

이런 생각들이 사람들 사이에 널리 퍼졌지만, 우리는 걸음을 멈추지 않았다. 매일 한 걸음씩 내딛으며 계속해서 전진하고 있었다. 우리가 목표로 삼은 곳에 다다르기까지는 굉장히 오랜 시간이 필요할 테지만 말이다. 우리에게 그 자리에 멈추라는 계시가 없었지 않은가! 무역 루트 같은 국외 문제가 우리를 곤욕스럽게 하고 있었지만, 대책을 마련하려는 노력도 진행되고 있었다. 이민자들과 무역 실패로 파산한 상인들을 위한 모금도 그 중 하나였다. 영국인의 정신이 깨어났고, 언제나 그랬다는 듯 자연의 위협에 항거하며 맞섰다. 그 끝에 이제껏 경험해본 적 없는 혼돈과 죽음이 있을지라도 기필코 이겨내겠다는 분연한 의지였다.

여름이 되자, 먼 나라들이 입은 피해가 우리가 생각했던 것보다 더 막대하다는 것이 느껴졌다. 에콰도르의 수도인 키토는 지진으로 파괴되었다. 멕시코는 엄청난 폭풍의 영향으로 무너지고 말았다. 수용 불가능한 어마어마한 수의 이민자들이 서유럽으로 몰려들었다. 우리의 섬나라 영국도 이재민 수천 명의 피난처가 되었다. 그 사이 릴랜드가 호국경으로 선출되었다. 그는 귀족들이 누리는 특권을 축소시키려는 일념으로 그 자리에 오르기를 오랫동안 갈망해왔던 인물이다. 하지만 우리에게 닥친 새로운 상황들이 그의 계획을 방해했다. 많은 외국인들이 극심한 빈곤에 시달렸으며, 이민자들이 기하급수적으로 증가한 탓에 국력 회복은 아예 불가능해졌다. 미국, 인도, 이집트, 그리스와 같은 국가들과의 무역도 모두 중단되었다. 우리의 일상이 갑작스럽게 깨져버렸다. 하지만 우리의 호국경과 그의 당원들은 이 진실을 숨기려 했다. 변화를 체감하는 시민들에게는 무의미한 시도였지만 말이다. 무의미하게도 날마다 릴랜드는 지위와 특권의 세습에 관한 안건을 발의했고, 무의미한데도 그는 자연의 위협이 일시적일 뿐이라고 사람들을 납득시키려 노력했다. 이것도 하나의 재앙이라면 재앙이었다. 이런 상황이 상인들을 통해 수많은 사람들에게 퍼져나갔고, 다양한 조직의 모든 계급 사람들이 당면한 문제에 대해 인식하기 시작했다. 가장 큰 문제는 바로 호국경과 그의 지지자들이라는 것이었다. 사람들은 그들을 외면해야 한다고 생각했다.

자연의 혼란으로 인해 모든 나라와 민족들이 무너지고 있다는 것이 사실일까? 충격에 빠진 사람들이 그 소식을 서로에게 확인하는 모습이 과연 현실이란 말인가? 미국의 거대한 도시들도, 힌두교도들이 살고 있는 인도의 비옥한 평원도, 엄청난 인구를 가진 중국도 모두 폐허가 되어버렸다. 얼마 전까지 진기하고 값비싼 것들이 바쁘게 거래되던 그곳에서 이제 탄식과 절망의 소리만이 들려왔다. 대기는 오염되었고, 인류는 죽음을 들이마셨다. 젊은 사람이든 늙은 사람이든, 건강한 사람이든 병약한 사람이든, 모든 이의 소망은 한결같았다. 우리는 1348년, 인류의 3분의 1을 죽음으로 몰아넣은 그 끔찍한 역병을 떠올렸다(14세기 중반에 유럽을 휩쓴 흑사병을 뜻한다—옮긴이). 아직 서유럽에는 전염병이 침투하지 않았지만, 앞으로도 계속 그럴 수 있을까?

오! 당연히 그럴 수 있습니다. 동포여, 두려워하지 마십시오! 미 대륙의 넓은 황야를 보십시오. 이 역병이 다른 거대한 재난들과 무엇이 다르단 말입니까! 회오리바람과 지진, 사막의 모래폭풍과도 다를 바가 없습니다. 태어난 곳만 다를 뿐, 그들은 모두 형제나 다름없습니다. 태양이 낳아서 열대 지방이 기른 이 역병은, 우리의 기후에서는 살아남지 못할 겁니다. 그것은 남쪽 흑인들의 검은 피를 빨았지만, 켈트 족의 후예인 백인들까지 포식하지는 못할 겁니다. 감염된 아시아인을 통해 우리 사이로 침투할지도 모르지만, 역병은 숙주와 함께 운명을 다할 게 분명합니다. 우리를 마주치지도 못하고, 우리를 해하지도 못할 겁니다. 우리는 죽어간 다른 이들을 위해 눈물 흘리기만 하면 됩니다. 우리가 그 재앙을 경험할 일은 없을 테지만. 이 땅의 죽어간 아이들을 비통해 하고, 남은 아이들을 돌봐줍시다. 얼마 전까지 우리는 그들의 땅을, 그들의 흥미로운 숲을, 비옥한 평원과 넘치는 사랑스러움을 부러워하기도 했습니다. 하지만 언젠가 죽어야 할 우리네 삶이란 늘 이렇게 극단적이지요. 장미에는 가시가 자라고, 독성을 지닌 나무와 계피나무는 서로 가지를 얽곤 하는 법입니다. 황금을 껴입은 나라, 대리석으로 치장하고 무한한 부를 지녔던 나라 페르시아는 이제 무덤이 되었습니다. 아랍인들의 천막은 모래 위에 스러졌고, 그들의 말들은 굴레를 벗고 안장도 떼어낸 채 발만 구르고 있어요. 울음소리가 카슈미르의 골짜기를 채웁니다. 그곳의 계곡과 숲, 시원한 분수와 장미 정원마저도 죽음으로 더럽혀졌습니다. 아름다운 체르케스와 조지아도 우아한 신전이 파괴된 것에 눈물을 떨굴 뿐입니다.

호혜무역이 이루어지고 있었다는 건 날조된 소문일 뿐이었다. 우리의 곤경은 나날이 증가하고 있었다. 수출에 의존해 부를 쌓던 자본가들과 상인들, 공장주들은 모두 파산에 직면했다. 그런 일이 단 한 번만 일어났다면, 그 영향은 그저 관련인들 일부에게만 미쳤을 것이다. 하지만 파산하는 자들은 계속해서 늘어났고, 손실도 커져감에 따라, 국가의 미래마저 흔들리고 있었다. 부유하게 태어나 호화롭게 살던 가족들은 거지 신세가 되었다. 자랑스럽게 여기던 평화도 언제 깨질지 모르는 위태로운 상황에 놓여 있었다. 게으른 사람을 고용할 여유가 없었고, 인구가 넘쳐도 국외로 내보낼 수 없었다. 엎친 데 덮친 격으로 식민지의 자원마저 고갈되었다. 뉴홀랜드(오스트레일리아의 옛 이름—옮긴이)나 반 디멘의 나라 네덜란드, 남아프리카의 케이프 주까지 역병에 휘말렸다. 아! 이 끔찍함을 몰아내고 전처럼 생기가 감도는 땅으로 되돌려줄 약은 없는 것인가!

릴랜드는 강인한 정신력을 가진 사람이었으며, 일반적인 사안에 있어서는 신속하게 합리적인 결정을 내릴 줄 아는 자였다. 하지만 우리를 둘러싼 어마어마한 일들 앞에서 그 또한 그저 경악할 수밖에 없었다. 그가 상인들을 원조하기 위해 지주 측에 세금을 물려야 할까? 그렇게 하기 위해선 먼저 귀족인 영주들의 마음을 얻어야 할 것이다. 그가 적이라고 맹세했던 귀족이긴 하지만 말이다. 그러려면 그는 평등을 지향하려던 계획을 포기하거나 그들에게 숨겨야 할 것이다. 또한 그들의 영지에 대한 권리를 보장해주어야 한다. 일시적인 국가의 안정을 위해, 영구적인 선을 이루려던 계획을 팔아넘기는 것과 같다. 그는 본래 이루려던 것을 더 이상 진행시킬 수 없을 것이다. 자신의 무기를 한편으로 치워버리고, 현재를 위해 자신의 노력이 향하던 궁극적 목표를 포기해야 한다. 그는 우리와 이 일을 상의하기 위해 윈저로 찾아왔다. 하루하루가 지날수록 난관은 커지기만 했다. 매일 이민자들을 태운 배들이 도착했고, 모든 교역은 중단되었다. 호국경 궁 주위로 몰려든 빈민들은 그 수가 어마어마해서 손도 쓸 수 없는 상황이었다. 결국 릴랜드는 결단을 내렸다. 귀족들은 바라던 것을 모두 얻고 약속한 대로 열두 달 치 세금을 납부했다. 장부에 기입된 금액의 20퍼센트를 추가로 얹어주면서 말이다.

절망의 나락으로 내몰렸던 도시들이 다시 고요해졌고, 런던도 어느 정도 정상화됐다. 우리는 다시 먼 곳에서 일어나고 있는 재난으로 관심을 돌려, 앞으로 상황이 나아질지를 주시했다. 때는 8월이었고, 뜨거운 열기 속에서 희망을 찾기는 어려웠다. 한편 역병은 사람들의 굶주림을 원군 삼아 힘을 키우고 있었다. 수천 명이 슬퍼해주는 사람조차 없이 죽어갔다. 송장 곁에서 눈물을 흘리던 사람들도 얼마 지나지 않아 시체가 되어 울음을 멈췄다.

그 달 18일, 프랑스와 이탈리아에서도 전염병 환자가 발생했다는 소식이 런던에 도착했다. 이 소문은 처음에는 속삭임으로 전해졌다. 감히 누구도 이 소식을 큰 소리로 입밖에 내지 못했다. 거리에서 친구를 마주친 사람들은 황망해 하며 말했다.

"자네도 들었지!"

그러면 상대방도 마찬가지로 두려움에 찬 목소리로 대꾸했다.

"우리는 어떻게 되는 걸까?"

이 소식은 신문 지면상 눈에 잘 띄지 않는 부분에 실리긴 했지만 결국 기사화됐다.

"이런 소식을 전하게 되어 유감이지만 다음 사건이 사실임에는 의심의 여지가 없다. 이탈리아의 리보르노, 제노바, 그리고 프랑스의 마르세유까지 전염병에 노출되었다."

잇따르는 설명은 없었다. 더 이상의 내용은 독자 각자의 몫이었다. 우리는 마치 우리 집에 불이 났다는 얘기를 들은 사람 같았다. 불이 난 곳이 우리 집이 아닐 거라는 일말의 희망을 가진 채 거리를 내달려 모퉁이를 돌아섰는데 우리 집 지붕이 화염에 휩싸여 있는 모습을 보게 된. 서유럽도 전염병으로부터 안전하지 못하다는 말은 그때까지 뜬소문으로 치부되었다. 하지만 지울 수 없는 활자로 인쇄되고 난 뒤, 그것은 소문이 아니었다. 부정할 수 없는 진실이었다. 그렇게 진실은 상황을 진전시킨다. 모호함이란 오히려 스스로를 더욱 부각시키는 법이다. 두려움에 떠는 독자들에게는 신문의 작은 활자가 매우 거대하게 느껴졌다. 결론을 내지 않은 문장은 독자의 시선을 잡아끌며 더 큰 두려움을 안겨주었다. 그 기사는 철로 만들어진 펜으로 새겨져, 불로 지지고 구름으로 짜깁기하는 과정을 통해 하늘에 인장처럼 남겨진 것 같았다.

여행이나 거주의 목적으로 해외에 나갔던 수많은 영국인들이 귀국했다. 이탈리아 사람들과 스페인 사람들도 함께 입국했다. 우리의 조그만 섬은 몰려든 사람들로 터져나갈 것 같았다. 과도한 인구 증가에 있어 가장 먼저 두드러진 것은 이민자 문제였다. 그들은 영국에 거주하기 위해 가진 돈을 소비했지만, 영국에서 돈을 벌 수 있는 방법은 없었다. 여름이 계속되는 동안 사회적 불안은 점점 더 커져갔다. 이민자들의 집세가 밀리고 있었지만, 그들의 고국에서는 더 이상 송금이 되지 않았던 것이다. 얼마 전까지 호화로운 생활을 누리던 그들에게 누구도 도움의 손길을 뻗지 않았고, 그렇게 수많은 사람들이 비참한 죽음을 맞아야 했다. 18세기 영국은 이민자들의 조국에서 정치적 분쟁을 일으킬 것을 염려해 그들에게 상점을 개방하는 등의 호의적인 태도를 보였다. 하지만 지금 그들을 도와야 할 조국은 확산되는 재난의 희생자일 뿐, 그들에게 어떠한 도움도 줄 수 없었다. 에이드리언과 내게도 많은 외국인 친구들이 있었다. 우리는 그들을 백방으로 수소문하여 작은 도움이라도 주기 위해 애썼다. 우리의 성은 불행한 자들을 위한 수용소가 되어갔다. 홀에만 몇 명이 묵고 있을 정도였다. 초반에만 해도 에이드리언은 성을 찾아온 사람들에게 무엇이든 아낌없이 베풀었다. 하지만 상황이 심각해지며 에이드리언도 달라졌다. 그는 인색하다고 느껴질 만큼, 성에 머무르는 사람들에게 대가를 요구했다. 자신의 이익을 위해서가 아니었다. 오직 더 많은 사람들을 도울 수 있기를 바랐기 때문이었다. 꼭 돈 문제라고 할 수는 없었다. 물론 일부는 그렇기도 했지만, 돈보다는 생활에 필요한 것들을 얻기 힘들어졌다는 게 더 큰 문제였다. 당장 해결책을 찾기란 힘들었다. 식품의 공급도 완전히 중단되었다. 아무리 큰돈을 주어도 상점에서 구할 수 있는 게 없었다. 그런 시급한 상황에서 우리가 성에 머무르는 사람들에게 먹을 것을 제공하기 위한 방법은 하나뿐이었다. 성의 아름다운 정원을 밭으로 이용하는 것 말이다. 우리는 아끼던 땅을 쟁기와 곡괭이에 내어줘야 했다. 그리고 모든 인력을 동원해 밭을 갈고 씨를 뿌렸다. 국고에 비축되어 있던 물품들도 이미 동이 난 상태였기에 지원을 요청할 수조차 없었다. 피난민들을 위해서 우리는 기르던 사슴도 희생시켜야 했다. 세상에 다시 문명이 깃들려면, 해고 노동자들의 재고용과 식료품의 공급이 반드시 필요했다.

에이드리언은 잠시도 쉬지 않았다. 그가 유일하게 휴식을 취할 때는 자신이 가진 것을 어떻게 이용해야 할지 머리를 싸매고 궁리할 때뿐이었다. 그는 직접 자본가들을 만나기도 했다. 그리고 의회에 참석해 부유한 자들에게 유리한 조건을 적정한 수준으로 낮추자고 건의하기도 했다. 그의 간청과 훌륭한 웅변은 차마 거부할 수 없는 것이었다. 그들은 떨떠름한 기색을 숨기지 않았지만, 어쨌든 에이드리언의 말에 따라 경작을 위해 땅을 내어주고, 과시용으로 키우던 말들을 처분했다. 귀족들이 선뜻 응하지 않은 탓에 결정이 조금 지연되기도 했지만, 이는 그저 열의가 부족한 귀족 특유의 기질 탓이었다. 결국 모두가 그의 말에 동참했다. 동포들의 절망스러운 상황이 확연히 두드러지자, 평소라면 상상도 하기 어려웠을 모습으로 적극적인 행보를 보이기도 했다. 사실 호화스러운 삶과 사치란 귀족들에게 당연한 것이었다. 평소 같았다면 사교계가 들썩였을 것이다. 하지만 이제 변화가 시작되었다. 명문가의 숙녀들은 필수품으로 여겨왔던 마차를 멀리하게 되었다. 명예를 더럽히는 사치라고 생각하게 된 것이다. 의자로 쓰이던 옛 인도식 가마는 노인들과 병자들에게 주어졌다. 여전히 여가를 즐기기 위해 사교계에 나서는 사람들이 많았지만, 이제 대부분의 귀족들이 마차 대신 두 발로 연회장을 찾았다. 지주들이 자신의 땅을 사람들에게 제공하는 것은 일반적인 모습이 되었다. 영주들은 궁핍한 병사들에게 숙소를 지을 땅을 빌려주었고, 공들여 가꾼 화단과 정원을 절박한 가족들에게 내어주었다. 고국에서 높은 지위였을 외국인들도 손에 괭이를 들고 흙으로 돌아섰다. 영국인이 베풀었던 모든 것이 피난민들에게 절실했다는 것은 한눈에 봐도 알 수 있었다. 비록 내어준 것들을 영원히 돌려받을 수 없게 된다 해도, 이기적인 태도로 자신과 같은 인간을 곤경에 빠뜨리는 게 옳지 않음을 누구나 절절히 느끼고 있었다. 물론 그 상태가 계속될 공산은 거의 없었다. 이제까지의 경험상 역병의 전염도 1~2년 안에 멈출 게 분명했다. 그렇기에 우리에게는 지켜야 할 것이 있었다. 훌륭한 품종의 망아지를 섣불리 식량 삼지 않아야 했고, 무엇보다 나라의 자랑인 관대함을 유지해야 했다.

우리의 박애정신이 이토록 깊다는 것을 깨닫기 전까지, 우리가 처한 상황은 끔찍하게만 여겨졌다. 이제 병은 프랑스 남부 지역으로 번지고 있었다. 하지만 그 지역은 경작에 유리한 곳이었기에 이민자들로 인구가 증가했다 해도 식량을 공급하는 것이 우리보다는 덜 난감했을 것이다. 가장 큰 문제는 질병이나 그에 수반되는 증상들보다, 충격으로 인해 벌어지는 사회적 갈등들이었다.

겨울이 오자 사람들은 기쁨의 환호성을 질렀다. 겨울이야말로 최고의 의사였다. 숲은 갈색으로 물들었고, 강물은 불어났으며, 저녁에는 안개가, 새벽에는 서리가 끼었다. 이런 자연의 섭리에 사람들은 감사한 마음마저 가졌다. 세상을 정화시키는 추위의 효과가 즉시 나타났다. 해외에서도 사망자의 수가 매주 급격히 감소하고 있다고 했다. 영국에 머물던 외국인 체류자들 중 많은 수가 고국으로 돌아갔다. 남쪽 나라에 비해 추운 영국에서 재난을 피한 그들은, 재앙이 주춤하는 틈을 타 고향에 남겨진 이들을 돌보기 위해 귀국을 서둘렀다. 우리의 숨통도 트였다. 다가올 여름이 무엇을 지니고 올지는 알 수 없었다. 하지만 적어도 현재는 우리의 것이었기에, 우리는 마음껏 소원을 빌었다. 전염이 멈추기를 바라는 우리의 소망은 더없이 높은 곳까지 피어올랐다.

6장

　나는 한참을 강둑에 앉아 죽음의 그림자와 노니는 인생의 강물
이 모래톱을 쓸어내리는 모습을 바라보았다. 희망이 존재했기에
행복했던 지난 시절을 되돌아보며, 오랜 시간 마음을 다독였다.
왜 그런 시간은 영원할 수 없는 것일까? 내가 불사의 존재가 아니
라서? 지난 세월이 내 삶의 한계를 혼란스럽게 헝클어놓았지만,
나를 회상에 젖게 만들었던 감정이 머뭇거리는 나를 재촉한다.
뜨겁게 요동치던 심장이 나로 하여금 자리를 잡지 못하고 헤맸던
어린 시절과 평화롭던 청년기에 대해 기록하게 만들었다. 나는
달궈진 가슴으로 영혼의 열정을 써내려왔다. 그와 같은 갈망이
지체되는 내 작업에 박차를 가한다. 나는 모든 것을 글로 남기기
로 다짐했다. 이 일을 마쳐야만 한다.
　익히 언급했던 것처럼, 지금 내 곁으로 수년간 흘러왔을 강물
이 순식간에 스쳐지나가고 있다. 강물을 바라보니 마지막 항해가

떠오른다. 돛을 활짝 펴고 노를 힘껏 젓던 나는, 어두운 색의 바위 덩어리를 서둘러 피하자마자 급류에 휩쓸렸다. 정신을 차렸을 때 나는 적막한 바다에 도착해 있었다. 하지만 이것은 나중 일이다. 내가 도착한 그 해안에 대해 설명하기 전에, 그 사이 있었던 일을 먼저 설명해야 한다. 한 번 더, 한 번만 더, 2094년 나의 집 윈저에 있던 내 모습을 그려보고 싶다. 눈을 감으면 풍성한 오크 나무의 가지들이 햇빛을 가리며 내게 그늘을 만들어주던 모습이 떠오르고, 윈저의 성벽이 손에 잡힐 듯 생생하게 느껴진다. 6월 20일, 그 기쁨으로 가득했던 순간을 묘사하자니 가슴이 아려온다.

이런저런 연유로 나는 런던으로 불려가게 되었다. 그곳에서 나는 시내 병원들 곳곳에서 전염병 증상이 발견되고 있다는 소식을 듣게 되었다. 윈저로 돌아왔을 때 내 얼굴엔 수심이 가득했고, 마음은 무거웠다. 나는 늘 그랬던 것처럼 윈저의 프로그모어 문에 있는 작은 정원을 통해 성으로 갔다. 그곳에서는 감자와 옥수수 등의 작물이 재배되고 있었고, 나무 위에서는 까마귀 떼가 목청을 높였다. 까마귀들의 쉰 목소리에 섞여 멀리서 음악 소리가 들려왔다. 그날은 내 아들 알프레드의 생일이었다. 이튼 학교에 다니는 학생들과 이웃 신사들의 아이들을 비롯해 마을 사람 모두가 모여 한바탕 축제를 벌이고 있었다. 정원에는 형형색색의 천막들이 설치되어 있었다. 축제 깃발과 다채로운 천막이 햇빛 아래에서 펄럭이며 흥겨움을 더해주었다. 테라스 아래에는 단이 설치되었고, 그 위에서 여러 명의 아이들이 모여 춤을 추었다. 나는 나무에 기대서 그들을 지켜보았다. 베버가 동양적인 분위기로 작곡

23

한 단막 오페라 〈아부 핫산〉이 흘러나왔다. 변덕스러운 그 곡조는 춤을 추는 아이들의 발에 날개를 달아주었고, 지켜보는 사람들까지 저도 모르게 리듬에 몸을 맡기게 만들었다. 그 경쾌한 스텝이 처음에는 나의 기분도 들뜨게 만들어 나는 잠시 그들의 춤사위를 즐겁게 바라보았다. 하지만 역겨운 생각이 예리한 칼날처럼 내 가슴 깊숙이 파고들었다. 너희 모두 죽을 것이다, 너희의 무덤이 이미 너희 주변에 만들어져 있다, 너희는 민첩함과 강인함을 선사받았으니 살 수 있으리라 믿고 있을 것이다. 하지만 진실로 부서지기 쉬운 것은 '굴복하는 살덩이'인 육체다. 그것은 삶을 가두는 관과 같다. 녹아내릴 은줄이 너희를 옭아맬 것이다. 육신의 우아한 몸짓을 마차 삼아 기쁨을 찾아 헤매는 영혼이 불현듯 이상한 낌새를 알아차릴 것이다. 하지만 미처 피하기도 전에 육신이란 마차의 차축이 빠지고 용수철과 바퀴가 먼지 속에 녹아내릴 것이다. 아! 운명에 가로막힌 인간들이여. 너희 중 누구도 빠져나갈 수 없다. 누구도! 내 사람들조차도! 나의 아이드리스와 아이들조차도! 공포와 절망만이 모두를 휩싸게 될 것이다! 흥겹던 춤사위가 사라졌지 않은가. 주위에 펼쳐진 풀밭은 송장과 같다. 파란 하늘에 죽음의 악취가 진동한다. 너희 클라리넷은 비명을 질러라! 너희 트럼펫은 소리 높여 울부짖어라! 장송곡 위에 장송곡을 쌓고, 서글픈 곡조를 깨워라! 대기는 끔찍한 통곡으로 일렁이게 하고, 거친 불협화음이 바람의 날개를 타고 돌진하게 하라! 나는 그 소리를 들었다. 인류에 대한 애정으로 이 땅을 지키던 수호천사들이 임무를 마치고 서둘러 세상을 떠나는 것을. 구슬픈 가락으로 온 세상에 작별을 알리는 것을……. 나는 서글픔에 눈을 감았지만, 꼴사납게 흐느끼는 사람들의 환영이 내 눈꺼풀을 들어올렸다. 하지만 눈을 떠도 마찬가지였다. 비탄에 잠긴 얼굴들이 온 세상에 가득했다. 그리고 그 얼굴들은 내 주위로 빠르게, 더 빠르게 스쳐지나갔다. 모든 얼굴에는 처참함이 새겨져 있었다. 환상이 실제의 형상을 일그러뜨리며 익숙한 얼굴을 만들기도 했다. 어디까지가 현실이고 어디까지가 허상인지 알아차릴 수 없었다. 잿빛의 레이먼드와 창백한 퍼디타가 서로 마주보고 앉아 슬픈 미소를 지었다. 죽음으로 얼룩진 에이드리언의 얼굴이 그 사이를 지나갔다. 기력을 잃고 눈을 감은 아이드리스는 검푸른 입술로 커다란 무덤에 미끄러져 들어가고 있었다. 혼란은 점점 더 커져갔다. 그들의 서글픈 모습은 역겨운 익살로 변해갔다. 모두가 음악에 맞춰 고개를 끄덕였고, 음악에 맞춰 나는 점점 미쳐갔다.

내가 느끼고 있는 감정이 광기에 가깝다는 걸 알아차린 나는, 그 기분을 떨쳐내려 앞으로 달려나갔다. 아이드리스가 군중들을 뚫고 달려가는 나를 발견하고 가벼운 걸음으로 내게 다가왔다. 그녀를 품에 안았을 때에야 나는 현실로 돌아올 수 있었다. 여전히 세상은 백합의 꽃봉오리에 맺힌 물방울처럼 반짝였고, 한낮의 햇살도 물방울 같은 세상을 단숨에 들이킬 것처럼 따스했다. 순간 내 눈에 눈물이 차올랐다. 아이들의 유쾌한 인사와 클라라의 나긋나긋한 태도, 에이드리언이 내민 따뜻한 손이 나를 나약하게 만들었다. 그들이 내 가까이에 있다는 것을, 그들이 안전하다는 것을 나는 알고 있었지만, 동시에 그 모든 것이 거짓일 수 있다는 생각도 하고 있었다. 세상이 휘청거렸고, 깊게 뿌리내린 나무들이 흔들거렸다. 현기증을 느끼며 나는 바닥에 쓰러졌다.

내가 쓰러지자 벗들은 놀랄 수밖에 없었다. 그들은 두려워하고 있는 것 같았지만 그저 걱정스러운 얼굴로 조심스레 놀랐다고만 얘기했다. **역병**이란 단어가 입술에서 맴돌았지만, 나 역시 감히 그 단어를 입밖에 낼 수 없었다. 그들은 축 늘어져 있는 내 모습을 보고 역병의 증상이 아닌지, 내가 감염된 건 아닌지 두려워했다. 나는 간신히, 하지만 금세 정신을 차렸다. 그리고 억지로 유쾌한 표정을 지어 보였다. 그제야 가족들과 친구들의 얼굴에도 안도의 미소가 돌아왔다. 그때 릴랜드가 우리를 찾아왔다.

릴랜드는 농부에 딱 어울리는 외모를 지닌 사람이었다. 근육질의 커다란 덩치가 혈기왕성하게 움직이면, 그 특징은 더욱 돋보였다. 그의 이력은 상당히 특이했다. 그는 넓은 땅을 가진 지주이자 여러 계획을 실행에 옮기는 기획자였다. 그는 열정적이고 근면한 성격을 타고났지만, 스스로 땅을 일구기보다 농부들에게 자신의 땅을 내주는 쪽을 택했다. 그 대신 자신은 미국 북부 대사관을 찾아가 이전까지 계획해오던 이민에 대해 상의했다. 그는 미국까지 가는 오랜 여정을 감수하고라도 서부의 거대한 대륙으로 달려가 새로운 거주지를 선택하려 했다. 하지만 야망이 그의 이런 생각을 바꾸어놓았다. 많은 이들의 도움과 수많은 장애물을 통해 생겨났던 야심이 그를 정상으로 이끌었고, 끝내 그를 영국의 호국경으로 만들어놓았다.

투박한 외모와는 달리 그는 상당히 명석한 사람이었다. 그는 회색 눈동자를 굴리며 빠르게 주위를 살펴 자신의 의견에 반대할 사람들을 신속하게 찾아내곤 했다. 그의 목소리는 우렁찼다. 토론 중에는 거대하고 우람한 근육질의 팔을 힘차게 내뻗으며, 청중들에게 웅변만이 그의 무기가 아니라는 것을 과시하기도 했다. 이런 인상적인 겉모습 때문에 그가 소심한 면모를 가지고 있다거나 불안정한 목적으로 흔들린다는 것을 알아차리는 사람은 거의 없었다. 본디 자신보다 너무 약하거나, 너무 강한 사람은 피하게 되지 않던가. '수레바퀴 아래에 앉은 나비'를 섣불리 짓이길 사람도, 강력한 적수 앞에서 물러나지 않고 끝까지 버티는 사람도, 일반적으론 잘 찾아볼 수 없기 마련이다. 이 일반론이 릴랜드의 비밀이었다. 그는 사람들이 자신을 어렵게 여기도록 함으로써 지금의 자리에 이르렀다. 레이먼드 경과의 선거에서 호적수가 될 수 있었던 것도 그런 방법을 통해서였다. 그러나 그의 내면은 평범한 사람과 비슷했다. 모든 사람들의 생각을 읽고자하는 욕심에 그의 시선은 떨리고 있었다. 생각을 종이에 옮기는 과정에서도 그의 불안정한 심리는 그대로 드러났다. 희미한 필체가 그 증거였다. 하지만 이런 흔적은 매우 미미한 편이어서, 청중들은 대개 그의 이런 숨겨진 면을 알아차리지 못했다. 이제 그는 우리의 호국경이 되었다. 그는 자리에 어울리는 사람이 되기 위해 열정적으로 일했다. 그가 추구했던 것은 귀족들이 해왔던 어떤 종류의 혁신과도 달랐다. 그는 오랫동안 귀족들이 누려왔던 특권을 일반인들에게 나눠주고자 했다. 그러나 상황이 그의 뜻을 저지했다. 그는 자신에게 맡겨졌던 임무를 보류해야 했다. 오히려 눈앞의 재앙에 대처하기 위해서 타협점을 찾아야 했다. 선택의 기로에 선 그는 난감하기 그지없었다. 새로운 목표는 그가 구상해오던 것과 상이했다. 하지만 생각지 못했던 사회의 병폐를 포괄적으로 처리하기도 버거웠다. 여러 방책을 강구한 끝에 그는 최후의 수단에 기대기로 했다. 귀족과 타협을 한 것이다. 그를 지지하던 사람들은 그의 결정을 쉽게 납득하지 못했다. 그러나 사람들을 설득할 수 있을 만큼 상황이 악화된다면, 그때엔 또 귀족들의 도움 따위가 별 해결책이 되지 못할 터였다.

하지만 그는 이런 고민들 때문에 우리를 찾아온 게 아니었다. 그는 예전의 모습과 상당히 달라져 있었다. 예전의 그는 여린 내면과 달리 강인한 인상을 주는 사람이었다. 외관상 그는 영국인들의 수장으로서 모자람이 없다고 할 수 있을 만큼 당당하고 패기가 넘쳤다. 그의 지지자들이 지칭하는 대로 표현하자면, 그는 우리의 듬직한 오크 나무와 같았다. 그러나 우리의 듬직한 오크 나무는 이제 살을 에는 겨울바람에 잔뜩 시달린 모습으로 우리 앞에 나타났다. 그는 반쯤 쪼그라든 것 같았다. 그는 움츠렸던 어깨를 펼쳤지만, 사지가 그를 제대로 지지하지 못했다. 그는 얼굴을 잔뜩 찌푸린 채, 불안한 듯 이리저리 시선을 옮겼다. 그의 만면에 쇠약해진 목표와 비겁자의 두려움이 드러나고 있었다.

우리의 간절한 질문에 그는 떨리는 입술로 내키지 않는다는 듯, 한 단어를 뱉어냈다. 역병이오.

"어디에 말입니까?"

"모든 곳에……. 도망쳐야 하오……. 모두 도망쳐야 해……. 하지만 어디로 간단 말이오? 아무도 답을 줄 수가 없소……. 이 땅에 숨을 곳이란 없소. 그것은 마치 수천 무리의 늑대들처럼 우리를 향해 달려들고 있다오……. 우리는 도망쳐야 하오. 그대들은 어디로 갈 거요? 우리가 갈 수 있는 곳이 어디요?"

무쇠로 만들어진 것 같은 사람의 입에서 떨리는 음절들이 간간이 튀어나왔다. 에이드리언이 그의 말에 대답했다.

"당신은 어디로 가려는 겁니까? 우리 모두가 여기 남아 있어야 해요. 고통받는 동포들에게 힘 닿는 데까지 도움을 줘야지요."

"돕는다고 했소?"

릴랜드가 말했다.

"도울 수 없소이다! 전지전능하신 신이 아니고서야, 누가 감히 도움을 운운한단 말이오! 전세계가 역병에 걸렸단 말이오!"

"그렇다면 피하면 되는 일입니다. 다같이 세상을 벗어나야죠."

에이드리언이 다정한 미소를 띠며 말했다.

릴랜드는 신음했다. 그의 이마에는 식은땀이 맺혔다. 겁에 질린 그에게 질타는 아무 소용이 없었다. 우리는 그에게 훈계를 늘어놓는 대신 그를 위로하며 용기를 북돋아주었다. 그러자 그도 숨을 고르고는 어느 정도 차분함을 되찾았다. 그는 세상에서 벌어지고 있는 일들에 대해 우리에게 하나씩 들려주기 시작했다. 그는 자신의 집에서 일어났던 일만으로 이미 엄청난 충격에 빠져 있는 듯했다. 그의 하인 중 하나가 그를 기다리던 중 갑자기 쓰러지더니 죽어버렸다. 의사는 하인의 죽음이 역병으로 인한 것이라고 확인해주었다. 우리는 그를 진정시키려고 애를 썼다. 하지만

29

우리의 마음도 쉬이 진정되지 않았다. 나는 곁에 있던 아이드리스를 바라보았다. 그녀는 아이들 곁으로 걸어가더니 걱정스런 표정으로 나를 돌아보았다. 에이드리언은 혼자만의 생각에 깊이 빠져 있었다. 내 귀에선 릴랜드의 말이 떠나지 않았다. 전세계가 감염되었다. 내가 사랑하는 이 보물들을 숨길 수 있는, 아직 오염되지 않은 은신처가 어디에 있단 말인가? 죽음의 그림자가 세상을 스쳐지나갈 때까지 조용히 피해 있을 곳이 어디란 말인가? 우리는 깊은 침묵 속으로 빠져들었다. 침묵은 우리를 찾아온 손님의 애절한 말과 예언까지 모두 삼켜버렸다.

우리는 사람들 틈에서 빠져나와 계단을 통해 테라스로 올라갔다. 우리의 낯빛이 변한 걸 본 사람들도 상황을 알아차렸다. 릴랜드가 데리고 온 하인들이 소문의 진원지였다. 런던에서 전염병 환자가 발병했다는 이야기는 순식간에 사람들 사이로 퍼져나갔다. 활기 넘치던 분위기는 사라졌다. 사람들은 이리저리 무리를 지어 은밀한 속삭임을 나누었다. 흥겨움은 빛이 바랬고, 음악은 멈췄으며, 어린 학생들과 아이들도 놀이를 멈추고 또래끼리 무리를 지었다. 모여 있던 사람들은 축제를 즐기려는 가벼운 마음으로 윈저 성을 방문했던 사람들일 것이다. 그래서 천막의 장식도, 무도회에 어울릴 법한 사람들의 의상도 모두가 화려했다. 하지만 그런 화려함은 이제 사람들의 흥을 돋우지 못했다. 오히려 사람들은 스스로의 경박한 차림새가 운명에게 무례를 범하기라도 한 양 옷깃을 여몄다. 두려운 운명이 사람들의 삶과 희망에 창백한 손을 얹었다. 떠들썩한 축제가 인류의 슬픔을 조롱하는 것처럼 느껴졌던 것일까? 고향 땅을 짓밟는 역병을 피해 영국으로 도망쳐온 외국인들은, 최후의 보루라고 믿었던 곳마저 역병의 침공에 무기력하게 무너지는 것을 목도하게 되었다. 두려움이 그들을 오히려 수다스럽게 만들었다. 그들은 주위 사람들에게 자신들의 고국에서 벌어졌던 재앙과 절망을 묘사하며, 치유 방법이 없다는 그 질병의 공포를 사람들에게 퍼뜨렸다.

우리는 성 안으로 들어갔다. 아이드리스는 창가에 서서 정원을 내려다보았다. 어머니의 마음이란 한결같은지, 그녀는 그 순간에도 아이들 속에서 자기 자식들의 모습을 좇고 있었다. 이탈리아 태생으로 보이는 한 사내아이가 청중을 앞에 두고 역동적인 모습으로 무언가 두려운 장면을 묘사하고 있었다. 알프레드가 그 이야기에 완전히 몰입한 채 꼼짝 않고 서서 얘기를 듣고 있었다. 막내 에블린은 클라라를 잡아당기며 놀아달라고 조르다가, 이탈리아인 아이의 이야기가 흥미를 끌었는지 클라라와 알프레드 곁으로 기어가 이야기꾼에게 반짝이는 눈을 고정시켰다. 정원에 있는 사람들이든, 고뇌에 빠져 괴로워하고 있는 사람들이든, 모두가 침묵하고 있었다. 릴랜드는 다른 창가에 서 있었고, 에이드리언은 홀을 서성이며 무언가 강력한 대안을 찾기 위해 머리를 굴리고 있었다. 갑자기 에이드리언이 걸음을 멈추고 입을 열었다.

"나는 이런 일이 벌어질 걸 오래전부터 예상해왔어요. 역병이 전세계를 잠식했는데, 우리만 예외일 리 없지 않습니까? 질병이 다가왔을 때, 우리는 운명 앞에서 움츠러들지 않아야 합니다. 호국경, 당신 계획은 뭡니까? 우리나라를 위해 뭘 생각하고 있죠?"

"대단하시오, 윈저 백작!"

릴랜드가 소리쳤다.

"그 호칭으로 나를 조롱하려 들지 마시오. 죽음과 질병이 인류를 무너뜨렸소. 나 역시 이제 나라를 지키는 척 사람들을 기만할 수 없소. 고작 병원 하나를 관리하는 일조차 할 수가 없단 말이오. 영국 전체가 절망에 휩싸일 거요."

"지금 이 상황에서 자신의 책무를 저버리겠다는 말입니까?"

"책무라고 했소? 이성적으로 얘기하시오, 백작! 내가 역병의 반점이 번진 송장 신세가 된다면, 내 책무가 무슨 소용이오? 모든 이는 스스로를 지켜야 하오! 호국경이라는 자리가 나를 위험에 노출시킨다면, 그렇다면 말이오……. 내 분명히 말하지! 차라리 악마에게 그 자리를 넘기겠소!"

"비겁하군요!"

분노에 찬 에이드리언이 소리쳤다.

"국민이 당신을 믿고 그 자리에 앉혔는데, 당신은 지금 국민 모두를 배반하는 겁니다!"

"기꺼이 배반하겠소!"

릴랜드가 대꾸했다.

"역병이 먼저 나를 배반했소. 내가 비겁하다고? 성 안에 틀어박혀서 위험이라곤 모르는 당신은 그렇게 생각할지도 모르지. 누가 호국경의 자리를 맡든 간에, 신께 맹세컨대 나는 물러나겠소!"

"그렇다면 신께 맹세컨대……."

에이드리언이 강한 어조로 말했다.

"내가 그 자리를 맡겠습니다! 이 판국에 호국경이 되는 영예를 얻고자 하는 이는 없을 겁니다. 내가 떠안을 위험과 고역을 부러워하는 이도 없겠죠. 그러니 내게 맡겨요. 난 오래도록 죽음과 싸워왔어요. 아주 많이……."(그는 가느다란 팔을 앞으로 뻗었다.)

"죽음과의 싸움에서 나는 굉장히 고통받았습니다. 하지만 도망치는 것으론 적을 이길 수 없어요. 적과 맞서야만 이겨낼 수 있습니다. 지금 이 마지막 싸움으로 내 자신을 모두 소모해버린다고 해도……. 어디 한번 해봅시다! 하지만 그 전에, 릴랜드. 스스로를 돌아봐요! 사람들은 이제껏 당신이 너그럽고 현명하다고 생각해왔어요. 자신의 명예를 모조리 팽개쳐버릴 겁니까? 당신이 떠나면 어떤 일이 벌어질지 생각해봐요. 런던으로 돌아갑시다. 내가 함께 가겠어요. 당신의 존재로 사람들에게 힘을 주는 겁니다. 위험한 일은 내가 떠맡을게요. 부끄러운 일입니다! 영국의 수장이 가장 먼저 책무를 버린다고 한다면 말입니다."

우리가 이런 얘기를 나누는 사이, 정원에 모여 있던 손님들은 축제 따위는 모조리 잊었다. 한여름의 파리 떼가 쏟아지는 빗줄기에 이리저리 흩어지듯, 그들도 마찬가지였다. 떠들썩하던 분위기는 사라지고, 슬픔과 우울함 속에서 웅성거림만 들려왔다. 사람들은 하나둘 자리를 뜨기 시작했다. 해가 지고 정원에 짙은 땅거미가 내렸을 때는 주위가 한산했다. 에이드리언과 릴랜드는 여전히 격렬한 논의를 나누고 있었다. 이런 상황을 예상하지 못했던 우리는 축제가 시작되기 전 1층 홀에 손님들을 위한 연회를 준비해놓았다. 아이드리스와 나는 혹시라도 남아 있을 사람들을 위해 그곳으로 내려갔다. 즐거웠던 모임이 비통에 잠기는 것보다 우울한 일은 없을 것이다. 화려하게 꾸며놓았던 연회장이 기묘한 장례식처럼 음울한 분위기를 풍겼다. 그런 변화의 원인이 좀 더 가벼운 문제였다면 좋았으련만, 실존하는 진실은 견딜 수 없이 무거웠다. 우리가 아무리 장애물을 세워봤자, 이 땅을 황폐하게 만드는 마왕은 장애물을 가뿐히 뛰어넘어 곧장 우리에게 달려올 것이다. 역병이 손쉽게 세상의 왕좌를 차지하리라는 게 우리 앞에 놓인 진실이었다. 홀에는 절반쯤의 사람들이 남아 있었다. 아이드리스는 홀의 가장 높은 곳에 준비되어 있던 자신의 자리에 가서 앉았다. 창백한 얼굴의 그녀는 눈물마저 보였다. 우리에게 닥친 현실에 그녀는 안주인으로서의 의무조차 잊은 것 같았다. 그녀의 시선은 아이들에게 고정되어 있었다. 알프레드는 이탈리아 소년에게서 들었던 비극적 이야기가 머리에 맴도는 듯 사뭇 진지한 표정이었다. 막내 에블린이 그곳에서 유일하게 명랑했다. 에블린은 클라라의 무릎 위에 앉아 혼자 무언가를 상상하는 듯 큰 소리로 깔깔거렸다. 아이의 웃음소리가 아치형의 둥근 천장에 반사되어 홀 여기저기에 메아리쳤다. 릴랜드의 이야기를 곱씹던 아이드리스는 괴로움을 억누르지 못하고 울음을 터뜨리며 막내를 품에 안은 채 홀을 뛰쳐나갔다. 클라라와 알프레드도 그 뒤를 따랐다. 홀에 남은 사람들은 혼란스러운 듯 웅성거렸고, 그 소리는 점점 더 커지며 그들의 두려움에 목소리를 쥐어주었다.

남아 있던 사람들 중 젊은 축에 속하는 이들이 나를 둘러싸고는 이것저것 묻기 시작했다. 그들은 런던에 지인이 있다며, 수도에 질병이 확산되고 있다는 것이 사실인지를 확인하고자 했다. 나는 그곳에 모인 젊은이들에게 용기를 주고 싶었다. 그래서 그들에게 전염병으로 인한 사망은 극소수일 뿐이라고 말하며, 우리가 전염병을 마지막으로 맞이하는 나라이니만큼 그 강도도 많이 약화되었을 거라고 낙관적인 견해를 밝혔다. 청결과 질서, 무엇보다 인간으로서의 기본적인 예의가 우리가 지켜야 할 전부라고도 말해주었다. 그 질병은 유행성을 띨 뿐이며, 가장 큰 무기는 공기의 상태에 따라 치명적인 상황을 유발할 수 있다는 점인데, 우리가 있는 곳처럼 자연적으로 공기가 맑은 곳에는 아마 해를 끼치지 못할 것이라는 얘기도 했다. 처음에는 가까이 있는 사람들에게만 이야기를 하고 있었지만, 점점 사람들이 내 얘기를 들으러 모여들게 되어 나는 홀에 있는 모두에게 웅변을 해야 했다.

"친애하는 벗들이여."

내가 말했다.

"우리가 감수해야 할 위험은 대단한 것이 아닙니다. 우리가 대비해야 하는 것들도, 노력해야 하는 것들도 마찬가지로 대단하지 않아요. 강인한 용기와 저항정신이 있다면 우리는 살아남게 될 것입니다. 적의 최후까지 싸우는 겁니다. 제아무리 호시탐탐 먹잇감을 노리는 역병이라 해도, 우리처럼 만반의 준비를 갖춘 존재라면 섣불리 다가설 엄두를 내지 못할 거예요. 그러니 물러서지 말고 질병에 맞섭시다. 꼼꼼하고 엄격한 규칙들에 따라 무엇으로도 꺾을 수 없는 울타리를 쌓는 거예요. 아마도 역병은 세상 어느 곳에서도 우리처럼 체계적이고 단호한 상대를 만나본 적이 없었을 거예요. 어쩌면 어느 나라도 침입자를 막을 수 있는 자연적인 환경이 뒷받침되지 않았던 것일지도 모르며, 어떤 자연 환경도 인간의 손에 의해 잘 관리되지 않았던 것일지 모릅니다. 우리는 절망하지 않을 겁니다. 우리는 겁쟁이도, 숙명론자도 아니지 않습니까? 그저 신이 우리의 손으로 스스로를 지켜낼 힘을 주었다는 사실을 믿고, 우리가 가진 힘을 최대한으로 끌어내면 되는 겁니다. 청결과 또렷한 정신, 여유로운 마음과 너그러움이 우리를 지켜줄 가장 효과적인 약입니다."

더 덧붙일 말은 없었다. 전염병이 런던까지 침투했지만, 아직 우리는 안전하다. 그것이 내가 할 수 있는 말의 전부였다. 그런 다음 나는 손님들을 해산시켰다. 그들은 내 이야기를 듣고 나더니 자신들에게 닥쳐올 사건을 기다리는 것에 슬퍼하기보다 그 일에 대해 신중히 생각하는 얼굴로 발걸음을 옮겼다.

나는 에이드리언과 릴랜드의 논의가 어떻게 되었는지 걱정스러워 에이드리언에게로 가보았다. 에이드리언은 자신이 원하던 바를 부분적으로 관철시켰다. 릴랜드는 런던으로 돌아가 몇 주간 호국경으로서의 임무를 수행하기로 했다. 그 사이 상황이 진정되고 호국경에 대한 사람들의 실망이 줄어들면, 업무를 에이드리언에게 넘기고 떠나기로 한 것이다. 에이드리언과 아이드리스는 함께 있었다. 런던에서 역병 환자가 발생했다는 소식을 들었을 때 에이드리언의 얼굴에 어렸던 슬픔은 사라지고 없었다. 뚜렷한 목표를 가지게 된 그는 힘을 낼 수 있었고, 열정과 헌신의 의지로 충만해 환한 표정을 지었다. 평소의 허약한 모습은 온데간데없었다. 마치 고대 신화에 나오는 세멜레의 연인 제우스처럼, 유약함을 벗어던지고 신의 풍모를 자랑하고 있었다. 그는 누이가 기운을 차리게 하려고 애를 썼다. 자신이 하려는 일이 그녀가 생각하는 것보다 위험하지 않다고 강조하며, 자신이 구상하고 있는 계획들을 유려하게 펼쳐 보였다. 그가 이야기했다.

"먼저 내가 설명하는 걸로 네 걱정이 좀 가라앉았으면 좋겠어. 나는 내 능력을 벗어나는 일은 하지 않을 거야. 쓸데없이 위험을 찾지도 않을 거고 말이야. 무엇이 어떻게 돌아가야 하는지 나는 알고 있다는 느낌이 들어. 이 계획에서 내 존재가 반드시 필요하기 때문에, 내 목숨을 지키기 위해 특별히 유의할 거야. 일단 나는 내게 맞는 관직을 찾아서 그 자리를 맡으려고 해. 인간의 악습과 거친 욕망은 길고도 복잡한 미로와 같아서 내가 어쩔 수 있는 게 아냐. 하지만 적어도 내가 사람들의 인내심이나 연민을 부추길 순 있겠지. 그게 내가 생각하는 대안이야. 오갈 곳 없는 고아들을 기를 수도 있고, 마음의 문을 닫은 사람들에게 새로운 희망을 일깨워줄 수도 있어. 전염병을 일정한 한계점에 지지시키고 시간을 벌 수도 있을 거야. 사람들이 용기와 주의 깊은 태도를 가지게 할 거고, 서로에게 관용을 베풀 수 있게 할 거야. 절망스러운 순간이 다가왔을 때 이런 게 큰 힘이 되어줄 테니까. 아! 나도 이제야 뭔가를 하는구나! 독수리가 하늘을 갈망하듯 나도 태어났을 때부터 이런 걸 꿈꿔왔어. 하지만 하늘을 활공하는 독수리와는 달리 내 날개는 부러졌고, 내 앞은 깜깜했지. 실의와 낙심이 이제껏 나를 지배해왔단다. 이 폭군들이 오래도록 제지해왔기에, 나와 함께 태어났던 나의 의지는 한참을 속박되었어야 했어. 산에서 어린 양떼를 모는 목동이 나보다 더 원대한 사회에 속해 있다고 해도 과언이 아니었지. 그랬던 내가 능력에 맞는 기회를 잡은 걸 축하해줬으면 좋겠어. 프랑스와 이탈리아에 전염병이 번졌을 때에도 나는 몇 번이나 나서고 싶었어. 하지만 지금처럼 네가 괴로워할까 봐 단념하곤 했단다. 적어도 영국에게는, 영국인들에게는 내 자신을 바치고 싶어. 내가 영국의 죽어가는 정신을 한 가닥이라도 살릴 수 있다면, 영국의 소박한 가정 중 하나라도 질병에서 피하게 할 수 있다면, 지금까지의 내 삶은 헛되지 않은 거야."

어리석은 꿈이 아닌가! 하지만 이게 바로 에이드리언이었다. 그의 이야기를 학생처럼 경청하고 있는 여인이나, 눈앞에 보이는 나란 남자는 지금 그에게 그다지 중요하지 않은 것 같았다. 그에게 걸맞은 진정한 목표가 주어졌으니 그럴 만도 했다.

음울한 이 땅의 아침을 깨우는 종달새처럼,
높이 올라 천국의 문 앞에서 찬가를 부르리라.
(셰익스피어의 소네트에 나오는 문구─옮긴이)

그렇게 그는 비생산적이고도 내키지 않던 삶에서 벗어나, 고결한 이상을 행동으로 옮기기 위해 높이 날아올랐다.

그는 흥분한 상태였지만, 두려움을 모르는 그 눈은 여전히 죽음을 가만히 직시하며 냉정함을 유지하고 있었다. 남겨져야 할 우리는 슬픔과 걱정으로 어찌할 바를 몰랐다. 베이컨 경이 말하길, 처

자식이 있는 남자는 운명에게 인질을 쥐어준 것이라 했다. 그의 말이 가슴에 와닿았다. 모든 철학적 이유들은 헛되다. 불굴의 용기도 헛되다. 선량함에 의지하는 것도 헛되고, 또 헛되다. 저울에 그 모든 것을 올려놓아도 단 한 가지의 무게를 이기지 못하므로. 아이드리스와 우리 아이들에 대한 염려는 다른 무엇보다 무겁다.

런던에서도 전염병이 발생했다니! 이 일을 예상하지 않았다니 나는 얼마나 어리석은가. 우리는 동쪽의 방대한 대륙이 파괴되고 서쪽 세상이 황폐해져가는 것에 슬퍼하며 눈물을 흘렸다. 그러면서도 우리와 세상을 나누는 경계가 우리를 죽음으로부터 지켜줄 것이라는 기대를 품고 있었다. 역병이 프랑스의 칼레와 우리 사이에 있는 도버 해협을 뛰어넘을 수 없으리라 믿었던 것이다. 하지만 역병은 칼레를 마주보고 있는 우리 땅을 알아보았다. 도버와 칼레는 본디 붙어 있던 땅이었고, 지도로 보면 두 발로 걸어갈 수 있을 것처럼 가까웠다. 그렇게 작은 간격이 우리를 지켜줄 거라고 생각했다니. 바다는 우리를 지켜줄 튼튼한 성벽이라 철석같이 믿었다. 질병과 절망을 우리만은 피할 수 있으리라 확신했다. 우리의 아늑한 집이라면, 천국의 정원과도 같은 이 땅이라면, 우리는 어떤 침략에도 안전할 것이라 단언했다. 이런 생각이 현명한 것으로 여겨졌을 때가 분명 과거 어느 때에 있었으리라!

하지만 이제 우리는 꿈에서 깨어나야 했다. 런던에서 전염병이 발병했다는 것은, 영국도 안전한 곳이 아님을 의미했다. 이 땅에 흩어져 있는 영국의 아들과 딸들이 모두 위험에 처했다. 우리를 지켜줄 성벽이라 여겼던 바다는 이제 우리를 가두는 울타리가 되었다. 만으로 둘러싸인 우리는 포위된 마을의 주민들이 아사하는 것처럼 죽음을 맞이하게 될 것이다. 다른 나라들은 죽어가는 이웃이라도 있었을지 모르나, 외따로 떨어진 우리는 완전히 고립되었다. 우리는 스스로를 땅에 묻어야 할 것이며, 작은 나라 영국은 하나의 거대한 무덤이 될 것이다.

아내와 아이들을 바라보자 절망이 좀 더 구체적으로 형상화되었다. 그들에게 위험이 닥칠지도 모른다는 생각은 내 온몸이 공포로 얼어붙게 만들었다. 어떻게 해야 가족을 살릴 수 있을까? 나는 수천 가지 생각을 하고, 또 했다. 내 아내와 아이들은 죽으면 안 된다. 감염의 위험이 내 보물들에게 다가오기 전까지 나는 아무런 대안도 준비하지 않았다. 하지만 이제 상황이 달라졌다. 나는 역병으로 오염되지 않은 곳을 찾아 맨발로 전세계를 돌아다닐 것이다. 파도 위를 떠다니는 널빤지에 집을 짓고, 끝없이 황량한 바다를 헤맬 것이다. 나는 모두를 데리고 호랑이 굴로도 들어갈 것이다. 새끼 호랑이들까지 모두 죽이고 가족을 안전하게 지킬 것이다. 산에서 독수리의 둥지를 찾고 바다로 둘러싸인 절벽 위에서 몇 년이고 버틸 것이다. 가족을 살릴 수만 있다면 어떠한 일도 어렵지 않으며, 어떠한 계획도 무모하지 않다. 아, 가슴이여! 갈기갈기 찢어진 내 가슴이여! 네게 맹세컨대 내 영혼만은 지켜낼 것이다. 슬픔에 취해 내 영혼이 피눈물을 흘리게 만드는 일은 없을 것이다!

에이드리언의 말에 충격을 받았던 아이드리스는 시간이 흐르면서 마음을 다잡았다. 그녀는 용감한 사람이었다. 그녀는 미래에 대한 생각은 신중하게 접고, 현재의 기쁨으로 마음을 달랬다. 그녀는 한 순간도 아이들에게서 눈을 떼지 않았다. 아이들이 그녀 곁에서 건강한 모습으로 뛰어노는 동안, 그녀는 희망을 품은 채 현재에 만족할 수 있었다. 반면 나는 평정심을 지키기가 어려웠다. 기분을 숨기려 할수록 더욱 견디기 어려웠다. 도무지 에이드리언에 대한 걱정을 멈출 수 없었던 것이다. 8월이 되었고, 런던에서 역병의 증상을 보이는 사람들의 수는 빠른 속도로 증가했다. 권력을 쥐고 있던 사람들은 모두 런던을 버렸다. 변신의 귀재인 그들은 달아날 수만 있다면 기꺼이 비난을 감수했다. 내 영혼의 형제인 에이드리언이 그런 상황에서 위험에 몸을 던졌다. 그는 마왕과 싸우기 위해 그 자리에 남았다. 하지만 그를 지켜줄 수 있는 사람도, 그의 고역을 덜어줄 사람도 없었다. 그가 병에 감염된다면 지켜보는 이 없이 홀로 죽게 될지도 몰랐다. 이런 생각이 밤낮으로 나를 쫓아다녔다. 결국 나는 런던으로 가서 그를 만나기로 마음먹었다. 이 결심은 끔찍한 괴로움을 잊게 만들어주는 마약과도 같았고, 희망을 안겨주는 달콤한 약과도 같았다.

브렌트퍼드(현재 영국 하운즐로우에 속해 있는 곳의 옛 지명–옮긴이)에 도착하기도 전에 나는 마을의 풍경이 눈에 띄게 달라졌다는 것을 알아차릴 수 있었다. 훌륭한 저택들은 입구가 폐쇄되었고, 분주한 마을 상점에는 사람들의 발길이 끊겼다. 마주친 사람들도 얼마 없었다. 그나마 만나게 되는 사람들도 대부분 얼굴에 걱정이 가득했고, 내 마차가 놀랍다는 듯 잠시 시선을 던졌다가도 금세 자신의 걱정으로 되돌아가버렸다. 런던으로 향하는 역병은 번잡한 거리부터 하나씩 먹어치워 갔다. 나는 장례를 치르는 모습도 몇 번이나 발견했다. 장례식에 참석한 사람은 얼마 되지 않았고, 그 모습을 지켜보는 사람들은 마치 장례를 치르는 것 자체가 끔찍한 일의 징조인 것처럼 여겼다. 일부는 장례의 과정을 무례한 태도로 지켜보았으며, 일부는 겁을 먹은 듯 조심스럽게 자리를 떠났고, 일부는 큰 소리로 통곡하기도 했다.

병자들에 대한 원조를 제외하고 에이드리언이 가장 먼저 노력을 기울인 것은, 전염병의 증상과 확산의 상황을 런던 시민들에게 숨기는 것이었다. 그는 두려움과 우울함이 질병을 키운다는 걸 알고 있었다. 낙담과 음울한 기분은 인간의 몸을 감염에 취약한 상태로 만들지 않던가. 그런 에이드리언의 대처 덕에 사회가 해체될 정도의 변화까지는 일어나지 않고 있었다. 대부분의 상점들이 영업을 계속하고 있었고, 기차역들도 몇 안 되는 승객들을 맞이하며 그럭저럭 유지되고 있었다. 하지만 아무리 마을을 꾸미고 역병의 현장을 사람들에게 숨겨도, 런던의 모습은 예전과는 딴판이었다. 오가는 마차 하나 눈에 띄지 않았고, 길가의 잔디는 잡초처럼 무성하게 자라 있었다. 집들은 사람이 살지 않는 것처럼 황폐한 모습이었고, 실제로 대부분의 대문들이 잠겨 있었다. 마주치는 사람들의 눈빛은 하나같이 섬뜩하고 두려운 것을 마주하기라도 한 것 같았고, 그들에게서 한때 런던 시민들이 가졌던 여유는 조금도 찾아볼 수 없었다. 내가 탄 마차가 거리를 달리는 유일한 마차였기에, 나는 사람들의 주의를 끌 수밖에 없었다. 어쨌든 내 마차는 요란하게 덜거덕거리는 소리를 내며 호국경의 궁을 향해 유유히 달려갔다. 귀족들이 다니던 거리도 분위기는 마찬가지였다. 오히려 더 황폐하면 했지, 조금도 덜하지 않았다. 에이드리언을 만나기 위해 대기실로 들어가자, 그곳은 사람들로 북적이고 있었다. 그는 접견실에서 민원을 처리하느라 쉴 틈이 없어 보였다. 나는 그의 일을 방해하고 싶지 않아, 대기실에 앉아 오가는 사람들을 바라보았다. 그곳에 온 사람들은 대부분 중산층 또는 하층민이었다. 무역이 중단되면서 생계를 꾸릴 수 없게 된 사람들이 찾아갈 곳은 에이드리언뿐이었다. 대기실에 들어서는 사람들의 얼굴에는 근심과 두려움이 어려 있었지만, 에이드리언을 만나고 나서는 그 표정들이 깨끗이 사라진 상태로 돌아갔다. 만족스러운 얼굴로 활기차게 걸어나가는 사람들의 모습에서 나는 내 친구의 힘을 새삼 확인했다. 두 시가 되자 대기실에서 사람들이 모두 빠져나갔고, 새로 들어오는 사람들도 없었다. 그곳을 가득 채웠던 침울하고 서글픈 분위기도 사라졌다. 나는 에이드리언을 만나기 위해 접견실로 들어갔다.

나는 에이드리언의 달라진 모습에 크게 놀랐다. 그의 건강은 눈에 띄게 좋아져 있었다. 과거의 그는 과도한 애정을 받아 시든 꽃과 같았다. 하늘을 향해야 할 찬란한 꽃봉오리가 바닥으로 처진 것처럼, 그도 고개를 숙이고 구부정하게 앉아 있곤 했다. 하지만 지금은 아니었다. 그의 두 눈은 밝게 빛나고 있었고, 표정은 차분했으며, 온몸에 단호한 기운이 서려 있었다. 예전의 기력 없던 모습과는 딴판이었다. 그는 몇 명의 비서들과 함께 탁자 앞에 앉아 있었다. 비서들은 서류들을 정리하거나, 그날 에이드리언을

43

찾아왔던 사람들의 상황을 기록하는 중이었다. 접견실에는 두세 명의 민원인이 아직 남아 있었다. 나는 존경심을 가지고 에이드리언이 업무를 처리하는 모습을 지켜보았다. 그는 공정하고도 인내심 있는 태도로 일했다. 런던을 빠져나갈 여건이 되는 민원인에게 그는 즉시 이 도시를 떠나라고 조언하며, 그들에게 필요한 것들을 충분히 제공해주겠다고 약속했다. 도시에 이익이 되는 무역을 원하는 사람과 다른 피신처가 없는 사람에게는 전염을 피하는 방법을 알려주었다. 가족들을 안심시키고, 병을 접촉하지 않으면서도 물건을 공급받을 수 있도록 말이다. 그는 지시를 내리고 위안을 주었다. 그것들은 결코 헛된 것이 아니었고, 그들에게 도움이 되리라는 게 명백해 보였다. 마치 마법사의 지팡이로 장미를 살려내는 것 같은 광경이었다.

"와줘서 고마워."

마침내 우리 둘만 남게 되었을 때 그가 내게 말했다.

"지금은 몇 분밖에 시간을 낼 수 없지만, 긴히 해야 할 말이 있어. 역병이 사방으로 번지고 있는 중이야. 사람들에게 숨겨봐야 눈 가리고 아웅인 셈이지. 사망자 수는 매주 늘어나고 있어. 다음엔 무슨 일이 벌어질지 상상할 엄두조차 안 나. 하지만 맙소사! 너무도 다행이지. 나는 이 나라의 정부 그 자체거든. 그런 내가 미래를 두려워하지 않고 오직 현재만 바라보려 하니, 이 나라가 최악의 상황에 빠졌다고만 할 순 없을 거야. 내가 릴랜드를 오래 잡아두고 있었던 건 알지? 떠나기 전까지만 내가 좀 괴롭히겠다고 각서를 받았었거든. 그는 이번 달 말이면 떠날 거야. 헌데 의회가 지정한 부호국경이 죽어버렸어. 그러니까 지금 호국경을 대신할 누군가가 아무도 없단 말이지. 내가 그 자리에 나서려고 해. 경쟁자는 달리 없을 거야. 오늘 밤 의회가 그 안건을 상정한 후 결정을 내릴 거고. 라이오넬, 자네가 날 좀 추천해줘야겠어. 릴랜드는 수치스러워서라도 입정하지 못할 거야. 자네는 내 친구니까, 그렇게 해줄 수 있지?"

이 얼마나 아름다운 헌신인가! 훌륭한 성품과 능력을 가지고 태어나 명문가에서 자랐음에도, 태생적으로 남 앞에 나서는 것이나 남과 다투고 겨루는 것을 싫어하는 탓에 뒤로 물러나 있던 그가 아닌가! 그런 사람이 위기의 상황이 닥치자 제 발로 등장하다니! 한때 찬란했던 자리는 이제 위험을 맞이하는 선봉대가 되어버렸고, 그 누구도 과거의 영광을 꿈꾸지 않는 이 때! 그저 살아남는 것만이 모두의 간절한 소망이 된 이 때! 이 때가 되어서야 기꺼이 모습을 드러내다니! 그가 바로 모두의 사랑을 받아 마땅한 영웅이다. 다른 이유 없이 그저 사회를 위한 마음 하나로 스스로를 희생하겠다는 생각을 가진 그가 바로 에이드리언이다. 그의 생각이 숭고하다는 것도 감동적이었지만, 그보다도 남 앞에 나서기 싫어하는 그 겸손한 성격으로 몸소 사회를 위해 발 벗고 나선다는 사실이 수십 배는 더 감동적이었다. 그를 생각한다면 그의 부탁을 거절해야 했을지 모른다. 하지만 그가 세상에 이바지하는 것들을 직접 확인한데다, 그의 다짐이 결코 흔들릴 리 없다는 생각이 들었기에, 나는 무거운 마음으로 그의 부탁을 들어주기로 했다. 그는 다정하게 내 손을 잡고 말했다.

"고마워. 어떡해야 할지 난감했는데, 자네 덕분에 안심이 돼. 역시 자네는 내 최고의 친구야. 일단 몇 시간 동안은 내가 처리해야 할 일이 있어서 자네와 함께할 수가 없어. 가서 릴랜드와 얘기라도 좀 나눠봐. 비록 그가 런던에서의 책무를 버리긴 했지만, 영국 북부에서 상당한 도움을 줄 수 있을지 모르거든. 여행자들을 수용하는 일이나 관련 업무를 도와줄 수도 있고, 수도에 식료품을 공급할 방안을 마련해줄 수도 있지. 가서 그에게 이런 의무감을 좀 일깨워줘. 부탁해."

에이드리언이 떠나고 난 후, 나는 병원들을 방문하고 런던의 번화가를 점검하는 것이 그의 일과라는 것을 알 수 있었다. 릴랜드를 만나보니, 그의 모습은 윈저에 왔을 때보다 많이 달라져 있었다. 하루하루를 불안감 속에서 보내느라 얼굴은 누렇게 떠 있었고, 우람하던 덩치도 잔뜩 쪼그라들었다. 내가 그날 저녁에 있을 일에 대해 이야기를 해주자, 그는 잔뜩 찡그렸던 얼굴을 펴고 미소를 지었다. 그는 어떻게든 빨리 떠나고 싶어했다. 매일 역병에 걸릴 걱정에 시달리면서도, 날마다 계속되는 에이드리언의 부드러운 압박을 거부할 수 없어 난감한 차였을 것이다. 에이드리언이 이제 법적으로도 제대로 된 권한을 지니게 된다면, 릴랜드는 안전한 곳으로 빠져나갈 수 있게 된다. 이런 생각 때문이었는지 그는 내가 하는 얘기를 빠뜨림 없이 꼼꼼하게 챙겨들었다. 그러다 곧 떠나게 될 생각으로 들떠서는, 그가 이제껏 자신의 땅에 아무도 들이지 않고 모두와 연을 끊은 채 사회적인 삶을 포기하고 있었다는 것을 완전히 잊어버리고, 자신이 나라를 위해 할 수 있는 것에 대한 진지한 의견들을 내놓았다.

저녁이 되자 에이드리언과 나는 웨스트민스터로 향했다. 가고 있는 도중까지만 해도 나는 내가 무엇을 위해 어떤 말을 해야 하는지 분명히 기억하고 있었다. 하지만 이상하게도 건물로 들어선 후부터 나는 의회에 온 목적을 단 한 번도 떠올리지 않았다. 에이드리언은 다실에 머무르기로 했다. 그 사이 나는 그가 부탁한대로 의회에 착석했다. 의회는 평소와 달리 조용했다. 레이먼드가 호국경으로 재직하던 때 이후로 그곳을 방문한 것은 처음이었다. 토론에 능하고 괜찮은 연설을 펼치던 사람들 몇 명이 눈에 띄었다. 하지만 의석은 상당수 비어 있었다. 빈자리는 대체로 부모의 지위를 물려받은 귀족들의 것이었다. 시민 의원들은 대부분 입석해 있었다. 상공회 사람들이나, 일부 지주들, 그리고 경력을 위해 의회에 들어온 것이 아닌 부류의 사람들이었다. 의회의 첫 번째 안건은 호국경에 관한 것이었다. 의장은 호국경의 부재 시에 그 자리를 대체할 사람에 대해 논의하길 제안했다.

의회는 여전히 침묵에 싸여 있었다. 그러던 중, 의원 하나가 내게 다가와 속삭였다. 윈저 백작이 그 자리를 맡기로 했으며, 내가 그를 추천하기로 했다는 얘기를 들었다는 것이었다. 나는 처음으로 내가 맡은 일의 막중함을 느꼈으며, 그 무게에 압도당하는 느낌을 받았다. 릴랜드는 역병에 대한 두려움 때문에 자신의 직책을 버렸다. 같은 이유로 에이드리언에게 맞설 경쟁자는 없을 것이었다. 이 판국에 윈저 백작의 가장 가까운 친척인 내가 그를 추천하려는 것이다. 누구와도 비견할 수 없는 뛰어난 벗을 닥쳐올 위험에 몰아넣는 것이다. 그것은 불가능한 일이었다! 죽음을 불사해야 할지도 모르는 자리가 아닌가. 그럴 수는 없다고 생각했다. 나는 결국 나 자신을 그 자리에 추천하기로 마음먹었다.

입석한 대부분의 의원들은 의견을 개진하거나 논의할 생각은 하지 않았다. 그저 법적인 문제만 서둘러 해결할 요량이었다. 나는 기계적으로 일어났다. 무릎이 떨려왔고, 목소리에는 불안감이 감돌았다. 위험한 업무에 적합한 사람을 선택하는 것이 시급하다는 이야기를 꺼냈을 때까지만 해도 그러했다. 하지만 친구의 계획과 달리 내 자신을 추천한다는 이야기를 꺼내는 순간, 나를 휘감고 있던 의심과 괴로움이 걷히는 것을 나는 분명히 느낄 수 있었다. 내 발언은 단호했고 신속했다. 에이드리언이 이제껏 해온 일에 대해 언급하며 나는 앞으로 그의 입장과 신중했던 태도를 그대로 이어받을 것임을 약속했다. 뿐만 아니라 그의 위태로운 건강에 대한 감동적인 이야기를 들려주며, 그보다 내 건강이 더욱 믿을만하다고 사람들을 설득했다. 나는 그들에게 영국의 고귀한 혈통을 보호하게 해달라고 부탁했다. 그와 내가 가진 친척관계는 내 진실성을 담보할 것이며, 그의 후손이나 다름없는 그의 누이와 내 아이들은 내 진심에 대한 인질이라고 설명했다.

사람들의 예상을 깬 내 발언은 즉시 에이드리언에게도 전해졌다. 그는 급히 달려와 내 열정적인 연설이 끝나는 순간을 목격했다. 나는 그를 보지 못했다. 나는 내 자신의 말에 푹 빠져 있어서, 앞에 있는 사람들의 얼굴조차 알아보지 못할 정도였으니까. 그러는 사이 에이드리언은 마치 역병에 걸리기라도 해서 죽음이란 늪으로 빠져들고 있는 것처럼 사람들 앞을 어지러이 헤매고 있었다. 내가 말을 마치자마자 그는 내 손을 잡고 소리쳤다.

"자네가 이럴 순 없어! 자네가 약속을 어기다니!"

그는 앞으로 뛰쳐나가 호국경 자리는 자신의 것이라고 주장했다. 그는 국가가 위기에 처한 후 수많은 위험 속에서 고초를 겪으며 나라를 이끌어온 것은 자신이라고 말했다. 그의 야망은 그 자리에 있다고 말했다. 비록 짧은 기간이었지만 국가를 위해 헌신했는데, 그 자리에 내가 끼어들어 그간의 이익을 채간다는 것이 말이 되느냐고도 물었다. 그는 사람들에게 자신이 런던에 도착했을 때 어땠는지 기억해보라고 했다. 도시의 모든 도덕적·법적 기강은 해이해져 있었으며, 기아가 만연해 모든 시민들이 충격에 빠져 있었다. 그런 상황에서 인내와 노력 끝에 질서를 바로잡고, 잠도 잘 자지 않고 오직 나라의 이익을 위해 전념했던 것이 바로 자신이다. 그런데 다른 사람을 호국경으로 세운다는 게 말이 되는가? 자신이 그토록 힘들게 얻어낸 것을 빼앗아, 지금껏 공직에 서본 적 없는 수습생에게 맡긴다는 것이 말이 되는가? 그는 자신만이 호국경이 될 자격이 있다고 주장했다. 릴랜드도 자신을 신임하고 있지 않은가. 게다가 자신은 영국 왕가의 후예로 태어났으나 그 어떤 권리나 영예도 바란 적이 없었다고 말했다. 하지만 국민들은 어떻게 생각할까? 그들은 전 국왕의 아들에게 대단한 것을 바라고 있지 않을까? 과연 국민들이 자신을 순순히 돌려보낼 수 있을까? 고대 왕들의 유일한 후손이 누구보다 뛰어나게 훌륭한 야망을 성취하려 하는데, 그것을 막을 수 있을까?

어떤 이도 전에는 에이드리언이 선조들의 권리에 대해 언급하는 것을 들은 적이 없었다. 누구도 권력이 그에게 그토록 소중할 것이라고 생각지 못했다. 그러나 그는 열렬하게 호소했고, 겸손한 태도로 연설을 마쳤다. 그는 지독한 고역과 불가피한 죽음의 선봉에 서겠다는 의사는 전혀 드러내지 않았다. 진실은 그것이었음에도 불구하고 말이다. 그저 부와 영예, 영국을 다스릴 권력을 원하는 것처럼 행동했다. 그의 연설이 끝나자 그의 의견에 동의하는 사람들이 웅성거리기 시작했다. 나는 소리치며 끼어들었다.

"그의 말을 듣지 마십시오! 그는 거짓을 말하고 있습니다. 스스로를 속이고 있단 말입니다!"

다시 장내는 고요해졌다. 에이드리언과 나는 관례대로 의회가 결정을 내리는 동안 퇴정하게 되었다. 나는 결정하는 데 시간이 오래 걸린다면 그건 내게 희망이 있다는 뜻일 거라고 생각했다. 하지만 그건 나의 착각이었다. 우리가 회장을 나오자마자 에이드리언의 이름이 호명되며, 그가 호국경 대리로 취임하게 되었다는 발표가 들렸다.

우리는 궁으로 돌아왔다. 돌아오는 길에 에이드리언이 말했다.

"라이오넬. 왜 그런 거야? 무슨 생각으로 그런 거지? 자네가 이길 수 있다고 생각한 건 아닐 텐데. 자네는 가장 소중한 벗을 패배시켜야 하는 고통을 내게 안겨줬어."

"다 이유가 있었습니다. 백작님은 스스로를 바치려 하지 않으셨습니까? 당신은 제 아내가 가장 아끼는 오빠이자 온 세상 모든 이들에게 가장 소중한 존재입니다. 그런데도 자신을 지나치게 빨

리 죽음에게 내놓으려 하셨어요. 저는 막아야 했습니다. 제가 죽는
건 이 세상에 그리 큰 문제가 아닐 테니까요. 물론 백작님에게 달
아날 생각이 없다면 저도 죽을 수 없죠. 모두를 지켜야 하니까요."

"달아날 생각이라……."

에이드리언이 대꾸했다.

"지금으로부터 십여 년이 지났을 땐 우리 모두의 무덤 위로 차
가운 별빛이 비치고 있을지도 몰라. 미래를 점치기란 힘든 일이
지. 하지만 이 질병에 대한 내 책임은 손쉽게 증명할 수 있어. 전
염병 속에서 내가 자네보다 살아날 가능성이 더 크다는 걸 논리
적이면서도 철학적으로 충분히 자네에게 입증할 수 있단 말이야.
이건 내 자리야. 나는 이 자리를 위해 태어났어. 혼란에 빠진 영국
을 위험에서 구하고 다스리기 위해서 태어났다는 거지. 그래서
나는 영국에게 내 모든 걸 바치려는 거야. 내 선조들의 피가 내 혈
관 속에서 울부짖고 있어. 그리고 내게 명령하지. 동포를 다스리
는 가장 높은 이가 되라고……. 이런 말이 자네의 기분을 상하게
할지도 모르겠지만, 이해해줘. 자부심이 강한 왕비였던 내 어머
니는 어린 시절부터 남다른 애정으로 나를 기르셨지. 내가 비록
허약한 육신을 가지고 태어났으며, 어머니와는 다른 꿈을 가지고
있었다고 해도, 그 어린 시절의 가르침 때문에 나는 오래도록 잃
어버린 유산을 되찾고자 하는 의지와 사투를 벌여야만 했어. 그
시간이 지난 지금이 되어서야 내 어머니가, 내 어머니의 가르침
이 내 안에 잠들어 있던 꿈을 깨운 거야. 나는 전투에 나설 수 없
어. 신의 없이 음모를 꾸미며 영국인의 정신을 무너뜨리고 왕좌

에 오르는 일 같은 것, 나는 꿈도 못 꾸지. 하지만 나라가 지금처럼 끔찍한 재앙으로 무너지고 있는 순간에, 가장 먼저 나라를 지키고 보탬이 되는 사람이 될 수는 있어. 바로 이 영국과 사랑하는 누이가 내가 가진 전부야. 나는 이 나라를 보호하겠어. 그리고 누이는 자네에게 맡기겠네. 내 목숨을 아끼려다 영국이 무너지는 걸 보느니, 차라리 목숨을 버리는 걸 택하겠어. 아이드리스를 지켜줘. 물론 자네가 알아서 잘하겠지만, 다시 한 번 부탁하네. 이번처럼 또 다른 생각이 든다면, 이것만 기억해줬음 해. 그 아이를 지키는 게 나를 지키는 거라는 걸 말이야. 아이드리스는 흠잡을 데 없는 아이야. 완벽한 존재지. 그런 그녀를 지키고 있는 건 애정이야. 아끼는 사람들에 대한 사랑으로 스스로를 지켜내고 있는 거야. 그 마음이 다치게 된다면 그 아이는 엄청난 고통에 시달리게 될 거야. 시든 꽃처럼 풀이 죽어서, 조그마한 상처에도 살이 에일 듯한 서리를 맞은 것처럼 괴로워할 거란 말이야. 이미 아이드리스는 우리 때문에 두려움에 떨고 있어. 아이들을 걱정하고, 자네를 걱정하지. 아이들의 아버지이자 자신의 연인이며 남편이고 보호자인 자네를 잃을까 봐 두려워한단 말이야. 그러니까 자네는 그녀 곁에서 그녀를 지켜주고 그녀에게 용기를 줘야 해. 윈저로 돌아가게, 형제여. 거기에 자네가 해야 할 모든 것이 있어. 내 빈 자리까지 자네가 채워줘. 나는 이곳에서 내가 감내해야 할 일들을 하겠네. 자네가 그곳에 있어야 내가 그 소중한 곳에서 눈을 돌릴 수 있어. 버니, 자네가 그곳에 있을 때에만 나는 내 사랑하는 가족이 있는 그곳은 안전하다고 생각할 수 있네."

7장

　나는 윈저로 돌아왔지만 계속해서 윈저에 머무를 생각은 아니
었다. 아이드리스에게 상황을 설명한 후 양해를 구하고 다시 런
던으로 가서 친구의 곁을 지키려 했던 것이다. 나는 그의 막중한
업무를 함께 나누며 그를 지키고 싶었다. 만약 피할 수 없는 일이
라면 내 삶을 바쳐서라도 말이다. 물론 아이드리스가 괴로워할
모습을 상상하면 마음이 무거웠다. 나는 그녀의 얼굴에 잠시라도
슬픔이 머물게 하지 않겠다고 다짐했었다. 그 다짐을 지키기 위
해 에이드리언의 곁을 지켜야 하는 책임을 마다하고 비겁한 인간
이 되어야 하는 걸까? 나는 마음이 어지러운 상태에서 윈저로 향
하는 마차를 재촉했다. 윈저에 도착하기까지 수일, 수개월이 걸
렸으면 좋겠다고 생각하기도 했다. 그만큼 어떤 입장을 취할지
선택하는 것이 어려웠다. 그런 생각들로부터 도망치고 싶기도 했
다. 하지만 그건 불가능한 일이었다. 주마등처럼 스쳐지나가는

암울한 미래의 모습이 점점 더 가까워지며 온 세상을 그 어두운 그림자 속에 가두고 있었다.

마음이 이렇게 어지러웠기 때문에 나는 평소와 달리 에그햄과 비숍게이트를 통해 집으로 돌아가기로 결정했다. 퍼디타가 살던 작은 집 앞을 지나치게 됐을 때 나는 마차에서 내렸다. 나는 마차를 먼저 보낸 후 정원을 따라 성까지 걸어가기로 했다. 그 집은 달콤했던 기억들을 위해 바쳐진 곳이었다. 버려진 집과 관리되지 않은 정원은 내가 느끼고 있던 우울함과 잘 어울렸다. 우리가 행복했던 시절, 퍼디타는 그 집을 하나의 그림처럼 꾸미곤 했다. 하지만 레이먼드와 사이가 벌어지고 난 후부터 그 집은 완전히 버려졌다. 이제 그곳은 폐허나 다름없었다. 사슴 한 마리가 부서진 울타리를 뛰어넘어 꽃밭에서 휴식을 취하고 있었다. 현관 앞까지 잡초가 자랐고, 창문의 격자는 일부가 떨어져나와 바람에 삐걱대고 있었다. 황폐하기 그지없는 풍경이었다. 그러나 푸른 하늘 아래 펼쳐진 잡초 사이로 드문드문 꽃들이 자라나고 있었고, 그 미묘한 꽃향기가 공기에 스며들었다. 나무들은 머리 위에서 바람 따라 나뭇잎을 이리저리 흔들며 자연이 사랑하는 선율을 일깨웠다. 하지만 이런 활기찬 여름의 풍경마저 희미하게 만들 만큼 그 집의 모습은 우울했다. 길이었던 곳에도, 꽃밭이었던 곳에도 잡초가 무성했다. 우리가 모여 행복한 평화를 누리던 시간은 사라진 지 오래였다. 조만간 현재도 과거가 될 것이고, 시간의 자궁에서 자라나는 어둡고 위협적인 미래도 시간의 요람을 지나 무덤으로 사라질 것이다. 나는 난생 처음 죽은 자들의 깊고 긴 잠이 부러웠다. 푸른 잔디 아래에 누운 그들에게는 슬픔도, 두려움도 아무런 영향을 미치지 못할 것이 아닌가. 그러므로 죽은 자들은 행복할 것이라는 생각마저 들었다. 나는 부서진 울타리 사이를 지나며 눈물이 흐르고 목이 메는 것을 느꼈다. 내 자신의 눈물이 어이가 없다고 생각하기도 했지만, 나는 결국 슬픔을 가누지 못하며 깊은 숲 속으로 달려갔다. 아, 우리의 삶을 지배하는 죽음과 변화여! 그대들은 어디에 있는 것인가? 모습을 드러내라. 내가 그대들을 붙잡아 쓰러뜨릴 것이다. 우리의 평온함에서 그대들이 질시했던 것이 무엇인가? 우리의 행복을 그대들이 파괴해야만 했던 그 이유는 대체 무엇인가? 우리는 행복했고, 서로를 사랑했으며, 동시에 사랑받았다. 풍요의 뿔이라고도 불리는 아말테이아의 뿔은 우리에게 어떠한 축복도 내려주지 않았다. 허나, 아아!

성가신 운명도,
잔혹한 신도,
어제는 한 떨기 꽃이요, 오늘은 한 구의 송장이라.
이처럼 한결같은 것은 없나니!
(칼데론 데 라 바르카의 시를 인용한 것이다—옮긴이)

깊은 생각에 빠져 숲 속을 서성일 때, 한 무리의 사람들이 내 곁을 지나쳐갔다. 그들은 무언가를 골똘히 생각하는 것처럼 보였다. 우연히 그들의 대화 중 일부를 엿듣게 된 나는 그들에게 다가가 질문을 던질 수밖에 없었다. 그 사람들은 런던을 떠나 이곳으로 오고 있는 중이었다. 역병이 번진 상황이기에 흔한 풍경이었다. 그들은 템스 강을 따라 배를 타고 왔다고 했다. 윈저에서도 그들에게 보금자리를 마련해줄 수는 없는 형편이었기에, 그들은 조금 더 나아가 템스 강 보울터 수문 근처의 버려진 오두막에서 밤을 보냈다. 그리고 다음 날 아침, 그들은 역병에 걸린 일행 하나를 뒤로한 채 그곳을 떠나왔다. 한명이 감염되면, 나머지에게 퍼지는 것은 시간 문제였다. 그런 이유로 그들은 감염된 이를 데리고 다닐 수 없었던 것이고, 그렇게 해서 남겨진 이는 홀로 질병과 죽음에 맞서고 있을 터였다. 나는 안쓰러운 마음에 그들이 말한 오두막을 향해 서둘러 달려갔다. 그의 상황을 확인하고, 그에게 필요한 것들을 마련해주기 위해서였다.

오두막으로 향하던 중 나는 이 일에 대해 이야기를 나누던 또한 무리의 사람들을 만나게 되었다. 병자가 있는 오두막에서 멀찌감치 떨어져 있던 그들의 얼굴에는 두려움이 가득했다. 나는 그 비정한 사람들을 지나쳐 오두막으로 곧장 향하는 길로 들어섰다. 그들 중 하나가 내가 상황을 모른다고 생각했는지 나를 불러세우고는 오두막으로 들어가지 말라고 충고했다. 아주 가까운 거리에 감염된 사람이 쓰러져 있다는 것이었다.

"알고 있소."

내가 대답했다.

"그 가련한 사람의 상황을 확인하러 가는 중이라오."

두려움에 찬 낮은 신음 소리가 사람들에게서 흘러나왔다. 나는 말을 이었다.

"저 가련한 병자는 버림받은 채 아무런 도움도 받지 못하고 죽어가고 있소. 요즘 같은 불행한 시기에 우리 중 누가 또 그와 같은 처지가 될지는 신만이 아실 게요. 나는 내가 그런 상황에 처했다면 원할 만한 일을 하려는 것뿐이오."

"하지만 그렇게 되면 나리는 성으로 돌아가실 수 없게 되지 않습니까? 아이드리스 아가씨와 자제분이 계신 곳 말씀입니다요."

혼란스러운 듯 튀어나온 한 사람의 말이 내 귀에 꽂혔다. 나는 차분히 대답했다.

"그대들은 아직 모르나 보오. 호국경이 되신 우리의 백작은 매일 병에 걸렸을지도 모르는 이들을 만날 뿐 아니라 병원과 감염자 수용소를 돌며 병자들을 직접 만지기도 하신다오. 그런데도 그분은 더할 나위 없이 건강하시오. 그대들은 이 역병에 대해 상당히 잘못 알고 있소. 허나 두려워 마시오. 나는 그대들에게 나와 동행해줄 것도, 내 말을 믿어줄 것도 바라지 않으니 말이오. 나는 홀로 환자를 확인하고 안전하게 돌아올 것이오."

그렇게 말하고 나는 그들에게서 돌아서 서둘러 오두막으로 향했다. 오두막 문은 약간 열려 있었다. 나는 안으로 들어섰다. 흘깃 스쳐본 것만으로 그곳에 더 이상 생존자는 없다는 사실을 알아차릴 수 있었다. 짚더미 위에는 차갑게 식은 시신이 뻣뻣하게 누워 있었다. 끔찍한 악취가 진동했고, 여기저기에 묻은 얼룩들이 역병의 흔적을 드러내주었다.

나는 그때까지 역병으로 죽은 자를 한 번도 직접 본 적이 없었다. 아마도 디포(『로빈슨 크루소 표류기』의 저자 다니엘 디포를 뜻한다—옮긴이)의 작품을 열정적으로 정독한 사람이나, 『아서 머빈』을 쓴 저자(미국의 공포소설 작가인 찰스 브라운을 뜻한다—옮긴이)의 유려한 서술을 인상 깊게 읽은 사람이라면, 실재하는 현실을 맞닥뜨렸을 때 경악을 금치 못할 것이다. 그 책들의 묘사는 너무도 생생해서 우리는 마치 작가들이 그리는 이야기를 직접 경험한 것처럼 느끼곤 한다. 하지만 글로 묘사된 차가움과 뜨거움, 수천 가지의 죽음과 절망들은, 내가 그 불행한 이방인의 시체를 마주했을 때 느꼈던 것과는 비교도 할 수 없었다. 그것이야말로 진짜 역병이었다. 나는 뻣뻣하게 굳은 그의 팔을 들어보고, 일그러진 얼굴을 확인했으며, 이제 어떤 것도 인식할 수 없는 차가운 그 시선을 바라보았다. 그러는 동안 섬뜩한 기운이 내 피를 얼어붙게 만들었다. 팔다리가 덜덜 떨렸고, 머리털이 쭈뼛 섰다. 반쯤 정신이 나간 채 나는 시신에게 말을 걸었다. 그래, 역병이 그대를 죽인 게로군. 나는 음산하게 중얼거렸다. 어찌하다 이리 되었나? 고통스러웠던 겐가? 그대는 역병이 그대의 숨을 앗아가기 전에 온갖 고초를 겪은 것 같군. 그 말을 내뱉은 순간, 나는 황급히 몸을 틀어 오두막에서 달려나왔다. 자연이 규칙을 어겨 죽은 자의 입에서 대답이 튀어나오게 할까 겁이 났던 것이다.

　갔던 길을 따라 되돌아오던 중, 나는 아까 헤어졌던 사람들이 멀찌감치 떨어져 있는 모습을 알아차렸다. 그들은 나를 보자마자 서둘러 자리를 떴다. 마치 나와 조금만 가까워져도 전염이 될까 두려워하는 모양새였다. 동요하고 있던 나의 태도도 그들의 두려움을 배가시켰을 것이다.

현실을 증명하면 비현실적인 꿈은 사라지게 되는 것처럼, 사람들의 눈에 보이는 분명한 사실이 결론을 창출해냈을 것이다. 나는 불확실한 존재에게 두려움을 느끼는 사람들을 비웃곤 했다. 하지만 그건 타인의 문제였기 때문이었다. 이제 내가 문제를 직면한 입장이 되자, 나 역시 평소처럼 가벼운 마음일 수 없었다. 나는 걸음을 멈추었다. 저승에 있다는 루비콘 강을 건넌 기분이었다. 나는 질병의 위험을 지니고 있을지도 몰랐다. 그 점을 확실히 할 필요가 있었다. 어리석은 생각이라는 걸 알고 있었지만, 그래도 혹시 모르는 일이었다. 내 옷이, 내 스스로가, 내가 내뱉는 공기가 나뿐만 아니라 다른 이들을 위험에 빠뜨릴 수도 있는 것이 아닌가. 이런 상태로 아내와 아이들이 있는 성으로 돌아가도 되는 걸까? 내가 감염되었다면 성으로 돌아가는 것은 잘못된 선택일 것이다. 그러나 나 스스로는 이상이 없다고 분명히 느끼고 있었다. 적어도 몇 시간은 지나야 확실한 결론을 낼 수 있을 것이다. 그런 생각으로 나는 숲에서 내게 무슨 일이 일어나는지, 앞으로의 일이 어떻게 될 것인지, 그 추이를 지켜보기로 했다. 내가 병에 걸렸을지도 모른다는 생각이 나를 지배하자, 나는 런던에서 느꼈던 격정적인 마음을 잊게 되었다. 짙은 안개로 가려져 있던 새롭고도 고통스러운 전망이 서서히 모습을 드러냈다. 내가 에이드리언의 고충과 위험을 나눌지에 관한 것은 이제 더 이상 중요한 문제가 아니었다. 윈저와 우리 주위에 사는 이웃들에게 내가 어떤 조치를 취해야 하는지가 진정한 문제였다. 에이드리언은 런던에서 신중하고도 열정적으로 사람들에게 필요한 질서를 만들어내고 있었다. 이제 역병은 더욱 크게 번지고 있으며, 나 역시 그를 따라 행동으로 옮길 차례였다. 적어도 내 가족을 안전하게 지킬 수는 있을 테니 말이다.

나는 내 앞에 지도를 펼친 것처럼 전세계를 떠올려보았다. 어떤 곳도 안전한 곳이라고 손가락으로 짚을 수 없었다. 남부 국가들 쪽에서는 치명적인 역병이 인간이란 종족을 거의 말살시키다시피 했다. 게다가 폭풍과 홍수, 병충해까지 겹쳐 역병에 걸리지 않은 사람들마저 끔찍하게 고통받고 있었다. 북부의 사정은 더욱 심각했다. 그렇지 않아도 적은 인구가 서서히 줄어드는 중이었으며, 기근과 역병은 무력한 생존자들이 손쉽게 그들의 손아귀에 들어올 때만을 기다리며 먹잇감에게서 눈을 떼지 않고 있었다.

나는 영국으로 시야를 좁혔다. 위대한 영국의 심장이라고 할 수 있는 거대한 수도는 박동을 멈춘 상태였다. 무역은 중단되었다. 정치나 유희를 위한 행사들도 모두 자취를 감추었다. 거리에는 잡초가 무성했고 집들은 텅 비었다. 아직 사람이 살고 있는 몇 안 되는 집들은 이미 역병의 낙인이 찍혀 있는 것 같았다. 거대한 산업도시들에서도 같은 비극이 일어나고 있었다. 역병의 확산 규모는 수도에 비해 적은 편이었지만, 참사의 정도는 훨씬 거대했다. 에이드리언이 직접 감독할 수 없는 곳이었기에 모든 서민층이 재난을 고스란히 떠안고 죽어갈 수밖에 없었던 것이다.

하지만 우리 모두가 죽어가는 것은 아니었다. 실제로 인류의 수는 엄청나게 감소했지만, 여전히 명맥을 이어가고 있었다. 이 엄청난 역병은 몇 년 내에 인류 역사를 송두리째 바꿔놓을 것이다. 전례가 없는 엄청난 영향력을 끼칠 것이 명백했다. 이대로 놔둘 수는 없었다. 무슨 수를 써서라도 역병을 막아야만 했다. 역병이 수천, 아니 수만 명을 더 학살하기 전에, 인류가 역병의 지독한 장난으로 말살되기 전에 우리는 조치를 취해야 했다. 사람의 목숨이 이제 진정한 값어치를 가지게 되었다. 한 사람의 생명은 소위 왕들이 지녔던 보물보다 소중했다. 한 인간의 생각이 깃든 얼굴을 보라. 그 우아한 육신과 장엄한 얼굴, 놀라운 생명의 신비를 보라. 신이 만들어낸 최고의 작품이 부서진 배처럼 한편으로 밀려나서는 안 된다. 인류는 지켜져야 한다. 우리의 자식들과, 그 밑의 자식들이 최후의 시간까지 인류의 형태와 이름을 이어갈 수 있도록······.

무엇보다 나는 자연과 운명이 내게 맡긴 소중한 사람들을 지켜야 한다. 만약 수많은 사람들 중 내가 인간의 선량함과 위대함을 후대에 전할 표본으로 선택된다면, 그리고 함께 살아남을 사람을 선택할 권리가 내게 주어진다면, 가족이라는 신성한 관계로 묶인 내 소중한 이들만큼 적당한 사람을 찾을 수 없을 것이다. 지금 살아남은 이들 중에서 가족 단위의 사람들도 계속해서 존재해야 한다. 그것이 내가 해야 할 일이라는 걸 알았다. 그 일을 완수하기 위해서라면 내 삶을 바치는 것은 작은 희생에 불과했다. 아이드리스와 내 아이들이 태어난 윈저 성은 인간 세상이라는 부서진 선박을 위해 안식처가 되어야 했다. 윈저의 숲은 우리의 세계가 되어야 했다. 정원은 우리에게 먹을 것을 내어줄 것이다. 그 성벽 안에서 나는 위태로운 사람들의 건강을 굳건하게 만들 것이다.

에이드리언이 사랑 속으로, 문명사회 속으로 내 등을 떠밀기 전까지, 그리고 인간의 뛰어나고 너그러운 면을 내게 심어주기 전까지, 나는 외톨이였으며 방랑자였다. 그 뒤로도 선을 따르려 하며 지혜를 갈망했지만, 여전히 나는 가치 있는 존재라 할 수 없다. 하지만 고귀하게 태어나 여성의 신성함을 완벽하게 갖춘 아이드리스는 나와 달랐다. 그녀의 걸음걸이는 시인의 꿈에나 나올 법하게 우아했고, 그녀의 모습은 세밀하게 조각된 여신이 인간으로 화한 것 같았으며, 심지어 그림 속에서 걸어나온 것처럼 느껴지기도 했다. 그토록 완벽한 존재가 나를 선택하고, 자신을 선사했다. 그녀라는 선물은 값을 매길 수 없이 귀중했다.

이런 생각들에 빠져 있는 사이 몇 시간이 지나갔다. 허기와 피로가 시간의 흐름을 느끼게 해주었다. 저물어가는 해는 긴 그림자를 땅에 드리우고 있었다. 나는 윈저 서부에서 멀리 떨어진 브랙널을 향해 걸어가는 중이었다. 내 상태에는 전혀 이상이 없었고, 감염되지 않았다는 확신이 생겨났다. 그제야 나는 아이드리스가 나를 걱정하고 있을지도 모른다는 것에 생각이 미쳤다. 그녀는 아마 런던에서 내가 돌아오고 있다는 얘기를 들었을 것이다. 게다가 보울터 수문에 들렀던 것도 알고 있을지 몰랐다. 그런데도 내가 돌아오지 않는다면 그녀는 온갖 근심 걱정으로 애태울 것이다. 나는 롱워크를 따라 윈저로 돌아갔다. 성으로 향하는 중한 마을을 지나게 되었는데, 그곳은 상당히 소란스러웠다.

토머스 브라운 경은 이런 글을 쓴 적이 있다. "포부를 갖기엔 너무 늦었다. 우리는 일부 위대한 인물들처럼 오래도록 이름을 남기겠다는 희망을 가질 수 없다. 야누스는 두 얼굴을 지녔지만, 한 번에 한 얼굴만을 보여주는 법이다." 이 문장은 다가올 종말을 예언하는 수많은 광신도들을 만들었다. 부서진 희망에서 미신이 생겨났고, 대형 극장에서 난폭하고 위험한 익살이 상연되었으며, 남겨진 미래의 일부도 예언자들의 시선 속에서 조그만 점 하나 정도로 줄어들고 있었다. 정신력이 약한 여성들은 자신들에게 쏟아질 맹렬한 비난에 대한 두려움으로 죽음을 맞이했고, 강건한 체격의 남성들은 무지와 광기 속으로 추락해 자신들을 덮칠 무한한 시간에 대한 두려움에 시달렸다. 원저의 주민들 중에도 절망에 빠져드는 이런 부류의 사람들이 있었다. 아침에 한 마을에서 있었던 일과, 내가 오두막에 들렀던 일은 주위에 널리 퍼진 상태였다. 충격을 받은 사람들은 광기에 휩싸이기 시작했다. 내가 오두막에 들렀던 일은 이미 설명했으니, 아침에 한 마을에서 있었던 일에 대해 얘기해보겠다.

젊은 아내와 사랑스러운 아기를 역병으로 잃은 사내가 있었다. 그는 수리공이었다. 그는 상실감에 빠져 일손을 놓았고, 굶주림은 절망을 배가시켰다. 그는 아내와 아기가 있던 방을 떠났다. 물론 그 방에 남은 것은 더 이상 아내와 아기가 아니었다. '대지와 한몸이 된 시체'였을 뿐이다. 굶주림과 슬픔이 그로 하여금 자신이 세상의 종말을 알리기 위해 천국에서 보낸 사자라는 믿음을 가지게 만들었다. 그는 교회를 돌아다니며 신자들에게 조만간 그들 모두 세상에서 사라질 것이라고 예언했다. 그의 예언은 마치 연극이 끝난 뒤 깨닫게 되는 현실과 같았다. 연극이 끝나면 관중들에게 집으로 돌아가 죽음을 맞이하라고 명령하는 것이다. 그는 그러고 돌아다니다 구금되었던 적도 있었다. 하지만 그는 감옥을 탈출한 후 런던에서부터 이 마을, 저 마을을 떠돌아다니며 미치광이의 행색으로 이상한 말들을 늘어놓았다. 그는 사람들이 숨기려는 두려움을 들춰내고, 차마 입밖으로 내지 못하는 생각들에게 목소리를 쥐어주었다. 그런 그가 그날 아침 윈저의 청사 앞에 서서 두려움에 떠는 군중들에게 기나긴 연설을 들려준 것이다.

그가 소리쳤다.

"이 땅에 사는 사람들이여, 들으라! 모든 것을 내려다보고 있는 무자비한 하늘이여, 들으라! 세파에 시달린 마음이여, 그대도 들으라! 의미 없는 말처럼 느껴진다 해도 이제부터 이 심장이 내뱉는 말을 귀 기울여 들으라! 죽음이 우리에게 거하노라! 꽃으로 치장된 이 땅이 아름다워 보이겠지만, 이곳은 우리의 무덤이라! 하늘의 구름이 우리를 위해 흐느끼고, 화려한 별들은 우리의 장례식을 밝히는 횃불이 되어주노라. 머리가 희끗한 노인들이여. 그대들은 몇 년이라도 더 그대들의 아늑한 집에 머물기를 바랄 것이다. 하지만 이제 그 바람을 내려놓으라. 그대들은 사라져야만 한다. 어린아이들이여. 너희들은 결코 어른이 되지 못할 것이다. 지금 너희를 위해 조그만 무덤이 만들어지고 있도다. 어머니들이여. 그 아이들을 끌어안으라. 죽음이 그대들을 품을 것이니!"

그는 몸을 바르르 떨며 팔을 앞으로 뻗었다. 그의 두 눈이 이글거렸다. 그는 아무것도 보이지 않는 허공에 대고 손짓하며 소리쳤다.

"저기 있도다! 죽은 자들이 저기 있도다! 수의를 입고 떠올라 침묵 속에 파멸의 땅으로 나아가지 않는가! 피가 흐르지 않는 그들의 입술은 달싹이지 않는다. 어둠이 드리운 그들의 사지는 앞으로 나아가는 동안에도 흔들림 하나 없다. 우리는……."

그가 앞으로 뛰쳐나가며 목소리를 높였다.

"우리는 대체 무엇 때문에 주저하는 것인가? 동포여, 서둘러 죽음의 의복을 차려입으라. 역병이 그대를 인도할 것이다. 왜 이토록 지체하는 것인가? 선, 지혜, 사랑 모두 오래전에 사라졌다. 어머니들이여, 가족들에게 마지막 입맞춤을 하라. 남편들이여, 그대들은 더 이상 수호자가 아니다. 아내를 죽음으로 이끌라! 어서, 서두르라! 우리가 아끼던 사람들이 지금 저 앞에 있지만, 저들도 머지않아 완전히 사라질 것이다. 그때가 되면 우리는 그들을 영영 볼 수 없게 되어버린다."

광분하던 그가 갑자기 침착함을 되찾더니 과장되지 않은 말투로 두려운 말들을 늘어놓았다. 그는 시간이 지니는 공포를 사람들에게 눈에 보일 듯 설명해주었다. 역병이 인간의 몸에 일으키는 변화를 분 단위로 상세하게 묘사하며, 가족을 잃은 자신의 가슴 아픈 이야기를 들려주었던 것이다. 이야기가 사랑하는 이의 임종을 지켜봐야 했던 절망의 공포에 이르자 사람들 사이에서 신음 소리가 흘러나왔고, 일부는 두려움에 몸을 움츠리기도 했다. 맨 앞줄에 서 있던 한 남자는 입을 벌린 채 선지자에게서 눈을 떼지 못하고 있었다. 그는 뻣뻣하게 굳어 있었지만, 그의 얼굴은 두려움 때문에 붉으락푸르락 다양한 색으로 물들고 있었다. 광인의

65

시선이 그에게 고정되었다. 그 모습은 방울뱀이 파르르 떨고 있는 제물을 눈앞에 두고 턱밑에 쑤셔넣을 때까지 흥분을 감추지 못할 때와 같았다. 광인은 다시 차분해졌다. 그러나 그의 기상은 더욱 높아지는 것만 같았다. 그의 얼굴에는 위엄마저 서렸다. 그는 전율하기 시작한 농부에게서 눈을 떼지 않았다. 농부의 두 무릎이 서로 맞부딪치고 있었다. 바들바들 떠느라 이도 딱딱거렸다. 그러다 끝내 농부는 경련을 일으키며 바닥에 쓰러졌다.

"저 남자는 역병에 걸렸도다."

광인이 차분한 목소리로 말했다. 불쌍한 농부의 입에서 날카로운 비명이 터져나오다, 비명이 멎는 것과 동시에 몸의 움직임도 완전히 멈춰버렸다. 주위에 있던 모든 사람이 그의 죽음을 두 눈으로 똑똑히 지켜보았다.

공포에 사로잡힌 비명들이 그 자리를 채웠고, 모두가 혼비백산하여 달아났다. 몇 분 지나지 않아 시장은 텅 비어버렸다. 시신은 바닥에 널브러져 있었고, 광인은 지친 모습으로 그 곁에 앉아 여윈 손으로 수척한 얼굴을 괴었다. 곧 치안판사의 명을 받은 사람들 몇이 시신을 치우기 위해 나타났다. 간수의 얼굴을 알아차린 불운한 광인은 황급히 달아났다. 나는 성으로 돌아가던 중에 그 광경을 목격했다.

잔인하고 무자비한 죽음은 우리의 믿음직한 성벽 안으로도 침투했다. 아이드리스가 어릴 때부터 그녀를 길러주었던 늙은 하녀가 그 제물이었다. 그 하녀는 자신의 가족보다 우리와 더 오랜 시간을 함께했던 사람이었다. 그녀는 얼마 전 결혼을 해 런던 근교에서 살고 있는 딸네 집에 며칠간 다녀왔는데, 윈저로 돌아온 날 밤부터 역병의 증상을 보였다. 아이드리스는 남 앞에 허리를 숙일 줄 모르던 도도한 백작부인과 닮은 점이 없었다. 그것은 모두 그녀를 돌봐준 그 늙은 하녀 덕분이었다. 그 선량한 여인은 아이드리스에게 어머니와도 같았다. 비록 배운 것 없이 무지했지만 그녀는 겸손한 자세로 자신의 결점까지 스스럼없이 인정하곤 했고, 우리는 그런 그녀를 높게 평가했다. 아이들은 그녀를 특히 잘 따랐다. 성에 도착한 나는 말 그대로 비통하고도 두려운 마음을 안고 아내를 찾았다. 아이드리스는 괴로움 속에서도 환자의 곁을 지키고 있었다. 하지만 아이들이 전염될지도 모른다는 두려움은 줄어들 기세를 보이지 않았다. 내가 도착했다는 소식은 그녀에게 역경을 헤쳐나가던 선원들이 등대의 불빛을 발견하는 기쁨과도 같았다. 그녀는 내 손에 끔찍한 불안을 모두 맡기고 내 결정을 기다리며 자신의 슬픔을 위로했다. 얼마 안 가서 우리의 간호도 소용없어졌다. 고통스럽던 불안감은 깊은 후회로 바뀌었다. 하지만 그 괴로움도 이내 위안에 기꺼이 자리를 내어주었다. 그 어떤 것보다도 가장 큰 위안인 수면이 눈물 고인 그녀의 눈동자를 적시며 망각으로 그녀를 이끌었다.

아이드리스는 잠이 들었다. 커다란 성에 머무는 모든 사람들이 깊은 휴식 속으로 빠져들었고, 성에는 고요함이 감돌았다. 나는 깨어 있었다. 모두가 잠든 기나긴 밤, 내 분주한 머릿속은 생각의 물레방아를 수만 바퀴 돌리고 있었다. 빠르고 정확했지만 제어할 수 있는 게 아니었다. 모두가 잠들었다. 영국 전역이 잠들었다.

나는 창가에서 마을을 비추는 별빛에 기대 넓게 펼쳐진 고요한 풍경을 바라보았다. 죽음의 형제가 내 일족을 데려가는 중에도 나는 살아서 그렇게 깨어 있었다. 죽음과 역병이라는 이 전능한 형제들보다 더욱 강한 존재가 세상을 지배하게 되면 대체 무슨 일이 벌어질까? 역설적인 말이지만 솔직한 심정으로, 한밤의 고요함이 내 귓가를 때려댔다. 고독은 이제 견딜 수 없었다. 나는 아이드리스의 가슴에 손을 가져다댔다. 고개를 숙여 그녀의 숨소리를 확인한 후에야 그녀가 여전히 살아있다는 사실에 안도할 수 있었다. 순간 내가 그녀를 깨우진 않았는지 하는 생각에 그녀의 얼굴을 확인했을 때, 내가 얼마나 남자답지 못한 생각을 하고 있는지를 깨닫게 되었다. 신이여! 이런 건 오늘뿐이겠지요? 어느 날 모두가 사라지고 나만 홀로 남아 이 땅을 걸어야 하는 건 아니겠지요? 신에게서 전해 받은 이 불분명한 경고의 목소리가 내게 믿음을 강요하는 것은 아니겠지요?

내가 부르지 않아도 들려오는
경고의 목소리는 우리에게 오직
불가피한 것만을 알려준다. 마치 태양이,
떠오르기 전에 이미 대기를 물들이는 것처럼
엄청난 사건들이 지니는 의미도 종종
사건이 일어나기 전에 성큼성큼 걸어온다.
오늘은 이미 내일을 걷고 있다.
(프리드리히 폰 실러의 「발렌슈타인의 죽음」에서 인용한 것이다—옮긴이)

8장

한동안 펜을 들지 못하다 다시 이야기를 이어나가야만 한다는 생각에 이르게 되었다. 하지만 이제까지 사용했던 것과는 방식을 달리해야 한다. 앞서서는 인간이 느끼는 고통의 무게에 대해 하찮은 것 하나까지도 상세히 묘사하려 했다. 타인의 슬픔에 관한 이야기를 지루하게 끌어나가는 동안, 내 슬픔은 단단히 동여매져 있었다. 이 죽음의 여정을 통해, 무수한 눈물로 이루어진 바다를 향하는 고통스러운 이 길을 통해, 서서히 모습을 드러내는 내 영혼의 상처가 다시금 내 안의 극심한 슬픔을 일깨우기 전까지 말이다. 나는 이 기록을 마약으로 이용해왔다. 생기 넘치고 희망으로 반짝였던 사랑스러운 벗들을 그려내는 동안, 나는 그 기억들로 위로받을 수 있었다. 마지막에 이르면 그만큼 서글픈 기쁨이 나를 기다리고 있을 테지만. 하지만 그 전에 나는 시간의 벽을 기어올라 그 사이에 있었던 일들을 끄집어내야 한다. 지금까지 나는 뒤돌아보지도 않았고, 황폐한 풍경 뒤에 숨겨진 것이 무엇인지 찾아보려 하지도 않았다. 이제부터 해야 할 그 일은 내 능력을 넘어서는 고된 작업이 될 것이다. 시간과 경험은 과거 전체를 이해할 수 있는 높이에 나를 데려다놓았다. 그렇기에 나는 벌어진 일들을 써내려가야 하고, 그림에 음영을 부여하며 우리에게 닥친 그 어둠이 모든 것과 조화를 이루도록 표현해야만 한다.

끔찍한 사건 모두를 설명할 필요는 없을 것이다. 우리에게 닥친 재앙이 엄청난 것이긴 하지만, 그보다 훨씬 사소한 재난에서도 유사함을 찾을 수는 있을 테니 말이다. 혹시 죽는 게 차라리 낫겠다는 생각을 하게 하는 격리 수용소의 이야기를 알고 싶은 독자가 있는가? 죽음이란 수레가 지나가는 애달픈 길에 대한 것이나, 쓸모없는 것들의 무감각함, 사랑을 품은 마음이 지니는 고통에 대해 듣고 싶은 독자는? 참혹한 비명 소리와 지독한 침묵, 다양한 질병과 유기, 굶주림, 절망, 죽음에 대해 읽고 싶은 독자도 있는가? 이런 것들에 대한 갈망을 해소시켜줄 수 있는 책들은 널리고 널렸다. 그런 독자들이라면 보카치오나 디포, 브라운의 책을 펼쳐보길 바란다. 모든 것을 삼켜버린 엄청난 규모의 소멸, 번잡했던 이 땅에 남은 소리 없는 고독, 혼자 남았을 때의 외로움이 나를 둘러싸고 그 통렬한 현실을 상세히 기록할 힘을 앗아갔다. 나는 고통스러웠던 과거를 시적인 색조로 부드럽게 설명할 수 없다. 그저 과거를 돌아보며 나를 괴롭혔던 상황들로부터 달아날 뿐이다.

나는 내가 할 수 있는 방식으로 가족을 보호해야겠다는 생각과, 다시 에이드리언에게로 돌아가 그의 곁을 지킬 것이라는 생각을 하며 런던에서 돌아왔다. 하지만 윈저에 도착하자마자 일어난 사건은 이런 생각을 바꾸어놓았다. 역병은 런던에만 존재하는 것이 아니었다. 역병은 모든 곳에 존재했다. 릴랜드가 말한 대로, 역병은 수천 무리의 늑대 떼처럼 겨울밤을 가르는 비명을 내지르며 사납게 우리를 향해 돌진했다. 역병이 시골에 돌면, 도시에서보다 더 끔찍하고 위급하며 처리하기 힘든 양상을 보였다. 도시에서는 같은 고통을 겪고 있는 사람을 근처에서 쉬이 발견할 수 있었다. 이웃들은 다른 사람들의 상황을 보며 경험을 쌓을 수 있었고, 에이드리언의 행적을 보며 위안을 얻기도 했다. 하지만 시골은 그렇지 못했다. 농장은 여기저기 흩어져 있었고, 오두막은 하나같이 외따로 떨어져 있었다. 영혼을 짓밟는 비극을 미리 볼 수도 들을 수도 알아차릴 수도 없었다. 의학적 도움은 얻기 힘들었고, 식료품도 구하기 쉽지 않았다. 사람들은 수치심에 시달리기도 했다. 벗들을 지키지 못했음에, 거대한 사악함에 발을 들여놓았음에, 두려움에 쉽게 굴복했음에 부끄러워해야 했던 것이다.

용감한 행동을 하는 사람들도 종종 나타났다. 그들의 미담은 사람들의 가슴을 벅차게 하기도 하고 눈물샘을 자극하기도 했다. 아름다운 것과 추한 것이 밀접하게 얽힌 것이 바로 인간의 본성이다. 역사에서 우리는 주로 악행에 잇따르는 관용과 헌신이 천상의 꽃밭처럼 핏자국을 가리는 장면을 접하게 된다. 허나 그러한 행위가 죽음을 그럴싸하게 꾸미고자 하는 의도에서 비롯된 것은 아니다.

버크셔와 버킹엄셔에 사는 사람들은 런던과 리버풀, 브리스틀, 맨체스터, 요크셔 등 영국의 모든 대도시에서 역병 환자가 발생했다는 사실을 알고 있었다. 그러나 그들은 충격을 받거나 낙담하지 않았다. 그들은 두려움 가운데서도 분노를 느끼며 무언가를 해야 한다고 생각했다. 그들은 그 끔찍한 사건을 해결하기 위해 무엇이든 하려 했으며, 대책을 마련하기 위해 애썼다. 작은 마을에 살던 사람들은 집을 버리고 들판에 천막을 설치하기도 했다. 그들은 뿔뿔이 흩어져 굶주림에 시달리거나 무정한 하늘을 탓하면서도 자신만은 죽음을 피할 수 있을 거라는 희망을 놓지 않고 있었다. 반면 농부들과 서민들은 홀로 두려움에 떨며 광적으로 의사의 도움을 바라다가, 떼를 지어 마을로 몰려들었다.

다행스러운 것은 다시 겨울이 다가오고 있다는 사실이었다. 8월에 영국 전역에서 발발한 역병은 9월이 되면서 이 땅을 유린했다. 하지만 10월 말로 접어들면서 역병은 서서히 감소하는 추세를 보이더니, 일부는 독성이 조금 약한 발진티푸스로 변하기도 했다. 그러나 가을에도 따뜻한 날씨가 계속되었고, 강수량은 증가했다. 노인들이 하나씩 죽어갔다. 차라리 그들은 행복한 편이었다. 건강한 신체와 창창한 미래를 가진 수많은 젊은이들이 역병에 걸려 무덤 속으로 사라져갔다. 극심한 흉작 때문에 수확한 옥수수는 상태가 좋지 않았고, 국외에서 들여온 포도주의 양은 부족했다. 이런 상황이 역병의 확산을 부추겼다. 엎친 데 덮친 격으로 지난해 겨울에 영국을 덮쳤던 폭풍우가 또다시 들이닥쳤고, 크리스마스 직전에 영국 가구 절반이 침수 피해를 입었다. 그나마 다행히도 지난해보다는 실종 선박이 줄어서 피해가 더욱 크게 느껴지지는 않았다. 폭풍우와 홍수는 우리나라보다는 대륙에 위치한 유럽 쪽에 더 큰 피해를 입혔다. 이미 황폐해질 대로 황폐해진 그곳에 또다시 재앙이 몰아닥친 것이다. 이탈리아에서는 강물의 수위를 지켜보며 상황을 수습할 인력조차 부족한 상태였다. 이탈리아 중부, 서부, 북부에 각각 위치한 티베르 강, 아르노 강, 포 강은 마치 사냥꾼과 사냥개의 존재를 알아차리고 굴에서 달려나오는 들짐승처럼 거세게 범람하며 비옥한 들판을 마구 휘저어놓았다. 근방의 마을들은 물에 잠겨 자취를 감추었다. 로마와 피렌체, 피사도 상황은 매한가지였다. 잔잔한 강을 비추던 그들의 대리석 궁전은 범람한 강물이 얼어붙기 시작하며 초석부터 흔들리기 시작했다. 독일과 러시아가 입은 피해는 그보다 더했다.

그러나 결국 겨울의 서리가 찾아왔고, 우리에게 이 땅을 잠시 빌려준 지구는 새로운 모습으로 단장했다. 추위는 역병의 화살을 무디게 만들고, 역병을 진정시켜주었다. 봄이 되면 추위도 힘을 잃어버릴 터였지만. 그때가 되면 대지는 눈으로 장식된 겨울 의복을 벗어던지고 위협적인 얼굴을 드러내리라. 2월이 다 가기 전에 벌써부터 겨울이 떠나려는 신호를 보이기 시작했다. 신호를 감지한 지 사흘째 되는 날, 눈이 그치고 얼어붙었던 강이 녹아내리기 시작했다. 새들은 하얀 눈으로 뒤덮인 나뭇가지를 박차고 하늘로 날아올랐다. 나흘째 되던 날 아침에는 모든 것이 사라졌다. 남서풍이 비를 몰고 왔고, 비가 개자 태양이 환한 얼굴을 드러냈다. 이른 시기에 나타난 계절이 일반적인 자연의 법칙을 비웃기라도 하듯 뜨거운 여름의 열기로 세상을 데우기 시작했다. 3월의 바람이 길에 제비꽃이 만발하게 하고, 과일 나무들이 꽃봉오리를 열게 했다. 때이른 열기로 인해 옥수수가 열리고 나뭇잎이 울창해졌다. 화창한 날씨는 우리의 괴로움을 위로하기는커녕 두려움만 안겨주었다. 구름 한 점 없는 하늘과 꽃으로 뒤덮인 대지, 푸르른 숲까지도 우리에게는 두려움의 대상이었다. 우리의 앞에 펼쳐진 이 땅은 더 이상 우리가 지금까지 살던 곳이 아니었다. 우리의 무덤이었다. 흔히 묘지로 쓰이는 교회 경내에서나 맡을 법한 두려움의 냄새가 이 땅 곳곳에서 흘러나오고 있었다.

인간은 쉼 없이 계속해서
단단한 대지 위를 걸어간다.
인간은 내딛는 걸음마다
무덤으로 다가가고 있다.
(칼데론 데 라 바르카의 시를 인용한 것이다─옮긴이)

하지만 우리가 상황의 변화를 예상할 수 없기는 해도, 겨울이 우리에게 시간을 준 것만은 분명했다. 겨울이 선물해준 시간을 최대한 활용해야 했다. 어쩌면 여름이 되어도 역병이 다시 출몰하지 않을지 모른다. 그리고 다시 역병이 모습을 드러낸다면, 이번에는 만반의 준비를 갖춘 우리를 마주해야 할 것이다. 인간이란 고통과 슬픔 속에서도 자연에 적응하는 법을 알고 있다. 역병은 우리의 미래이자, 우리의 존재 그 자체가 되었다. 그렇다면 우리는 강의 범람이나 바다의 위협, 냉혹한 하늘에 대항하듯 역병에 맞서 우리를 지켜내면 될 것이다. 기나긴 고통과 괴로운 경험

속에서 이른바 만병통치약이라고 불리는 것들이 만들어지기도 했다. 말 그대로 그 약은 감염된 모든 존재를 죽여버렸다. 그리고 감염되지 않은 것도 죽여버렸다. 어쨌든 이런 과정은 우리가 기초를 탄탄히 하고 전염과 광기를 막기 위한 방어막을 높이 쌓도록 도와주었다. 생존자들의 삶에 이바지할 수 있는 새로운 질서가 만들어졌고, 계속되는 비극을 지켜보는 관중들에게 희망과 행복을 주기 위한 노력이 이어졌다. 에이드리언은 수도에서 죽음을 막지 못하는 동안 사태를 진정시킬 체계를 구축했다. 끔찍한 운명을 맞아 악화일로로 내달리게 된 인간들의 범죄와 어리석은 행위를 모두 막을 수는 없었지만 그래도 상황은 조금씩 나아지고 있었다. 나도 에이드리언의 모범을 따르고 싶었다. 하지만 인간은 대개

조금이라도 움직여야 한다면, 모두 함께 움직인다.
(윌리엄 워즈워스의 시 「결의와 독립」에서 인용한 것이다―옮긴이)

그래서 제각기 흩어져 있는 마을 사람들을 어떻게 이끌어야 할지가 나로서는 막막했다. 이런저런 말들로 사람들을 설득해도 그들은 한 귀로 흘려버리고, 바람이 부는 대로 방향을 틀었다. 상황이 변할 때마다 그런 모습이 반복되었다.

나는 다른 대책을 세웠다. 이 땅에 평화와 행복이 깃든 광경을 묘사했던 작가들은 일반적으로 현명한 노인들이 이끄는 조그마한 시골 동네의 모습을 보여주곤 했다. 내 계획은 여기에서부터

시작되었다. 아무리 작은 마을이라 하더라도 주민들을 이끄는 지도자가 있는 법이다. 사람들이 공경하고, 어려운 일이 있을 때 찾게 되는, 큰 영향력을 지닌 사람이 어느 무리에나 존재하지 않던가. 나는 내 생각이 통할지 확인해보기 위해 한 마을을 찾았다.

버킹엄셔에 있는 리틀 말로라는 작은 마을에서는 마사라는 노부인의 덕망이 높았다. 그녀는 지난 몇 년간 작은 노인요양원에서 지내고 있었다. 일요일마다 수많은 사람들이 문지방이 닳도록 그녀를 찾아와 조언을 구하곤 했다. 그녀는 군인의 아내였으며, 젊은 시절 남편과 함께 세상 곳곳을 돌아다녔다. 하지만 이제 나이가 들어 쇠약해진 탓에 외출을 하기도 쉽지 않았다. 그 마을에도 역병이 들이닥쳤고, 주민들은 충격과 슬픔에 빠졌다. 그때 마사가 앞으로 나서서 사람들에게 이야기했다.

"전에 나는 전염병이 도는 마을에서 지냈던 적이 있다오."

"그럼 거기서 도망쳐 나오신 겁니까?"

"아니, 하지만 나는 회복했지요."

그 말 한마디로 그녀는 전보다 더 큰 존경과 사랑을 받게 되었다. 그녀는 병자들의 집을 찾아다니며 그들에게 필요한 것을 직접 해결해주곤 했다. 그녀는 두려워하지 않았다. 사람들은 그녀의 용기에 고무되었다. 그녀는 시장을 돌아다니며 돈이 없어 먹을 것을 살 수 없는 사람들에게 음식을 나눠줘야 한다고 주장하기도 했다. 그녀는 개인의 안녕이 공동체의 미래가 된다는 것을 몸소 보여주려 애썼다. 그녀는 정원이 경작되지 않고 방치되는 것을 보고 있지 못했고, 창가에 핀 꽃들이 주인의 무관심으로 시들어가는 것을 용납하지 못했다. 그녀는 희망이야말로 의사의 처방보다 유익하고, 우리의 정신에는 기쁨이 약물보다 소중하다고 말했다.

리틀 말로의 현재를 목도하고 마사와 이야기를 나눈 후, 나는 계획을 실행에 옮겨야겠다고 결심했다. 이미 나는 영주들의 저택과 신사들의 집을 방문해, 자신들의 땅을 소작인들에게 기꺼이 내주겠다는 그들의 순수한 배려를 확인한 바 있었다. 하지만 그것만으로는 충분치 않았다. 진정한 공감과 지지는 서로 비슷한 희망과 두려움을 갖고 있고 유사한 경험과 목표가 있는 사람들 사이에서 만들어지는 것이었다. 가난한 이들은 부유한 이들이 자기네들끼리 먹고 마시며 스스로를 지켜내고 있다고 생각했다. 그래서 빈곤층은 부유한 이들보다 비슷한 처지의 사람들이 주는 도움과 충고에 열 배는 더 의지하곤 했다. 그런 이유로 나는 마을들을 돌아다니며 시골 동네의 지도자를 찾아 체계를 세워주고, 시야를 넓혀주고, 지도자의 힘과 능력을 키울 수 있도록 돕겠노라고 다짐했다. 그렇게 지속적으로 노력하지 여러 변화가 일어나기 시작했다. 마을을 이끌던 신중한 노인들이 스스로 물러나거나 주민들의 요구로 자리에서 내려오는 경우가 빈번해졌다. 대신 위험을 두려워하지 않는 열정적인 젊은이들이 앞으로 달려나왔다. 물론 종종 사람들이 귀를 기울이던 목소리가 갑자기 침묵하게 되는 경우도 있었다. 도움의 손길은 차갑게 식어버리고, 연민의 눈은 감기고, 죽음이 다음 제물로 자신을 선택할까 봐 두려워하는 주민들이 늘어나기도 했다. 두려움으로 떨리는 가슴은 부서지는 마음들이 서로 소통하지 못하게 만들었으며, 그들의 안녕을 위한 계획은 조금도 떠올리지 못하게 했다.

인류를 위해 봉사하는 사람들은 때때로 그들의 노력에 대해 고마워할 줄 모르는 사람들을 만나게 된다. 누군가가 세상에 이바지하고자 뿌렸던 씨앗은 종종 인간의 어리석은 악행들을 머금은 채 싹을 틔우고, 자라난다. 예전에 죽음은 '한밤에 찾아오는 도둑' 처럼 은밀하게 걸음을 내딛는 존재였다. 하지만 이제 죽음은 검은 깃발을 휘두르며 지하 묘지에서 당당히 걸어나와 세상을 지배하고 있었다. 수많은 사람들이 신의 섭리에 따라 죽음이 권좌에 오르는 것을 지켜보았다. 죽음은 창을 뻗으며 나아갈 길을 알려주었고, 사람들은 고개를 조아리고 체념하거나 그의 뜻에 복종하게 되었다. 그렇지 않다 해도 사라지는 생명을 지켜보는 것밖에 달리 어쩔 도리가 없었다. 근심 속에서 고통받지 않기 위해 사람들은 두려움을 경솔함으로, 추락을 타락으로 맞바꾸려 했다. 하지만 현명하고 선량하며 신중한 사람들은 여전히 박애정신을 퍼뜨리기 위해 애쓰고 있었다. 그들은 생각이 깊지 못하고 공격적인 젊은이들에게 겨울이 가져다준 일시적인 평화를 깨우쳐주려 했다. 겨울의 추위가 닥치자 유흥을 찾는 사람들이 런던으로 몰려들었다. 여론도 잠잠해졌다. 런던을 찾은 많은 이들은 전에는 가난했지만 최근에 부를 얻은 사람들이었다. 이들은 대부분 부모와 후견인, 조언자와 자제심까지 잃어버렸다. 그들은 제멋대로 살고자 했다. 이런 대중의 충동에 반발하는 것은 소용없는 일이었다. 문을 연 극장들은 연극을 보기 위해 찾아오는 관객으로 문전성시를 이루었다. 한밤중에 축제가 열리고, 무도회가 열리는 일이 빈번해졌다. 예의범절은 다양한 방식으로 무너지고 있었으며, 이런 사태에 수반되는 문명의 폐해는 배가될 수밖에 없었다. 학생들은 책을 떠났고, 예술가들은 작업하던 것을 버렸다. 삶을 영위하는 직업이 사라졌고, 유흥만이 남았다. 쾌락의 손길이 무덤의 가장자리까지 길게 뻗어 있었다. 인위적인 색은 모두 자취를 감추었다. 탁한 그림자로 수줍음을 숨긴 채 꾸준히 찾아오는 밤의 어둠처럼, 그런 식으로 나타나는 죽음도, 자존심과 가식도, 종종 쓸모없는 베일처럼 한편으로 밀려나기 시작했다.

그렇다고 이런 모습이 다는 아니었다. 좀 더 나은 천성을 타고 난 사람들은, 영원한 이별을 두려워하고 전례 없는 재앙이 만들어내는 끔찍한 광경에 괴로워하면서도, 오히려 혈육과 우정의 끈을 더욱 가깝게 잡아당기려 애쓰기도 했다. 철학자들은 자신이 세웠던 원칙을 스스로 뒤집는 것까지 불사했다. 침공당한 인류의 삶을 지켜낼 유일한 성벽이 되기 위해, 절망과 타락의 범람을 막아낼 유일한 제방이 되기 위해, 스스로의 신념을 버리면서까지 노력한 것이다. 종교를 가진 이들은 그 동안 올린 기도의 응답을 기다렸다. 교리에 매달리면 끔찍한 폭풍우가 휘몰아치는 바다를 뗏목과 널빤지로도 건널 수 있다고 믿는 것 같았다. 그들은 종교적 신념이 미지의 대륙에 존재하는 안전한 항구로 자신들을 인도할 것이라고 생각했다. 사랑이란 감정은 바라봐야 할 대상을 축약시킴으로써, 바닥났던 애정을 몇 배로 불리는 마법을 부렸다. 하지만 이런 와중에도 손에 쥘 수 없는 현재는 우리의 희망을 가득 실은 시간의 전부가 되어가고 있었다.

태곳적부터 이어져온 인류의 경험은 우리에게 시간을 헤아리는 즐거움을 일러주었고, 기나긴 진화와 퇴화의 과정을 통해 삶에 대한 우리의 시각을 확장시켜주었다. 죽음의 그림자가 드리워진 계곡과 거대한 미로를 이루는 긴 길에서 인류의 기억은 제거된다. 그리고 그 사이에 있는 것들은 고이 숨겨져 있다. 하지만 땅이 일렁이며 상황을 반전시켰다. 우리의 발밑에서 대지가 입을 벌렸다. 깎아지른 듯한 깊은 구덩이가 우리를 삼키려 입을 벌리고 기다리고 있었고, 시간의 마차는 우리를 태운 채 어두운 구덩이로 달려나갔다. 그러나 아직 겨울이었고, 위험한 상황이 되기까지는 몇 달 정도 시간이 있었다. 우리는 하루살이가 되어갔다. 이제 우리에게는 해가 떴을 때부터 질 때까지의 시간이 삶의 전부가 되었다. 우리는 아이들이 어른이 되는 모습을 지켜볼 수 없을 터였다. 아이들의 보드라운 뺨이 거칠어지는 것도, 그들의 순진한 마음이 욕망과 의지에 길들여지는 것도 우리는 바라볼 수 없을 것이다. 하지만 지금 아이들이 곁에 있지 않은가. 아이들은 살아있고, 우리도 살아있다. 우리가 이 이상 더 무얼 바랄 수 있을까? 그런 생각이 가엾은 아이드리스로 하여금 몰려드는 두려움을 잠재우게 했고, 어느 정도는 효과를 보고 있었다. 여름이 다가오지 않았음에도, 매 시간이 지날 때마다 우리는 두려운 운명을 느껴야만 했다. 여름까지라고 우리는 느끼고 있었다. 허나 그때까지밖에 살 수 없으리라는 우리의 확신은 되레 잠시나마 아이드리스의 모성본능을 충족시켜주고 있었다. 사실 그 결연하고 격렬한 감정을 어떻게 표현해야 하는지 나도 잘 모르겠다. 비록 덧없이 쉬이 사라지는 삶이지만, 그 사실이 우리가 살고 있는 현실을 낙원으로 여기게 해주었다는 것 외에 달리 표현할 길이 없다. 우리의 기쁨이 소중한 것은, 우리가 그 끝을 보았기 때문이었다. 그 기쁨이 강렬한 것은 우리가 충만한 그 감정의 가치를 느꼈기 때문이었다. 그 감정이 순수한 것은 그 본질이 연민이기 때문이었다. 하늘에 걸려 있는 별보다 떨어지는 별똥별이 더 밝은 것처럼, 짧디 짧은 이 겨울도 기나긴 삶에서 기쁨만을 뽑아낸 것 같았다.

봄은 얼마나 사랑스러운가! 윈저 성의 테라스에서 열여섯 마을을 바라보면, 예전과 달라진 것 없는 아름다운 풍경이 시야에 들어왔다. 여기저기 흩어져 있는 집들과 마을들은 행복하고 풍요로운 모습으로 생기를 띠고 있었다. 땅은 잘 일구어져 있고 밀의 잎사귀가 흙을 뒤덮었으며 과일 나무에는 꽃봉오리가 맺혀 있고, 농부들은 들에서 땀을 흘리고, 우유 짜는 아낙네는 가득 찬 들통을 안고 집으로 돌아오는 모습을 볼 수 있었다. 제비들은 햇살 가득한 수면을 가르며 날아갔고, 막 태어난 새끼 양들은 파릇파릇한 풀밭 위에 노닐고 있었다. 자라나는 어린 잎사귀들은

어여쁜 고개를 들고,
고요한 풍경에 싹틔운 녹음을 먹여주누나.
(존 키츠의 「잠과 시」에서 인용한 것이다─옮긴이)

인간은 스스로 회복하는 것처럼 보였다. 하지만 사람들은 겨울 서리가 새로운 세상의 변화무쌍한 온기에게 자리를 양보하는 것

을 느끼고 있었다. 이제까지의 경험에서 얻어낸 근거는 우리에게 새해가 시작됨과 동시에 우리의 걱정과 슬픔도 함께 자라날 것임을 알려주었다. 하지만 그토록 아름다운 자연 앞에서 어슴푸레한 두려움의 동굴에서 역병이 입김을 내뿜고 있다는 불길한 목소리를 믿을 수 있겠는가? 세상에는 꽃과 열매가 만개했고, 물결은 햇빛에 반짝였으며, 자연은 우리를 생기 넘치는 풍경 속으로 초대하고 있었다. 그 모든 것이 막 태어난 새해의 가면극이란 말인가?

역병은 대체 어디에 있는가?

"여기! 모든 곳에!"

화창한 3월의 어느 날, 두려움을 불러일으키는 대답이 목소리를 높였다. 인류의 파괴자는 번데기 상태로 웅크리고 있던 자기 새끼들을 세상에 내동댕이치며 어서 세상 속으로 들어가라고 등을 떠밀었다. 그 강력한 무기로 단 한 번 세상을 쓸어냈을 뿐인데, 역병은 우리의 모든 주의도, 모든 세심함도, 모든 신중함도 앗아가버렸다. 죽음은 높은 곳에 앉아 작은 오두막으로 손을 뻗었고, 달아나는 겁쟁이를 포박했으며, 저항하는 용맹한 자를 진압했다. 모두가 낙담했고, 슬픔이 모든 이의 시야를 흐리게 만들었다.

비통한 광경은 이제 내게 친숙했다. 독자들이여, 내가 목도했던 고통스러운 장면들을 모두 늘어놓는다면, 그대들은 어떻게 내가 발작해서 스스로를 벼랑 끝으로 몰아가지 않았는지, 어떻게 세상의 서글픈 종말 앞에 두 눈을 감지 않았는지 놀라워하게 될 것이다. 그 끔찍했던 순간들, 노인들의 절망스러운 신음과 더욱 괴롭게 느껴지는 아이들의 미소, 그들이 사지를 떨며 끝내 고개를 떨구던 모습들은 결코 기억하고 싶지 않다. 하지만 사랑과 시, 샘솟는 상상이 가지는 힘은 역병에 걸린 사람들 곁에도, 지저분한 곳에도, 죽어가는 이들에게도 여전히 살아 숨 쉬고 있었다. 헌신에의 의무와 이상에 가까운 목표가 나를 일으켜세웠다. 기묘한 기쁨이 내 가슴에 깃들었다. 비탄 속에서도 나는 허공을 걷는 것 같았다. 사람을 돕고자 하는 마음이 내 주위에 신성한 향기를 채웠고, 이는 연민의 고통을 무디게 만들었으며, 한숨으로 채워진 공기를 정화시켜주었다. 지칠 때면 나는 사랑하는 가족을 떠올렸다. 내 보물 같은 아이들이 숨곤 하던 궤짝, 사랑이 담긴 입맞춤과 보드라운 손길 같은 것을 떠올리면, 내 눈은 순결한 이슬로 젖어들었고 즉시 거칠던 마음이 누그러지며 기운을 차릴 수 있었다.

아이드리스는 자식들을 향한 애정이 누구보다 컸지만, 그로 인해 이기적인 행동을 하진 않았다. 그래서 참사가 일어나자마자, 그녀는 즉각 도움이 필요한 병자들을 열성적으로 돕는 데 전념했다. 그런 그녀를 내가 제지했고, 그녀는 결국 나의 뜻에 따르기로 했다. 나는 그녀가 위험에 빠질지도 모른다는 두려움이 내 일을 얼마나 고되게 하는지, 그녀의 안전이 얼마나 내 신경을 곤두서게 만들고 있는지를 모두 털어놓았다. 그러면서 그녀가 자리를 비운 사이 우리 아이들이 어떤 위험에 빠질지 모른다는 것도 일러주었다. 그녀는 숲 속 울타리 너머로 나가는 일이 없도록 하겠다고 약속했다. 사실, 성 안에서의 삶도 그리 나을 것은 없었다. 오히려 불행했다는 것이 더 옳을 것이다. 사람들과의 연이 끊길 수밖에 없었고, 도움을 주지 못하게 된 사람들에 대한 걱정은 커질 수밖에 없었을 것이다. 게다가 나와 아이들에 대한 걱정은 멈추지 않았고, 그녀는 모든 시간과 노력을 가족에게 기울이면서도 두려움을 견디기 힘들었을 것이다. 하지만 그녀는 그런 감정을 가라앉히거나 숨기려 애썼고, 자신의 생각과 흔들리는 원칙들을 입밖에 내지 않으려 노력했다. 아이들을 돌보는 것 외에 그녀가 가장 신경을 쓴 일은 내게 자신의 괴로움과 눈물을 숨기는 것이었다. 매일 밤 성으로 돌아가면, 평화롭고 사랑 가득한 가정이 나를 반겨주었다. 가끔 한밤중까지 병자의 임종을 지켜야 할 때도 있었다. 그런 날 비 오는 어둠 속을, 구름 낀 짙은 밤을 헤치며 수 마일을 달려오게 하는 것도 오직 내가 사랑하는 그 보금자리였다. 끔찍한 광경이 내 마음을 뒤흔들어놓을 때면, 나는 아이드리스의 무릎을 베고 누워 요동치는 가슴을 진정시키곤 했다. 그녀의 미소만이 나를 절망에서 끌어올릴 수 있었고, 그녀의 품에서만 내 슬픔이 고요히 가라앉을 수 있었다.

한여름이 되어가고 있었고, 뜨거운 햇빛을 왕관처럼 머리에 쓴 역병이 지구를 향해 창끝을 겨누었다. 역병의 손짓 하나에 좌지우지되는 운명을 가진 사람들은 고개를 조아렸고, 끝내 하나씩하나씩 목숨을 잃었다. 풍년이 든 옥수수 밭에서는 낟알들이 껍질 밖으로 튀어나와 이제 가을을 맞은 대지 위에서 천천히 썩어갔다. 아이들에게 먹일 것을 찾아 땅에 떨어진 옥수수를 줍던 비참한 이의 몸이 들판의 고랑 위에서 뻣뻣하게 굳어버렸다. 그 역시 역병의 제물이 되어 죽은 것이다. 푸르른 나무들은 울창한 가지를 장엄하게 흔들어댔지만, 그 그늘 아래선 죽음이 넓게 퍼지고 있었다. 바람에 나부끼는 나뭇잎의 근엄한 가락에 대답하듯, 바스락거리는 소리에 어울리지 않는 울부짖음이 그늘 속에서 들려왔다. 성실하지 못한 새들은 나무 그늘 사이를 이리저리 스치며 지나갔고, 경솔한 사슴은 이끼 위에 앉아 무사히 휴식을 취했다. 마소는 지키는 이 없는 외양간을 나와 밀밭을 돌아다니며 여물을 먹었다. 죽음은 오직 인간에게만 내려진 것이었다.

여름이 되어 사망자 수가 증가한 후로 사람들의 두려움도 더욱 커졌다. 나는 사랑하는 아내와 아이들을 바라보며 말했다.

"우리 애들은 괜찮을 거요. 내가 저 아이들을 지켜내겠소. 몇 년 후에 우리는 아이들에게 지금 느끼고 있는 이 두려움과 지나간 상황들을 이야기해줄 수 있을 거요. 저 아이들만 세상에 남게 된대도, 우리 아이들은 여전히 살아나가게 될 거요. 뺨이 창백해지지도 않을 거고, 달콤한 목소리가 시들해지지도 않을 거라오."

큰아이는 주위에서 일어나는 죽음들을 어느 정도 이해하고 있었다. 한번은 진지한 표정으로 내게 세상이 황량해지고 있는 이유에 대해 물어본 적도 있었다. 하지만 알프레드는 이제 겨우 열 살이었다. 금세 어린아이의 쾌활함을 되찾고 아무렇지 않은 얼굴로 일상으로 돌아갔다. 천사 같은 에블린은 장난기 많은 아이였다. 고통이나 슬픔 같은 것은 전혀 이해할 리 없었다. 그저 눈을 가리는 밝은 머리카락을 흔들어대며 홀이 떠나가라 즐거움을 퍼뜨릴 뿐이었다. 수천 가지의 꾸밈없는 방법으로 우리의 관심을 자신에게로 모으던 막내는 마냥 즐거워했다. 클라라는, 우리의 사랑스러운 클라라는, 우리의 버팀목이자 위안이고 기쁨이었다.

그녀는 스스로 아픈 사람들 곁을 지키며 슬픔을 달래주고 나이든 사람들을 도와주었다. 아이들과는 함께 놀아주며 시름에 젖은 어른들이 알려주지 못하는 유쾌함을 일깨워주었다. 클라라는 성의 이곳저곳을 돌아다니며, 하늘이 내려보낸 사자처럼 우리의 어두운 시간을 생경한 빛으로 환하게 만들어주었다. 그녀가 머무른 곳마다 감사와 찬사의 흔적이 남았다. 하지만 아이드리스와 내 앞에 섰을 때엔 그저 순박한 모습이었다. 우리 아이들과 놀아줄 때에나, 아이드리스의 일을 부지런히 도와줄 때에도 클라라는 평범한 여자아이의 모습이었다. 허나, 너무도 사랑스러운 생김새와 가볍게 떨리는 부드러운 목소리를 가만히 마주하게 되면 결국 놀라지 않을 수가 없었다. 그 아이는 진정한 영웅이었다. 그 조그마한 몸 안에 총명함과 기민함이 곱게 깃들어 있었다.

계절은 한없이 더디게 흘러갔지만, 우리는 겨울만 되면 추위가 질병을 없애줄 것이라고 믿고 있었다. 그 모든 재앙이 한꺼번에 사라지는 게 우리의 바람이었지만, 그것은 너무도 소중하고 간절한 소망이어서 섣불리 입밖으로 꺼낼 수도 없었다. 부주의하게 이 말을 입에 올리는 사람이 있으면, 그 말을 들은 사람들은 눈물을 쏟아내며 격정적으로 흐느끼곤 했다. 이것만으로도 사람들의 두려움이 얼마나 심각했는지, 상대적으로 그들의 희망은 얼마나 소박했는지 알 수 있을 것이다. 공동체를 위해 분주하게 움직이던 나는, 눈에 보이지 않는 적의 위험성과 극렬한 횡포를 다른 이들보다 더 가까이에서 접할 수 있었다. 한 달이라는 짧은 기간 사이 마을 하나가 전멸했다. 5월에 첫 발병자가 생겼고, 6월에는 길에 매장하지 못한 송장들이 일렬로 늘어섰다. 빈집들이 늘어갔고, 굴뚝에서는 연기도 피어오르지 않았다. 주부들의 시계는 죽음이 승리하는 시간에 맞춰져 있었다. 때때로 나는 버려진 아이들을 구해내기도 했다. 어떤 때에는 첫 아기를 잃고 비통에 빠진 젊은 여인을 마주하기도 했고, 가족들의 시신 앞에서 아이처럼 울음을 터뜨리는 건장한 노동자를 마주하기도 했다.

7월이 가고 8월도 지났다. 9월 중순이 되자 우리는 다시 희망을 가질 수 있었다. 사람들은 하루하루 간절하게 날짜를 셌다. 도시에 사는 사람들은 그 위험한 시기를 뛰어넘길 갈망하며 방탕함으로 뛰어들었다. 끔찍한 생각들을 잊고 절망에 무뎌지기 위해 어떠한 기쁨이라도 찾아야 했던 것이다. 런던에는 다양한 유형의 사람들이 뒤섞여 있었지만 결국 그들의 행동은 비슷했다. 그들은 마치 한 무리의 말들이 풀밭으로 돌진하는 것처럼, 사소한 두려움은 한켠으로 던져놓고 거대한 두려움을 향해 달려갔다. 에이드리언 외에는 그 누구도 그들을 통제할 수 없었다. 아니, 에이드리언도 그들의 행동을 다 통제할 수는 없었다. 그는 사람들을 제대로 제어할 수 없다면 한계점까지 참고 기다리는 게 낫겠다는 생각으로 물러섰다. 극장은 계속해서 문을 열었다. 유흥을 즐기기 위한 모임도 빈번하게 개최되었다. 에이드리언은 쾌락에 탐닉하는 이런 행태를 바꿔보고자 노력했지만, 관중들의 소란스러움을 진정시키고 동시에 절망의 반응을 막을 수 있는 가장 좋은 방법은 사람들이 유희를 즐기게 하고 스스로 그 끝을 맺도록 하는 것이었다. 사람들은 연극을 좋아했다. 특히 심각하고 끔찍한 비극을 좋아했다. 반면 희극은 우리가 처한 상황과 극명하게 대립되며 사람들을 내면의 절망으로 이끌었다. 희극인들은 터지는 웃음 사이에 기묘한 익살을 집어넣으며 역할에 어울리지 않는 비참한 대사와 몸짓으로 사람들의 시선을 사로잡았다. 그들은 웃음을 터뜨리다 흐느끼며 눈물을 보이기도 했고, 그 모습을 바라보는 관중들은 억누를 수 없는 연민으로 눈물을 쏟아냈다. 그렇게 무언극은 비극적 욕망의 사실적 표현으로 변형되고 있었다.

그런 상황에서 무언가 위안을 찾는 것은 내 성격에 맞지 않았다. 어릿광대의 익살과 귀에 거슬리는 웃음소리는 불쾌함만 자아냈다. 극장에서 보게 되는 억지로 짜낸 눈물과 가식적인 통곡도, 축제나 사람들로 북적대는 모임에서 보게 되는 인간의 끔찍한 본성도, 거짓을 입힌 천박한 표현에 사로잡히는 것도, 흥청거리면서 비통을 가장하는 사람들의 모임도 내게는 모두 견디기 힘든 것들이었다. 하지만 극장에서 단 한 번 흥미로운 장면을 마주하게 된 적이 있었다. 무대 위에서 폭포가 터졌을 때였다. 연출자는 무대 위에 물줄기를 만들고 돌을 쌓아 작은 폭포를 만들었다. 그런데 물줄기를 막고 있던 돌이 와르르 무너져내리며 물이 사방으로 쏟아졌다. 진정한 폭포가 완성되었다고나 할까. 자연이, 현실이, 무대 위의 예술을 압도하는 순간이었다. 우연히 목격하게 된 그 장면은 내 머릿속에 깊은 인상을 남겼다.

에이드리언을 만나기 위해 런던으로 간 나는 그가 부재 중이라는 얘기를 들었다. 하인들도 그가 어디에 갔는지 알지 못했고, 언제 돌아올지도 예상할 수 없다고 했다. 그때가 6시에서 7시 사이였다. 화창한 여름 오후, 나는 남는 시간을 텅 빈 런던의 거리를 거닐며 보내기로 했다. 장례 행렬을 이리저리 피해 다니며, 마음 내키는 대로 여기저기 돌아다녔다. 산책은 고역이었다. 발길 닿는 곳마다 침묵과 유기가 횡행했다. 마주치게 되는 사람은 거의 없었지만, 어쨌든 보게 되는 사람마다 하나같이 창백한 얼굴로 비탄에 잠긴 모습이었다. 걱정과 두려움이 새겨진 절망의 신호들만 맞닥뜨리는 것에 지친 나는 다시 궁으로 발걸음을 옮겼다.

돌아가는 길에 나는 홀번의 시끌벅적한 선술집 앞을 지나치게 되었다. 그곳에서 흘러나오는 노래와 웃음소리, 커다란 고함 소리는 창백한 얼굴과 비탄에 잠긴 사람의 침묵보다 더욱 애달프게 느껴졌다. 그 근처를 맴도는 이가 있었다. 허름한 의복은 그 여인의 처지를 여실히 드러내고 있었다. 그녀는 섬뜩하리만큼 파리한 얼굴로 선술집 쪽으로 다가갔다. 선술집 문 앞에 다다른 그녀는 안으로 들어가기가 두려운지 주저하며 그 자리에 서 있었다. 그때 술집 안에서 갑자기 흥겨운 노랫소리가 터져나왔고, 그 소리는 그녀의 폐부를 찔렀다. 그녀는 괴로운 표정으로 중얼거렸다.

"이 남자에게 양심이라는 게 있는 거야?"

그녀는 용기를 내서 문턱 안으로 발을 내딛었고, 마침 밖으로 나오고 있던 여주인과 마주쳤다. 가련한 여인이 질문을 던졌다.

"내 남편 여기 있죠? 지금 조지를 만나볼 수 있나요?"

"마음대로 하시게. 그래, 원한다면 가서 만나봐. 지난밤에 역병에 걸려서, 우리가 그이를 병원으로 보냈어."

여주인의 말을 들은 여인이 휘청거리다 간신히 벽을 짚고 섰다. 그녀의 입술 사이로 희미하게 비명이 새어나왔다.

"아! 정말로 잔인하시네요. 그이를 거기로 보냈단 말인가요?"

여주인은 바로 자리를 떠나버렸다. 대신 여주인보다 상냥한 여종업원이 밖으로 나와 그녀에게 자세한 이야기를 들려주었다. 간단히 말하자면 여인의 남편이 간밤의 모임 후에 병에 걸렸으며, 술친구들이 모두 함께 그를 성 바르톨로뮤 병원에 데려다주었다는 것이었다. 이 광경을 지켜보던 나는 그 가련한 여인에게 흥미가 생겼다. 그녀는 이제 비틀거리며 문에서 나와 조심스럽게 홀번 언덕을 내려가기 시작했다. 하지만 그녀는 곧 기력이 다했는지 벽에 몸을 기대고 고개를 푹 떨어뜨렸다. 파리한 뺨은 점점 더 하얗게 질리고 있었다. 나는 그녀에게 다가가 도와주겠노라고 말했다. 그녀는 간신히 고개를 들더니 대답했다.

"나리가 도와주실 수 있는 건 없어요. 저는 병원으로 가야 해요. 제가 거기 도착하기 전에 죽지만 않는다면 말이죠."

거리에는 전세 마차 몇 대가 세워져 있었다. 이용자를 기다리고 있다기보다는 관행에 의해 세워져 있는 것이었다. 나는 그 중 하나에 그녀를 태운 후, 그녀를 병원에 데려다주기 위해 마차에 동승했다. 병원까지의 거리가 멀지 않았기에 그녀에게서 들을 수 있는 것은 거의 없었다. 다만 몇 번인가 단발적인 고함을 치기는 했다. 그 내용은 그녀를 떠난 남편을 비난하거나, 그의 술친구들을 책망하는 것, 그리고 남편이 살아있길 바란다는 것이었다. 그녀에게 흥미를 느끼는 것에는 별다른 이유가 없었다. 그저 단순한 호기심이었을 뿐이다. 하지만 그녀의 남편이 최고의 남자였다는 말은 나의 관심을 끌었다. 그녀의 남편은 직장을 잃기 전까지 최고의 남자였다고 했다. 하지만 백수가 된 후로 질 나쁜 친구들과 어울리며 지금의 불행을 초래했다고 그녀는 말했다.

"그이는 집에 오는 걸 끔찍해 했어요. 아이들이 죽었을 때 잠시 들렀던 게 다예요. 어머니란 존재는 살덩이에, 몸속에 흐르는 피에 인내심을 지니는 법이죠. 하지만 남자는 그렇지 않아요."

우리는 성 바르톨로뮤 병원 앞에서 내려 역병 환자로 득실대는 비참한 공간으로 들어섰다. 병실에는 시신들이 있었다. 반쯤 열린 문으로 시체들이 일렬로 놓여 있는 것이 보였다. 익숙지 않은 광경이었다. 여인도 그 모습을 봤는지, 내게 바짝 붙어서 걸음을 재촉했다. 우리는 곧장 그녀의 남편이 처음 들여보내졌다는 병실로 향했다. 간호사는 그가 살아있다면 여전히 그곳에 있을 거라고 말해주었다. 여인은 침대 사이를 누비며 간절히 남편을 찾았다. 병실 끝에서 발견한 그녀의 남편은 불결한 침대 위에서 초췌한 모습으로 고통에 몸부림치고 있었다. 그녀는 남편에게 달려가 그를 껴안고 그를 지켜준 신에게 감사 기도를 올렸다. 남편을 발견했다는 기쁨이 두려움마저 가려버린 것 같았다.

병실에는 악취가 진동했고, 나는 속이 뒤집혀 견디기가 힘들었다. 시신이 실려나가고, 병자들이 새로 들어왔다. 이 일을 처리하는 사람들은 무심한 얼굴로 손발을 놀리고 있었다. 어떤 병자들은 고통에 찬 비명을 질렀고, 또 어떤 이들은 환각에 사로잡혀 낄낄댔다. 절망스럽게 흐느끼는 사람, 자신을 버린 친구들을 소리 높여 비난하는 사람도 있었다. 절망과 유기, 그리고 죽음의 화신이 된 듯한 간호사들이 그 사이를 분주히 오갔다. 나는 불운한 여인에게 금화를 쥐어주고, 남편을 잘 간병하라고 말한 후 서둘러 병원을 빠져나왔다. 병원 밖으로 나설 때까지 내가 사랑하는 사람들이 그 침대에 누워 있는 상상이 나를 괴롭혔다. 시골에서는 이런 참상을 볼 수 없었다. 비참한 병자들은 홀로 들판에서 죽음을 맞이했다. 굶주림과 질병을 모두 겪고 있는 생존자를 만난 것도, 텅 빈 마을에서 단 한 번 있었을 뿐이다. 역병이 이렇게 모여 있는 곳은, 죽음의 연회가 펼쳐져 있는 곳은, 오직 런던뿐이었다.

나는 고통스러운 감정들로 어지러운 마음을 진정시키며 계속해서 걸어갔다. 문득 고개를 돌리자 드루어리레인 극장이 보였다. 셰익스피어의 〈맥베스〉가 상연되고 있었다. 무대에 오른 배우는 자신의 연기로 사람들을 휘어잡기 위해 분투하는 법이다. 그에게 사로잡히게 된다면 조금이라도 안정을 얻을 수 있게 되지 않을까 하는 생각에 나는 극장 안으로 들어갔다. 극장에는 관중들이 제법 들어차 있었다. 4세기가 넘는 시간 동안 입지를 공고히 해온 셰익스피어는 이 암울한 시대에도 여전히 영향력을 발휘하고 있었다. 아니, 영향력을 발휘하는 정도가 아니라 여전히 '마술사처럼' 우리의 마음과 상상력을 지배하고 있었다고 표현하는 게 더 적절하겠다. 나는 3막과 4막 사이의 휴식 시간에 객석으로 들어섰다. 나는 찬찬히 관객들을 둘러보았다. 여성들은 대부분 하층민인 반면, 남성들은 모두 지위 높은 사람들이었다. 하지만 지위고하에 상관 없이 그들을 기다리는 가족들의 절망과 끔찍한 현실을 잠시나마 잊고자 그곳으로 모여들었다는 점은 모두 같았다.

커튼이 올라가며 나타난 무대는 마녀들의 동굴로 꾸며져 있었다. 〈맥베스〉란 작품의 황폐함과 초자연적인 서사 구조는 우리의 현 상황과 어느 정도 연관이 있었다. 현실적으로 불가능한 광경이 눈앞에 펼쳐지는 것은 상당히 고통스러웠다. 무대는 짙은 어둠에 휩싸였다. 유일한 빛은 가마솥을 데우는 불꽃뿐이었다. 연무가 무대를 감싸며 어두운 형체의 섬뜩한 마녀들이 모습을 드러냈다. 구부정한 자세로 주문을 외우며 솥에 음산한 마법 재료들을 던져 넣는 사람들은 그저 세 명의 노파라고 할 수 없었다. 그들은 상상 속에서나 나올 법하게 두려움을 자아내는 비현실적인 형체였다. 헤카테가 등장하자 사나운 음악이 연주되며 연극은 우리를 세상 밖으로 끌어냈다. 동굴의 형태로 그곳이 실존하는 것이 아닌 무 대임을 인지할 수 있을 뿐, 튀어나온 바위와 일렁이는 불꽃, 주위 를 채운 안개와 그에 어울리는 음악은 환상이 난무하는 비현실적 인 광경을 현실로 여기게 만들고 있었다. 모순적이라는 생각은 전혀 들지 않았다. 맥베스의 등장에도 환상은 깨지지 않았다. 오 히려 그는 정확히 우리가 느끼는 감정들을 표현하며 관객들을 몰 입시켰고, 마법이 벌어지는 동안 그가 느끼던 놀라움과 그의 무 모함은 모두의 공감을 이끌어내며 무대 장치가 만들어낸 환상에 관객들이 정신을 놓아버리게 했다. 나는 그때까지 연극을 별로 좋아하지 않았다. 그러나 그 순간만큼은 연극이 현실에서 도피하 고자 하는 인간의 욕망을 충족시키며 유익한 효과를 낳는다고 생 각하게 되었다. 마녀들이 주문을 외우는 모습은 이어지는 장면에 도 영향을 미쳤다. 우리는 말콤과 맥더프가 한낱 인간일 뿐이라는 사실을 잊고 있었다. 그런 그들이 단순한 욕망에 따라 행동하는 모습은 우리의 가슴을 뜨겁게 만들었다. 서서히 우리는 진정 흥미로운 장면으로 끌려갔다. 로스가 목소리를 높이는 순간 객석에는 짜릿한 전율이 물결쳤다. 맥더프가 질문을 던졌다.

"스코틀랜드는 여전히 그 상태요?"

그러자 로스가 대답했다.

아아, 가련한 나라여.
알기가 두렵소이다! 그곳은
우리의 모국이 아니라 무덤이라고 불려야 하오. 무지한 자 외엔
그 무엇에도 미소를 보여주지 않으니 말이오.
한숨과 신음, 허공을 찢는 비명이 가득하지만,
누구도 관심을 보이지 않소. 격렬한 슬픔이 외려
평범하게 느껴질 정도라오. 죽음을 알리는 종소리가 울려도
죽은 자를 궁금해 하는 이가 없소. 선량한 이의 삶은,
꽃이 피기도 전에 만기에 달하고
꽃이 지기도 전에 죽음에 이른다오.

(셰익스피어의 〈맥베스〉 4막 3장의 구절이다—옮긴이)

단어 하나하나가 우리의 죽음을 알리는 종소리처럼 서늘하게 느껴졌다. 우리는 겁에 질린 얼굴로 서로를 돌아보았다. 혼자가 아니라는 안도감을 느낀 우리는 다시 무대로 시선을 돌렸다. 로스 역을 맡은 사람은 갑자기 위험한 곳에 서 있다는 것을 깨달은

것 모양이었다. 그는 뛰어난 배우가 아니었지만, 진실이 그를 뛰어나게 만들어주고 있었다. 로스 역을 맡은 배우가 가족을 살해한 자를 맥더프에게 알려주러 가는 장면에서 그는 입을 떼기가 두려운 듯 주저했고, 관중들은 터질 듯한 슬픔에 공감하며 몸을 떨었다. 그가 뛰어난 연기를 하고 있기 때문이 아니라, 그가 진실을 연기하고 있기 때문이었다. 한 마디, 한 마디를 간신히 이어가는 그의 모습에서 그가 진실로 고통스러워한다는 것을 느낄 수 있었다. 그가 두려움에 차서 눈을 치켜뜨고는, 땅에 발이 붙은 것처럼 그 자리에 얼어붙었다. 우리도 두려움에 휩싸였다. 우리는 숨을 멈추고 무대 쪽으로 목을 길게 뻗었다. 관객들의 낯빛은 배우들의 행동에 따라 시시각각 변하고 있었다. 마침내 맥더프가 격렬한 분노와 극심한 괴로움을 표현하며 절규했다.

어여쁘던 내 모든 아이들을?
지금 모두라고 말했소? 아아! 잔인무도한 자로다! 모두를?
어찌! 내 소중한 새끼들과 그 어미를,
일거에 학살하다니!
(셰익스피어의 〈맥베스〉 4막 3장의 구절이다—옮긴이)

가슴을 쥐어짜는 격렬한 고통이 그곳에 있던 모든 이에게 전해졌고, 모든 관객들의 입에서 절망의 탄식이 터져나왔다. 나 역시 로스가 느끼는 두려움을 고스란히 빨아들이고 있었다. 맥더프의 절규가 귓가에 맴돌았고, 나는 그 끔찍한 지옥에서 뛰쳐나왔다.

신선한 공기와 고요한 거리가 절실했다.

하지만 극장 밖의 공기는 신선하지 않았고, 거리도 고요하지 않았다. 아! 어머니 대지의 다정한 위로를 얼마나 기다려왔던가! 내 상처받은 마음은 여전히 고통스러움을 느끼고 있었다. 선술집에서 터져나오던 비정한 쾌락의 포효도, 다음 날이면 자신의 난봉을 기억조차 못할 주정뱅이의 흔들리는 걸음도, 그 대책 없는 자가 가족이란 이름에게 돌아가 형편없는 인사를 건넬 모습도, 그 모든 것이 엉터리라는 사실이 나를 더욱 괴롭게 만들었다. 나는 정신없이 달렸다. 한참을 달리다 정신을 차려보니, 웨스트민스터 성당 근처였다. 성당에서 가슴을 벅차게 만드는 오르간 소리가 흘러나오고 있었다. 나는 그 선율에 매료되어 예배당 안으로 들어갔다. 불을 밝혀놓은 성가대 자리와 그 엄숙한 광경이 나에게 위안을 안겨주었다. 나는 불행한 이들에게 평화와 희망을 노래하는 엄숙한 성가에 귀를 기울였다. 그 가락은 인간의 간절한 기도를 싣고 희미한 통로에 메아리쳤다. 천상의 위안이 영혼의 상처에서 흘러나오던 피를 멎게 했다. 거부하려 했고 결코 이해할 수 없었던 절망, 거대한 런던의 냉혹함, 들판에 널린 송장들과 그날 밤 경험한 괴로운 감정들, 그 모든 것에도 불구하고 나는 그 곡조에 담긴 우리의 간절한 서원에 조물주가 연민 어린 시선으로 구원을 약속해줄 것이라고 생각했다. 천사가 날갯짓으로 울려퍼지게 해주는 듯한 두려운 종소리가 마치 신의 목소리처럼 느껴졌다. 종이 울리자 사람들이 기도와 고해성사를 올리기 시작했다. 그리고 문득, 고요함이 찾아왔다. 행복으로 다가가기 위해서

는 나라는 존재를 버리고 세상을 다스리시는 그분의 품으로 들어
가야 한다. 아아! 이 근엄한 중압감을 견디지 못한 나의 영혼은
다시금 땅으로 곤두박질쳤다. 그 순간 갑자기 성가대원 하나가
숨을 거두었다. 사람들은 그를 탁자 위에 올린 뒤, 서둘러 지하 묘
지의 문을 열었다. 사람들이 중얼거리는 기도와 함께 그는 음침
한 동굴로 보내졌다. 이미 죽음을 맞이한 수천 명의 시신이 머무
르고 있는 그 어두운 동굴은 이제 장례를 치르는 자까지 삼켜버
리겠다는 듯 거대한 입을 벌리고 있었다. 나는 그 광경에서 고개
를 돌렸다. 하지만 여전히 내 앞에는 어두운 통로와 높은 천장, 그
리고 부드러운 선율이 자리하고 있었다. 무의미한 일이었다. 나
는 마음을 가라앉히기 위해 밖으로 나왔다. 자연이 가꿔놓은 아
름다운 풍경 속에서 신은 분명 너그러움을 다시 베푸실 것이다.
산을 세우고 숲을 만들고 강을 채우셨던 그분이, 길을 잃은 우리
가 다시금 애정과 행복과 신뢰를 일깨울 수 있는 새로운 세상을
만들어주실 것임을 나는 믿어 의심치 않았다.

정말이지 다행스럽게도, 나는 런던으로 가서 지금 말한 광경을
마주쳐야 하는 일이 흔치 않았다. 내가 할 일은 우리의 성에서 내
려다보이는 시골 마을들을 보살피는 것으로 족했다. 내가 사는
지역의 사람들이 슬픔과 질병에서 벗어날 수 있도록 하는 것이
바로 나의 의무였다. 나는 그들이 여느 때처럼 농사에 전념하고,
역병이 존재하지 않을 때와 마찬가지로 생활할 수 있게 도와야
했다. 가끔은 풀을 베는 소리를 들을 수 있었다. 하지만 노곤한 얼
굴로 풀을 베던 사람들은 대부분 건초를 싣는 것을 잊고 풀밭을

떠나버렸다. 목동은 깎아낸 양털이 바람에 흩날려도 주우러 가지 않았다. 다가올 겨울을 준비할 필요가 없다고 여기는 것 같았다. 하지만 그들에게도 삶에 대한 의지가 깨어나는 때가 있었다. 화창한 하늘에 상쾌한 산들바람이 불고, 달콤한 건초 냄새가 풍기며, 나뭇잎이 바스락거리고 시냇물이 재잘거릴 때, 소란스럽던 마음에는 안식이, 불안과 걱정이 자리했던 곳에는 행복에 가까운 감정이 내려앉곤 했다. 이렇게 이야기하면 이상하게 들리겠지만, 그런 기쁨이 존재하는 때야말로 진정한 현실이었다. 오랫동안 가망 없는 연애를 해오던 젊은 연인들이 있었다. 그런데 역병으로 인해 그들의 사랑을 막던 가족이 갑자기 사라졌고, 그들은 막대한 유산을 물려받게 되었다. 하지만 가족들을 데려간 위험은 그들 곁으로도 다가오고 있었다. 눈앞에 닥친 위험은 그들에게 즉시 기회를 잡으라고 부추겼다. 그들은 죽음에게 굴복하기 전까지 그들에게 주어진 기쁨을 열정적으로 찾으려 했다. 그리고

    그들은 인생의 단단한 철문에서
    거친 다툼으로 기쁨을 쟁취하기 위해,
    (앤드류 마블의 「수줍은 여인에게」라는 시의 문구를 약간 변형하여 인용한 것이다―옮긴이)

  자신들의 존재를 파괴하고 자신들에게 주어진 행복을 깨뜨리려는 역병에게, 숨이 닿는 한 끝까지 저항하려 했다.
  이런 유의 이야기는 쉬이 우리의 관심을 끄는 법이다. 출신이

미천한 남자에게 어릴 때부터 마음을 준 명문가 아가씨의 얘기 또한 그렇다. 그 여인의 이름은 줄리엣이었다. 남자는 그녀의 친오빠와 함께 수업을 받는 동료이자 절친한 벗이었다. 휴일마다 그들은 그녀의 아버지인 공작의 저택에서 함께 시간을 보내곤 했다. 어릴 때부터 같이 어울렸던 그들은 어느새 사소한 비밀까지 털어놓는 각별한 사이가 되었고, 어렵거나 슬픈 일이 있을 때면 서로에게 누구보다 큰 위안이 되어주었다. 그런 그들에게 소리 없이 사랑이 찾아왔다. 처음에는 두려움을 몰랐다. 하지만 얼마 지나지 않아 그들은 자신들의 위치를 깨달았고, 더 이상 함께할 수 없다는 것도 알아차렸다. 그들은 아직 어리고 순수했다. 그래서 그들을 갈라놓으려는 현실에 별다른 저항조차 하지 못했다. 줄리엣의 아버지는 두 사람을 떨어뜨려놓았다. 남자는 그녀에게 어울리는 사람이 되어서 돌아오겠다고 약속했고, 그녀는 그가 돌아올 때까지 순결한 마음을 지키겠다고 맹세했다.

역병이 발생했고, 그들의 사랑을 향한 꿈과 희망도 위협을 받게 되었다. 여자의 아버지인 공작은 호젓한 곳에서 지내며 사람들의 출입을 막으면 전혀 위험하지 않을 거라 생각하며 역병을 비웃었다. 역병이 출몰한 후 두 번째 여름이 올 때까지 공작의 생각은 틀리지 않았다. 허나 두 번째 여름, 역병이란 파괴자는 그의 예방책, 그의 안전, 그의 삶을 모두 송두리째 뒤흔들었다. 줄리엣은 아버지와 어머니, 오빠들과 자매들이 시름시름 앓다가 죽어가는 모습을 지켜보아야만 했다. 집안에 병이 생기자마자 대부분의 하인들은 달아났다. 남아 있던 하인들은 모두 병에 걸려 죽어버렸다. 이웃들은 감히 저택에 접근하지 못했다. 기이한 운명이었는지 그 저택에서 유일하게 죽음을 면한 줄리엣은, 마지막 혈육이 눈을 감을 때까지 그 곁을 지키며 편히 눈감을 수 있게 해주는 것 외에 할 수 있는 일이 없었다. 결국 그녀만 남았다. 바람이 몰아치던 날, 살아남은 그녀는 시신들 한가운데에 홀로 앉아 있었다. 살아있는 존재는 오직 그녀뿐이었다. 그녀를 위로해줄 사람도, 끔찍한 죽음으로부터 그녀를 구해줄 사람도 곁에 없었다. 열기가 주춤주춤 물러나던 9월의 어느 날 밤, 폭풍우와 회오리바람, 천둥과 우박이 정신없이 쏟아지며 엄청난 소음을 만들던 때였다. 그 섬뜩한 소리는 그녀의 가족을 위한 장송곡 같았다. 그녀는 말없이 바닥에 주저앉아 절망 속으로 빠져들었다. 그때, 거센 바람과 쏟아지는 빗줄기 속에서 그녀의 이름을 부르는 소리가 들려왔다. 저 익숙한 목소리는 누구의 것이지? 가족들일 리는 없었다. 돌처럼 차가운 그녀의 두 눈에 바닥에 누워 있는 가족들의 시신이 비치고 있었기 때문이다. 다시 한 번 그녀의 이름을 부르는 소리가 들렸다. 그녀는 몸서리를 치며 자신에게 되물었다. 내가 미쳐가고 있는 건가? 아니면 죽어가고 있는 건가? 지금 죽은 자들의 목소리를 듣는 건가? 순간 다른 생각이 화살처럼 빠르게 그녀의 머릿속을 스치고 지나갔다. 그녀는 창가로 달려갔다. 그녀가 생각했던 대로였다. 저택 아래 관목숲 속에서 그녀의 연인이 들고 있는 횃불이 환히 빛나고 있었다. 기쁨이 그녀의 기운을 북돋았다. 그녀는 계단을 내려가 문을 열고 그의 품에 안겼다.

그녀는 수천 번도 더 스스로를 책망했다. 먼저 떠난 가족들을 잊고 혼자서만 행복하게 살 수는 없다는 생각 때문이었다. 하지만 인간은 본능적으로 삶과 기쁨을 좇게 되어 있는 법이다. 젊은 그녀는 본능을 따를 수밖에 없었다. 그녀는 스스로를 곧장 황홀감에 내던졌고, 두 사람은 부부가 되었다. 그들의 빛나는 모습은 사랑 그 자체였다. 사랑의 현신과도 같았다. 그리고 내가 두 사람이 함께하는 것을 보았던 건 그것이 마지막이었다.

　나는 그들이 부러웠다. 하지만 우리는 그들처럼 열정에 빠져들 수 없었다. 나는 그들만큼 어리지 않았고, 내게는 책임져야 할 아이들이 있었기 때문이다. 무엇보다도 아이들에 대한 염려로 풀이 죽은 나의 사랑 아이드리스가 가장 큰 걱정이었다. 나는 한시도 마음을 놓지 못하는 그녀를 차마 탓할 수 없었다. 그저 쓰라린 현실에서 그녀의 관심을 다른 곳으로 돌리기 위해 애쓸 뿐이었다. 질병과 절망과 죽음이 가까이, 더 가까이 다가오고 있었다. 우리는 죽음이 우리에게 다가오는 것에 촉각을 곤두세워야 했다. 매일 새로운 일이 일어나고 있었고, 이미 버렸다고 생각했던 엄청난 두려움, 그것을 넘어서는 공포가 세상을 덮치고 있었다. 우리가 돌보는 병자들은 바닥을 기며 괴로워하다 죽음을 맞이했다. 성에 사는 사람들의 수도 나날이 줄어들었다. 살아남은 사람들은 두려움에 떨며 홀로 있지 않기 위해 서로 옹송그리며 모여 앉았다. 그 모습은 마치 넘실대는 파도 위에 떠 있는 작은 배를 연상시켰다. 굶주림에 시달리는 사람들이 서로를 바라보며, 죽음이란 운명을 맞이할 다음 순서가 누구일지 예측하는 모습 말이다. 나는 이런 모습들을 아이드리스가 알게 하지 않기 위해 모든 노력을 쏟았다. 익히 말했던 대로, 이런 절망 속에서도 나의 용기는 여전히 건재했다. 나는 쓰러질지 모르나, 굴복하지는 않으려 했다.

9월 9일, 그날은 모든 재앙에게, 모든 끔찍한 사건에게 바쳐진 날이라 해도 과언이 아닐 듯하다. 이른 아침에 우리 하인들 중 한 사람의 할머니라는 이가 성에 도착했다는 소식을 들었다. 그 노파는 적어도 백 살은 되어 보였다. 쪼글쪼글한 피부와 굽은 허리로 그녀의 노쇠함을 한눈에 알아볼 수 있었다. 그녀는 가족을 모두 잃고 홀로 살아남았는데, 자신보다 젊고 건강한 이들이 하나둘 세상을 뜨는 와중에도 자신에게는 아무런 문제가 없자 서서히 자신은 영원히 살 수 있다고 생각하게 된 이였다. 역병이 발발하고 마을 사람들이 하나둘 죽어갔다. 이미 살 만큼 살았음에도 그녀는 겁에 질렸다. 노파는 이웃이 역병에 걸렸다는 소리를 들은 후부터 빗장을 지르고 창을 닫은 후 누구와도 만나지 않았다. 깊은 밤이 되면 그녀는 나가서 음식을 구해 와, 아무와도 마주치지 않았음에 기뻐하며 역병에 걸릴 위험은 없다고 안도했다. 세상은 점점 더 삭막해져갔고, 삶을 영위하는 데 생기는 곤경들은 점점 더 늘어만 갔다. 가까이에 살며 그녀에게 음식을 가져다주거나 그녀의 기분을 맞춰주던 아들도 죽고 말았다. 굶주림이 목숨을 위협하기 시작했지만, 역병에 대한 두려움은 오히려 더욱 커져만 갔다. 그녀가 가장 주의를 기울이는 것은 사람을 피하는 일이었다. 그녀의 몸은 점점 더 쇠약해졌고, 그럼에도 사람을 피하기 위해 그녀는 음식을 구하러 점점 더 먼 곳까지 나가야만 했다. 윈저에 도착하기 전날 밤, 그녀는 다쳇에 이르렀다. 그곳에서 그녀는 열려 있거나 버려진 빵집들을 살금살금 돌아다니며 음식을 구했다. 상한 음식들을 잔뜩 지고 그녀는 서둘러 되돌아오려다 길을 잃었다. 바람 한 점 불지 않아 열기로 가득하고 칠흑처럼 캄캄한 밤이었다. 짐은 점점 더 무겁게 느껴지고 있었다. 그녀는 가져온 음식을 하나씩 버리며 어떻게든 나아가보려고 노력했다. 하지만 결국 그녀는 절뚝거리다, 이내 움직일 수조차 없게 되었다.

그녀는 옥수수 밭에서 높이 자라난 옥수수들 사이에 누워 잠이 들었다. 깊은 어둠 속에서 그녀는 바스락거리는 소리에 깨어났다. 깜짝 놀란 그녀는 황급히 몸을 일으키려 했지만 뻣뻣하게 굳은 관절이 마음대로 움직여주질 않았다. 낮은 신음 소리가 가까이로 다가왔고, 바스락거리는 소리도 점점 커졌다. 그 순간 숨이 막힌 것처럼 가까스로 내뱉은 말 한 마디가 들렸다. 물, 물을 좀! 몇 번이고 같은 말을 반복하던 목소리는 다시 잦아들었고 이어서 긴 한숨 소리가 들렸다. 노파는 몸서리를 치며 어떻게든 몸을 일으키려 했다. 두려움에 이가 부딪쳤고, 무릎이 후들거렸다. 매우 가까운 곳에서 반쯤 헐벗은 사람의 형체가 어렴풋이 드러났다. 그리고 다시 갈라지는 신음과 물을 찾는 비명 소리가 시작되었다. 그녀의 움직임은 낮선 형체의 시선을 끌었다. 낮선 형체는 발작적으로 그녀의 팔을 거칠게 잡아당겼다. 그녀를 잡은 손은 강철 같았고, 그녀를 움켜쥔 손가락은 덫의 날카로운 날과 같았다.

"드디어 와주셨군요!"

낮선 자의 입에서 이 말이 튀어나왔다. 그것은 죽어가는 자가 마지막 남은 힘을 모두 짜낸 결과였다. 병자의 몸에서 힘이 풀리더니 그는 바닥에 엎어져 마지막으로 낮은 신음 소리를 내뱉고는 숨을 멈추었다. 동이 트자 노파는 시체를 바라보았다. 질병의 흔적이 뚜렷한 시신이 그녀 가까이에 널브러져 있었다. 죽은 자가 쥐었다 놓은 그녀의 손목은 시퍼렇게 변해 있었다. 자신이 역병에 옮았다고 생각한 그녀는 나이와 걸맞지 않은 어마어마하게 빠른 속도로 그곳에서 달아났다. 역병에 걸렸다고 생각한다면 더이상 다른 이들을 두려워할 필요가 없음에도. 그녀는 한탄을 거듭하며 손녀가 있는 윈저 성으로 향했다. 그녀의 몰골은 처참했다. 그러나 그녀는 여전히 삶에 대한 미련을 놓지 못하고, 자신의 불운을 애통해 하며 신음을 내뱉었다. 역병의 증상이 빠르게 나타나고 있었다. 실제로 그녀가 역병에 걸린 것인지는 알 수 없지만, 어쨌든 그녀가 얼마 살지 못하리라는 건 분명해 보였다.

내가 그녀에게 필요한 조취를 지시하고 있는 사이, 클라라가 다가왔다. 클라라는 창백한 얼굴로 바들바들 떨고 있었다. 내가 걱정스러운 표정으로 그녀에게 왜 그러냐고 묻자, 그녀는 내 품에 와락 안기더니 흐느끼며 소리쳤다.

"외숙부님, 사랑하는 외숙부님! 부디 저를 미워하시면 안 돼요! 제 얘기를 지금 들으셔야 해요. 숙부님이 아셔야 하는 얘기예요. 에블린이……. 우리 불쌍한 막내, 에블린이……."

클라라는 흐느끼느라 제대로 말을 잇지 못했다. 나는 사랑스러운 우리의 아기를 잃을지도 모른다는 엄청난 두려움에 피가 얼어붙는 것을 느꼈다. 하지만 아이들의 어머니인 아이드리스를 떠올리며 나는 마음을 가라앉혔다. 일단 침대에 누워 있는 막내를 보러 가야 했다. 에블린은 끓는 듯한 열 때문에 정신을 차리지 못했다. 하지만 나는 두려움을 억누르며 그것은 역병의 증상이 아니라고 믿으려 애썼다. 에블린은 아직 세 살도 되지 않은 아기였다. 내 자식이 역병에 걸렸을 리 없다는 확고한 믿음 때문인지, 내 눈에 에블린의 증상은 그 나이 때 아기들이 흔히 앓는 가벼운 병으로만 보였다. 나는 에블린을 지켜보았다. 에블린의 무거운 눈꺼풀이 반쯤 잠겼고, 뺨은 한껏 달아올라 타들어가는 듯했으며, 조그만 손은 가만히 있질 못하고 자꾸만 손가락을 배배 꼬아댔다. 열이 심해지자 기력을 잃은 아이의 몸이 축 늘어졌다. 설사 역병에 걸린 것이 아니라 해도, 굉장히 심각한 상황이었다. 아이드리스가 에블린의 이런 모습을 보게 할 수는 없었다. 나는 클라라를 바라보았다. 클라라는 이제 열두 살밖에 되지 않았지만 감수성이 풍부하며 신중하고 사려 깊은 아이였다. 그녀라면 믿을 수 있었다. 나는 클라라에게 에블린을 맡기고 아이드리스가 이 상황을 모르도록 하기 위해 서둘러 움직였다. 나는 적절한 방책을 강구하며, 믿음직한 조카에게 아들을 맡긴 후 혹시라도 무슨 일이 있다면 즉시 내게 알려달라고 부탁하고 자리를 떠났다.

나는 곧장 아이드리스에게로 향했다. 발걸음을 서두르며 나는 종일 성에 있어도 이상하게 여겨지지 않을 그럴듯한 변명을 만들기 위해 골몰했다. 다행히도 내가 그녀를 찾았을 때, 그녀는 혼자가 아니었다. 천문학자인 메리벌이 그녀와 함께 있었다. 메리벌은 세상에서 벌어지고 있는 참사에 주의를 기울이기엔 인류에 대해 너무나 넓은 안목을 가지고 있었다. 그는 역병의 한가운데에 살고 있으면서도, 그에 대해서는 전혀 의식하지 않는 사람이었다. 프랑스의 수학자이자 천문학자인 라플라스와 함께 수학한 이 남자는 아이처럼 정직하기만 할 뿐 주위를 헤아릴 줄 몰랐다. 그래서 그와 그의 가족들은 배를 곯는 일이 허다했다. 그에게는 창백한 부인과 수많은 자식이 있었다. 하지만 그는 허기를 느끼지 않았고, 가족들의 고충도 알아차리지 못했다. 그가 관심을 두는 것은 오직 천문학 이론뿐이었다. 그는 자신의 다락방 벽에 목탄으로 글을 휘갈기며 수식을 계산하곤 했다. 금화 한 닢 얻기가 어려웠지만, 돈이 생기면 음식보다 책을 샀고, 가지고 있는 의복도 책과 맞바꾸었다. 그러면서도 그는 자신의 행동을 후회하는 일이 없었다. 그는 아이들이 우는 소리도 듣지 못했고, 부인의 수척해진 얼굴도 알아보지 못했다. 이 세계가 겪고 있는 엄청난 재앙도, 그에게는 우주의 현상을 관측할 때 하늘에 끼는 한낱 구름 정도로 치부되었다. 그의 아내는 그런 남편을 신뢰하는 남다른 여인이었으며, 그들이 거주하는 지역의 여자들 중 유일하게 살아남은 사람이었다. 그녀의 마음은 남편을 향한 끝없는 존경과 아이들을 향한 애정 어린 염려로 가득했다. 그녀는 남편을 믿고 기다리며, 아이들을 위해 묵묵히 일했다. 그러는 동안에도 결코 그녀는 불평하는 법이 없었다. 물론 너무 오래도록 지속되는 걱정이 그녀에게 우울한 꿈을 심어주고 있기는 했지만 말이다.

　메리벌은 에이드리언을 찾아가, 자신이 행성들을 관측하는 일을 계속할 수 있게 해달라고 부탁했다. 에이드리언은 그의 형편을 알아차리고, 그에게 도움을 주었다. 메리벌은 책을 빌려주고 기구를 이용할 수 있게 해준 우리에게 매번 고마움을 표했다. 하지만 결코 자신의 집에 관한 얘기나 달라진 형편에 대해서는 얘기를 꺼내는 법이 없었다. 그는 집에서 일어나는 일들을 잘 모른다고 그의 아내가 우리에게 넌지시 일러주었다. 그가 집안에 변화가 일어났음을 알아차리는 유일한 순간은 그의 작업을 돕던 자녀들이 곁에 없을 때뿐이라고 했다. 그래도 그는 왜 개미 한 마리 없이 집이 이렇게 조용하냐고 투덜대는 것으로 끝이라고 했다.

그가 우리를 찾아온 것은 자신이 지구 축의 이동과 주야 평분점의 전진에 관한 짧은 논문을 완성했다는 것을 알려주기 위해서였다. 고대 로마의 공화제가 이 시대에 재현된다면 모를까, 지도자 선거가 눈앞에 닥칠지 모른다는 얘기나 로마에 저항했던 미트리다테스 왕의 마지막 전투에 관한 그의 견해는, 우리에게 메리벌의 사생활에 관한 이야기보다도 생경하게 느껴질 정도로 시대와 동떨어져 있었다. 인간을 이해하려는 의지가 없는 자는 눈앞에 펼쳐진 신호에도 자신의 생각만을 입히게 된다. 그런 사람의 글을 읽으려는 독자는 없을 것이다. 모든 이가 무기는 버리고 방패만 손에 든 채 각자 홀로 역병을 기다리는 동안, 메리벌은 6,000년 후의 인류에 대해 이야기하고 있었다. 그는 우리가 그와 관심사를 공유한다고 여기며 그의 글에 해설을 덧붙였다. 인류가 떠난 뒤 빈자리를 메울 새로운 생명체의 모습을 묘사해주기도 했다. 우리는 안쓰러운 그 노인에게 차마 진실을 깨우쳐줄 수가 없었다. 내가 방에 들어섰을 때 그는 자신이 쓴 책의 일부를 아이드리스에게 읽어주며, 이런, 또는 저런 입장에서 어떤 답변이 도출

될 수 있는지를 묻는 중이었다.

아이드리스는 미소 띤 얼굴로 그의 이야기를 듣고 있었다. 그의 태도에서 그녀는 메리벌의 가족이 무사하다는 것을 짐작하고 있었던 것이다. 물론 우리가 벼랑 끝에 몰린 시대에 살고 있다는 사실을 그녀도 알고 있었다. 그러나 메리벌은 다가오는 영겁의 미래 속을 엄청난 속도로 거닐고 있었다. 그런 그의 이야기는 우리의 현실과 상당한 대비를 이루었고, 덕분에 그녀는 잠시나마 즐거워하고 있었다. 그녀의 미소를 보게 되어 다행이었다. 일단 막내의 상황에 대해 그녀가 전혀 알지 못한다는 것은 확인할 수 있었기 때문이다. 하지만 진실이 드러나면 그녀가 얼마나 충격을 받을지를 상상하니 온몸이 떨려왔다. 메리벌이 얘기를 이어나가는 사이, 클라라가 아이드리스 뒤에서 조심스레 문을 열고 슬픈 표정으로 내게 손짓을 했다. 거울로 그 모습을 본 아이드리스가 놀라며 자리에서 벌떡 일어섰다. 좋지 않은 일이 일어났다는 것을 직감한 그녀는 주위를 살폈다. 알프레드는 우리와 함께 있었다. 그녀는 막내에게 무슨 일이 생긴 것이라고 확신하고 긴 응접실을 가로질러 부리나케 에블린의 방으로 달려갔다. 순식간에 일어난 일이었다. 방에 들어서자 그녀는 열이 펄펄 끓으며 미동도 없이 누워 있는 에블린을 발견했다. 바로 뒤에 내가 따라 들어갔다. 나는 스스로 되뇌던 것보다 더 큰 희망을 그녀에게 심어주기 위해 분투했다. 하지만 그녀는 슬픔에 잠겨 고개를 가로저을 뿐이었다. 괴로움에 어쩔 줄 몰라하던 그녀는 의사와 간호사의 역할을 나와 클라라에게 맡기고 침대맡에 앉아 아이의 뜨거운 손을 잡았다. 그녀는 긴 시간 동안 변함없는 고통을 느끼며 아이에게서 눈을 떼지 못했다. 우리의 막내아들을 덮친 그 험악한 병이, 우리가 두려워하던 역병이 아니라는 건 확실했다. 하지만 아이드리스는 내 말을 들으려 하지 않았다. 불안감 때문에 판단력이 흐려진 듯했다. 아이가 가볍게 경기를 할 때마다 그녀는 몸을 떨었다. 아이가 조금이라도 뒤척이면 그녀는 순간 위기가 찾아온 것처럼 두려워했고, 아이가 움직이지 않고 가만히 있으면 늘어진 아이의 모습에서 죽음을 느꼈다. 그녀의 낯빛에 짙은 어둠이 드리웠다.

밤이 되면서 아이의 체온은 더 높아졌다. 얼마나 두려웠는지. 그때의 끔찍한 기분을 표현할 단어가 떠오르지 않는다. 우리는 내내 아이의 곁을 지키며 그 괴로운 시간이 어서 지나가기만을 바랐다. 어린 아이라 자신이 느끼는 고통을 표현할 수 없을 거라는 생각이 나를 더욱 괴롭혔다. 꺼질 것 같은 아이의 생명은 명멸하는 망루의 불꽃 같았다.

가까스로 유지되는 불씨가
바람에 일렁이고, 조그마한 화염의 가장자리는
주위를 맴도는 어둠이 집어삼키고 있도다.
(퍼시 비시 셸리의 「첸치 일가」에서 인용한 것이다—옮긴이)

빛과 어둠은 언제나 함께하는 것이라, 빛이 밝아올 동쪽을 향해 간절한 마음으로 돌아서도, 등 뒤는 어둠에게 내어줄 수밖에 없는 초조함이 우리를 괴롭혔다. 짙은 어둠 속에서 수탉의 울음

소리가 들렸다. 한낮이라면 유쾌하게 느껴질 그 소리가, 그때의 우리에게는 절규처럼 들리며 마음을 어지럽혔다. 서까래가 삐걱거리는 소리와 눈에 보이지도 않는 작은 벌레가 앵앵대는 소리가 고적감을 더욱 키우고 있었다. 하루 종일 에블린을 돌보느라 지친 클라라는 사촌동생의 발치에 앉아 졸음과 사투를 벌이는 중이었다. 하지만 끈질긴 노력에도 불구하고 그녀는 무거운 눈꺼풀을 막을 수 없었고, 두세 번 잠을 떨쳐내려 해보았지만 결국 이기지 못하고 잠이 들었다. 아이드리스는 여전히 침대맡에 앉아 에블린의 손을 붙들고 있었다. 우리는 서로에게 말을 걸 용기를 내지 못했다. 나는 하늘의 별을 바라보았다. 아이에 대한 걱정이 뇌리를 떠나지 않았다. 나는 아이의 미약한 박동을 확인하고, 아이드리스에게 다가섰다가 다시 물러나기를 반복했다. 아침이 밝아오자 아이가 가벼운 한숨을 내뱉었다. 뺨을 달구던 열도 조금 내렸다. 아이의 맥박은 규칙적으로 부드럽게 뛰고 있었다. 죽은 듯 늘어져 있던 아이가 그제야 편안히 잠들었다. 그때까지 나는 감히 희망을 꿈꾸지 못했다. 하지만 아이의 부드러운 숨결과 이마를 적시는 땀은, 이제 더 이상 생명을 위협하는 불운의 증표가 아니었다. 나는 이 변화를 아이드리스에게 속삭여주었고, 그녀도 나의 말이 사실이라는 걸 믿게 되었다.

그러나 이런 확신도, 아이의 빠른 회복도, 그녀를 예전의 모습으로 돌려놓지 못했다. 그녀는 깊은 두려움에 빠진 나머지 안정을 찾지 못했다. 평온했던 과거가 그녀에겐 꿈처럼 느껴졌다. 그녀는 이제야 잠에서 깨어났다고 생각했다.

마치

바다에 떠 있는 망루에 홀로 서서,

사랑하는 가족들을 떠올리며 위안을 삼다,

봉화가 피어오르는 소리에 전율하며 추억에서 깨어나듯,

(토머스 베도스의 「신부의 비극」에서 인용한 것이다―옮긴이)

또는 폭풍우에 시달리다 배가 가라앉고 있다는 사실을 깨달은 것처럼, 그녀는 두려움에서 벗어나질 못했다. 과거에 무언가를 두려워해본 적이 없던 그녀는 처음 경험하는 극심한 두려움 앞에서 감히 희망을 품지 못하고 있었다. 늘 환히 웃던 그녀의 얼굴에서 미소가 사라졌고, 가끔 억지로 웃어보려 할 때도 있었지만 그럴 때마다 그녀는 끝내 눈물을 쏟아냈다. 부서져버린 지난 시절의 행복 위로 슬픔의 바다가 만들어졌다. 그나마 내가 곁에 있을 때는 절망감에 사로잡히지는 않았다. 그녀는 자신이 느끼는 모든 감정을 내게 털어놓았다. 그녀는 내가 죽는 것을 두려워하지는 않는 것 같았다. 아니, 내가 죽을지도 모른다는 생각을 아예 하지 않는 것 같았다. 가족을 지키는 내가 있기에 그녀는 모든 염려를 내게 맡기고 내 사랑 안에서 휴식을 취할 수 있었다. 마치 에일 듯한 바람에 새끼사슴이 어미 곁에 달라붙듯, 상처 입은 어린 새가 어미의 날개 아래에서 새근대듯, 큰 충격을 받은 작은 배가 버드나무 아래에서 위험을 피하듯, 그녀는 나를 믿고 의지했다. 나는 평소처럼 단호하진 못했지만 그래도 다정한 모습으로 기꺼이 위로를 건넸다. 그리고 떨고 있는 가엾은 여인을 품에 안은 채, 모든 고통스러운 생각

111

과 힘겨운 상황들이 그녀를 괴롭히지 못하게 하기 위해 노력했다.

그해 여름의 끝자락에 또 하나의 사건이 일어났다. 영국의 전 왕비였던 윈저 백작부인이 독일에서 돌아온 것이다. 그녀는 초여름에 텅 비어버린 빈을 떠났다. 어떤 것도 그녀의 의지를 꺾을 수 없었다. 거만한 그녀는 무엇에도 길들여지지 않는 사람이었다. 함부르크에서 잠시 발이 묶였지만 그녀는 무사히 런던으로 돌아왔다. 도착하기 몇 주 전에 그녀는 에이드리언에게 연통을 주었다. 오랫동안 자식들과 연을 끊고 지냈던 냉정한 어머니를 에이드리언은 기꺼이 반갑게 맞이했다. 그는 자신이 애정을 보이면 어머니의 상처받은 자존심과 슬픔을 치유할 수 있으리라 생각했다. 그러나 그녀는 아들의 애정 표현을 냉정하게 거부했다. 아이드리스도 어머니가 돌아온다는 소식을 듣고 기뻐했다. 아이드리스는 모성애가 강한 여성이었고, 그렇기에 자신의 어머니도 변해버린 이 세상에서 자존심과 엄격함을 버리고 손자들을 기쁘게 받아줄 것이라 생각했던 것이다. 하지만 백작부인이 가장 먼저 취한 태도는 영국 왕족의 본분을 지켜야 한다는 것을 강조하고, 내가 그녀에게 무례한 짓을 범했다는 사실을 넌지시 일깨우는 것이었다. 그런 다음 그녀는 딸을 용서하겠다고 말하며, 손자들을 만나주었다. 그녀가 더 물러서주길 원하는 건 무리일 듯했다.

내게는 이 상황이 상당히 엉뚱하게 느껴졌다. 이제 지위의 차이란 사실상 거의 사라진 셈이었기에, 백작부인의 자존심이 배로 어리석게 여겨졌기 때문이다. 어쨌든 아이드리스를 통해 백작부인과 나는 가족이 되었다. 소위 사람의 계층이라는 것이 무의미해진 이 세상에서, 불쾌한 추억을 계속해서 곱씹는 것은 어리석기보다 옳지 않다는 것이 맞을 것이다. 아이드리스는 어머니에게 화를 낼 여력도 없었다. 그녀에게는 죽음에 대한 두려움이 가장 큰 문제였기에, 심지어 슬픔에 잠길 힘조차 없었다. 그녀는 어머니가 혈육에게 무관심한 이유가 아직까지 앙심을 품고 있어서일 거라고 생각했다. 그러나 그건 사실이 아니었다. 백작부인은 일부러 냉담함이라는 무기와 가면을 버리지 않고 있었다. 거만한 백작부인은 자신이 싸움을 질질 끌고 있다는 증표들에 대해서도 신경 쓰지 않았다. 그녀는 자존심의 노예였다. 여전히 그녀는 왕가를 재건해야 한다는 욕망에 사로잡힌 채 자신의 행복이 짓밟혔다고만 생각하고 있었다.

그녀가 지닌 그 불변의 원칙 또한 거짓이었다. 모든 게 거짓이었고, 오직 우리가 태어날 때부터 지녔던 애정만이 거짓이 아니었다. 기쁨과 괴로움에는 연민의 연결고리가 있는 법이다. 세상에는 선과 악이 있다. 삶과 죽음이 바로 그것이다. 계층의 차이, 권력, 부유함과 같은 개념들은 아침 이슬처럼 덧없이 사라졌다. 살아있는 거지 한 사람이 죽음을 맞이한 귀족들보다 더 소중한 존재였다. 아아! 죽은 영웅들과 애국자들, 대단한 능력을 가진 사람들보다도 지금 우리가 살고 있는 이 하루가 더 중요했다. 이런 얘기를 모욕적이라고 느낄 사람이 있을지도 모르겠다. 하지만 이 시대의 악행과 미덕은 그 자질을 버렸다. 삶, 그리고 또 삶……. 짐승 같은 우리의 본능만이 이어지고 있었다. 삶이야말로 우리가 진정으로 바라는 소망의 시작이자 끝이었다. 인류는 오만했던 야망을 접고 바닥에 엎드려 기도를 읊조릴 뿐이었다.

9장

10월에 접어들었을 때 영국은 상당히 황량해져 있었다. 다행히 가을바람이 대지를 스치며 위험했던 계절의 열정을 차갑게 식혀 주었다. 기이할 정도로 뜨거웠던 여름의 무더위는 그달 초까지 계속되었지만, 10월 18일이 되자 갑자기 기온이 떨어졌고 이내 추위가 찾아왔다. 역병도 학살을 멈추었다. 우리는 간신히 한숨 돌렸지만, 감히 입밖으로 희망을 말할 용기는 없었다. 하지만 기대감을 가졌던 것은 사실이다. 우리는 배에서 떨어져 바위섬으로 밀려온 선원들 같았다. 바위섬의 황무지에 선 우리는 망망대해 저 멀리 보이는 배가 생각보다 멀지 않을 것이라 기대하며 눈을 떼지 못했다. 계절의 변화는, 자연에게서 잠시 빌려 쓰고 있는 우리 삶의 약속된 기간을 조금 더 늘려주겠다는 유예 계약과도 같았다. 바뀐 계절은 거칠고 기복 심한 자연을 다정한 모습으로 변모시켰다. 하지만 우리는 자연의 다정함뿐 아니라 자연의 냉혹하고 일관적이지 못한 면모까지 받아들여야 했다. 모두가 죽을 운명이 된 마당이라, 사람들은 언제 어떻게 죽음을 맞이하게 될지 몰라 난폭해졌다. 계절이 바뀌고 역병의 기세도 수그러들었지만, 여전히 세상에는 신의 선택을 받고자 갈망하며 겁쟁이처럼 삶에 대한 미련을 버리지 못하는 사람들이 존재했다. 그런 의미에서의 재앙은 더욱 빈번하게 일어났다. 살인자들조차 두려움에 떨었다. 서로 맞서 싸우는 사람들은 전염에 대한 공포를 무기로 이용했다. 핏자국으로 상대를 굴복시키기도 했다. 하지만 이런 사소한 비극들은 다가오는 사건에 비할 바가 되지 못했다. 우리는 차분하게 역병에 대처하기로 했지만, 이건 그런 차원의 문제가 아니었다. 인간의 욕망에게서 태어나, 인간의 격렬한 충동으로 자라난 폭풍이 바람보다 거칠게, 전례 없이 지독하게 일고 있었다.

북미 대륙의 많은 사람들이 변화를 갈망하는 광기를 안고 동쪽으로 배를 띄웠다. 그들은 자신의 땅을 버리는 것과 태어난 땅을 떠나는 것이 괴로웠지만, 그럼에도 마음을 고쳐먹지는 않았다. 11월 1일, 수백 명의 사람들이 영국에 상륙했다. 그들은 텅 빈 마을에서 얻을 수 있는 것을 찾아다녔다. 음식들이 넘쳐났고, 주인을 잃은 소떼가 주위를 서성댔다. 사람들은 풍요로움을 만끽했다. 하지만 한 곳에 정착해서 땅을 일구려는 마음은 들지 않았다. 결국 그들은 근처 주민들의 생활에 개입하기 시작했다. 그들의 수는 많다고 할 수 없었지만 모두가 하나로 똘똘뭉쳐 있었기에, 주민들을 몰아내고 마을의 동절기 비축 창고를 털 수 있었다. 이런 종류의 사건들은 영국인의 불같은 성미를 자극했고, 주민들은 결국 마을을 침략한 이방인들을 공격했다. 일부 사상자가 발생했지만, 핵심 인물들은 재빨리 빠져나가 주민들의 공격을 피했다. 그 사건은 미국인들을 신중하게 만들었다. 약탈을 주동한 자들은 능숙하게 공동체를 정비했고, 사상자가 발생했다는 사실을 구성원들에게 교묘히 숨겼다. 그들은 영국에서 누리던 풍요를 포기하기로 마음먹고, 순조롭게 이동을 시작했다. 이런 공동체의 모습을 부러워하는 영국인들도 생겨났다. 미국인들은 자기 무리에 끼고 싶어하는 영국인들을 합류시켜주었고, 얼마 후부터는 수적으로 우세한 다른 무리의 이방인들을 차출하기도 했다. 하지만 그들은 다른 무리와 어울리지 않았고, 다른 집단의 뛰어난 질서를 모방하려 들지도 않았다. 대서양 건너편 수장들의 보호를 받는 어떤 집단은 공동체를 즉시 가공할 만한 집단으로 만들어내기도 했지만, 그런 놀라운 무리들 사이에서도 그 미국인 무리는 다른 곳으로 눈을 돌리지 않고 묵묵히 자신들의 방식을 고수했다. 공격을 감행했던 영국인들은 소란스러운 군중 사이를 헤집으며 이동하는 미국인들을 뒤쫓았다. 영국인 무리에 합류하는 사람들도 매일 늘어갔고, 점점 더 무법천지가 되어갔다. 미국인들은 자신들이 들쑤신 사람들에게서 달아나고자 걸음을 서둘렀고, 섬의 동쪽 해안에 다다르자마자 영국을 향해 배를 띄웠다. 사실 갑작스럽게 영국에 등장한 건 그 미국인들만이 아니었다. 하지만 이미 어마어마한 규모의 집단이 되어버린 영국인 추격자들은 굶주림이 그들을 위협해오는 것을 깨닫고, 미국인들의 배가 남긴 흔적을 따라 계속해서 그들 뒤를 쫓기로 결정했다. 영국 서부의 항구들은 다양한 크기의 선박들로 가득했다. 군용 선박부터 작은 어부의 배까지 모든 종류의 배들이 항구에 묶여 있었지만, 배를 움직여줄 선원이 없어 한가로이 배를 놀리는 중이었다. 추격자 수백 명이 배에 올라탔다. 하지만 항해에 익숙한 사람은 없었다. 그들이 펴놓은 돛은 대충 건 흔적이 선명했고, 그들이 설치한 밧줄과 부표도 엉망진창이었다. 분수를 알고 작은 배에 몸을 실은 사람들은 항해가 안전하게 이뤄질 수 있도록 맡은 바 최선을 다했다. 하지만 무모한 성격을 가진 사람들은 백여 개의 총이 실린 거대한 배에 올랐다. 함선의 거대한 선체가 미끄러지며 만을 빠져나갔고, 수시간이 지나서야 항해 경험이라곤 없는 육지 사람들이 용케 거대한 돛을 펼칠 수 있었다. 바람이 돛에 부딪히며 속력을 높이기 시작했다. 키를 잡은 사람도 경험이 없기는 마찬가지였고, 그는 수천 번의 실수를 하며 배를 이쪽저쪽으로 꺾어댔다. 배가 이리저리 방향을 바꿀 때마다 돛은 거대한 폭포에서 날 법한 소리를 내며 무섭게 펄럭였다. 가을의 북풍이 배를 뒤흔들 때에는 돛에서 바다 근처의 숲에서 들을 수 있는 소리가 나기도 했다. 배가 요동칠 때마다 파도가 갑판을 쓸어내렸고, 선실의 열린 창문으로는 바닷물이 들이닥쳤다. 막 불기 시작한 산들바람은 상황을 더욱 악화시켰다. 물결에 휘파람을 불어넣던 바람은 여기저기에서 돛을 향해 돌진했고, 결국 너덜너덜해진 돛은 갈가리 찢어졌다. 그 윙윙거리는 바람 소리는 밀턴의 꿈에 나올 만한 것이었다. 밀턴은 대악마가 날개로 바람을 만들며 지독한 혼돈과 엄청난 소동을 일으킨다고 생각했다. 그들의 돛을 찢어발기던 바람이 바로 그런 것이었다. 그 소리는 바다의 포효와 선체를 긁는 파도 소리, 배로 쏟아져 들어오는 바닷물 소리와 뒤섞였다. 그때까지 바다의 진정한 모습을 본 적 없는 대다수의 사람들은 배가 파도에 의해 오르락내리락 들썩일 때마다 하늘이 무너지고 땅이 가라앉는 기분을 느끼고 있었다. 통제 불능의 배가 쪼개지는 우레 같은 소리가 사람들의 비명 소리마저 삼켜버렸다. 바닷물이 차오르자 그들은 들통으로 열심히 바닥의 물을 퍼냈다. 그나마 그것이 그들이 가장 잘할 수 있는 일이었을 것이다. 해가 지자 바람이 더욱 거세어졌다. 배 스스로가 위험을 느낄 수 있으리라 여겨질 만큼 상황은 점점 더 위태로워져갔다. 배는 거의 바다에 잠겨 있었고, 뭍에 있는 사람들에게 배의 상황을 가감 없이 드러냈다. 항구는 선박들과 사람들로 북적이고 있었다. 그곳에 모인 사람들은 대부분 배에 탄 사람들과 같은 무리였다. 항구에 선 사람들은 거대한 배의 몸체가 어찌할 줄 모르고 몸부림치다 서서히 가라앉는 모습을 지켜보고 있었다. 물은 이제 낮은 갑판까지 차올랐다. 뭍에 있는 사람들은 배가 완전히 모습을 감추기 전에 작별의 눈인사조차 건넬 수 없었다. 배가 있는 곳은 뭍에서 너무 멀었고, 배가 거의 물에 잠겼을 즈음엔 뭍에서 그 형체를 확인하기도 어려웠기 때문이다. 구조된 사람도 있었다. 하지만 배와 연결된 밧줄과 돛대를 잡고 있던 대부분의 선원들은 배와 함께 바다 속으로 빨려 들어갔고, 시신이 된 후에야 배를 붙들었던 손아귀의 힘을 풀고 수면 위로 떠올랐다.

이 일로 무리를 뒤따라 바다로 나서려던 많은 이들의 발이 육지에 묶여버렸다. 인정사정없는 바다의 떡 벌어진 입으로 달려드느니, 차라리 유해한 다른 무언가와 조우할 준비를 하는 것이 낫겠다고 생각한 것이다. 하지만 이미 바다를 건너고 있던 사람들과 육지를 가로지르기로 한 사람들에 비하면, 그냥 고향에 머무르기로 한 사람의 수는 극히 적었다. 많은 이들이 벨파스트의 가장 높은 곳에 올라 최단 구간을 확인하고는 스코틀랜드를 통과해 남쪽으로 향했다. 스코틀랜드의 난민들까지 합류해 엄청난 수가 영국으로 들어왔다.

그들의 등장은 영국을 충격의 도가니로 몰아넣었다. 많은 국민을 잃었지만, 아직까지 변화를 느낄 만큼의 국민들은 남아 있었으므로. 사실 수많은 사망자로 인구가 줄어들어서 그 침략자들의 두 배 넘는 사람들도 수용할 수 있었지만, 문제는 그들이 무법자 행세를 하며 서로 악행을 부추기고 있다는 것이었다. 그들은 집주인들을 밀쳐내고 주민들의 보금자리를 차지했다. 역병을 피해 은둔하던 귀족들의 호화로운 저택을 둘러싸고, 주인이든 하인이든, 남녀노소를 가리지 않고 무력을 행사하기도 했다. 한 곳을 완전히 폐허로 만든 후에, 마치 메뚜기 떼처럼 또 다른 곳을 찾아 이동해가는 식이었다. 그들을 막는 것은 아무것도 없었다. 위험을 맞닥뜨리게 되면, 그들은 무리를 지어 수적 우세함을 앞세워 약하고 불쌍한 적들을 짓밟아버렸다. 그들은 영국 동부와 북부에서 나타나 남부로 전진했다. 특별한 이유는 없었지만, 그들은 만장일치로 우리의 수도를 선택했다. 무법자들이 다사다난한 우리의 런던으로 몰려들고 있었다.

역병 때문에 마을 간의 소통이 대다수 마비된 상태였고, 때문에 그 침략자들이 맨체스터와 더비까지 남하하고서야 우리는 그들의 위치를 파악할 수 있었다. 그들은 침략전쟁을 벌이는 군대들처럼, 마을을 불태우고 초토화시키며 사람들을 학살했다. 영국의 빈곤층과 부랑자들은 그들의 일원이 되었다. 얼마 남지 않은 장교들은 민병대를 조직하기 위해 분투했지만, 지위나 계급은 더 이상 의미를 가지지 못했고 공황상태에 빠진 사람들은 허둥거릴 뿐이었다. 되레 저항은 적들의 뻔뻔함과 잔인함을 증폭시키기만 했다. 그들은 런던을 차지하고 영국을 정복할 작정이었다. 오랫동안 잊고 지낸 역사의 상처를 상기한 것이었다. 하지만 이런 호언장담은 그들의 힘보다 취약점을 드러냈다. 당장은 그들이 엄청난 피해를 일으키고 있지만, 결국 끝에 가서는 동포에 대한 연민과 후회를 자아내게 될 것임을 모두가 알고 있었다.

　이렇게 우리는 태곳적부터 인류가 어떤 식으로 적에게 불가능이란 자질을 입혀올 수 있었는지 배워나갔다. 또한 어떻게 그 과정이 입에서 입으로 전해질 수 있었는지도 알게 되었다. 로마의 시인 베르길리우스는 자라나는 소문에 대해 이렇게 묘사했다. 소문의 이마는 하늘까지 닿아 있고, 내뻗은 손에는 헤스페로스와 루시퍼를 움켜쥐고 있다고 말이다. 우리의 침략자들은 고르곤과 켄타우로스에 비견된다는 소문이 돌았다. 전설의 용과 강철 발굽을 가진 사자와 같다는 이야기도 등장했다. 어마어마한 바다괴물이나 거대한 히드라에 빗대어지기도 했다. 그런 기묘한 이야기가 사람들의 간담을 서늘케 하며 런던까지 전해졌다. 아무도 그들이 예전에 어디에 살았는지 알지 못했다. 그저 이제 그들이 런던으로부터 100마일밖에 떨어지지 않은 곳에 다다랐다는 소문을 듣고 달아나려 할 뿐이었다. 사람들은 무시무시한 적이 모습을 드러내기 전에 런던을 빠져나가려고 허둥거렸다. 소문으로 전해지는 적의 수는 점점 더 늘어났고, 그들의 악행과 잔인함 역시 어마어마하게 과장되었다. 조용했던 거리에 소란이 일었다. 여성들과 아이들은 집을 버리고 목적지도 정하지 못한 채 무작정 달아났다. 아버지들과 남편들, 그리고 아들들은 사랑하는 연인과 무방비 상태의 가족들에 대한 걱정으로 몸을 떨었다. 시골 사람들은 런던으로 몰려왔고, 런던 시민들은 남쪽으로 달아났다. 사람들은 마을에서 가장 높은 건물에 올라 적들이 피우는 연기와 불꽃을 확인하려 하기도 했다. 서쪽에서 진입하는 무리의 이동 방향으로 보았을 때 윈저는 상당한 위험에 처해 있었다. 나는 가족을 데리고 서둘러 런던으로 향했다. 수도에 우리의 체류를 위해 마련되어 있는 탑에 가족들을 놔두고, 나는 에이드리언 일행에 합류했다. 그의 부관으로서 다가올 싸움을 돕기 위해서였다.

우리에게 주어진 시간은 이틀밖에 없었지만, 우리는 그 시간을 유용하게 활용했다. 대포와 무기를 모았고, 사람들을 소집했다. 하지만 소집한 사람들 가운데에서 다시 결원이 발생하여 동원된 사람의 수는 예상만큼 많다고 할 수 없었다. 어찌됐든 그들에게 무기를 쥐어주며 우리는 엄연한 군대임을 강조했고, 오합지졸이나 다름없는 적들에 비해 우리에게는 어마어마한 힘이 있다고 용기를 불어넣었다. 군악은 울리지 않았다. 하지만 펄럭이는 깃발에 맞춰 울려퍼지는 파이프 소리와 트럼펫 소리에는 용기와 승리에의 의지가 실려 있었다. 전투에 노련한 사람은 군인들의 걸음에서 지나친 불안감의 흔적을 찾아내기도 했다. 허나 그런 흔적을 찾는 일은 흔치 않았다. 그나마 드물게 발견되는 경우도, 그 불안감의 이유는 적에 대한 두려움이 아니었다. 우리가 진정으로 두려워하는 대상은 역병과 그로 인한 슬픔, 그 모든 것에 대한 예언들이었다. 이제껏 우리의 용기를 무엇보다도 거칠게 짓밟은 역병이, 우리의 마음마저 비참한 꼴로 굴복하게 만들지 않을까 하는 두려움 외에, 우리는 그 무엇도 두려워하지 않았다.

　에이드리언이 군대를 이끌었다. 그는 이 전투에 대해 상당히 우려하고 있었다. 우리 군의 규율과 기강이 우리로 하여금 유리한 고지를 점할 수 있게 해주리라는 것이 그나마 작은 위안이었다. 그가 원하는 것은 승리가 아니었다. 그 누구의 피도 보지 않고 평화를 찾는 것이 그가 진정으로 바라는 바였다. 행군 중 우리는 한 무리의 농부들과 마주쳤다. 농부들은 헐벗은 차림새로 무언가에 쫓기듯 황급히 달아나고 있었다. 그들의 얼굴에 드리운 공포로 우리는 다가오는 적의 사나운 성질을 알아차렸다. 그들은 정복의 욕구에 눈이 멀어 보이는 것은 무엇이든 부수려 했고, 더 많은 것을 약탈하려고만 할 뿐 스스로의 잘못을 깨닫지 못했다. 적들은 광기 어린 분노를 내뿜으며 수많은 마을들을 폐허로 만들고 있었다. 그런 적들에게서 달아나던 농부들은 우리 군을 보자 희망을 되찾았다. 그들을 사로잡았던 두려움은 어느덧 사라지고, 그 자리에 복수심이 샘솟았다. 그들을 지켜보던 병사들도 마찬가지였다. 병사들은 연민에서 비롯된 분노로 이를 갈았다. 무기력하던 태도는 열정에 휩싸였다. 발을 질질 끌던 걸음들에 단호한 힘이 실렸다. 행군의 속도도 부쩍 빨라졌다. 격렬한 복수의 의지가 병사들의 목소리를 키웠고, 이내 무기 소리와 군악 소리마저 그들의 함성에 묻혀버렸다. 병사들의 변화를 알아차린 에이드리언은 당혹스러워했다. 원한은 결국 피를 부르고 말 게 뻔했다. 에이드리언은 그것만은 피하고 싶었지만, 병사들의 사기를 보았을 때 상황을 진정시키기란 불가능한 듯했다. 에이드리언은 행렬을 뚫고 달려나가 장교들에게 병사들을 제지하라고 지시했다. 군의 본래 목적을 상기시키고 모두의 가슴에 일고 있는 소요를 잠재우도록 하라는 것이 그의 명령이었다.

성 알반에서 우리는 무리에서 낙오된 몇 명의 영국인들과 마주쳤다. 뿔뿔이 흩어져 있던 그들은 우리를 보고는 뒷걸음질 치며 한데 뭉쳤다. 그리고 다시 본대에 합류할 때까지 그들은 계속해서 후퇴했다. 그들이 제대로 정비된 무장 군대를 마주한 건 처음이었다. 섣불리 공격했다간 목숨을 잃게 될 것이 분명하다고 생각했는지, 그들은 평소처럼 난잡한 공격을 퍼붓는 대신 우두머리의 지시를 받기 위해 줄행랑을 쳤다. 그들의 우두머리도 예전과 달리 신중한 작전을 펼쳤다. 그들은 버킹엄셔에 본부를 설치하고 우리의 상황을 확인하기 위해 정찰병을 파견했다. 우리는 루턴에서 하룻밤 머물렀다. 그리고 아침에 다시 행군에 나섰다. 그러던 어느 날 이른 새벽, 불쾌한 냄새가 대기에 스며들었다. 한심한 적들이 우리의 깃발에 장난을 쳐놓은 모양이었다. 하지만 우리는 개의치 않고 군악을 울리며 적을 향해 계속해서 나아갔다. 말의 울음소리와 보병대의 규칙적인 발소리가 요란하게 울려퍼졌다. 우리가 싸움을 알리는 첫 대포를 쏘아올리자, 전투에 익숙지 않은 우리의 적들은 복잡한 심경에 휩싸였다. 한때 질서와 화합이 존재하던 시기가 있지 않았나. 역병이 모습을 드러내지 않았을 때, 임박한 운명의 그림자가 아직 우리에게 드리우지 않았을 때, 우리는 동포였다. 하지만 그렇게 과거를 돌아보는 것은 순식간에 끝났다. 그들은 다시 현실로 돌아왔다. 먼 곳에서 적들의 어수선한 고함 소리가 들려오더니, 목청을 높이며 달려나오는 그들의 모습이 보이기 시작했다. 그들은 마을 입구와 좁은 골목들 사이에서 제각각 쏟아져나왔다. 확 트인 벌판이 우리와 그들 사이에 놓여 있었다. 우리는 벌판의 중심부로 전진한 뒤 멈춰 섰다. 우리가 멈춰선 곳은 그들이 있는 곳보다 지대가 높았기에, 우리는 이방인들이 차지한 공간을 한눈에 내려다볼 수 있었다. 우리가 멈춰선 것을 알아차린 그들의 우두머리도 뒤를 따르는 무리에게 멈추라는 지시를 내렸다. 그런 다음 제대로 된 군대처럼 보이기 위해 전열을 다듬는 가다듬는 노력을 기울였다. 일부는 장총을 들고 있었고, 일부는 말을 타고 있기도 했다. 하지만 무기와 말 모두 넉넉해 보이지는 않았다. 마을과 작은 농가들을 약탈해서 얻어낸 게 전부였을 테니 당연한 일이었다. 그들에게는 통일된 제복도 없었고, 제대로 된 수뇌부도 없었다. 그러니 일사불란한 움직임을 보일 수도 없을 터였다. 어찌 보면 그들은 야만인 같았다. 실제로 그들은 길들여지지 않은 사나운 성질을 고스란히 드러내고 있었다. 여기저기서 터져나오는 고함 소리와 거친 몸짓만이 그들에게 힘을 불어넣어줄 수 있는 것처럼 보일 지경이었다. 반면 우리 병사들의 모습은 상당히 대조적이었다. 우리 군은 정확한 지시에 따라 빠르게 전진했다. 우리 병사들의 통일된 제복과 눈부시게 광이 나는 무기를 보고 적들은 기가 죽은 눈치였다. 무엇보다 병사들의 얼굴에 드리운 증오가 그들을 겁먹게 만들었다. 제아무리 수적으로 우세하다 해도, 무엇을 원하고 무엇을 해야 하는지 정확히 알고 있는 군대가 그들로서는 두렵지 않을 수 없었으리라. 그들은 우리와 가까워질수록 두려움을 떨쳐내려는 듯 더 크게 함성을 질러댔다. 우리 병사들도 장교들의 지시에 따라 적들의 얼굴을 알아볼 수 있을 때까지 계속해서 전진했다. 적들의 흥분과 광기가 점점 더 커지고 있었다. 멀리서 하늘을 찢을 듯한 고함 소리가 들리더니, 갑자기 적들이 맹렬한 기세로 돌진하기 시작했다. 그들은 총알을 믿지 않았다. 총검 끝에 달린 날카로운 날만 믿고 우리에게 달려들 뿐이었다. 전투가 개시되자 대포를 맡고 있던 병사들이 심지에 불을 붙였다. 이내 귀를 먹먹하게 만드는 폭음과 눈앞을 가리는 연기가 전장을 메웠다.

나는 에이드리언의 곁에 있었다. 그는 병사들을 멈춰 세우라는 지시를 내린 후 우리에게서 조금 떨어져 깊은 생각에 잠겼다. 그는 유혈 사태를 막기 위한 계획을 구상하고 있었다. 그 순간 대포 소리와 병사들이 달려가는 소리, 적들의 비명 소리가 들려왔고, 깜짝 놀란 그는 눈을 반짝이며 소리쳤다.

"죽는 사람이 생기면 안 돼!"

그는 황급히 말을 타고 말의 옆구리를 발로 차며 격전을 벌이고 있는 두 무리 사이로 끼어들었다. 그의 부관들인 우리는 그를 보호하기 위해 곧장 그의 뒤를 따랐다. 하지만 그는 우리에게 신호를 보냈고, 그의 지시에 따라 우리는 그에게서 약간 물러났다. 싸움을 시작하려던 병사들은 그를 알아보고 행동을 멈추었다. 그는 날아오는 총알에도 몸을 피하지 않고, 곧장 전장의 한가운데로 달려갔다. 떠들썩하던 적들도 그의 등장에 조용해졌다. 쉰 명 남짓한 사람들이 바닥에 널브러진 채 이미 죽었거나 죽어가고 있었다. 에이드리언이 칼을 높이 쳐들며 자신의 병사들에게 소리쳤다.

"누구의 지휘를 따르는 것인가? 누가 그대들에게 공격하라고 명령했는가? 모두 물러서라! 이자들은 생각이 짧았던 것일 뿐 학살당해야 할 사람들이 아니다. 적어도 내가 그대들을 지휘하는 동안은 그러하다. 무기를 내려라. 이자들은 그대들의 형제나 다름없다. 동족을 죽이는 죄를 범하지 말라. 어차피 역병이 그대들의 원한을 갚아줄 것이다. 설마 역병보다 냉혹한 악마가 되고 싶은가? 그대들이 나를 따르고 신을 숭배하듯 저들도 마찬가지다. 그대들의 아이들과 친구들이 그대들에게 소중한 것처럼 저들도 그러하다. 그러니 소중한 인류의 피가 이 땅에 흐르게 하지 말라."

그는 앞으로 팔을 내뻗은 채 쩌렁쩌렁한 목소리로 소리쳤다. 그런 다음 몸을 틀어 침략자들을 진지한 표정으로 바라보며 무기를 내려놓으라고 명령했다. 그가 다시 입을 열었다.

"그대들은 우리가 역병에 시달리고 있기에 우리를 이길 수 있으리라 생각했을 것이다. 하지만 역병은 우리에게만 발병했던 것이 아니다. 역병은 그대들에게도 마수를 뻗치고 있다. 그대들이 기아와 질병으로 죽어가는 때가 오면, 지금 그대들이 살해한 사람들의 망령이 그대들의 안식을 막기 위해 분연히 일어설 것이다. 잔혹한 이방인들이여, 무기를 버려라. 죄 없는 이들의 피로 얼룩진 손을 보라. 그대들의 영혼이 고아들의 절규를 짊어지고 있지 않은가! 우리는 그대들을 격파할 수 있다. 정의가 우리에게 있기 때문이다. 이미 그대들의 얼굴도 하얗게 질리고 있으며, 무기를 들 힘도 사라지지 않았는가? 동포여, 무기를 내려라! 사람들이여, 내 말을 들어라! 우리는 그대들이 자신의 죄를 뉘우치기만을 기다리고 있다. 죄를 뉘우친다면 우리는 사면과 원조, 동포에 대한 연민을 베풀 것이다. 그대들도 우리처럼 연약한 인간이기에, 그대들은 우리에게 소중하다. 그대들 하나하나가 이곳에서 벗을 찾게 될 것이다. 인간의 적이 인간이어서야 되겠는가? 전 인류의 숙적인 역병이 지금 이 순간에도 우리를 내려다보고 있다. 그런데도 불필요한 살생을 저지르면서까지 승리해야 하는가? 우리가 역병보다도 동족에게 잔인해져야 한단 말인가?"

모두가 몸이 굳기라도 한 것처럼 가만히 서 있었다. 우리 쪽 병사들은 여전히 무기를 단단히 잡은 채 적에게서 시선을 떼지 못했다. 그것은 단지 이기거나 지는 문제가 아니었다. 모두가 두려움 때문에 무기를 버릴 수 없었던 것이다. 대치하고 있는 양측 병사들은 서로를 바라보며, 누군가 먼저 나서주기만을 바랐다. 하지만 적들에게는 제대로 된 지도자가 없었다. 에이드리언이 말에서 뛰어내리더니 상처를 입고 쓰러져 있는 사람에게로 다가갔다.

"이자도 사람이다."

에이드리언이 소리쳤다.

"그래서 지금 죽어가고 있는 것이다. 아! 어서 붕대를 가져와 이자의 상처를 치료해주도록 하라. 누구도 죽어서는 안 된다. 더 많은 영혼이 그대들이 입힌 잔인한 상처 때문에 이 세상을 떠나가게 해서는 안 된다. 이 영혼들이 신에게 동족을 살해한 그대들의 죄를 고할 것이 두렵지 않은가? 어서 상처를 붕대로 감아주어라. 이들이 건강한 모습으로 친구들에게 돌아갈 수 있도록 말이다. 그대들의 가슴속에서 타오르는 야수의 본능은 내던져버려라. 그 잔혹한 증오의 도구들을 내려놓으란 말이다. 인류를 몰살시키려는 운명이 걸음을 멈춘 지금, 우리는 모두 서로의 형제가, 수호자가 되어주 곁을 지켜야만 한다. 그러니 피로 얼룩진 무기를 버리고 어서 달려와 이 상처들을 붕대로 감아주도록 하라."

그는 이렇게 말하며 땅에 무릎을 꿇고 앉아, 뜨거운 생명이 사그라들고 있는 한 남자를 품에 안았다. 부상자는 거친 숨을 내쉬었고, 그의 신음 소리는 모두에게 선명하게 들렸다. 방금 전까지 끔찍한 살상의 의지를 품고 있던 양측 병사들 모두의 가슴이 그 순간 부상자 한 사람의 운명에 대한 희망과 두려움으로 거칠게 뛰기 시작했다. 에이드리언은 어깨에 걸고 있던 현장을 찢어 부상자의 상처를 동여맸다. 하지만 이미 늦었다. 남자는 깊은 한숨을 내쉬더니 고개를 떨어뜨리고 축 늘어졌다.

"이자는 죽고 말았다!"

에이드리언이 소리쳤다. 비통에 잠긴 그가 시신을 바닥에 내려놓고 고개를 숙였다. 세상의 운명이 그 한 사람의 죽음에 달려 있기라도 한 것처럼. 그제야 양쪽 사람들 모두가 무기를 내려놓았다. 참전 경험이 많은 병사조차 눈물을 보이며 흐느꼈다. 우리 병사들은 적들에게 손을 내밀었다. 모두의 가슴에 사랑과 깊은 애정이 솟구쳐오르고 있었다. 두 무력 집단이 무장하지 않은 채로 서로 뒤섞여 손을 맞잡았다. 그리고 이내 서로를 어떻게 도와야 할지 대화를 나누기 시작했다. 모두가 자신의 행동을 뉘우치고 있었다. 한쪽은 이전에 저지른 잔혹한 일들에 대해, 한쪽은 조금 전까지 제어할 수 없었던 분노에 대해 자책했다. 그들은 모두 함께 에이드리언의 지휘에 따라 런던으로 향했다.

에이드리언은 극도의 신중함을 기해야만 했다. 가장 먼저 해야 할 일은 불화를 누그러뜨리는 것이었고, 다음은 침략해온 이방인들에게 국가적 지원을 제공하는 것이었다. 그들은 남부의 여러 지방으로 보내졌고, 버려진 마을들에서 터전을 마련할 지원을 받았다. 일부는 모국으로 돌려보내지기도 했다. 역병이 누그러지는 겨울이었기에 우리는 다행히 적극적인 조치를 취할 수 있었다. 이방인 문제까지 해결하자마자 우리는 또 다른 침략자들이 일방적인 공격을 감행할 수 없도록 각 마을의 길목에 방비 체계를 도입했다. 겨울이기에 가능한 일이었다.

그 사이 에이드리언과 아이드리스는 거의 1년 만에 재회하게 되었다. 에이드리언은 그간 고된 업무와 벌어지는 사건들을 처리하느라 정신이 없었다. 그는 인간이 지닐 수 있는 모든 종류의 재앙을 직접 목도하고 있었다. 그러면서 그 모든 것을 감싸주기엔 자신의 능력이 부족하며, 자신의 목표도 미미한 도움밖에 되지 않는다는 것을 깨달아가고 있었다. 하지만 그의 이상과 열정적인 다짐은 어떤 식으로든 슬픔이 그를 잠식하지 못하도록 막아내고 있었다. 그는 마치 새롭게 태어난 것 같았다. 메디안 지방의 연금술보다 더 강력한 마법이 그에게 건강과 힘을 부여한 것처럼 보였다. 아이드리스는 에이드리언을 한눈에 알아보지 못했다. 변한 그의 모습에선 산들바람에도 부러질 것 같던 예전의 연약함이 보이지 않기 때문이다. 그는 활기찬 기세와 풍부한 감수성으로 폭풍 속에 내던져진 영국을 충실하게 이끌어가고 있었다.

반면 아이드리스는 그렇지 못했다. 그녀는 자신의 고충을 쉬이 털어놓으려 하지 않았지만, 두려움이 그녀의 마음을 좀먹고 있었다. 그녀는 점점 창백해지며 말라갔다. 두 눈에는 툭하면 눈물이 고였고, 목소리가 갈라지거나 잠기는 일도 허다했다. 숨기려는 것도 마음처럼 쉽지 않았다. 그녀는 자신의 변화를 오빠가 알아보리라는 걸 알았기에 애써 밝은 모습을 만들어보려 노력했다. 허나 그 노력은 허사였다. 오빠와 단 둘이 남게 되자 그녀는 슬픔을 억누르지 못했다. 결국 그녀는 모든 것을 털어놓으며, 영혼을 갉아먹는 끊임없는 걱정들까지도 생생하게 설명했다. 그녀는 도무지 잠재울 수 없는 괴로움을, 독수리에게 심장을 뜯기는 프로메테우스의 이야기에 비유했다. 고통은 영원할 것만 같았고, 끔찍한 생각들은 끝없이 계속되고 있었다. 그녀는 맞서보려고도 했고, 숨기려고도 해보았다. 하지만 빠져나오려 노력할수록 더 빠르게 제자리로 돌아갈 뿐이었다. 그녀는 도무지 헤어나올 수 없는 쳇바퀴에 올라탄 것 같다고 말했다. 잠을 자도 자는 게 아니었다. 깨어 있는 동안 걱정을 떨쳐낼 수 있는 합당한 근거들을 찾아내봐도 아무 소용이 없었다. 아이들의 건강한 모습도 그녀에게는 도움이 되지 않았다. 그 모든 것이 잠에 드는 순간 지독한 악몽으로 변해버렸던 탓이다. 그녀의 꿈속에서는 두려워했던 모든 게 그대로 현실이 되었다. 그런 상황에서 그녀는 어떠한 희망도, 괴로움을 덜 수 있는 어떠한 방법도 찾지 못했다. 그저 어서 빨리 죽음이 그녀를 먹잇감으로 선택해주기를 바랄 뿐이었다. 사랑했던 수많은 사람들의 죽음을 모두 경험하기 전에 자신이 먼저 죽을 수 있기를 그녀는 간절히 바랐다. 그런 생각이 나를 괴롭힐까 두려워, 그녀는 최선을 다해 자신의 두려움을 숨겨왔다. 하지만 오랜 시간 떨어져 지내다 재회하게 된 친오빠 앞에서, 그녀는 더 이상 고통스러운 고민을 숨길 수 없었다. 그러나 그 생생한 두려움과 가득한 절망에도 불구하고, 그녀는 사랑하는 오빠 에이드리언에게 가슴에 품은 모든 애정을 쏟아냈다.

런던으로의 피신은 그녀의 불안을 더욱 키우는 역할을 했다. 그녀가 역병으로 황폐해진 도시를 보는 것이 처음이었기 때문이다. 거리의 잔디가 관리되지 않은 채 제멋대로 자라 있었고, 광장에는 잡초가 무성했다. 집들은 대문을 틀어 잠갔고, 북적이던 곳에도 고적감만이 감돌았다. 하지만 그 적막함 속에서 에이드리언은 질서를 유지시키고 있었다. 시민들은 여전히 법과 전통에 따라 삶을 영위했다. 특히 전통이 살아남은 것을 보라. 인간이 만든 법령이 철폐되어도 그 속성을 담은 관습은 신성하게 지속되는 법이다. 어쨌든 상황이 우울하다는 것은 변함이 없었다. 재앙이 일어나는 빈도는 줄어들고 있었지만, 사람들은 그 또한 우리를 더 비참하게 만들려는 악마의 장난일 뿐이라고 여겼다. 사교 모임이나 연극, 축제와 같은 유흥은 모두 사라졌다. 우리 가족이 윈저로 돌아갈 채비를 마쳤을 때, 에이드리언이 이렇게 말했다.

"다가올 여름이 인류의 운명을 결정짓게 될 거야. 그때까지 나는 노력을 멈추지 않겠어. 하지만 내년에도 역병이 다시 창궐한다면, 그때엔 비로소 재앙에 맞서는 걸 멈춰야 하겠지. 그렇게 되면 우리는 죽음을 기다리는 수밖에 없을 거야."

그 전에, 런던에 머무는 동안 일어났던 사건 하나를 언급해야겠다. 천문학자 메리벌은 원래 윈저에 자주 방문하는 편이었다. 그런데 언제부턴가 발길을 뚝 끊었다. 사람의 생사가 가느다란 금 한 줄로 나뉘어 있는 시기에 변화란 언제나 두려운 것이었다. 나는 우리의 벗이 상대를 가리지 않는 재앙의 희생양이 되진 않았을까 하는 불안감을 감출 수 없었다. 그래서 런던에 방문한 참에 그의 집을 찾아가보기로 했다. 최악의 사태가 벌어진 건 아닐까 두려웠지만, 혹여 살아남은 가족이 있다면 내가 도움을 줄 수 있을지도 모르는 일이었다. 집은 버려진 상태였다. 런던에 거주하기로 했던 이방인들이 사용하다가 버리고 떠난 것 같았다. 그의 관측기구는 엉뚱하게 설치되어 있었고, 그의 모형 행성들은 망가졌으며, 난해한 수식들이 씌어 있던 종이는 알아볼 수 없을 정도로 훼손되어 여기저기 널려 있었다. 이웃들도 아는 건 거의 없었다. 간호사로 일한다는 한 여인을 만나고 나서야 나는 그 집의 사정을 들을 수 있었다. 그 여인은 메리벌만 빼고 그 집 식구 모두가 죽었다고 말했다. 그리고 메리벌은 미쳐버렸다고 했다. 미쳤다. 그녀는 그렇게 말했다. 그 말이 무슨 뜻이냐고 자세히 캐 묻자 그녀는 그가 슬픔에 빠진 나머지 환각에 시달리게 된 것 같 았다고 대답했다. 가련한 늙은이 메리벌은 무덤가를 배회하며 그 가 헤아렸던 수백만 년 후의 미래를 상상했다. 그리고 그 상상은 환각이 되어 그의 주위를 둘러쌌다. 그는 아내와 아이들이 굶주 려 말라가는 것도, 주위에 펼쳐지던 역병으로 인한 끔찍한 광경 들도 보지 못했다. 이 천문학자는 이 세상에서 죽은 것과 마찬가 지였다. 그는 천체의 움직임 속에서만 살아 숨 쉴 수 있었다. 그렇 대도 그는 분명 가족을 사랑하고 있었다. 관심을 기울이진 않아 도, 자신만의 방식으로 가족에게 강한 애정을 쏟아붓고 있었던 것이다. 그 오랜 방식으로 가족은 그의 일부가 되었다. 세상의 진 리에 대한 갈망과 인간에 대한 무관심, 그리고 아이들의 순진무 구함이 그로 하여금 가족에게 전적으로 의지하게 만들었다. 자식 하나가 죽었을 때까지만 해도 그는 가족에게 닥친 위험을 알아차 리지 못했다. 하지만 가족들은 하나씩 차례로 역병에 죽어가기 시작했고, 삶의 동반자이자 최고의 지지자였던 그의 아내도 끝내 조용히 눈을 감아버렸다. 그의 아내는 그에게 자신의 육신보다 소중한 존재였다. 그의 육신은 스스로를 지켜낼 줄도 모르는 쓸 모없는 껍데기였지만, 그의 아내는 다정한 목소리로 그에게 평화 를 가르쳐주는 사람이었다. 그런 그녀가 세상을 떠난 것이다. 그 는 평생을 바치며 애정을 쏟았던 우주의 체계가 발아래에서 빠져나가는 것을 느꼈다. 죽은 자들 사이에 선 그는 저주의 목소리를 높였다. 여인이 미쳤다는 표현을 사용한 것도 놀랍지 않았다. 비통에 찬 늙은이는 환각 속에서 끔찍한 악담을 늘어놓고 있었다.

그때가 11월이었다. 메리벌의 소식을 알아내기 위해 움직이기 시작했던 것은 오후 늦은 시간이었고, 우울한 바람과 함께 비가 쏟아지는 다음 날 아침이 되어서야 나는 상황을 모두 정리할 수 있었다. 메리벌이 살았던 집의 현관에서 돌아서는 순간, 나는 그의 모습을 보게 되었다. 아니, 메리벌의 그림자를 보았다고 해야 더 옳을지도 모르겠다. 거칠어진 얼굴의 희미한 형체가 나를 지나쳐 집 앞 계단에 주저앉았다. 바람이 그의 회색 머리칼을 이마에 흩뜨려놓았고, 비가 그의 머리를 흠뻑 적셨다. 그는 메마른 손으로 얼굴을 감쌌다. 나는 그가 정신을 차리게 하려고 그의 어깨를 붙들었다. 하지만 그의 자세는 변함이 없었다. 나는 입을 열었다.

"메리벌. 우리 정말 오랜만이죠? 나와 함께 윈저로 돌아갑시다. 아이드리스가 당신을 보고 싶어합니다. 그녀의 부탁을 거절하진 않겠죠? 나와 함께 집으로 가요."

그러자 그가 공허한 목소리로 대답했다.

"이 무력한 늙은이를 왜 속이려는 것이오? 반쯤 미친 노인네에게 왜 위선을 떠느냔 말이오. 윈저는 내 집이 아니오. 내 진정한 집은 이미 찾아냈소. 조물주께서 나를 위해 준비하신 곳이오."

그의 매서운 말이 나를 떨리게 했다. 그가 말을 이어갔다.

"내게 말을 시키지 마시오. 내 말은 그대를 두렵게 할 뿐이외다. 겁쟁이들의 세상에서 나는 감히 이렇게 생각했소. 교회 묘지에서, 신의 무자비한 폭정으로 죽어간 희생자들 사이에서 들었던 생각이지. 신이야말로 악마와 다름없다고 말이오. 이제 신이 나를 어떻게 벌할 것 같소? 번개로 나를 얼어붙게 해보라 하시오. 그 또한 악행이 될 터이니."

그리고 그 늙은이는 폭소를 터뜨렸다. 그는 자리에서 일어나 움직이기 시작했다. 나도 그를 따라 빗속을 뚫고 근처 교회 묘지로 향했다. 그는 젖은 땅에 엎드려 절규했다.

"이곳에 그들이 있소. 아름다운 존재들……. 숨 쉬고, 말하고, 사랑스러웠던 그 존재들이 여기 있단 말이오. 젊은 시절부터 이제껏 밤낮으로 사랑하는 남편을 보살피던 여인이 여기 있소. 내 피와 살이었던 아이들이 여기 있소. 그들이 모두 여기 있지. 그들을 불러보시오. 이 밤에 대고 그들의 이름을 소리 높여 불러보시오. 그들은 대답하지 않을 거외다!"

그는 무덤으로 보이는 작은 봉분 위로 엎어졌다.

"나는 많은 것을 원하지 않소. 그저 단 하나의 부탁만 들어주시오. 신의 지옥은 두렵지 않다오. 내가 살고 있는 이곳이 바로 지옥이니까. 신의 천국도 바라지 않소. 그저 죽어서 그들 곁에 묻히기를 바랄 뿐이오. 내가 죽게 된다면, 내 살이 썩어문드러진다면, 그들과 함께 뒤섞일 수 있게 해주시오. 부탁하오."

그는 고통스럽게 몸을 일으키더니 내 팔을 붙들고 애원했다.

"제발 나를 가족이 있는 곳에 묻어주겠다고 약속해주시오."

"신이 허락하시는 한 당신의 뜻에 따르겠다고 약속하지요."

내가 대답했다.

"하지만 한 가지 조건이 있습니다. 나와 윈저로 돌아갑시다."

"윈저로 돌아가자 했소?"

그가 날카로운 목소리로 소리쳤다.

"결코 그런 일은 없을 게요! 나는 이곳에서 움직이지 않을 거요. 내 뼈와 내 살이, 내 자신이 여기에 묻혀 있소. 지금 그대가 보고 있는 것은 썩어가는 흙뭉치일 뿐이오. 나는 여기 누워 떨어지지 않을 거요. 비가 오나 눈이 오나, 번개가 치고 폭풍이 불어도, 그리하여 내가 엉망진창이 되어버린다 해도 나는 저 아래 묻힌 가족과 하나가 될 때까지 이곳을 떠나지 않을 것이오."

몇 마디를 더 나누었지만 바꿀 수 있는 건 없었다. 그의 비극을 마무리지어야 하는 건 나였다. 하지만 나는 런던을 떠나 윈저로 돌아가야 했기에, 에이드리언이 대신 그를 지켜봐주기로 했다. 그의 소원은 얼마 지나지 않아 이뤄지게 되었다. 많은 나이와 지독한 슬픔, 궂은 날씨가 그의 슬픔을 입 다물게 했던 것이다. 고통스럽게 뛰던 그의 심장에 안식이 찾아왔다. 그는 무덤의 잔디를 껴안은 채 죽음을 맞이했다. 그가 발견되었을 때에는 잔디가 그의 가슴께까지 자라서 시신을 뒤덮고 있었다. 그는 소원대로 그에게 깊은 후회를 안겨주었던 가족들의 곁에 묻혔다.

우리는 아이드리스의 바람대로 윈저로 돌아왔다. 그녀는 아이들에게 윈저가 가장 안전하다고 여기는 것 같았다. 물론 그 때문만은 아니었다. 나는 그간 윈저를 지키는 지역 유지 역할을 수행해왔기에, 살아남은 주민들이 있는 한 그곳을 버릴 수 없었다. 나는 남은 주민들을 한데 모이게 한다는 에이드리언의 계획에 따라 행동하기로 했다. 에이드리언은 생존자들의 유일한 희망이 박애 정신과 공동체정신이라고 굳게 믿고 있었다.

윈저는 우리에게 굉장히 소중한 곳이었지만, 그곳으로 돌아가는 건 우울한 일이기도 했다. 우리가 한때 기쁨을 만끽했던 윈저에는 이제 즐거움이 존재하지 않았다. 오직 인류가 사라진 흔적만 있었다. 비옥했던 우리의 땅에도 지울 수 없는 질병의 발자국이 깊게 패여 있었다. 마을의 분위기도 예전과는 딴판이었다. 봄과 가을이 사라졌기에 파종과 수확이 불가능해졌던 탓이다. 여름이 가자마자 급작스럽게 혹독한 겨울이 찾아왔다. 하루는 얼음이 얼었다가도 그 다음 날이 되면 순식간에 녹아버렸고, 하루가 멀다 하고 강이 범람해 마을을 오가는 것도 힘들어졌다. 엄청난 폭설은 마치 북극 같은 풍경을 만들어냈다. 엄청난 두께의 눈을 떠받치는 지붕들은 삐걱대며 새된 소리를 뱉어냈고, 낮은 시골집이든 위풍당당한 저택이든 하나같이 눈에 틀어막혀 출입이 불가능해졌다. 문지방에는 눈이 가득 쌓였고, 쏟아지는 우박에 창문들이 깨졌다. 그런 와중에도 북동풍이 매섭게 몰아치며, 우리의 불가피한 야외 작업을 더 큰 고역으로 만들었다. 변화된 사회 구조는 자연의 기복마저 절망의 원천으로 느끼게 했다. 시종을 다스리는 주인도, 주인을 보좌하는 시종도 모두 사라졌다. 아예 그런 체계 자체가 무너졌다. 세상에는 정해진 양이라는 게 있다는 말이 사실이다. 귀족들이 그간 누려온 사치만큼 빈곤한 삶을 사는 사람들도 존재했다. 하지만 빈곤한 사람들이 역병으로 죽어가자, 그만큼 사치도 줄어들었다. 생존자들이 삶을 영위할 식량을 구하기 위해선 더 많은 노동력이 필요했다. 그러나 질병과 절망, 미래에 대한 두려움으로 우리는 모든 기력을 잃었다. 어떤 체계를 섣불리 결정하기에도, 대담하게 수행하기에도 역부족이었다.

스스로를 변명하자면, 사람들이 기력을 잃은 것은 내 능력이 부족해서가 아니었다. 내게도 한때 심장이 요동치며 열의가 가득했던 시절이 있었다. 그러나 그때의 치열했던 기억은 나를 공직에서 멀어지게 만들었다. 대신 보잘것없던 나를 지금의 모습으로 끌어올렸고, 하찮은 대상에도 큰 의미를 부여할 수 있는 시선을 가질 수 있게 해주었다. 나는 일개 소작농과 다를 바 없는 삶을 살 수도 있었다. 그런 내가 꿈을 가지게 되었고, 의미 있는 이상을 향해 나아가게 되었다. 나는 충동적이고 욕망에 충실한 사람이었다. 그랬던 내가 고결한 이상을 꿈꾸는 신중한 사람으로 바뀌었다. 그리스 신화의 정신이 이제 내 가슴속에 자리 잡고 있었다. 나는 언덕과 숲, 그리고 강을 나의 신으로 받들었다. 나는

바다에서 솟아나는 프로테우스 신을 바라보았고,
인어 트리톤이 불어대는 뿔피리 소리를 들었다.
(윌리엄 워즈워스의 시에서 인용한 것이다-옮긴이)

이상한 일이다. 자연이 단조로운 과정 속에서 스스로를 지켜오는 동안, 나는 예로부터 내려오는 자연의 법칙에 매번 경이로움을 느끼곤 했다. 하지만 자연이 기이한 수레바퀴를 굴리며 누구도 간 적 없는 길로 달려가는 지금, 마땅히 느껴야 할 경이로움은

빛을 잃고 퇴색되었다. 나는 허탈감과 권태로움에 맞서 싸웠다. 하지만 그 감정들은 짙은 안개처럼 나를 완전히 잠식하고 있었다. 어쩌면 지난여름의 고역과 엄청난 사건들 후에 찾아온 겨울의 고요함이 모든 것을 하찮게 만들었는지도 모르겠다. 나는 모든 것이 귀찮고 번거롭게 느껴졌다. 매 순간 삶의 소중함을 부여했던 지난해의 열정에 이르지 못해서가 아니었다. 시간이 만들어내는 쓰라린 고통에 시달렸던 것도 아니다. 그저 내 모든 노력이 아무 소용이 없다고 느껴졌을 뿐이다. 나의 노력은 사람들에게서 기쁨과 고통 모두를 빼앗고 있는 것 같았다. 흥겨움 속에서 기쁨을 느끼는 것도, 노력이 좌절되어 절망에 빠지는 것도, 모두 그들이 직접 누려야 하는 것 아니던가. 나는 차라리 아무 책임이 없던 예전으로 돌아가기를 바랐다. 예전처럼 그저 책이나 읽고 글이나 쓰기를 바랐다. 하지만 그건 또 무슨 소용이란 말인가? 글을 읽는 것도 아무 쓸모가 없었고, 글을 쓰는 것은 더욱 무의미했다. 영웅들의 위업을 전시하는 거대한 광장과 같던 이 땅엔 이제 아무것도 남지 않았다. 장엄한 연극을 상연하는 거대한 극장과 같던 이 땅은 이제 그저 텅 빈 공간이 되어버렸다. 배우도 읊을 대사가 없고, 관객도 감상할 것이 없는 텅 빈 극장이 되어버린 것이다.

윈저의 조그만 마을로, 살아남은 상류층 사람들이 우울한 얼굴로 모여들었다. 거리는 눈으로 틀어막혔기에 지나다니는 사람들은 거의 없었다. 그나마 드물게 보이는 사람들도 예년과 다른 겨울의 변덕스러움에 얼어붙은 것처럼, 느린 걸음으로 조심스레 걸음을 옮기곤 했다. 이 지독한 상황을 타개하고자 하는 것이 우리가 노력을 기울이는 목적이었고, 우리가 가질 수 있는 기회였다. 허나 인구는 계속해서 줄어만 갔고, 그에 반해 점점 커지는 것은 사람들의 근심이었다. 자진해서 힘을 보태던 많은 가족들도 결국 지친 얼굴로 태도를 바꾸기 시작했다. 이상을 좇는 것도, 부를 쌓는 것도 모두에게 무의미해졌다. 꽃을 피우거나 젊음을 즐기겠다는 생각들도 사라졌다. 그저 불가에 모여 앉아 자기 입장만 생각했고, 지금 당장의 고통을 피할 방법만 찾았다. 사람들은 점점 더 이기적이고 비굴하게 행동하기 시작했다. 상류층 사람들도 이제 하인의 도움 없이 제 손으로 집안일을 처리해야 했다. 고된 일을 해본 적 없는 고운 손으로 빵을 만들기 위해 반죽을 치대야 했고, 빵을 만들 밀가루를 만들기 위해 직접 밀을 빻아야 했다. 정세를 논하던 정치인들과 관료들도 고기를 먹으려면 직접 도축을 해야 했다. 가난한 자와 부유한 자는 이제 다를 바가 없었다. 아니, 오히려 가난한 자가 더욱 뛰어나다고 해야 옳겠다. 적어도 그들은 생존에 필요한 일에 능숙했고, 민첩하게 움직일 줄 알았다. 그에 반해 상류층 사람들은 일을 할 줄 몰랐고, 배운다 해도 서툴렀다. 심지어 여유를 부리는 습관을 쉬이 떨치지 못해, 뭣 하나 제때 처리하질 못했다. 그렇게 직접 모든 것을 처리하게 되자, 그들은 한때 그들의 전부였던 겉치레와 자존심마저 짜증스럽게 여기기 시작했다. 지식을 쌓는 것에도 넌더리를 냈다. 그들의 특권과도 같았던 것들이 하나씩 사라져갔고, 동물적 본능만 남았다.

하지만 그런 변화 속에서도 선량함과 애정은 완전히 사라지지 않았다. 오히려 변화가 헌신과 희생을 만들어내기도 했다. 인류를 사랑하는 사람들이 보았다면 상당히 뿌듯한 광경이었을 것이다. 그 모습은 마치 고대의 원시 부족들처럼 가족 구성원들이 각자의 의무를 충실히 이행하는 식으로 나타났다. 귀족이었던 젊은 이들은 어머니나 누이를 위해 기꺼이 하찮고 궂은 일들을 해냈다. 그들은 얼어붙은 강을 깨서 물을 길어올렸고, 여럿이 힘을 보태 먹을 것을 구하고 불을 땔 장작을 패기도 했다. 여인들은 과거에는 보잘것없는 오두막이라 여겼던 곳에서 남자들이 구해온 것을 받아들이며 고생한 가족을 반가이 맞았다. 그녀들은 난로를 정리하고, 불을 피웠다. 거기에는 여인들이 고운 손으로 직접 만든 저녁이 준비되어 있었다. 가족들은 다같이 둘러앉아 일용할 양식을 얻은 것에 감사 기도를 올렸다. 이런 생활은 귀족이었던 그들에게 이색적인 즐거움이었다. 어렵게 구한 음식과 드문 호사를 소중히 여기는 상류층 가족은 솔직히 그들 하나뿐이었다. 그래도 그 모습은 보는 사람의 가슴을 벅차게 만들어주었다.

그러나 상황에 대한 이런 영예로운 굴복도 우리의 클라라보다 겸손하고 고결하진 못했다. 클라라는 기발한 생각으로 소박한 행동에 낭만적인 색채마저 더했다. 그녀는 꾸준히 학업을 이어가며 우리를 안심시켰고, 편안함과 단정함으로 우리가 영위하는 삶의 방식을 변화시켰다. 우리에게는 다행히 병을 피한 하인들 몇몇이 여전히 남아 있었고, 그들은 변함없이 따뜻한 태도로 우리를 보살펴주었다. 그럼에도 클라라는 그들의 일을 자신이 맡고자 했다. 우리에게 도움이 되는 하인들을 부러워하기도 했다. 그녀는 아이드리스의 유일한 심부름꾼이 되고자 했고, 어린 사촌의 유일한 유모가 되고자 했던 것이다. 이런 식으로나마 우리에게 도움이 된다는 걸 그녀는 다른 무엇보다 기쁘게 여겼다. 그녀는 우리의 바람보다 훨씬 성실했으며 훨씬 더 끈기가 있었다.

아브라는 우리가 그녀의 이름을 부르기도 전에 달려올 준비가되어 있었고,
우리가 다른 이를 불러도 아브라가 달려왔다.
(영국의 시인 매튜 프라이어의 「솔로몬」에서 인용한 것이다―옮긴이)

우리 마을에 모여 있는 여러 가족들을 날마다 방문하는 것이 나의 일이었다. 날씨가 허락하는 날이면 나는 여러 집들을 둘러본 뒤 곧장 성으로 돌아가는 대신 주위의 풍경을 즐기곤 했다. 고독 속에서 운명의 다양한 모습들을 감상하기도 했고, 과거의 경험을 되짚으며 미래를 준비하기 위해 필요한 것들을 배우기도 했다. 인류를 갉아먹고 있는 질병이 나를 초조하게 만들려 할 때면, 고독과 외로움이 그런 감정을 조금은 완화시켜주었다. 적절한 표현일지는 모르겠지만, 개인의 고통을 보편적인 재앙으로 취합하는 게 현재의 괴로움을 어느 정도 덜어주기도 했다. 그렇게 종종 나는 마을을 틀어막은 눈들 사이로 좁은 길을 내고, 다리를 건너 마을을 벗어나곤 했다. 이따금 이튼에 들를 때도 있었다. 늘 북적이던 학교 정문에선 이제 뜨거운 젊음을 지닌 소년들을 찾아볼 수 없었다. 분주하던 교실들과 시끌벅적하던 운동장에도 서글픈 고요함만 가득했다. 나는 범위를 넓혀 솔트 힐까지 가보기로 했

다. 가는 곳마다 눈이 가득 쌓여, 나아가는 것이 수월치 않았다. 저곳이 내가 사랑하던 그 비옥한 땅이던가? 저곳이 완만한 고지대와 경작지로 이용되던 골짜기로 향하는 교차로이던가? 한때 들판을 뒤덮은 옥수수가 잔잔히 물결치고, 위풍당당한 나무들이 다채로운 모습을 띠고, 굽이치는 템스 강이 세상을 촉촉하게 적셔주던 그곳이란 말인가? 세상을 뒤덮은 새하얀 눈이 지난 추억을 끄집어내며, 떠올리고 싶지 않았던 생각을 선명하게 만들어주었다. 그 생각은 풍경처럼 사람도 변하고 있다는 것이었다. 추운 겨울이 이 땅에 하얀 눈을 입힌 것처럼, 계절이 사람들의 마음에도 차가운 옷을 입혀 얼어붙도록 하는 것 같았다. 말과 양, 소 무리가 제멋대로 이리저리 서성대고 있었다. 텅 빈 오두막을 차지한 것도 주인을 잃은 이 짐승들이었다. 여기저기 내던져진 건초 더미는 짐승들에게 먹이이자 추위를 피할 보금자리가 되어주었다.

서리가 내리던 어느 날, 초조한 마음을 가라앉힐 수 없었던 나는 평소 즐겨 찾던 곳으로 향했다. 그곳은 솔트 힐에서 멀지 않은 작은 숲이었다. 그곳에는 느릅나무와 너도밤나무 몇 그루가 심겨 있었다. 한쪽 바위에는 개울에서 새어나온 실낱 같은 물줄기가 떨어지며 방울방울 물거품을 만들어냈다. 숲이라기엔 너무도 소소했지만, 여전히 숲으로 불리는 곳이었다. 나는 그곳에 매력을 느꼈다. 아주 오래 전 에이드리언과 여가를 즐기던 장소였기 때문이다. 그 숲은 사람들이 잘 찾지 않아서인지 아늑하고도 한적했다. 에이드리언은 어린 시절 가장 행복한 시간을 그곳에서 보냈다고 말한 적이 있다. 어머니의 구속을 피해 봄이 움트는 나무

둥치에 앉아 책을 읽거나 사색에 잠기던 시간이 그립다고도 했다. 그는 그곳에서 윤리적인 문제나 형이상학적인 주제에 관해 엉킨 실타래를 풀곤 했다. 그런 이야기들을 떠올리던 중 문득 우울한 예감이 밀려왔다. 다시 그곳을 볼 수 없을 것이라는 예감이었다. 심란한 마음으로 한참 동안 사색에 잠겨 있던 나는, 그곳의 나무들과 개울의 굽이, 울퉁불퉁한 지면의 모양까지 노트에 적어 내려갔다. 그곳을 다시 찾을 수 없을 때, 그 풍경들을 쉽게 떠올릴 수 있도록 하기 위해서였다. 내가 기록에 열중하던 사이, 하얀 눈으로 뒤덮인 나뭇가지 하나에서 가슴털이 빨간 울새 한 마리가 얼어붙은 개울 위로 떨어졌다. 팔딱이는 가슴과 반쯤 감긴 눈으로, 그 새가 죽어가고 있다는 것을 한눈에 알아볼 수 있었다. 그 순간 창공을 가르며 매가 모습을 드러냈고, 그 자그마한 생명은 두려움에 사로잡혔다. 새는 마지막 남은 힘을 짜내 몸을 뒤집고, 강력한 적에게 발톱을 세우며 무력한 방어라도 해보려 안간힘을 썼다. 나는 새를 들어 품에 안았다. 그러고는 가지고 있던 비스킷 부스러기를 먹여주었다. 그러자 새가 조금씩 기력을 찾는 것 같았다. 펄떡이는 심장 박동이 맞닿은 내 가슴에 느껴졌다. 그 사소한 일을 왜 이렇게까지 설명하는 건지, 나도 이유를 알 수가 없다. 하지만 그 장면은 지금도 생생하다. 은빛 너도밤나무들 사이로 눈으로 뒤덮인 들판이 펼쳐져 있었다. 행복했던 시절에 눈부시게 빛나던 개울은 꽁꽁 얼어붙은 채 말이 없었다. 잎이 떨어진 나무들은 서리를 걸치고 몽환적인 분위기를 자아냈다. 한여름 푸른 잎사귀의 자리를 겨울의 얼어붙은 손이 대신하고 있는 것 같았다. 흐린 하늘과 음산한 추위, 깨질 줄 모르는 정적……. 내 품에서 따뜻하고 안전하게 웅크리고 있는 작은 새만이 만족스럽다는 듯 작은 목소리로 짹짹거렸다. 고통이 몰려왔고, 거친 동요가 머릿속을 헤집어놓았다. 눈 덮인 들판처럼 추위와 죽음 같은 적막함이 세상을 휩쓸었다. 절망은 사람들의 삶을 사로잡았다. 우리를 쓸어내리는 거대한 파괴의 폭포에 왜 나는 대항해야 하는가? 왜 신경을 곤두세우고, 지루한 노력을 계속해야 하는가? 대체 왜? 내 용기와 노력에의 의지는 여전했다. 내 삶의 봄으로 추대한 여인을, 나의 용기와 노력으로 지켜내리라 다짐했기 때문이었다. 비록 내 가슴이 고통으로 가득 차 두근거린다고 해도, 미래에 대한 내 희망이 꺾인다고 해도, 내 다정한 사랑이여. 당신은 내 품에 머리를 기대고 평안을 찾을 수 있을 것이오. 그대가 내 가슴에서 배려와 위안과 희망을 끌어내는 동안에도, 내 투쟁은 멈추지 않을 것이오. 나는 결코 우리가 정복당했다고 말하지 않을 것이오.

2월 어느 날, 나는 가족과 함께 숲으로 산책을 나갔다. 태양은 다시 따뜻한 햇살을 내리쬐고 있었다. 자연이 황무지에도 아름다움을 부여할 수 있다고 주장하는 것 같은 사랑스러운 겨울날 중 하루였다. 잎사귀 옷을 벗어버린 나무들은 더없이 맑은 하늘로 가지를 내뻗었고, 얽혀 있는 가지들의 그 복잡하고도 투명한 모습은 바다에 사는 해초를 연상시켰다. 어디선가 나타난 사슴은 쌓인 눈 사이로 숨겨진 풀을 찾아 뛰어다녔다. 순백의 풍경이 햇빛에 반사되어 눈부시게 반짝였고, 거대한 사원의 기둥 같은 나무들은 나뭇잎을 잃고 서로에게 몸을 기대며 의지하고 있었다.

그 비경 앞에서 기쁨을 느끼지 않기란 불가능했다. 겨울의 속박에서 풀려난 아이들은 우리 앞에서 폴짝폴짝 뛰어다녔다. 사슴을 쫓기도 하고, 덤불에 몸을 숨긴 꿩이나 자고새를 깨우기도 했다. 아이드리스가 내 어깨에 머리를 기댔다. 기쁨 가득한 광경 앞에서 그녀의 슬픔도 조심스레 물러난 것 같았다. 롱워크에서는 우리와 마찬가지로 돌아온 온화함을 즐기는 다른 가족들을 만날 수 있었다. 순간, 나는 정신이 번쩍 들었다. 지난 몇 달간 내게 매달려 있던 나태함을 던져버리는 기분이었다. 세상이 새롭게 탈바꿈하자, 미래에 대한 내 시야도 갑자기 선명해졌다. 나는 소리쳤다.

"드디어 비밀을 알아냈소!"

"무슨 비밀 말인가요?"

이 질문에 대답하기 위해, 나는 우리의 우울했던 겨울나기와 도덕적이지 못했던 배려, 우리가 몸소 겪어야 했던 하찮은 일들에 대해 이야기를 꺼냈다.

"이 북쪽 나라는 사라져가는 인류를 위한 곳이 아니오. 소수만이 살아남게 되었을 때, 생존자들이 막강한 자연과 사투를 벌여야 할 곳은 이곳이 아니란 말이오. 이곳에서는 우리의 후손을 남길 수가 없소. 우리는 다른 지상낙원을 찾아야 하오. 이 세상 어딘가, 우리에게 필요한 기본적인 것들을 쉬이 구할 수 있는 곳이 있을 거예요. 이곳에서는 가까운 사람들을 잃으며 슬픔만을 느껴야 하잖소. 달콤한 기후가 그 슬픔을 잊게 해줄 거요. 다가오는 여름만 버텨낸다면, 나는 더 이상 영국에서 겨울을 맞지 않겠소. 나뿐만 아니라, 우리 누구도 그렇게 만들지 않겠다고 다짐하지."

나는 내 생각에 빠져, 다른 이들이 무슨 생각을 하는지 미처 주의를 기울이지 못했다. 우리가, 우리 중 누군가가 다가오는 여름을 버텨낼 수 있을까? 나는 아이드리스의 얼굴에 그림자가 드리우는 것을 알아차렸다. 다시금 우리가 운명의 마차에 묶여 있다는 생각이 스멀스멀 올라왔다. 그 마차를 끄는 말들은 우리가 통제할 수 있는 게 아니지 않던가. 우리는 아무 말도 할 수 없었다. 어떻게 하자거나, 무엇을 버리고 가자는 등의 이야기도 더는 할 수 없었다. 인간을 초월하는 힘이 머지않아 우리의 계획을 짓밟거나, 우리가 피하고 싶어하는 일이 도래하게 될 것이었다. 이듬해 겨울을 예상하는 것은 어리석은 행동이었다. 이것이 우리의 마지막이다. 다가오는 여름은 우리 앞날의 마지막이 될 것이다. 그리고 우리가 기나긴 길을 따라 그 끝에 이르면, 해안이 커다랗게 입을 벌리고 우리를 그 속으로 몰아넣을 것이다. 인류에게 주어진 마지막 축복은 우리에게서 떨어져나갔다. 우리는 더 이상 희망을 기대할 수 없다. 철커덕거리는 사슬에 묶인 어리석은 이가 희망을 바랄 수 있을까? 처형대 단상에 머리를 올려놓고 자신과 사형 집행인의 그림자를 바라보는 이가, 도끼를 든 팔이 하늘로 위로 들려지는 것을 보는 순간 희망을 떠올릴 수 있을까? 부서진 배의 선원이 살아남기 위해 대서양 한가운데서 몸부림을 치는 사이, 파도를 가르며 자신에게로 다가오는 상어의 소리를 듣는데도 희망을 가질 수 있을까? 그들이 희망을 가질 때에나 우리도 희망을 가질 수 있을 것이다!

　옛날이야기는 우리에게 말해주고 있다. 판도라의 상자에서 튀어나온 희망이란 것은, 본디 상자 속에 가득 채워진 사악한 감정들과 함께 뒤섞여 있던 것이라고 말이다. 하지만 이것들은 눈에 보이지 않아서, 인간은 갓 피어난 희망에만 찬사를 보낼 뿐이다. 사람들의 마음은 **희망**의 안식처가 된다. 그렇게 희망은 우리의 삶을 지배한다. 우리는 희망을 신성하게 여기며 숭배한다. 결코 썩어 문드러지지 않을 영원한 것이라고 언명하기도 한다. 하지만 인간을 창조한 조물주가 선사한 다른 것들과 마찬가지로, 희망도 수명이 있는 법이다. 그리고 이제 그 수명이 마지막에 이르렀다. 우리는 희망을 지키고 있다. 명멸하는 그 존재를 보살피고 있다. 그러나 희망은 조만간 생기를 잃고 노쇠해져갈 것이고, 힘을 잃고 불치의 죽음에게로 다가갈 것이다. 우리가 희망을 회복시키기 위해 아무리 몸부림을 쳐봐도, 결국 희망은 죽음을 맞이할 것이다. 그리고 그 소식은 모든 이에게 전해질 것이다. '희망은 죽었다!' 라고……. 우리는 장례 행렬에 동참한 조문객이 될 따름이다. 어떤 불사의 존재나 필사의 존재가 그 서글픈 행렬에 우리가 참석하려는 걸 막아서겠는가? 인류에게 위안을 안겨주던 희망이 죽어서 무덤에 묻히게 되었는데?

태양이 빛 속에서 부르지 않는가? 그저 하루는
옅은 안개처럼 녹아버리지 않고?
둘 다 자신의 빛을 구름 속에 가두고
이 장례식의 조문객들 가까이로 다가오는데.
(존 클리블랜드의 시에서 인용한 것이다—옮긴이)

제3부

1장

 폭풍이 달려드는 소리가 들리지 않는가? 구름이 걷히며 충격적이고 지독한 파멸이 빌어먹을 이 땅에 쏟아지는 것이 보이지 않는가? 벼락이 떨어지고 귀를 먹먹하게 할 만큼 엄청난 하늘의 고함 소리가 잇따르는 것을 알아차리지 못하겠는가? 대지가 진동하며 고통스러운 신음 소리와 함께 지각이 열리는 것을, 그리고 대기에 귀를 찢을 듯한 비명 소리가 채워지고 있는 것을 느끼지 못하겠는가? 인류의 최후를 알리는 그 모든 것들을 모르겠는가?

 아니! 모르는 게 당연하다. 이 모든 것들은 우리의 몰락에 함께하지 않았더랬다! 봄의 온화함이 향기로운 자연의 집으로 스며들었다. 젊은 어머니가 귀여운 자식에게 오래도록 자리를 비운 아비를 만나게 해주기 위해 당당히 아이를 이끄는 것처럼, 사랑스러운 세상은 따스함을 머금고 잠에서 깨어났다. 나무에는 싹이 돋아났고, 땅에는 꽃들이 만발했다. 나뭇가지들은 계절의 즙을 빨아 통통하게 부풀었고, 그 양분으로 잎사귀를 키우며 봄의 다양한 모습을 만들어냈다. 또한 바람에 이리저리 흔들리며 즐거이 노래를 불렀고, 구름 한 점 없는 청명한 하늘의 따스함에 황홀해했다. 개울은 졸졸 흘러갔고, 바다 없이 잔잔했다. 고요한 수면 위에는 툭 튀어나온 곳이 선명하게 비쳤다. 숲에서는 새들이 깨어났고, 짙은 흙에서는 인간과 짐승이 먹을 풍부한 음식들이 솟아났다. 재앙과 고통은 어디에 있는가? 차분한 대기와 머나먼 망망대해에는 없는 것이 분명했다. 숲과 비옥한 들판에도, 숲 속에 노랫소리가 울려퍼지게 하는 새들 사이에도, 햇볕을 쪼이는 짐승들 사이에도 없었다. 호메로스가 표현하는 재앙처럼, 우리의 적은 발소리도 없이 고요히 우리의 마음을 짓밟고 있었다.

> 땅에도 해악이 만연하고, 바다에도 마찬가지.
> 질병은 부서지기 쉬운 우리 인류를 농락한다.
> 낮에도, 밤에도, 그것은 무심한 날갯짓 하나로
> 적막을 불러온다. 현명함의 목소리도 허락지 않고.
> (헤시오도스의 서사시에서 인용한 것이다—옮긴이)

한때 인간은 조물주가 가장 아끼는 존재였다. 찬송가에도 나오지 않던가. '신은 인간을 천사보다 조금 낮은 존재로 만드셨나니, 그를 영광과 영예의 왕좌에 앉혀주셨노라. 신이 만드신 모든 것을 인간이 다스릴 수 있도록 하시고, 모든 것을 인간의 발아래에 두셨노라.' 그래, 한때 그런 적이 있었다. 하지만 지금도 인간이 모든 것의 왕인가? 인간의 모습을 보라. 하! 나는 역병이 보인다! 역병은 인간의 육신에 자신의 모든 것을 쏟아붓고, 인간을 휘감으며 그와 하나가 되었다. 그리고 천국을 찾는 인간의 눈을 가리고 있다. 인간이여, 꽃이 만발한 대지에 누우라. 물려받은 모든 권리를 포기하라. 그대가 지닐 수 있는 것은 오직 죽음에 필요한 자그마한 무덤 하나뿐이다.

역병은 봄과 햇살, 그리고 풍요로움의 동반자였다. 우리는 더 이상 역병과 맞서 싸우지 않았다. 역병이 존재하지 않던 시절에 무얼 했던지조차 우리는 잊어갔다. 늙은 선원들은 한때 사치스럽고 화려한 물건들을 얻기 위해 인도부터 극지방까지 거대한 바다를 헤치고 다녔다. 사람들은 이 땅의 반짝이는 하찮은 것들, 하찮고 하찮은 금은보화를 얻기 위해 위험한 여정을 불사했더랬다. 인간의 노력은 허사가 되었다. 인류의 삶은 무(無)로 돌아갔다. 이제 우리가 갈망하는 것은 오직 생존뿐이었다. 물과 음식만 있다면 우리의 육신은 알아서 삶을 영위하며 영혼이 머물 수 있도록 한다. 얼마 전까지 무수한 행성들 사이를 누비며 끝없는 생각의 조각을 맞춰갔던 우리의 정신은 이제 육신의 벽 뒤로 오그라들었다. 생을 이어가길 바라는 것 외에는 탐구할 것이 없었다. 우리는 이미 추락할 만큼 추락했다.

봄이 되고 질병의 발발이 증가세를 보이자, 우리의 고역도 늘어만 갔다. 아직 우리는 삶을 나누고 있기에, 동족에게 우리의 시간과 생각을 나누고자 했던 탓이다. 우리는 맡은 바에 온 신경을 곤두세웠다. '절망 한가운데서 우리는 희망이 만들어준 일을 행했던 것이다.' 우리는 굳은 다짐으로 적에게 대항했다. 병든 자를 도우며 슬픔을 위로했고, 죽어가는 엄청난 수의 사람들 속에서 적게나마 생존자를 만들어냈다. 권력과 유사한 엄청난 갈망으로 우리는 사람들에게 명령했다. 살아남으라고. 그러는 사이 역병은 높은 자리에 앉아 우리에게 조소를 던졌다.

독자들이여, 그대들은 개미탑이 무너진 직후를 관찰한 적이 있는가? 처음에는 그 속에 사는 개미들이 모두 죽어버린 것처럼 보인다. 하지만 조금만 지나면 개미 한 마리가 흙을 뚫고 튀어나오는 것을 볼 수 있을 것이다. 그런 뒤엔 두세 마리가 더 나타나고, 그들은 사방팔방으로 뛰어다니며 죽어버린 동료들을 찾는다. 우리가 꼭 그런 꼴이었다. 역병이 세상에 미친 영향에 경악을 금치 못했던 우리는 무너진 개미탑의 개미들처럼 움직였다. 텅 빈 집들은 그대로 남아 있었지만, 그곳에 살던 사람들은 무덤의 그림자로 몰려들었다.

우리를 억누르던 법과 질서도 사라졌다. 망설임과 호기심 끝에 사회가 그어놓은 도덕적·법적 한계를 넘어서는 일도 잦아졌다. 궁은 버려졌고, 빈민들이 그 웅장한 장소로 침범했다. 그곳의 가구들과 장식들은 빈민들에게 딴 세상의 물건처럼 보였다. 그렇게 예전 같으면 엄두도 못 낼 일을 감행한다 해도, 어느 한 사람 비난하는 이가 없었다. 맨 처음 재화의 순환이 멈추었을 때에는 인위적으로나마 정부가 물자를 공급해 경제를 유지했다. 하지만 상황이 급격히 악화되어 모든 이가 극심한 빈곤을 경험해야 했다. 그러다 사유재산의 구분이 사라지자 상황은 다시 한 번 반전되었다. 소비할 수 있는 인구는 줄어들고 있었지만, 이미 만들어진 것들은 그대로였다. 빈민들은 이러한 상황을 두 손 들고 반겼다. 우리는 이제 모두 평등해졌다. 훌륭한 저택과 호화로운 카펫, 안락한 침소 같은 것들이 모두에게 주어졌다. 마차와 말, 정원과 그림과 조각상, 엄청난 규모의 서재가 넘쳐났다. 사유물을 누구나 공유할 수 있는 것으로 여기는 사태는 어떤 것으로도 막을 수 없었다. 우리는 이제 모두 동등해졌다. 이른 시일 내에 완벽한 평등이 찾아올 게 분명했다. 아름다움과 권력, 지혜 등은 부와 출생처럼 헛된 것이 되어버릴 터였다. 죽음은 우리 모두의 아래에서 입을 벌리고 있었고, 그 두려운 모습은 우리로 하여금 우리에게 주어진 손쉬운 풍요로움을 만끽할 수 없게 했다.

그래도 여전히 내 아이들의 뺨을 물들이는 홍조는 희미해지지 않았다. 클라라는 잔병치레 하나 없이 해가 갈수록 눈에 띄게 성장해갔다. 우리가 머무르는 원저 성이 특별히 안전하다고 믿을만한 이유는 없었다. 같은 지붕 아래에 사는 다른 가족들이 숨을 거두었던 것을 보아도 알 수 있다. 그렇게 우리는 다른 어떤 예방책 없이 살고 있었다. 하지만 우리는 여전히 숨 쉬고 있었고, 안전한 듯 보였다. 아이드리스가 마르고 창백해져갔다면, 그건 일어나는 변화들에 대한 걱정 때문이었다. 그 걱정은 내가 어쩔 수 있는 것이 아니었다. 그녀는 결코 불평하는 일이 없었으나, 식욕과 잠도 모두 잃어갔다. 초조함이 그녀의 혈관에 스며들었고, 그녀의 혈색은 수시로 바뀌었다. 때때로 그녀는 은밀한 곳에서 홀로 흐느끼기도 했다. 우울한 예언과 걱정, 고통스러운 두려움이 그녀가 가진 삶의 원칙을 잠식하고 있었다. 나는 그 변화를 알아차리지 않을 수 없었다. 그녀를 내가 다른 길로 인도할 수 있기를, 우리가 타인에 대해 쏟는 노력이 그녀의 생각을 바꿀 수 있기를 나는 간절히 바랐다. 하지만 이미 늦었던 모양이다. 우리의 모든 노력은 결말만을 남겨두고 있었다. 인류는 거의 절멸하다시피 했고, 그녀는 약해질 대로 약해진 상태였다. 소모라고 해야 할까……. 생명에 활기를 불어넣는 연료가 있다면, 그녀는 그것을 일찌기 에이드리언과 함께하던 시절에 모두 소모해버렸고, 이제 그녀의 사지에는 남은 기력이 없는 것 같았다. 깊은 밤 나를 깨우지 않고 침소에서 빠져나갈 수 있을 때면, 그녀는 집 주위를 거닐거나 아이들의 침대맡 소파에서 밤을 지새우곤 했다. 잠시나마 쪽잠을 잘 때에도 그녀는 잠꼬대를 웅얼거리며 끊임없이 움찔댔다. 그 모습은 그녀가 악몽에 시달리고 있음을 보여주었다. 스스로의 상태를 숨기려는 노력이 커질수록, 그녀의 비참함은 더욱 확고해져만 갔다. 나는 비록 헛될지라도 그녀의 용기와 희망을 일깨우기 위해 갖은 힘을 다했다. 그녀의 심각한 걱정에 나는 놀라워할 수도 없었다. 그녀는 본디 다정한 사람이었기 때문이었다. 그녀는 만약 내가 그 끔찍한 재앙의 희생양이 된다면, 나보다 자신이 먼저 숨을 거두리라 굳게 믿었다. 그 생각이 그나마 그녀를 안심시켜주고 있었다. 우리는 지난 수년간 손을 맞잡고 인생의 길을 함께 걸어왔다. 그리고 이제껏 그 손을 놓은 적이 없다. 아마도 죽음의 그림자에 들어설 때까지 우리는 함께 걸어갈 것이다. 하지만 그녀의 아이들은, 사랑스럽고 발랄하며 활발한 우리의 아이들은 어떠한가? 그녀의 품에서 태어난 그 아이들은 그녀의 일부라고 해도 과언이 아니었다. 그 아이들은 우리 사랑의 결실이었다. 우리가 죽는다고 해도, 그 아이들이 평범한 삶을 살아나가리라는 확신만 있다면 우리는 위안을 삼을 수 있을 것이었다. 하지만 우리의 현재는 그런 확신을 가질 수 있는 시기가 아니었다. 꽃이 영그는 어린 나이임에도, 그 아이들도 언제 죽을지 모르는 운명이었다. 어엿한 어른이 되거나 당당히 자기 몫을 하는 청년이 되리라고 꿈꿀 수 없는 상황이었다. 그녀는 삶이라는 드넓은 무대 위에서 아이들이 가진 장점과 재능들이 어떻게 발현될지를 그려보곤 했다. 아아! 그 먼 훗날이란! 세상은 나이를 먹어가고, 세상에 사는 사람들은 그 노쇠함을 차지했다. 유년과 청년, 장년이란 것이 대체 무슨 의미가 있는가? 할애된 시간을 모두 써버린 자연의 마지막 고통을 우리 모두가 나누고 있는 것이다. 우리는 모두 같은 상황에 이르렀다. 우리 모두는 서로 다르지 않다. 부모와 자식이라는 말도 의미를 잃었다. 어린 소년과 소녀 들도 나이 먹은 사람들과 다를 바 없었다. 이것이 진실이었다. 하지만 그렇다고 이 진실이 부모와 자식들이 스스로를 책망하는 괴로움을 덜어주지는 않는다.

우리가 돌아설 수 있는 곳은 어디인가? 이 사례가 주는 지독한 교훈과 온 천지에 만연한 고적감을 찾지 않을 수 있는 곳은 어디인가? 들판은 경작되지 않은 채 버려졌고, 잡초와 형형색색의 들꽃들이 들어찼다. 일부 밀밭은 농부들의 희망이 아직 남아 있다는 신호를 보여주기도 했지만, 그마저도 대개는 절반쯤밖에 작업이 되어 있지 않은 채였고, 그 근처에는 쟁기질을 하던 농부가 쟁기를 곁에 두고 쓰러져 죽어가는 일이 허다했다. 들판에서는 말들이 쓰러져 죽어갔고, 누구도 말의 시체 곁으로 다가가지 않았다. 주인을 잃은 소들은 들판과 거리를 서성였다. 마당에서 키우던 가축들도 어느덧 사나운 들짐승처럼 주인들이 알과 새끼를 가져가지 못하게 으르렁댔다. 어린 양들은 정원의 꽃밭을 돌아다녔고, 소들은 저택의 홀에 들어서서 꼼짝달싹 않았다. 마을에는 살아남은 사람들도 얼마 없었을뿐더러 그나마도 대개 허약해진 상태여서, 씨를 뿌리거나 수확을 하려는 사람은 거의 아무도 없었다. 대신 초원을 어슬렁거리며 돌아다닐 뿐이었다. 그러다 날씨가 궂어져 집에 돌아가지 못할 때에는 가까운 지붕 아래로 몸을 피했고, 그도 힘들 때에는 울타리 아래에 드러누웠다. 생존자들 대부분은 어떻게든 몸을 숨기려 했다. 어떤 사람들은 집에서 나오지 않기 위해 식료품과 필요한 물품들을 잔뜩 재어놓기도 했다. 버려진 아내들과 아이들은 완전한 고독 속에서 안전하다고 생각하려 했다. 이런 상황은 어찌 보면 릴랜드가 말했던 것과 흡사했다. 계획대로 피신했던 릴랜드는 사람들로부터 몇 마일 떨어진 집에서 벌레들에게 반쯤 뜯어 먹힌 채 발견되었다. 그의 집에는 쓸모도 없을 만큼 엄청난 양의 식량이 쌓여 있었다. 반면 어떤 이들은 사랑하는 사람들을 만나기 위해서, 또는 그들의 시신이라도 찾기 위해서 기나긴 여행길에 오르기도 했다.

런던에는 이제 천 명도 채 되지 않는 시민만이 남았다. 그 수도 지속적으로 줄어들고 있는 중이었다. 대부분은 변화를 찾아 상경한 시골 사람들이었다. 반대로 런던에 살던 사람들은 시골로 떠나버렸다. 분주하던 동부 마을은 적막에 휩싸였다. 뭔가 얻을 것이 있나 하는 생각이나 호기심으로 그곳을 들여다보아봤자, 엉망이 되어버린 창고밖에는 찾을 수 없었다. 창고 바닥에는 인도에서 온 고급스러운 화물들, 값나가는 솥이나 보석 들이 여기저기 나동그라져 있었다. 마지막까지 창고를 지키려고 노력한 것 같은 어떤 곳에서는 소유주로 보이는 사람이 빗장을 건 문 앞에 죽어 있는 모습을 볼 수 있었다. 교회 또한 사정이 다르지 않아서, 바닥에는 시체들이 즐비했고 육중한 문의 자물쇠는 깨진 채 흔들리고 있었다. 버림받은 여인들은 명문가 자제들이 몸단장을 하던 휘황찬란한 방에서 이 옷, 저 옷을 걸쳐보다가, 달라진 자신의 모습을 확인하며 거울 앞에서 죽어갔다. 땅 한 번 디디는 일 없이 호화스럽게 살던 상류층 여인들은 겁에 질린 채 여린 발로 집에서 뛰쳐나왔다. 그리고 맨발로 지저분한 거리를 헤매다 길을 잃고 거리에서 굶어 죽었다. 그 다양한 모습의 절망은 가슴을 쓰라리게 만들기에 충분했다. 실제로 내가 그런 광경을 목도했을 때, 나는 사랑하는 아이드리스와 아이들 역시 그런 처지가 될 수 있다는 두려움으로 엄청난 고통에 시달려야 했다. 살아남은 에이드리언과 나는 이 세상 속에서 누구도 보호할 수 없다는 사실을 깨달으려 했던가? 어쨌든 그 순간 고통스러웠던 것만은 분명하다. 기근과 고역, 그리고 질병이 여린 내 아이들에게 임박했을 때, 내가 언제까지고 그 시간을 늘리며 버텨낼 수 있을까? 차라리 곧장 죽는 게 나을지 모른다. 곧장 죽음의 품에 달려들어 본모습 그대로 숨을 거두는 게 나을지 모른다. 역경에 시달리다 다른 사람이 되느니,

죽은 채로 내 품에 안기는 게 나을 것이다! 하지만 아니, 절망의 시기에 우리는 운명과 맞서야 한다. 그것들이 우리를 정복하지 못하도록 분투해야만 한다. 나는 굴복하지 않을 것이다. 내 마지막 숨이 붙어 있는 한 내 소중한 이들이 슬픔과 고통에 빠지지 않도록 지켜낼 것이다. 끝내 내가 패한다 하더라도, 그 노력이 있었다면 나는 수치스럽지 않을 것이다. 나는 작은 틈에 서 있다. 만질 수도 없고 보이지도 않는 적에게 저항하며, 우리를 오래도록 포위해온 악랄한 적에게 항거하며 서 있다. 아직 역병은 틈을 보이지 않는다. 그러니 역병에게 우리도 틈을 보이지 않도록 하는 것이 내 역할일 것이다. 역병이 내 사랑의 신전을 무너뜨리지 않도록, 매일 내 자신을 바치던 제단의 문지방을 넘지 못하도록, 그 누구도 아닌 바로 내가 지켜야 한다.

아직까지 포만감을 느끼지 못한 죽음은, 먹잇감이 줄어들수록 더욱 쓰라린 고통을 우리에게 안겨주었다. 아니, 단정지을 순 없겠다. 과거에 생존자들이 많았을 때, 죽음이 지금보다 덜 열정적으로 시체를 헤아렸던가? 아니, 아니다. 그렇대도 어쨌든 이제 모든 이의 목숨은 보석과 같다. 모든 이의 호흡은 미래를 들이마시고 내쉬는 것이다. 아! 미래는 돌로 된 조각상의 절묘한 아름다움보다 소중하다. 매일, 아니 매 시간마다 눈에 띄게 우리의 수는 줄어간다. 남겨진 모든 이의 마음에는 절망이 깃든다. 그 여름은 우리의 희망을 앗아갔고, 그렇게 사회라는 선박은 산산이 부서져버렸다. 소수의 생존자들은 여러 무리로 나뉘어 위태로운 뗏목을 타고 폭풍이 몰아치는 절망이란 바다를 건넌다. 무리는 대개 두

세 명으로 꾸려져 있었다. 모든 사람은 각각 자고, 깨고, 동물적인 욕구를 해소하는 정도의 생활만 영위했다. 이토록 약한 존재인 인간도 무리를 이루면 바람과 바다보다 강할지 모른다. 그러나 한 개인은 그렇지 않다. 이제 인간은 만물의 영장이 아니다.

애국적인 장면이여! 자유에의 열정과 고결한 열망으로 얻었던 보상들이여, 이제 모두 안녕히! 붐비던 의회와 현명한 의원들의 목소리도 작별이구나! 그대들의 법률은 다마스쿠스에서 달궈진 도검보다 예리했다. 군주에게나 어울릴 만한 웅장함과 화려한 행사들도 작별이다. 머리에 씌워지던 관은 먼지가 되어 스러졌고, 관을 쓰던 이들은 이미 무덤에 있지 않은가! 통치에의 열망과 승리에의 희망도 안녕히. 야망을 높이 뛰어넘는 것도, 찬사를 갈망하는 것도, 동포들의 지지를 열망하는 것도 이젠 모두 안녕이구나! 어떤 의원도 죽은 자들을 위해 의회에 앉지 않는다. 어떤 왕족의 후손도 묘지에 안치된 자들을 다스리고자 하지 않는다. 장군의 손은 차갑게 식었고, 아직 살아있는 병사들도 제 손으로 무덤을 판다. 시장은 텅 비었고, 대중을 위하려는 후보자는 자신이 누구를 대표해야 할지 모른다. 겉만 번지르르하던 연회장들도 안녕히! 한밤중의 연회도, 열띤 미모 경쟁도, 값비싼 드레스와 탄생일의 축하연도, 그리고 작위와 금관까지도 모두 다 작별이로다!

인간의 위대한 힘에도 작별을 고하노라. 망망대해에서 물결을 거스르며 음각을 새긴 장중한 선박을 몰 수 있었던 지식에도 안녕을 고한다. 길 없는 창공에 비단으로 된 풍선을 띄워 나아가게 했던 과학에도 안녕을 고한다. 거센 물살을 막아내는 둑과 방파

제를 세운 힘과, 바퀴를 굴러가게 하고 빛을 이용하게 했던 능력, 화강암과 대리석을 쪼개고 산을 평원으로 만들 수 있게 했던 수많은 기계들에도 이제 안녕을 고한다!

예술도 이제 작별이다. 바다에 바람이 불듯 사람의 마음을 휘젓고 가라앉혔던 호소력도 작별이다. 시와 심오한 철학도 안녕히. 인간의 상상력은 얼어붙었고, 질문으로 가득하던 정신은 더이상 삶의 경이로움에 대해 논할 수 없다. 그것은 바로 '그대가 가는 곳 어디든 노역도, 방책도, 지식도, 죽은 자들이 물려준 지혜도 없을 것!'이기 때문이다. 자연 그대로 완벽한 비율을 만들어냈던 아름다운 건축물들도 작별이다. 무늬가 새겨진 고딕양식과 거대한 사라센 식 건축물들이 그러했다. 코린트 식, 이오니아 식, 도리아 식처럼, 엄청난 크기의 아치와 장엄한 돔, 그리고 세로로 홈이 새겨졌던 기둥들도 모두 작별이다. 기둥으로 둘러싸인 그곳은 아름다운 협주처럼 완벽한 조화를 이루며 눈을 즐겁게 해주었다! 인간의 육체를 모사한 고운 대리석 조각상들도 안녕히. 그것들은 인간의 육체가 가지는 탁월함을 절묘하게 표현하여 신을 향해 빛을 발해주었다! 캔버스에 화가의 고결한 감정과 깊은 안목을 담았던 그림들도 작별이다. 항상 봄인 것만 같은 나무들과 끝없이 내리쬐는 빛 속에서 따스하게 데워진 공기가 가득하던, 그천국과 같은 장면도 안녕히. 좁은 틀 안에 갇힌 폭풍의 흔적과 거친 자연의 소란들도 모두 안녕히! 음악에도 작별을 고한다. 악기들의 조화를 통해 달콤한 하모니 속에 부드러움과 냉혹함을 만들어내며 듣는 이로 하여금 천국으로 오를 수 있는 날개를 달아주었던 그 음악, 영원의 숨겨진 기쁨을 배울 수 있게 해주었던 그 음악도 모두 다 안녕히! 잘 꾸며진 무대도 작별이다. 세상사의 모든 장면을 그대로 보여주었던, 그리하여 흉내 낸 슬픔에 수치심을 안겨주었던 진실보다 더 진실하던 비극도 작별이다. 세련된 희극과 저속한 어릿광대도 모두 잘 가거라! 인간은 이제 웃을 수 없구나.

아아! 인류를 아름답게 만들던 것들을 열거하자니, 우리가 잃는 것이 무엇인지, 우리가 얼마나 위대한 존재였는지를 깨닫게 되누나. 이제 모든 것이 끝났다. 인간은 고독하다. 낙원에서 추방당한 우리의 첫 번째 부모, 첫 인류가 떠나온 곳을 뒤돌아볼 때 느꼈던 감정이 이러하겠지. 높이 쌓아올려진 무덤의 벽과, 역병의 타는 듯 붉은 검이 인간과 낙원 사이에 놓여 있다. 첫 인류에게 그러했듯 인간 앞의 이 세상은 드넓은 황무지와 같다. 연약한 존재인 인간은 아무런 도움도 받지 못한 채, 제멋대로 자란 옥수수 밭으로 걸어간다. 그의 아버지가 심어놓은 송장들을 밟고서 자신이 사용하기 위해 지었던 마을을 지난다. 이제 뒤를 이을 후손은 없다. 명성과 야망, 사랑이란 단어는 공허하기만 하다. 들판에서 풀을 뜯는 소처럼, 오! 버려진 존재여, 해가 지면 자리에 누워버리는 것인가? 과거는 알지 못하며, 미래는 상관없다는 것처럼 그런 무심한 태도로 희망이 쉽게 얻어질 것 같은가!

기쁨은 행동 하나하나마다, 생각 하나하나마다 고유의 색을 지니는 법이다. 행복은 굶주림을 느끼지 못한다. 기쁨은 마치 금실로 만들어진 예복과 같아서, 값을 따질 수 없는 보석을 안겨주며 행복을 완성시킨다. 즐거움은 따뜻한 식사를 준비하고, 한 잔의

술로 취기를 오르게 한다. 기쁨은 딱딱한 의자에 꽃잎을 깔아주고, 어떤 고역도 손쉬운 것으로 변모시킨다.

슬픔은 등이 휘어질 정도로 진 짐을 더욱 무겁게 한다. 딱딱한 베게에 가시를 심고, 물에는 검댕을 탄다. 빵을 씁쓸할 정도로 짜게 하기도 한다. 누더기를 입히고, 머리에 재를 뿌린다. 또한 우리의 치유할 수 없는 고통에는 작고 하찮은 불편함이라도 더해주려 한다. 우리는 아틀라스가 던져버린 무거운 세상을 짐 지고 있다. 우리에게 던져진 위험 아래에서 우리는 점점 더 가라앉고 있다. '메뚜기 한 마리조차 우리에겐 짐이다.' 생존자들 다수는 호화로운 생활을 누리던 사람들이었다. 하지만 하인들도 자취를 감추었고, 아랫사람을 부릴 권력도 비현실적인 그림자처럼 사라졌다. 하층민은 여러 종류의 궁핍함에 시달리게 됐다. 다음 겨울이 우리의 최후가 될 것이라는 생각이 우리의 마음에 두려움을 몰고 왔다. 우리가 죽어야 하는데도 괴로움은 더해지기만 하는 것으로 충분치 않은 걸까? 우리는 우리 자신의 장례식에 내놓을 음식까지도 직접 구해야 하는 걸까? 자신의 장례식을 따뜻하게 할 난로에 장작을 던져넣는 꼴사납고 단조로운 일까지 해야 하는 걸까? 조만간 우리의 수의가 될 의복도 직접 만들어야 하는 걸까?

아니, 그렇지 않다! 우리는 죽음을 맞닥뜨렸지만, 아직까지 남은 생은 즐겨야 한다. 추악한 걱정이여, 물러가라! 하찮은 노동과 괴로움은 아무리 사소한 것이라 해도 지친 우리에게는 너무도 큰 부담이다. 게다가 얼마 남지 않은 우리의 삶을 그런 일에 할애할 수는 없지 않은가. 현재와 다를 바 없이, 태초에도 인간은 부족이

나 민족에 앞서 가족을 이루며 살아갔다. 온화한 기후 속에서 이 땅은 인간들에게 먹을 것을 마련해주었고, 따뜻한 대기는 편히 휴식을 취할 수 있는 아늑한 침대가 되어주었다. 남쪽 땅이 바로 인류가 처음으로 살았던 곳이다. 과실의 땅, 그곳은 풍작의 여신 케레스를 간신히 볼 수 있는 북부보다 인간에게 더욱 고마운 곳이다. 나무들은 가지를 길게 뻗어 궁전 부럽지 않은 지붕을 만들어주고, 꽃잎들은 의자가 되며, 포도는 갈증을 달래준다. 그곳에 서라면 추위와 굶주림을 두려워할 필요가 없다.

영국을 보라! 초원에서 초목이 하늘 높은 줄 모르고 자라나지만, 그 잎은 축축하고도 차가워 우리가 등을 대고 눕기에 적절치 않다. 우리에게는 식량으로 쓸 곡식도 없고, 자연에서 얻는 과일로는 끼니를 연명할 수 없다. 우리는 이 땅의 가장 깊은 곳에서 피어오르는 불꽃이나, 우리에게 눈물과 괴로움을 채워주는 비정한 공기를 찾아야만 한다. 수천 명 중 수백 명이 노력해봤자 단 한 사람을 위한 볼품없는 피신처를 만들 수 있을 뿐이다. 그러니 남쪽으로 가자! 햇살 가득한 그곳으로! 온화한 자연이 그곳에서 우리를 기다릴 것이다. 아말테이아의 뿔에서 흘러나온 풍요로움으로 제우스가 목욕을 하고, 이 땅이 마치 신의 정원같이 느껴질 그곳 말이다.

우리가 태어나고 자라며 지혜를 배우고 우수함을 익힐 수 있었던 영국이여. 그대의 자식들은 이제 떠나간다. 그대의 영광은 이제 빛바랬노라! 영국이여, 그대는 많은 인류 가운데 승자 노릇을 해왔다! 하지만 북쪽의 작은 섬인 그대를 만든 창조주는 그대에게 조그만 선의밖에 베풀지 않았다. 해진 화폭처럼 보잘것없는 그대의 자연에 인간이 생경한 색을 입히지 않았던가. 그 색은 이제 희미해졌고, 다시 새롭게 채색될 일은 없을 것이다. 그래서 우리는 그대를 떠나야만 한다. 그대의 경이로운 세상을 떠나야만 한다. 우리는 그대의 구름과, 추위와, 부족한 자원에 영원한 안녕을 고하노라! 그대의 다부진 정신은 그대로일지라도, 그대가 가졌던 막강한 힘과 자유에 관한 이야기는 그 끝에 이르렀다! 오! 작은 섬이여! 그대는 이제 인간을 잃는다. 파도가 그대를 뒤흔들 것이며, 까마귀들이 그대의 위에서 날개를 펄럭일 것이다. 그대의 흙은 잡초의 보금자리가 될 것이며, 그대의 하늘은 황무지의 캐노피가 될 것이다. 우리가 떠나는 것은 페르시아의 장미나 동역의 바나나를 얻기 위해서가 아니다. 인도의 향내 실린 바람이나 미국의 설탕을 얻기 위한 것도 아니다. 그대의 포도주나 수확량 때문도, 봄과 같은 날씨나 뜨거운 태양 때문도 아니다. 그저 그대의 자식들을 위함이다. 그들의 문명과 고결한 열망 때문인 것이다. 그들은 떠나가고, 그대는 그들과 함께 망각의 길로 들어서게 될 것이다.

서글픈 섬이여 안녕히, 부디 안녕히. 그대의 치명적인 영광은 모두 뭉뚱그려져 밀려나고, 이 이야기에서 사라질 것이다.

(존 클리블랜드의 시에서 인용한 것이다―옮긴이)

2장

.

    그해 2096년의 가을, 살아남은 소수의 생존자들은 이주를 결심하고 영국 각지에서 런던으로 모여들었다. 이와 같은 생각은 공기처럼, 소망처럼, 옛날부터 전해져온 생각들처럼 우리의 머릿속을 맴돌다가, 결국 에이드리언에게까지 전해졌다. 에이드리언은 그 생각을 받아들여, 즉시 실행으로 옮기기로 했다. 임박한 죽음을 향한 두려움은 9월의 열기와 함께 사라졌다. 또 다른 겨울이 우리를 기다리고 있었다. 이제 최선의 방법을 위해 우리가 가야 할 길을 선택해야만 했다. 아마도 합리적인 입장에서 이 계획보다 더 나은 것을 찾기란 어려울 것이다. 우리는 즉시 괴로움의 현장에서 빠져나가, 즐겁고 그림같이 아름다운 마을 풍경들을 지나며 절망의 시간조차 즐길 수 있게 될 것이다. 이 생각이 한번 입밖으로 꺼내지자, 모든 이는 이 계획을 실행에 옮기지 못해 안달이었다.

우리는 여전히 윈저에 머무르고 있었다. 하지만 자꾸만 벌어지는 비극적인 사건들로 괴로워하던 우리에게, 이 생각은 새로운 희망이 되어 우리의 절망을 치유해주었다. 사실 우리와 함께 살고 있던 많은 이들이 죽어간 탓에, 윈저 성이 역병에 안전한 곳이라는 생각은 이제 위안이 되지 못하고 있었다. 우리의 생이 몇 달 더 유예되자, 아이드리스도 다시 고개를 들었다. 폭풍우가 지나가고 난 후 백합이 고개를 치켜드는 것처럼. 그 은빛 봉우리가 다시금 햇살에 물들고 있었다. 그 즈음 에이드리언이 우리를 찾아왔다. 그의 활기 가득한 모습으로 보아, 분명 나름대로 생각해둔 계획이 있는 것 같았다. 그는 곁에 앉으라고 나를 재촉하더니, 영국을 떠나는 계획에 대해 빠르게 털어놓았다.

영원히 영국을 떠나자! 역병으로 오염된 들판과 숲, 우리를 가로막는 바다에서 빠져나가자. 암초에 걸려 부서진 배에서 간신히 빠져나온 선원이 구명선박을 타고 암초에서 멀어지는 것처럼, 우리도 달아나자. 이것이 에이드리언의 계획이었다.

부모님들의 땅을 떠나는 것이 그분들의 무덤을 더욱 신성하게 만들어주는 것이리라! 그렇다고는 해도 우리는 편안함을 찾아 망명하려는 행복한 노인의 기분이 될 수가 없었다. 아무리 멀리 떨어진다 해도, 영국은 여전히 에이드리언의 일부일 것이고, 에이드리언 역시 영국에게 마찬가지일 터였기 때문이었다. 그는 자신이 런던을 떠나온 사이 그곳에서 일어난 일련의 사건들에 대해전해 들었다. 그는 중요한 사람이었다. 그가 만약 영국을 떠난대도, 그의 자리는 그를 위해 비워져 있을 것이다. 만약 돌아온대도 그는 자신의 자리에 복귀하면 그만이다. 그의 의지에 따라 모든 것이 변할 수 있다. 그가 선택하는 대로 모든 상황이 돌아갈 것이다. 하지만 에이드리언 외의 나머지 사람들은 그렇지 않았다. 우리가 영국을 떠나면 남겨지는 것은 없을 것이다. 돌아와도 찾을 수 있는 건 없을 것이다. 우리가 떠난 후에 남겨지는 것은 황무지뿐이다. 그리고 영국이란 이름은 사람들의 기억 속에서 사라질 것이다.

　결코 신뢰할 수 없는 안전을 쫓는 방랑자처럼.
　(17세기 영국의 극작가 존 포드의 〈상심〉에 나오는 대사다—옮긴이)

　하지만 떠나자! 영국은 이미 수의를 입은 것과 마찬가지다. 우리가 자진해서 송장들 사이에 스스로를 매어놓을 필요는 없다. 떠나자. 이제 전세계가 우리의 국가다. 우리는 가장 비옥한 땅을 우리의 거처로 고르기만 하면 된다. 왜 우리가 삭막한 곳에서, 냉담한 하늘 아래에서, 두 눈을 감고 두 손을 맞잡은 채 죽음을 기다려야 하는가? 씩씩하게 죽음을 향해 나아가는 것이 낫다. 혹시 또 아는가. 우주의 왕좌를 장식하는 이 어여쁜 보석, 축 처져 대롱거리고 있는 우리의 온 지구가 역병에 시달리는 것은 아닐 수도 있다. 어쩌면 어느 아늑한 보금자리에서, 언제나 봄이 계속되고 나무가 가볍게 흔들리며 개울이 졸졸 흐르는 그런 은신처에서, 우리가 삶을 찾게 될지도 모른다. 세상은 넓다. 주위의 들판과 숲이 끝없이 계속되는 양 넓게 퍼져 있는 것 같아도, 영국은 세상의 일부밖에 되지 못한다. 높은 산을 넘고, 눈 쌓인 계곡을 지나 해질녘이 되면 우리는 역병이 존재하지 않았던 것처럼 건강을 되찾을지 모른다. 그렇게 되면 다시 사랑하는 이들을 보살피고, 뿌리째 뽑혔던 인간성을 다시 심고, 후손들에게 역병이 돌기 이전의 세상에 대해 이야기를 들려주는 것이다. 사라진 세상 속의 영웅들과 현자들에 대한 이야기를 전해주는 것이다.

희망이 우리에게 손짓을 하고, 슬픔이 우리를 재촉했다. 가슴은 기대로 부풀어 요동치고 있었다. 변화에 대한 열망은 분명 좋은 징조일 것이다. 오, 가자! 죽은 자들이여, 우리는 떠나오! 우리가 사랑했던 무덤들도 이제 안녕히! 거대한 런던과 잔잔한 템스강도, 강과 산, 그 외의 많은 지역들도, 지혜와 선량함을 가르쳐 줬던 고향도, 윈저 숲과 고풍스러운 성도 이제 모두 작별이구나! 이 이야기의 주제는 오직, 우리가 어디에서든 살아야 한다는 것이다.

이것이 에이드리언이 말하고자 하는 바였다. 그는 반박할 수 틈도 없이 빠르게, 그리고 열정적으로 이 이야기를 쏟아냈다. 그의 내심에는 뭔가 다른 것이 더 있는 것 같았지만, 그에 대해서는 한마디도 꺼내지 않았다. 그도 종말이 다가오는 것을 느꼈던 것이리라. 하나씩 차례로 사람들이 죽어나가며, 언젠가 우리 중 아무도 남지 않게 될 것임을 그도 알고 있었다. 그저 모국에 앉아 슬픈 결말만을 기다리는 것은 바람직한 태도라 할 수 없었다. 적어도 여행은 우리에게 매일의 목표라도 쥐어줄 것이다. 그리고 그런 목표는 빠르게 다가오는 종말에 대한 우리의 생각을 분산시켜줄 것이다. 우리가 이탈리아에 가게 된다면, 신성하고 영원한 도시 로마에 가게 된다면, 우리는 그 웅장한 탑들 아래에 깔린 하늘의 뜻, 그 결정을 따르기 위한 더 큰 인내심을 가질 수 있게 될 것이다. 그 고적한 광경이 주는 숭고함에, 자신만을 바라보는 이기적인 슬픔을 버리게 될 것이다. 이 모든 것이 에이드리언의 생각이었다. 물론 그는 내 아이들에 대해서도 생각했다. 그리하여 절망의 근원에 대해 이야기하는 대신, 언젠가 어디에선가 우리가 찾아낼 역병에 대한 두려움 없는 미래의 모습을 상기시켰다. 결코, 영원히 찾을 수 없을 미래일지라도 말이다. 그는 나를 자신의 생각에, 그 마음과 영혼에 끌어들이는 데 성공했다.

아이드리스에게 우리의 계획을 전하는 것은 내 몫이었다. 희망찬 미래의 모습을 그려내자, 그녀도 만족한 듯 작은 미소를 지었다. 그녀는 미소 지으며 영국을 떠나는 데 동의한다고 말했다. 그녀는 한 번도 떠나본 적 없는 곳에서, 어린 시절부터 자라온 곳에서 떠나겠다고 마음먹었다. 어린 시절 뛰어놀던, 그리고 젊은 시절 행복한 시간을 보냈던 그 모든 곳을 떠나야 한다. 울창한 숲과, 숲 속으로 난 좁은 길들과, 아늑한 풀밭으로부터. 그런 사실을 그녀도 분명히 알고 있었다. 그럼에도 그녀는 떠나는 것에 후회가 없었다. 그녀가 소망하는 것은 오직 아이들이 건강하게 살아주는 것이었다. 아이들은 그녀의 전부였다. 아이들은 그녀에게 사랑을 꽃피웠던 곳보다, 이 세상 어떤 것보다도 소중했다. 사내 녀석들은 떠난다는 말에 신이 나서 야단법석을 피웠다. 클라라는 내게 다가와 아테네에도 들를 거냐고 물었다.

"그럴 수도 있겠구나."

내가 대답하자, 그녀의 얼굴이 기쁨으로 환해졌다. 아테네는 클라라의 부모가 묻혀 있는 곳이자, 그녀의 아버지가 영예를 얻었던 추억이 있는 곳이었다. 그녀는 쭉 그 기억을 보듬고 있었다. 조용히, 그러나 결코 쉬지 않고 그녀는 이제껏 그 장면들을 곱씹고 있었다. 그 기억들로 인해 어릴 때는 명랑하기만 했던 그녀가 신중해지고 늘 숭고한 생각들을 떠올릴 수 있었으리라.

떠날 때 두고 가야 할 소중한 친구들도 있었다. 레이먼드 경이 딸에게 선물해준 순한 말 한 마리, 알프레드가 키우던 개, 애완용 독수리가 바로 우리가 남겨놓아야 할 친구들이었다. 알프레드가 키우던 독수리는 늙어서 눈이 침침했다. 하지만 이들을 데려가면 우리는 떠나온 곳과, 잃어버린 것들을 떠올리며 깊은 한숨과 그리움을 떨쳐낼 수 없을 것이다. 아이드리스의 눈에서는 눈물이 쏟아졌다. 그러는 사이 알프레드와 에블린은 아끼던 장미 나무와, 아름다운 음각이 새겨진 대리석 꽃병 같은 것들을 가져와 그것들을 꼭 가지고 가야 한다고 고집을 피웠다. 그러면서 성과 숲, 그리고 사슴과 새들처럼 우리가 늘 소중히 여기던 것들을 가져가지 못하지 않느냐고 애원하며 목소리를 높였다.

"사랑하는 아들들아, 이 철없는 녀석들 같으니라고."

내가 아이들에게 얘기했다.

"우리는 이것들보다 더 소중한 보물을 영원히 잃어버리게 되는 거란다. 지금 우리가 이것들을 버려두고 가지만, 우리가 지켜야 할 보물들에 비하면 이것들은 아무것도 아닌 셈이야. 우리가 지금 무엇 때문에 떠나게 되었는지, 우리의 희망은 무엇인지 잊지 말기로 하자. 우리의 목표와 희망이 사소한 것들에 대한 우리의 아쉬움을 멈춰줄 게야."

아이들은 금세 산만해져서는 가지고 놀 것들을 찾으러 뛰어갔다. 아이드리스는 자리를 피했는지 보이지 않았다. 그녀는 자신의 유약함을 숨기고 싶었던 것이다. 그녀는 성에서 빠져나가 작은 정원으로 내려갔다. 혼자인 것을 확인한 후, 그녀는 그곳에서 마음껏 눈물을 쏟았다. 나는 그녀가 오크 고목에 매달려, 그 거친 나무의 기둥에 장밋빛 입술을 대고 하염없이 눈물을 흘리고 있는 것을 보았다. 그녀는 흐느낌과 찢어질 듯한 탄식을 억누르지 못했다. 나는 놀라우면서도 슬픈 감정에 휩싸였다. 내 사랑하는 반쪽이 저리도 깊은 슬픔에 잠겨 있다니! 나는 그녀를 내 쪽으로 돌려세운 뒤, 그녀의 눈꺼풀에 입을 맞추었다. 내 입맞춤을 느끼고, 그녀를 감싸 안는 내 감촉을 느끼자, 그제야 그녀는 자신에게 남은 것이 무엇인지 깨닫고 정신을 차렸다. 그녀가 입을 열었다.

"책망하지 않아줘서 고마워요. 견딜 수 없는 슬픔과 괴로움으로 눈물이 멈추지를 않네요. 하지만 지금 나는 행복해요. 어머니들은 아이를 잃었고, 아내들은 남편을 잃었지 않은가요? 하지만 내게는 당신과 아이들이 모두 남아 있어요. 그래요, 나는 행복해요. 누구보다도 행복해요. 그저 슬픔을 상상만 하며 눈물 흘릴 수 있어 행복해요. 엄청난 절망 속에서 내 사랑하는 조국이 절멸되지 않고, 조금이나마 살아남아 있어 행복해요. 어디로든 나를 데려가도 좋아요. 당신과 아이들이 있는 곳이라면 그곳이 윈저일 테고, 그곳이 영국일 테니까요. 이 눈물은 행복하고 감사해야 마땅한 내 자신을 위한 게 아니에요. 그저 죽어가는 세상을 위해, 이 나라를 떠나는 것에 대해 흘리는 거예요. 사랑과 모든 삶의 기쁨이 이제 먼지 자욱한 죽음의 방에서 차마 입을 열지도 못하고 가둬지는 것 때문에 흘리는 눈물이에요.”

그녀는 스스로를 납득시키려는 듯, 급히 말을 쏟아냈다. 그러고는 그녀가 사랑하던 나무들과 숲길에서 몸을 돌려 내 품에 얼굴을 묻었다. 그리고 우리는……. 그렇다. 내 남자다운 강건함도 모두 녹아내렸다. 우리는 서로를 위로하며 함께 한참을 운 후에 간신히 차분함을 되찾았다. 아니, 차분하다기보다는 활기찬 모습을 되찾았다는 게 옳겠다. 우리는 기운을 차리고 성으로 돌아갔다.

영국에 찬바람이 불기 시작한 것은 10월이 되었을 때였다. 준비를 서둘러야 했다. 나는 아이드리스에게 런던으로 가 있는 것이 필요한 것을 준비하기에 더 낫지 않겠냐고 설득했다. 소중한 것들을 떼어놓고 떠나야 함을 괴로워하던 그녀를 진정시키기 위해 그녀에게 말하지 않은 것이 있었다. 이제 우리에게는 떠나야 할 것이 단 하나 남았다. 원저, 이제 우리는 다시 이곳으로 돌아와서는 안 된다. 나는 그 얘기를 그녀에게 꺼내지 않았다. 마지막으로 우리는 테라스에서 광활한 주위 풍경을 한 번 더 둘러보기로 했다. 저무는 해가 단풍으로 울긋불긋 물든 어두운 숲 속까지 아름답게 채색하고 있었다. 일구지 않은 들판과 더 이상 연기가 솟지 않는 오두막들이 그 아래 땅거미 속에 자리 잡고 있었다. 템스

강은 드넓은 평원을 굽이굽이 스치며 지나가고 있었고, 덕망 있던 이튼 학교의 언덕은 어둠 속에서 안식에 들었다. 작은 정원의 나무들 기둥에 둥지를 튼 까마귀들이 저녁의 고요함을 방해하며 까악, 까악 소리를 질러댔다. 자연은 인류의 다정한 어머니였을 때와 꼭 같은 모습이었다. 하지만 자식들을 잃고 쓸쓸히 남겨진 지금, 자연의 비옥함은 겉만 번드르르하게 느껴졌다. 그 사랑스러운 모습도 기형적인 본모습을 숨기려는 가면처럼 보였다. 왜 온화한 바람이 나무 사이를 휘젓는데도, 인간은 그 상쾌함을 느끼지 못할까? 왜 짙은 밤의 어둠이 별빛으로 스스로를 장식하는데도, 인간은 그 모습을 보지 못할까? 왜 과일과 꽃과 개울이 버젓이 존재하는데도, 인간은 이곳에서 그 모든 것을 즐기지 못하는 걸까?

아이드리스가 내 곁에 서 있었다. 나는 그녀의 가녀린 손을 꼭 쥐고 있었다. 그녀가 환하게 웃으며 말했다.

"태양은 홀로지요. 하지만 우리는 아니에요. 사랑하는 라이오넬, 기묘한 별 하나가 우리의 운명을 결정했어요. 우리는 슬픔과 경악에 휩싸인 채 인류가 사라지는 모습을 지켜봐야 할지도 몰라요. 하지만 우리에게는 서로가 있잖아요. 내가 그대보다 더 넓은 세상을 찾은 적이 있던가요? 그대라는 넓은 세상이 내 곁에 있는데, 내게 불평할 것이 뭐가 있겠어요? 그대와 자연은 여전히 내게 진실해요. 밤의 그림자 아래에서도, 한낮의 요란한 빛과 우리의 고독한 생활 속에서도, 당신만 내 곁에 있어준다면 원저도 그립지 않을 거예요."

런던으로 가기 위해, 나는 밤중에 출발하기로 결정했다. 밤의 어둠 속에서는 마을들의 변화와 그 황량함을 덜 느낄 수 있을 것이라는 생각 때문이었다. 유일하게 살아남은 하인이 마차를 몰았다. 우리는 가파른 비탈길을 내려가 어스름한 롱워크의 길로 접어들었다. 1분 1초가 정말이지 길게 느껴지던 시간이었다. 숲 속으로 가려면 지나치게 되는 흰색 문이 열린 채 앞뒤로 흔들리고 있었다. 그 모습이 내 관심을 끌었다. 매일 일어나던 일이었지만, 이제 더 이상 보지 못하게 되어버리면 다시 일어나지 않을 일과 같은 것이 아닌가! 초승달이 우리의 오른쪽으로 늘어선 빽빽한 나무들을 비추고 있었다. 우리가 정원으로 들어서자 사슴 무리가 폴짝대며 숲 속으로 사라졌다. 우리의 두 아들은 조용히 잠들어 있었다. 나는 시야에서 사라지기 전에 단 한 번 성을 돌아보았다. 성의 창문이 달빛에 반짝였고, 육중한 윤곽이 짙은 어둠 속에서 하늘로 우뚝 솟아 있었다. 근처의 나무들은 깊은 밤 불어오는 바람에 맞추어 흔들리며 침울한 비가를 불렀다. 아이드리스는 마차에 등을 기대었다. 얼굴은 평온했지만, 두 손으로는 내 손을 꼭 잡고 있었다. 그녀는 잃어버리는 것을 잊고, 여전히 가질 수 있는 것만을 기억하고자 하는 것처럼 보였다.

내 가슴엔 애석함과 엄숙함이 가득했지만, 다행히 고통스럽지는 않았다. 다만 절망과 안도감이 함께하는 것은 오히려 슬픔을 배가시켰다. 하지만 내가 가장 사랑하는 이들을 데리고 있다는 느낌이 나를 기쁘게 했다. 또한 그 사이 떨어져 지냈던 에이드리언을 다시 만나고, 앞으로 결코 헤어지지 않을 거라는 사실도 나를 기쁘게 했다. 사랑받았던 것에서가 아닌, 내가 사랑했던 것에서 떠나가는 기분이었다. 성벽들과 오래도록 애틋했던 나무들은 우리가 탄 마차의 바퀴에서 회한의 소리를 듣지 못했다. 아이드리스가 내 곁에 있고, 아이들이 평소처럼 숨 쉬고 있는데, 내가 행복하지 않을 리 없지 않은가. 클라라는 상당히 동요한 모습이었다. 그녀는 창문에 기댄 채 울음을 삼키며 자신이 태어난 윈저의 풍경이 스쳐지나가는 것을 지켜보고 있었다.

런던에 도착하자 에이드리언이 우리를 맞아주었다. 그는 활기가 넘쳤다. 그 누구도 그의 혈기왕성한 모습에서 허약했던 옛 모습의 흔적을 찾을 수 없을 터였다. 또한 그의 미소와 경쾌한 어조를 접한다면, 그가 조국을 이끌려 했던 사람이라는 것을 그 누구도 짐작할 수 없을 것이었다. 하지만 그는, 그리고 우리는 고향을 버리고 남쪽의 빈집을 찾아 떠날 예정이었다. 그곳에서 죽게 될 것이었다. 차례로, 하나씩 죽음을 맞이하여, 결국 최후의 인간만이 텅 빈 세상 속에서 홀로 아무 말 없이 남겨질 때까지…….

에이드리언은 출발을 서두르며 필요한 준비를 했다. 그의 슬기가 모두를 이끌고 있었다. 그의 생각이 그에게 의지하는 불운한 군중들을 움직이며 하나의 정신으로 묶어주었다. 사람들에게 많은 물품을 제공할 필요는 없었다. 이미 모든 마을에 필요한 것들은 넘쳐나고 있었기 때문이었다. 에이드리언은 모든 불필요한 노동을 막고자 했다. 죽음으로 향하는 이 행렬을 축제 같은 분위기로 만들고자 하는 것이 그의 바람이었다. 떠나기로 한 사람들의 수는 2,000명이 채 되지 않았다. 모두 런던에 모여 있는 것은 아니었다. 근처 마을에 살던 사람들은 11월 20일까지 한곳에 모이라는 지시를 받고 매일 수십 명씩 런던으로 들어오고 있었다. 모든 이들에게 마차와 말이 지급되었다. 선장들과 사관들이 차출되었고, 그 외에도 필요한 역할들이 조직적으로 꾸려졌다. 모든 이가 무너져가는 영국의 호국경직을 맡고 있는 에이드리언의 뜻을 따랐다. 그리고 모두가 그를 우러러보았다. 그는 50여 명으로 된 자문위원회를 구성했다. 지위의 차이는 아무런 문제가 되지 않았다. 우리는 이제 모두 다를 바가 없었기 때문이다. 필요한 것은 배려와 신중함이었다. 불평등을 일으키는 어떤 차이도 생사의 기로에 선 우리를 구원할 수 없었다. 한겨울이 되기 전에 영국을 떠나야 한다는 걱정이 우리를 사로잡았지만, 출발은 지체될 수밖에 없었다. 뒤쳐진 사람들을 수색하기 위해 몇 무리의 파견대가 보내졌기 때문이다. 단 한 사람이라도 생존자가 남아 있다면, 우리는 결코 떠나지 않기로 했다.

런던에 도착하자, 이제 상당히 늙은 모습의 윈저 백작부인이 아들이 머무는 호국경 궁에서 지내고 있다는 소식이 들렸다. 우리는 늘 그러던 것처럼 하이드파크 근처의 집을 수선해서 머무르기로 했다. 아이드리스는 그제야 자신의 어머니가 오랜 시간이 지나며 나이가 들어도 변하지 않는다는 것을 알아차렸다. 높은 가문에서 태어나고 자란 부인은 여전히 도도했고, 나를 향한 뿌리 깊은 앙금도 그대로 지니고 있었다. 세월과 많은 걱정들이 그녀의 얼굴에 깊은 고랑을 파고, 몸집마저 왜소하게 만들었지만, 시선은 여전히 또렷했고 권위적인 태도도 변할 줄 몰랐다. 부인은 딸을 냉담하게 대했지만, 손자들에게만큼은 따뜻한 표정을 보여주며 두 팔로 아이들을 안아주곤 했다. 우리가 지닌 생각과 삶의 방식을 자식들을 통해 후손에게 물려주려고 하는 것이 우리의 본성이지 않던가. 백작부인은 자신의 자식들에게 그 계획을 실현시키는 데 실패했다. 어쩌면 그녀는 그 다음 세대가 되는 자신의 손자들에게 기대를 거는 것이 더 나을 것이라고 생각했을는지도 모르겠다. 한번은 아이드리스가 어머니와 대화를 하다 내 얘기를 꺼낸 적이 있었다. 말을 하던 중 화가 난 아이드리스는 인상을 쓰며 어머니의 팔을 흔들었다. 그러자 백작부인은 넌더리가 난 듯 떨리는 목소리로 대답했다.

"내가 이 세상에서 무슨 쓸모가 있겠느냐. 본디 젊은 것들은 늙은이를 무대 밖으로 쫓아내고 싶어 안달이지. 하지만 아이드리스, 네 어미가 네 발치에서 숨을 거두는 걸 보고 싶지 않다면, 다시는 네 남편이라는 작자의 이름을 내 앞에서 입에 올리지 말거라. 다른 건 모두 참을 수 있다. 내가 간절히 바라던 것들이 무너져가는 것에도 이미 마음을 접은 지 오래다. 하지만 내 바람을 무너뜨리려고 태어난 그자를 사랑하라는 요구는 너무 과하구나."

이는 기이한 말이었다. 이제 이 세상은 텅 빈 무대와 같고, 텅 빈 무대에서 모든 이는 아무런 장애물 없이 자신의 역할을 충실히 이행할 수 있었다. 그런데도 그 거만한 전 왕비는 옥타비우스 시저와 마크 안토니를 떠올리고 있는 것 같았다.

우리는 이 세상에서

함께 머무를 수 없네.

(셰익스피어의 〈안토니와 클레오파트라〉 5막에 나오는 시저의 대사
다―옮긴이)

우리의 출발은 11월 25일로 확정되었다. 날씨는 차분한 편이었
다. 밤에는 가랑비가 내리고, 낮이 되면 겨울 빛 태양이 모습을 드
러냈다. 우리는 몇 무리로 나뉘어 서로 다른 진로로 이동한 후, 목
적지인 파리에서 다시 만날 예정이었다. 에이드리언이 이끄는 쉰
명의 무리는 도버와 칼레 쪽 항로를 이용하기로 했다.

11월 20일, 에이드리언과 나는 마지막으로 런던 거리를 돌아보
기로 했다. 거리에 잡초가 무성하게 자라 버려진 있어 한눈에도
버려진 공간임을 알 수 있었다. 비어 있는 저택의 문들은 열린 채
흔들리거나, 이미 떨어져나가 있었다. 저택의 바닥은 일렬로 쌓
아둔 목초와 먼지로 가득했다. 하늘에는 연기 한 줄기 피어오르
지 않았고, 그런 하늘을 찌를 듯한 교회의 첨탑은 아무런 말이 없
었다. 교회는 열려 있었지만, 제단에서 예배를 드리는 이는 아무
도 없었다. 교회당의 장식들은 이미 눅눅해져 곰팡이의 서식지가
되고 있었다. 새들과 가축들은 이제 주인을 잃고 축성대에 둥지
와 보금자리를 틀었다. 우리는 성바울 대성당 앞에 섰다. 사방팔
방으로 넓게 마을이 발달되었던 런던은 오늘날 그 마을들의 중심
에서 쓸쓸히 버려진 존재가 되었다. 잊고 지냈던 런던의 많은 것
들이 사라졌지만, 어마어마한 건축물들은 덩그러니 남아 있었다.
그 육중한 몸집과 때가 타서 검어진 색깔, 그리고 높은 돔 지붕이,

그 광경을 성당이 아닌 하나의 무덤으로 보이게 만들었다. 순간 그 거대한 현관에 영국이 여기 잠들다, 라는 묘비명이 새겨져 있다는 생각이 들었다. 우리는 동쪽으로 걸어가며, 그때 그때 떠오르는 엄숙한 생각들에 대해 대화를 나누었다. 사람의 발소리는 들리지 않았고, 사람의 형상도 보이지 않았다. 주인에게서 버려진 개들 한 무리가 우리 곁을 스쳐지나갔다. 이따금 굴레도, 안장도 벗겨진 말이 우리에게로 성큼성큼 다가와 자신을 타주길 바란다는 듯 애교를 피우기도 했다. 그들의 진정한 자유를 우리가 찾아주길 바라는 것 같았다. 곡물 창고에서 여물을 먹던 둔한 황소는, 문득 '음매' 하고 긴 울음소리를 내더니 좁은 문을 지나갔다. 모든 것이 황폐했다. 그래도 부숴진 것은 없었다. 멀쩡하게 서 있는 건물들과, 갓 만들어 잘 다듬은 동물들의 거처가 한데 어우러진 모습은 사람 한 명 보이지 않는 거리의 고독한 적막함과 대조를 이루었다.

밤이 다가왔고, 비가 내리기 시작했다. 우리가 다시 집으로 돌아가려는 찰나, 어떤 목소리가 우리의 주의를 끌었다. 거리에서 사람의 목소리를 들은 적이 없었기에 이상하게 느껴질 만도 했다. 즐겁고 경쾌하게 노랫소리가 거리에 울려퍼졌다. 그 외에는 아무 소리도 들리지 않았다. 우리는 하이드파크에서 런던 시가지 쪽으로 가로지르는 중이었고, 그 소리를 들은 곳은 미노리즈 거리에서였다. 이전까지는 어떤 사람과도 마주친 적이 없었고, 발소리조차 들은 적이 없었다. 노랫소리는 중간중간 끊기곤 했다. 웃음소리와 말소리가 사이사이 들려왔다. 즐거운 노래가 그토록 슬프게 들린 적이 없었고, 그때만큼 웃음이 눈물처럼 느껴진 적이 없었다. 우리는 소리가 들리는 곳으로 다가갔다. 대문이 열린한 집의 위층에서 소리가 흘러나오고 있었고, 그곳은 마치 연회라도 벌이는 듯 환히 불이 밝혀져 있었다. 그곳은 상당히 화려한저택이었다. 부유한 상인이 살았던 게 틀림없어 보였다. 가장 높은 층에서 멈췄던 노랫소리가 다시 들려오기 시작했다. 우리는조용히 계단을 올라갔다. 켜진 불빛이 우리를 이끌었다. 몇 개의방이 연결된 긴 연회장이 환히 밝혀진 모습은 우리로 하여금 놀라움을 느끼게 했다. 그곳에 한 소녀가 있었다. 소녀는 커다란 뉴펀들랜드 종의 개와 함께 노래를 부르며 춤을 추고 있었다. 개는신이 나서 그녀에게 달려들며 노래를 방해했고, 그러면 그녀는단호히 꾸짖다가도 다시금 웃으며 개를 끌어안고 바닥에 뒹굴었다. 소녀의 차림새는 기괴했다. 기껏해야 열 살 정도밖에 되어 보이지 않는데, 성인 여성이 입는 화려한 예복과 숄을 걸치고 있었기 때문이다. 우리는 개가 우리를 알아채고 큰 소리로 짖을 때까지, 문가에 서서 그 기묘한 장면을 바라보았다. 아이가 몸을 돌려우리를 바라보았다. 순간 아이에게선 유쾌함이 사라졌다. 아이는뚱한 표정을 짓더니, 달아날 생각으로 슬금슬금 뒷걸음질을 쳤다. 나는 얼른 아이에게 다가가 손을 잡았다. 그녀는 저항하지 않았지만, 아이에게 어울리지 않는 심각한 표정을 짓고 있었다. 금방 전까지 보이던 흥겨움과는 정반대의 모습으로 아이는 가만히서서 바닥만 쳐다보았다. 나는 다정한 목소리로 말을 걸었다.

"여기서 뭐 하니? 넌 누구야?"

소녀는 대답하지 않았다. 그저 파르르 떨 뿐이었다. 에이드리언이 입을 열었다.

"우리 가엾은 아가씨, 혼자 있는 거니?"

그의 부드러운 목소리는 단연 사람을 끄는 힘이 있었고, 덕분에 그 어린 소녀의 마음 또한 흔들 수 있었다. 그녀는 그를 바라보고는 내게서 손을 빼내 그에게로 달려갔다. 그러고는 그에게 매달려 소리쳤다.

"구해주세요! 저를 구해주세요!"

부자연스럽던 시무룩함은 이내 울음으로 녹아내렸다.

에이드리언이 대답했다.

"그럼, 구해줘야지. 근데 뭘 무서워하는 거니? 아저씨 친구를 무서워할 필요는 없어. 저분은 널 해치려는 게 아니야. 혼자 있었니?"

"아뇨, 라이언이랑 같이 있어요."

"그럼 아버지나 어머니는?"

"엄마, 아빠는 없어요. 저는 보육원에서 살았어요. 그런데 모두 다 사라졌어요. 엄청, 엄청 오래 됐어요. 만약 원장님이 다시 돌아와서 저를 찾아낸다면, 예전처럼 저를 때릴지도 몰라요!"

그 짧은 말에서도 소녀의 불행했던 삶을 알아차릴 수 있었다. 위선적인 보육원에 맡겨진 고아가 제대로 대우받지 못하다 부유한 집에 팔렸고, 이후 그 집의 어른들은 모두 죽어버렸던 것이다. 소녀는 무슨 일이 벌어지는지도 모른 채, 정신을 차려보니 혼자가 되어 있었다. 감히 밖으로 나갈 엄두는 내지 못했다. 하지만 홀로 지내는 시간이 계속되면서 용기가 되살아났고, 어린아이 특유의 발랄함이 수많은 기이함과도 즐거이 어울리게 만들어주었다. 친구가 되어주는 개와 함께 그녀는 기나긴 나날을 보냈다. 다른 어떤 것도 두렵지 않았다. 오직 후견인들의 엄한 목소리와 잔인한 말들을 다시 맞닥뜨릴까 봐 겁이 날 뿐이었다. 소녀는 에이드리언의 말에 고개를 끄덕이며 그를 따라가겠다고 했다.

그 사이 세상은 달라지고 있었다. 우리가 생경한 슬픔의 가락과 눈에 보이는 고독함의 선율에 맞추어 흘러가는 사이, 우리가 모든 변화와 괴로움을 상상하는 사이, 한때 사람들로 가득했던 그 거리가, 그리고 얼마 전까지 텅 빈 채 버려졌던 그 거리가, 개들의 집이 되고 소들의 우리가 되었다. 우리가 검게 물든 성당을 바라보며 세상의 죽음을 알아차리는 사이, 그리고 우리가 가졌던 것들, 우리에게 온 세상과 같았던 그 모든 것들을 떠올리며 서로를 부둥켜안는 사이에 세상은 격변하고 있었던 것이다.

10월 초에 윈저에서 출발한 후 런던에서 지낸 지 6주 정도가 되어가고 있었다. 그 사이 아이드리스의 건강은 나날이 약해지고 있었다. 애를 끓이느라 잠도 제대로 자지 못하고, 끼니도 제대로 챙기지 못했던 탓이다. 하녀 한 명이 그녀의 건강을 챙기기 위해 시중을 들어주고 있었다. 매 시간마다 아이들을 확인하고, 내 곁에 앉아 내가 들려주는 생각과 신념들을 받아들이던 것도 모두 지난 얘기였다. 그녀는 생기를 잃었다. 명랑하고도 애정 어린 태도와 마음을 편히 만들어주는 어조, 자신감 넘치는 걸음걸이 같은 것들도 모두 사라졌다. 나는 눈에 보이는 것을 못 본 체 할 수 없었고, 그녀도 더는 숨기지 못했다. 그녀의 삶은 슬픔에 완전히 사로잡혀버렸다. 그렇다고는 해도, 나는 여전히 우리의 변화와 되살아난 희망이 그녀를 회복시킬지 모른다고 기대하고 있었다. 하지만 역병에 걸리지만 않았을 뿐이지, 다른 모든 변화가 그녀에게 영향을 끼친 것 같다는 생각은 나를 두렵게 만들었다.

떠날 준비를 하는 아이드리스를 돕느라 피로해진 탓에, 나는 잠시 숨을 돌리기 위해 저녁 무렵 자리를 피했다. 클라라는 아이드리스의 곁에 앉아 두 아이들에게 이야기를 들려주고 있었다. 아이드리스의 눈이 사르르 감겼다. 그 순간, 클라라는 갑자기 큰 아이 알프레드의 낯빛이 바뀌는 것을 알아차렸다. 알프레드의 눈꺼풀이 무겁게 내려앉았고, 뺨은 비정상적으로 붉게 달아올랐으며, 숨을 가쁘게 몰아쉬기 시작했다. 클라라는 아이드리스를 쳐다보았으나 아이드리스는 곤히 잠들어 있었다. 두려움이 엄습했고 클라라는 어찌해야 할지 몰랐다. 무슨 일이 일어났는지 상황을 이해하지 못하는 막내 에블린은 클라라에게 이야기를 계속해 달라고 조르고 있었다. 클라라는 알프레드와 아이드리스를 번갈아 쳐다보았다. 떨리는 목소리로 클라라는 이야기를 계속했지만, 알프레드가 쓰러지자 황급히 이야기를 멈추었다. 그녀는 깜짝 놀라며 쓰러지는 알프레드를 붙잡았고, 비명을 내질렀다. 클라라의 비명 소리에 아이드리스가 잠에서 깨어났다. 그녀는 아들을 바라보았다. 죽음이 아들의 몸을 잠식해나가는 모습을 알아차린 그녀는 아이를 침대에 눕히고, 바싹 마른 입술에 물을 적셨다.

그는 그때까지 죽은 것이 아니었다. 내가 그곳에 있었다면 괜찮았을지도 모른다. 아마 역병이 아니었을 수도 있다. 하지만 조언자가 없는 상황에서, 그녀가 뭘 할 수 있었을까? 그저 가만히 서서 아이가 죽어가는 모습을 바라보는 수밖에! 나는 그 순간 왜 자리를 떠나 있었던가?

"알프레드를 좀 보고 있으렴, 클라라. 금방 돌아오마."

그녀는 우리와 함께 떠나기로 한 이들 중 우리와 함께 지내고 있던 사람들에게 달려가 내 행방을 물었다. 하지만 내가 에이드리언과 함께 나갔다는 것 외에 딱히 들을 수 있는 것은 없었다. 그녀는 사람들에게 나를 찾아달라고 부탁하고는 다시 아이에게로 돌아갔다. 알프레드는 완전히 기력을 잃고 축 늘어져 있었다. 다시금 그녀는 계단을 달려 내려왔다. 거리는 어둡고 적막했다. 그녀는 침착함을 잃고 거리로 뛰어나갔다. 그리고 내 이름을 외쳤다. 쏟아지는 빗줄기와 휘몰아치는 바람만이 그녀의 외침에 대답할 뿐이었다. 아들을 잃을지 모른다는 두려움이 그녀의 발에 날개를 달아주었다. 그녀는 나를 찾기 위해 쏜살같이 달렸지만, 어디로 가야 할지는 몰랐다. 그저 할 수 있는 것이라곤 온 생각과 기력을 짜내며, 있는 힘껏 달리는 것뿐이었다. 엉뚱한 방향으로 달리고 있었지만 그녀는 아무런 감각도 느낄 수 없었고, 두려움조차 가질 수 없었다. 멈추지도 않고 그저 달리기만 했다. 그러다 갑자기 기력이 다했고, 순간 자신도 끝이라는 생각이 떠올랐다. 무릎이 풀리며 그녀는 바닥에 쓰러지고 말았다.

잠시 그녀는 정신을 잃었다. 하지만 얼마 지나지 않아 정신을 차리고 자리에서 일어섰다. 심하게 다쳤지만, 그녀는 눈물을 쏟으며 계속해서 걸어나갔다. 때때로 발부리가 바닥에 걸리기도 했지만, 그녀는 어디로 가는지도 모른 채 힘없는 목소리로 내 이름을 부르며 걸어갔다. 이따금 가슴이 찢어질 듯한 괴로움에 내가 잔인하며 무심하다고 소리치기도 했다. 그녀의 부름에 대답해줄 사람은 거리에 없었다. 밤의 혹독한 날씨로 거리를 배회하던 짐승들마저 사람들이 살던 곳으로 기어들어가버린 상태였다. 그녀의 얇은 드레스는 비에 흠뻑 젖었고, 젖은 머리카락은 목덜미에 들러붙어 있었다. 그녀는 비틀거리면서도 어두운 밤거리를 배회했다. 그러다 결국 보이지 않는 무언가에 걸려 다시 바닥에 쓰러졌다. 이번에는 일어날 수 없었다. 안간힘을 써보았지만 몸은 옴짝달싹하지 않았고, 그녀는 이내 모든 것을 포기하고는 쓰라린 슬픔에 스스로를 내던져버렸다. 그녀는 차라리 빨리 죽음을 맞이하게 해달라고 간절히 기도를 올렸다. 세상에 위안이라곤 없이 그저 죽음만이 존재하는 것처럼 느껴지고 있었다. 모든 희망을 버린 그녀는 아들이 죽어감에 비통해 하는 것도 그만두었다. 그저 아내를 잃게 될 나를 생각하며, 내가 겪어야 할 슬픔을 안쓰러워하며, 다정하고도 매서운 눈물을 떨굴 뿐이었다.

삶을 간신히 연명하는 것처럼 누워 있는데, 순간 따뜻하고 부드러운 손이 그녀의 얼굴에 닿았다. 그리고 어떤 여인의 다정한 음색이 들려왔다. 연민 가득한 목소리는 그녀에게 일어나지 못하겠느냐고 물었다. 근처에 있던 또 다른 사람이 그녀를 일으켜세워주었다. 도움의 손을 붙들고 반쯤 일어선 그녀는 눈물을 흘리며 그들에게 나를 찾아달라고 애원했다. 아들이 죽어간다고, 세상 무엇과도 바꿀 수 없는 그 아들을 구해달라고, 그러니 그 아들을 구할 수 있는 나를 찾아달라고 그녀는 소리쳤다.

여인은 아이드리스를 부축해서 비를 피할 수 있는 곳으로 그녀를 데려갔다. 그러고는 집으로 일단 돌아가라며, 그 사이 어쩌면 내가 이미 돌아와 있을지도 모른다고 말했다. 아이드리스는 그녀의 말에 금세 수긍했다. 그리고 여인의 팔에 기대 제대로 몸을 가누려 노력하며 집으로 가기 위해 걸음을 내딛었다. 하지만 어찌할 수 없는 현기증 때문에 그녀는 몇 번이고 멈춰 서야만 했다.

빠르게 거세지는 폭풍우를 보고 에이드리언과 나는 서둘러 돌아왔다. 우리 집 현관에 몇 사람이 모여 있었다. 그들의 행동거지를 보고 나는 직감적으로 뭔가 심각한 일이, 좋지 않은 일이 일어났다는 것을 알아차렸다. 나는 무언가를 묻기조차 두려웠다. 내가 말에서 뛰어내리자, 모여 있던 사람들이 나를 보고는 조용히 비켜서며 길을 내주었다. 나는 등불을 채어들고 계단을 뛰어올랐다. 그리고 신음 소리가 들리는 방문을 열어젖혔다. 방은 짙은 어둠에 휩싸여 있었다. 방 안으로 걸어 들어가자 코를 찌르는 죽음의 악취가 꺼림칙함을 자아냈다. 다리가 바닥에 붙어버린 것 같았고, 어둠 속에 누워 있는 병자의 신음 소리가 나를 옭아맸다. 나는 등불을 낮춰들었다. 헐벗은 흑인이 고통스럽게 온몸을 비틀어대고 있었다. 그는 발작적으로 팔을 내뻗더니 나를 붙들었다. 두려움과 초조함이 뒤섞여 병자의 손아귀에서 빠져나오려 애를 쓰다 나는 병자 위로 쓰러지고 말았다. 진물이 흘러나오는 맨살로 그는 나를 끌어안았다. 그의 얼굴이 가까이에 있었고, 죽음이 드리운 그의 숨결이 내 안으로 흘러들어왔다. 메스꺼움을 참으며 고개를 숙이고 버티다가, 갑자기 드는 어떤 생각에 나는 자리에서 벌떡 일어나 병자의 방을 뛰어나왔다. 계단을 달려 올라가 평소 우리 가족이 머무는 방으로 들어섰다. 어스름한 불빛이 소파에 누워 있는 알프레드를 비추고 있었다. 백설보다 하얗게 질린 클라라는 바들바들 떨면서도 그를 품에 안고 물이 든 잔을 아이의 입술에 가져다대며 마른 입술을 적셔주고 있었다. 그녀가 안고 있는 형체에는 더 이상 생명의 불꽃이 보이지 않았다. 알프레드의 몸은 뻣뻣하게 굳어 있었고, 멍한 눈빛은 아무것도 바라보지 않는 것 같았으며, 머리는 뒤로 젖혀져 있었다. 나는 클라라에게서 알프레드를 받아들고 조심스레 다시 눕혀주었다. 그리고 차가운 작은 입술에 입을 맞춘 후 귓가에 공허한 속삭임을 흘렸다. 허나 이제 그 육신에는 우레 같은 대포 소리도 닿지 않을 터였다.

아이드리스는 어디에 있는 건가? 그녀는 나를 찾으러 나가서 아직 돌아오지 않았다고 했다. 쏟아지는 비바람이 창문을 두들기며 집 주위에서 포효하고 있었다. 두려움이 몰려왔다. 그 뿐만이 아니었다. 흑인이 내게 불어넣은 죽음의 숨결이 언제 나를 뒤덮을지 몰랐다. 그녀를 다시 볼 수만 있다면, 결코 함께할 수 있는 시간을 허비하지 않으리라. 나는 말에 올라타 그녀를 찾기 위해 달려나갔다. 열과 고통이 나를 짓눌렀지만, 몰아치는 바람결에 그녀의 목소리가 들릴까 나는 작은 소리에도 귀를 기울였다.

런던의 미로처럼 복잡하게 얽혀 있는 거리에는 인적이 없었다. 어둠과 비를 헤치며 나는 런던의 거리를 내달렸다. 죽은 아들은 집에 누워 있다. 내 가슴에는 질병의 씨앗이 자라나고 있다. 나는 아이드리스를 찾아야 했다. 폭포처럼 쏟아지는 빗발 속에서 축축이 젖은 채 추위에 떨면서 홀로 거리를 헤매고 있을 내 사랑을, 추위에 얼어붙어 아무것도 느끼지 못하고 있을 내 여인을 찾아 나는 빗속을 질주했다. 말을 몰고 전속력으로 달려가는데, 어느 현관에서 한 여인이 나를 불렀다. 그 여인은 분명 아이드리스가 아니었다. 그래서 나는 멈추지 않고 말을 몰려고 했다. 하지만 언뜻 여인의 뒤에서 보인 것 같은 형체가 나를 주저하게 만들었다. 분명히 본 건 아니었지만 점점 확신이 생겼다. 마르고 우아하며 키가 큰 누군가가 현관에 서 있던 여인에게 기대고 있는 모습을 본 것 같다는 생각 말이다. 나는 즉시 그들 곁으로 가서, 쓰러지려는 아이드리스를 곧바로 받아들었다. 그녀를 안아 말에 태웠다. 하지만 그녀는 스스로를 지탱할 힘조차 없었다. 나는 그녀의 뒤에 앉아 그녀를 품에 안고 망토로 그녀를 감쌌다. 그녀를 보살펴주었던 여인의 얼굴이 낯이 익었다(집안의 반대를 무릅쓴 사랑을 했던 여인, ㄹ공작의 딸이었던 줄리엣이었다). 얼굴이 많이 바뀌어 쉬이 알아보기 힘들었던 그 여인에게 나는 고맙다는 시선을 던지는 게 고작이었다. 나는 두려움에 휩싸여 있었다. 나를 이해하는 듯 그녀는 아무 말 없이 고삐를 쥐고 우리가 탄 순한 말을 집 방향으로 몰아주었다. 내가 감히 단언해도 될지 모르겠다만, 그 순간이 행복했던 마지막 순간이었다. 분명 나는 행복했다. 아이드리스는 분명 죽게 될 것이다. 그녀는 마음을 잃었다. 나 역시도 죽게 될 것이다. 죽음의 숨결로 역병이 나를 집어삼킬 것이다. 세상은 황량한 무대다. 희망은 광기다. 삶은 죽음과 결합했다. 그 둘은 하나다. 하지만 그렇게 쓰러진 내 사랑을 부축하고 있음에, 내가 곧 죽게 될 것이라고 느끼고 있음에, 나는 그녀를 다시 한 번 내 품에 안을 수 있다는 기쁨을 맘껏 만끽했다. 나는 다시, 그리고 또다시 그녀에게 입 맞추며 그녀를 품에 꼭 끌어안았다.

집에 도착해 아이드리스를 말에서 내려준 다음, 나는 그녀를 부축해 계단을 올라갔다. 그리고 클라라에게 그녀가 젖은 옷을 갈아입을 수 있게 도와달라고 부탁했다. 에이드리언에게는 그녀를 잘 데리고 왔다고 간단히 전한 뒤, 우리가 좀 숨을 돌리며 쉴 수 있도록 시간을 달라고 부탁했다. 누군가가 자신의 보물을 건드릴까 봐 바들바들 떨며 보물을 세고 또 세는 구두쇠처럼, 나는 아이드리스와 떨어져 있는 매 순간을 아까워하며 초를 세었다. 그래서 간단히 모든 것을 정리한 뒤 재빨리 내 인생의 진정한 생명, 아이드리스가 있는 방으로 돌아갔다. 방으로 들어서기 전 나는 잠시 멈춰 서서 내 상태를 확인해보려 했다. 질병과 경련이 곧 나를 덮치고 지배할지 몰랐다. 머리가 무겁고 가슴이 답답했다. 다리도 맘대로 되지 않았다. 하지만 이런 내 불안한 상태를 과감히 무시하기로 하고, 나는 침착하며 즐거운 표정으로 아이드리스를 향해 나아갔다. 그녀는 소파에 누워 있었다. 나는 다른 이에게 방해받기 싫은 마음에 조심스럽게, 하지만 서둘러 방문을 닫았다. 나는 그녀 곁에 앉았고, 우리는 서로 껴안으며 긴 입맞춤을 나눴다. 그 순간이 마치 마지막인 것처럼!

아이드리스의 가슴에 모성이 되살아났는지 그녀가 내게 물었다.

"알프레드는 어떤가요?"

"아이드리스."

내가 대답했다.

"우리에겐 서로가 있지 않소. 우리는 함께예요. 다른 생각으로 방해받지 말도록 합시다. 나는 행복해요. 오늘처럼 끔찍한 밤조차 나는 행복하다고 말할 수 있다오. 어떤 것도, 어떤 생각도 괘념치 않기로 합시다. 그리하겠소, 내 사랑이여?"

아이드리스는 내 말을 이해하고는 내 어깨에 얼굴을 파묻고 흐느꼈다. 한참을 울던 그녀가 내게 다시 물었다.

"왜 떨고 있나요? 무엇이 당신을 이토록 떨게 하는 건가요?"

"그저, 행복해서 그러는 것이겠지요. 우리의 아이가 죽었고, 이 시간은 어두우며 불길하오. 그래서 떠는 것일지도 모른다오! 그럼에도 나는 행복하오. 내 사랑하는 아이드리스가 곁에 있기에 나는 어느 때보다 행복하다오."

"무슨 말인지 알겠어요, 여보."

아이드리스가 대답했다.

"알프레드를 잃은 슬픔 때문에 이렇게 하얗게 질린 거군요. 그 때문에 놀라서 이토록 떠는 거군요. 하지만 당신이 어떤 말로 내 슬픔을 위로하려 해도 나는 행복하지 않아요. (아래로 내리깐 그녀의 두 눈에서 눈물이 쏟아져내렸다.) 우리는 절망의 감옥에 살고 있어요. 우리에게 기쁨이란 없어요. 하지만 당신과의 진실한 사랑은 있기에, 이제껏 다른 상실감들을 모두 견뎌낼 수 있었지요."

그녀의 말에 내가 다시 말했다.

"우리는 적어도 함께 행복했소. 미래의 어떤 절망도 과거의 우리가 가졌던 행복을 빼앗을 순 없다오. 우리는 지난 수년간 서로에게 진실했어요. 사랑하는 그대가 눈보라를 뚫고 버니 가의 비천한 아들을 만나러 허름한 오두막으로 달려왔을 때부터 말이오. 지금까지 우리는 서로의 현재에서 희망을 취해왔소. 이제 영원이 우리 앞에 있어요. 아이드리스, 우리가 죽는다면 서로 헤어지게 될 거라 생각하오?"

"죽는다니요! 우리가 죽는다니요! 그게 무슨 말이에요? 그 끔찍한 말들이라니! 내게 뭘 숨기고 있는 거죠?"

"우리 모두는 죽지 않소, 여보?"

내가 서글픈 미소를 지으며 되물었다.

"세상에, 신이여! 혹시 당신 병에 걸린 건가요, 라이오넬? 그래서 죽음을 이야기하는 거예요? 당신은 내 유일한 벗이자 하나뿐인 사랑이에요. 어서 내게 말해봐요!"

"나는 말이오……."

내가 대답했다.

"우리에게 살 날이 많이 남았다고 생각지는 않아요. 그래서 언젠가 끝이 날 이 연극의 커튼이 내려오면, 그 순간을 생각해보자는 거예요. 어때요? 그때 우리가 서로를 찾을 수 있을 것 같소?"

당황하지 않은 내 모습과 목소리에 아이드리스는 다시 침착함을 되찾았다. 그녀가 말했다.

"당신은 내가 하는 말을 믿어주리라 생각해요. 오랫동안 역병을 겪으며 나는 죽음에 대해 수도 없이 생각했어요. 인류가 모두 죽어 없어지고, 또 다른 생명이 태어나게 될지 모른다고 자문했죠. 매 시간 나는 이런 생각들 속에서 살았어요. 그러면서도 알 수 없는 미래에 대해 이성적인 결론을 내려 보려고 안간힘을 썼답니다. 실상 죽음은 허수아비와도 같아요. 우리가 지금 걷고 있는 그림자를 벗어나 눈부신 햇살 속으로 나아간다면 말이에요. 앎과 사랑이 있는 곳으로, 과거의 벗들이 되살아난 곳으로, 전에 누렸던 애정이 우리의 희망을 채워주는 곳으로, 무덤에 자라나는 두려움이란 잡초를 걷어내는 곳으로 나아간다면 말이에요. 아아! 하지만 내가 완전한 죽음에 이르지 못하리라는 확신이 무척 강렬해요. 그 생각이 나로 하여금 죽은 후에 지금처럼 완전한 삶을 영위할 거라는 믿음을 거부하게 만들어요. 그럼에도 라이오넬, 결코, 결코 나는 그대 외에 누구도 사랑할 수 없어요. 영원히 나는 당신과 함께하기를 바라요. 나는 누구에게도 해를 끼친 적이 없어요. 내 도덕적 한계를 넘어서 누군가에게 의존하거나 지나친 자만심을 가진 적도 없어요. 그러니 이 세상을 다스리시는 신께서 우리를 결코 갈라놓지 않으실 거라고 분명히 믿는답니다.”

“꼭 당신답게 말하는구려.”

내가 대답했다.

“다정하고도 좋은 말이오. 이제 우리는 믿음을 가져야 해요. 마음속에 깃든 근심은 벗어던지도록 합시다. 하지만 여보, 우리는 어쩔 수가 없소. (신께서 우리를 만드시며 신이 명하시는 대로 따르도록 하셨다면, 그것이 우리의 잘못은 아닐 게요.) 우리는 어쩔 수 없이 삶을 사랑할 수밖에 없고, 삶에 매달릴 수밖에 없도록 만들어졌어요. 우리는 살아 숨 쉬는 미소를 사랑해야만 하고, 다정한 손길

과 떨리는 목소리, 그리고 특히 우리의 유한한 육신을 사랑해야
만 해요. 죽어서 어찌 되든 간에, 우리는 현재를 외면하지 맙시
다. 지금 이 순간이 너무도 짧은 찰나와 같다 해도, 이 순간이 바
로 영원을 이루는 일부가 아니오. 현재가 바로 결코 누구에게도
빼앗길 수 없는 가장 소중한 영원의 한 부분이라오. 그대는 내 미
래의 희망이자 현재의 기쁨이오. 그러니 내가 그대의 다정한 눈
빛을 바라보며, 그 속에서 사랑을 읽어낼 수 있게 해주오. 그대를
바라보며 내가 기쁨에 취할 수 있게 해주오."

　내 열변은 그녀를 약간 움츠러들게 만들었다. 아이드리스는 나
를 바라보았다. 내 눈은 충혈되었고, 머리가 웅웅 울렸다. 모든
혈관이 요동쳤고, 그 소리가 귀에 들리는 것만 같았다. 근육 하나
하나가 욱신거렸고, 신경 하나하나가 예민하게 느껴졌다. 두려움
에 빠진 그녀의 눈빛을 보고 나는 더 이상 그녀에게 내 상황을 숨
길 수 없었다. 나는 다시 입을 열었다.

　"내 하나뿐인 여인이여, 드디어 우리가 나눴던 수많은 행복한
시간들 중 마지막 시간에 이르게 되었소. 운명을 더는 피해 다닐
수가 없구려. 나는 오래 살지 못하오. 그러나 다시 한 번 말하지
만, 이 순간은 우리의 것이오!"

　대리석보다도 창백해진 아이드리스는 입술까지도 하얗게 질려
서는 파르르 떨며 내 상태를 알아차렸다. 나는 앉은 채로 그녀의
허리에 팔을 둘렀다. 고열로 끓는 것 같은 내 손을 붙들고 가슴으
로 가져가더니 그녀는 간신히 들릴 정도로 웅얼거렸다.

　"조금만, 아주 조금만 더……."

그녀는 이내 바닥에 무릎을 꿇고 앉더니 두 손으로 얼굴을 가리고 짧게, 그러나 간절하게 대답했다. 자신의 의무를 다할 것이며, 나를 끝까지 지켜줄 것이라고 말이다. 그러나 희망이 있을지언정, 고통은 견뎌내기 힘들었다. 모든 것이 결말로 치닫고 있었다. 그녀의 감정도 다시 침착해지며 잔잔해졌다. 로엔슈타인이 쓴 비극의 여주인공 에피카리스는 어떤 일에도 동요하지 않는 단호한 사람이었다. 그런 그녀조차 고문 도구들 앞에서는 굴복하고 말았던 것처럼, 아이드리스의 노력도 이제 한계를 맞이한 것 같았다. 그녀는 한숨을 억누르려 했지만 온몸을 비트는 형벌 도구에 의지가 희미해져갔다. 슬픔의 표시도 숨기려 했지만 그것은 지독한 고문을 견디는 동안 난해한 기호로 바뀌어버렸다.

내 상태도 달라지고 있었다. 팽팽하게 유지되던 긴장의 끈은, 아내가 내 상태를 알게 되면서 느슨해져버렸다. 격정적인 생각과 불안한 감정의 파도가 조금씩 가라앉았고, 그저 계속해서 나아가자는 마음만 높게 일렁였다. 그렇게 빨리 나아가다 문득 외딴 해안이 나타나자 모든 물결이 멈춰버렸다. 나는 아내에게 말했다.

"내가 아프다는 건 사실이오. 그리고 아이드리스, 당신이란 존재가 내게 유일한 치료약이라오. 이리 와서 내 곁에 앉아요."

그녀는 나를 소파에 눕히고는 낮은 의자를 하나 가져와 내 머리맡에 앉았다. 그리고 타는 듯 뜨거운 내 손을 자신의 차가운 손으로 식혀주었다. 열이 올라 어쩔 줄 모르는 내게 그녀는 말을 걸어왔다. 그 대화는 사랑했던 이의 임종을 앞둔 모습에 어울리지 않는, 가족이 죽었다는 소식을 들은 사람에게도 어울리지 않는 조금은 기묘한 것이었다. 우리는 지나간 시간들에 대해 이야기했다. 그리고 우리의 사랑이 시작되던 행복했던 순간에 대해서도. 레이먼드와 퍼디타, 에바드네에 대한 이야기도 했다. 또한 이 버려진 땅을 무엇이 대신하게 될 것인지, 두세 명만이라도 살아남는다면 다시 인류를 느리게나마 세상에 등장시킬 수 있지 않을지에 대해 이야기하기도 했다. 죽음의 뒤에는 무엇이 있을지에 대해서도 말했다. 인간이란 존재가 거의 멸종에 이른 지금, 우리는 어떤 믿음을 굳게 믿고 있었다. 지금 우리에게 보이지는 않지만 지각을 가진 존재가, 우리와 다른 정신과 마음을 가진 존재가, 하지만 생각을 할 줄 알고 사랑을 느끼는 사람과 같은 그런 존재가 이 아름답고 결코 사라질 리 없는 우주를 맡아줄 거라고 말이다.

얼마 동안 이야기를 나눴는지 알 수 없지만, 아침이 되어 나는 괴롭던 깊은 잠에서 깨어났다. 아이드리스는 창백한 얼굴로 내 베개를 베고 얕은 잠에 빠져 있었다. 반쯤 뜬 눈 사이로 그녀의 커다랗고 짙은 푸른빛 눈망울이 보였다. 입술도 살짝 열려 있었다. 그녀는 괴로움에 몸을 떨며 나지막이 웅얼거렸다. 나는 생각했다.

'그녀가 죽는다면 모든 것이 변해버리겠지. 저 육신은 아이드리스라는 여신이 사는 사원이나 다름없지 않은가. 저 눈은 그녀의 영혼을 비추는 창문이고, 저 사랑스러운 가슴엔 모든 영광과 사랑과 지식이 담겨 있지. 그런 그녀가 죽는다면, 내 가슴의 반쪽은 어떻게 되는 걸까? 그녀의 사원과 내 가슴 모두는 팔미라의 버려진 사원이 모래로 뒤덮인 폐허가 되었던 것보다 더 엉망이 되어버릴 거야.'

3장

아이드리스는 몸을 뒤척이다 잠에서 깨어났다. 아아! 그녀는 잠이 깨자마자 절망적인 상황을 알아차렸다. 내 얼굴에 병색이 완연한 것을 확인한 그녀는 기나긴 지난밤 동안 자신이 아무런 조치를 취하지 않았던 것에 당혹스러워했다. 치료가 불가능하긴 하지만 치료를 했어야 하는 건 아닌지, 내 고통을 완화시켜줄 누군가를 찾았어야 했던 것은 아닌지 후회스러워졌던 것이다. 그녀는 에이드리언을 불렀다. 내가 누워 있던 소파는 금세 많은 벗들로 둘러싸였다. 의사가 약을 처방해주었다. 이제껏 역병에 걸리고도 살아남았던 사람이 없기에, 나를 아끼던 사람들은 두려움에 떨어야 했을 것이다. 질병의 첫 번째 증상이 나타나는 것은 사형선고와 같았다. 그때까지 집행이 유예되거나 무죄 방면된 사례는 없었다. 그런 이유로 내 벗들의 얼굴에서는 희망의 작은 빛조차 찾아볼 수 없었다.

고열로 인한 통증은 점점 커져갔고, 끔찍한 고통이 온몸으로 퍼져나갔다. 숨을 헐떡이느라 가슴이 위아래로 거칠게 들썩이기도 했다. 나는 다른 모든 것에 무감각한 채 오직 고통만을 느꼈으며, 끝내 고통까지도 느끼지 못하게 되었다. 나흘째 되는 날 아침, 나는 꿈도 꾸지 않는 깊은 잠에서 깨어났다. 신경이 곤두설 정도로 엄청난 갈증을 느꼈고, 말을 할 수도 움직일 수도 없으리만치 기력이 없었다. 하지만 나는 죽음에서 깨어났다.

내가 깨어나기 전 상황에 대해 먼저 설명해야겠다. 사흘 밤낮으로 아이드리스는 꼼짝 않고 내 곁을 지켰다. 그녀는 내게 필요한 것들을 처리해주며 자지도, 쉬지도 않고 나를 간호했다. 그녀는 희망을 가진 것이 아니었다. 그래서 의사의 표정을 살피려 노력하지도, 내게서 회복의 징후를 찾으려 하지도 않았다. 그녀의 생각은 그저 내 마지막을 지켜준 후에, 내 곁에서 자신도 숨을 거두려는 것이었다. 셋째 날 밤, 내게 남아 있던 생기가 모두 사라졌다. 나를 이리저리 살핀 후 의사는 내가 사망했다고 진단했다. 에이드리언은 간청해도 소용없자 힘을 써서 강제로 아이드리스를 내게서 떨어뜨려놓았다. 그는 아이드리스부터 아이들과 자기 자신까지 모두를 챙기느라 완전히 녹초가 되었다. 어떻게 해서든 아이드리스가 정신을 차리게 하려고 이런저런 조언을 했지만, 그녀는 고개를 가로저으며 핼쑥해진 뺨 위로 흐르는 눈물만 훔쳤다. 그녀는 에이드리언의 말을 듣지 않았다. 비통에 잠긴 그녀는 하룻밤만 더 나를 지켜볼 수 있게 해달라고 애원했다. 결국 그녀는 자신의 뜻을 관철시켰고, 내 곁에 조용히 앉아 있었다. 나와의 기억이 떠올라 견딜 수 없이 괴로울 때는 감긴 내 두 눈과 창백한 입술에 입을 맞추고, 뻣뻣하게 굳은 내 손을 펄떡이는 자신의 가슴에 가져다대기도 했다.

내가 죽은 것으로 여겨진 그날 밤, 겨울이었음에도 새벽 세 시경이 되자 수탉이 우렁찬 울음을 내뱉었다. 마치 다가올 아침의 변화를 예고하는 것처럼. 축 늘어져 있는 내 곁에서 아이드리스는 숨죽여 애통해 하고 있었다. 내 가슴속에 있던 그녀를 향한 사랑이 모두 사라졌다고 생각하며 그녀는 낮게 흐느꼈다. 그녀는 침대 위로 고개를 숙였다. 부스스한 머리칼이 그녀의 얼굴로 흘러내렸고, 그녀의 머릿단이 침대에 닿았다. 그 순간, 머리카락 하나가 숨결에 가볍게 흩날리는 것이 보였다. 그럴 리 없다고, 라이오넬이 다시 숨 쉴 리 없다고 그녀는 생각했다. 하지만 같은 일은 몇 번이고 반복되었다. 그녀는 머리칼을 모두 쓸어넘기고 나를 바라보았다. 내 가슴이 들썩이는 것을 보았다는 생각이 들었다. 그녀가 느낀 첫 번째 감정은 엄청난 두려움이었다. 식은땀이 그녀의 이마에 송골송골 맺혔다. 내 눈이 반쯤 떠지자 그녀는 다시금 자신이 본 것이 착각이 아니었음을 확신하며 소리를 질렀다.

"이이가 살아있어요!"

하지만 그녀는 말을 끝맺지 못하고 신음을 뱉으며 바닥에 쓰러졌다.

에이드리언도 같은 방에 머무르고 있었다. 오랜 시간 나와 가족들을 보살피느라 지친 에이드리언은 견뎌보려 했지만 어쩔 수 없이 잠이 들고 말았다. 순간 누이의 비명에 놀라 벌떡 자리에서 일어선 에이드리언은 누이가 입에서 한 움큼 피를 쏟으며 바닥에 쓰러지는 모습을 보게 되었다. 내 생명의 신호가 그녀의 상태를 어느 정도는 야기했다고 해도 과언이 아닐 것이다. 놀라움과 벅찬 기쁨, 그리고 강렬한 충격은 그녀의 몸이 버티기에 지나치게 거친 감정들이었다. 그녀는 오랜 기간 가족과 사람들을 보살피느라 건강이 상했을 뿐 아니라, 최근에는 수많은 괴로움과 고민들 때문에 허약해질 대로 허약해진 상태였기 때문이다. 이제 나보다 아이드리스가 더 위험했다. 내 생명의 수레바퀴는 다시 한 번 움직이기 시작했고, 짧았던 정지 상태에서 벗어났다. 제법 긴 시간 동안 내가 확실히 살아났다고 믿는 사람은 아무도 없었다. 역병이 온 세상을 뒤덮는 동안 그 끔찍한 질병에 걸렸던 어떤 사람도 회복한 적이 없었던 탓이다. 그렇기에 내 회복은 속임수로 여겨지기도 했다. 매 순간 끔찍한 증상들이 배로 격렬해지며 나타나게 될 것이라고 사람들은 생각하곤 했다. 하지만 열이 완전히 내린 후 모든 고통은 사라졌다. 나는 서서히 모든 기력을 되찾았다. 이런 내 모습에 사람들도 내가 역병에서 회복되었다는 사실에 믿음을 가지기 시작했다.

이제 문제는 아이드리스의 건강을 되찾는 것이었다. 역병에 걸린 날 돌보는 동안 그녀의 뺨은 움푹 팼고 모습도 눈에 띄게 수척해졌다. 격동에 부서진 배는 완전히 수선되지도 못한 채, 잔잔해진 바다에 그녀의 심장에 흐르던 생기를 한 방울씩 떨구고 있었다. 지칠 대로 지치고 눈의 초점이 사라진 그녀의 얼굴은 시체 같아 보이기도 했다. 광대뼈와 이마와 입은 무서울 정도로 도드라져서, 그녀를 보는 누구든 그 마른 골격에서 뼈마디를 정확히 짚어낼 수 있을 지경이었다. 그녀의 손은 무언가를 쥘 힘조차 없었고, 관절은 투명해져서 빛으로 그 사이를 투과시킬 수 있을 것 같았다. 죽음에 한없이 가까워진 육신에 생명이 존재할 수 있다는 것이 기이하게 느껴졌다.

그 가슴 아픈 장면에서 그녀를 빼내기 위해선, 그리고 세상의 수많은 황량한 풍경을 잊도록 만들기 위해선 여행을 하는 수밖에 없었다. 쇠약해진 그녀의 건강을 보살피기 위해선 좀 더 따뜻한 곳으로 떠나야만 했다. 그녀를 지켜내는 것이 내 마지막 희망이었다. 내가 역병에 걸린 탓에 지체되었던 우리의 여행 준비도 다시 착착 진행되었다. 나는 단순히 회복된 수준이 아니었다. 아이드리스를 빛나게 하던 활기가 모두 내게 입혀진 것 같았다. 봄이 되면 나무들이 접힌 가지를 앞으로 쭉 내뻗는 것처럼, 그리고 수액을 뿜으며 작은 가지 하나에도 양분이 전해지도록 하는 것처럼, 내 몸도 활력을 되찾았고 내 몸을 순환하는 혈액도 신선하게 느껴졌다. 내 육신은 새로 태어난 것처럼 유연해졌고, 그에 따라 마음도 한껏 상기되어 즐거운 생각만을 떠올릴 수 있었다. 얼마 전까지 무덤에 묶어놓은 것 같았던 내 몸은 이제 생동감이 넘쳤다. 평범한 생활을 통한 일반적인 운동 정도로도 힘을 되찾는 데 충분했다. 나는 경주마처럼 빠르게 질주할 수 있을 것 같았고, 눈에 보이지 않을 정도로 먼 거리에 있는 사물도 알아볼 수 있을 것 같았으며, 자연이 소리 없이 스스로를 가꾸는 소리도 들을 수 있을 것 같았다. 역병에 걸렸다가 나은 후로 내 감각은 예전보다 훨씬 좋아졌고 민감해졌다.

희망이 나를 버리지 않았다는 것이 다른 무엇보다 다행스러운 점이었다. 나는 끊임없는 관심이 내 사랑하는 여인을 회복시켜줄 것이라고 진심으로 믿고 있었다. 준비를 서둘러야 했다. 맨 처음 결정된 계획은 11월 25일에 런던을 떠난다는 것이었다. 그리고 이 계획에 따라 떠나려던 사람들의 3분의 2가, 영국에 남아 있던 사람들의 3분의 2가 이미 출발해 몇 주간 파리에서 머무르고 있었다. 처음에는 내 병 때문에, 다음에는 아이드리스의 상태 때문에, 에이드리언과 300명 남짓한 사람들의 출발이 지연되고 있었다. 우리는 2098년 1월 1일에 출발하기로 결정했다. 나는 무리에서 떨어져 가족들과 함께 이동하고자 했다. 기일 안에 항구에만 도착하면 되는 것이 아닌가. 그것이 내 생각이었다. 분주한 사람들과 어울리다 보면 아이드리스가 떠나야 하는 현실에 대한 생각을 자주 하게 될 것이고, 그것은 그녀의 건강에 악영향을 줄 것이라고 걱정했던 것이다. 나는 공무로 바쁜 에이드리언에게 부탁하여 따로 움직여도 좋다는 허락을 받아냈다. 윈저 백작부인은 아들과 함께 있기로 했던 터라, 일행은 우리 부부 외에 클라라와 에블린, 그리고 마차를 몰아줄 마부 한 명이 전부였다. 우리는 널찍한 마차를 이용했다. 가족끼리만 움직이자고는 했지만, 이동 시의 위험을 고려해 선발대가 꾸려졌다. 선발대는 스무 명이 조금 넘었고, 기민한 자가 무리를 이끌었다. 그들은 우리보다 조금 앞서서 이동하며 우리가 밤에 머무를 자리를 고르고 준비해주었다.

출발하자마자 아이드리스는 변화의 기미를 보였다. 나는 기쁨을 숨길 수가 없었다. 내가 그토록 바라던 행복한 결말이었다. 그녀는 다시 생기 있는 모습으로 유쾌한 웃음을 지었다. 사실 워낙 허약한 그녀였기에 실제로 그런 변화가 일어난 것이 아니라 그렇게 보였던 것뿐일지도 모른다. 허나 분명히 출발 전과는 달랐다. 그리고 출발한 이후부터 그 변화는 계속되고 있었다. 역병을 완전히 이겨낸 내 모습은 그녀에게도 내게 더 이상 위험이 없다는 믿음을 심어주고 있었다. 그녀는 자신도 회복될 수 있을 것이라고 말했다. 불운이 쇄도하던 기세가 줄어들고, 재앙의 흐름이 방향을 튼 것 같은 예감이 든다고도 말했다. 이제 남은 사람들은 안전할 것이며, 생존자들 중 그녀가 사랑하는 사람들이 있기에 다행이라고도 했다. 어딘가 분명 우리가 무거운 짐을 내려놓고 행복한 삶을 영위할 수 있는 곳이 있을 거라고 그녀는 말했다.

"내 무력한 상태에 속지 말아요. 나는 분명 나아지는 걸 느끼고 있어요. 내 안에 생기가 흐르는 게 느껴지고, 어떤 예감이 내게 확신을 주기도 해요. 내가 오래도록 이 세상의 일부로 살아갈 수 있으리라는 예감 말이에요. 이제 마음마저 쇠약하게 만드는 이 수치스러운 허약함을 벗어던질 거예요. 그리고 다시금 내가 맡아야 할 의무로 돌아가겠어요. 윈저를 떠난 건 유감이에요. 하지만 이제 땅에 집착하는 건 그만둬야죠. 따뜻한 곳으로, 내가 회복될 수 있을만한 곳으로 떠나는 것에 충분히 동의하는 바예요. 믿어줘요, 여보. 나는 당신을 떠나지도, 내 오빠와 우리의 소중한 아이들을 떠나지도 않을 거예요. 내 단호한 결심은 당신과 마지막까지 함께하는 거랍니다. 당신의 행복과 안녕을 위해 나는 스스로를 지킬 거예요. 음울한 죽음이 실제로 존재하는 곳보다 더 가까이 다가오는 순간에도, 당신을 위해 나는 살아남을 거예요."

나는 그녀의 이런 말을 모두 믿지는 않았다. 성급한 혈기가 건강의 신호라고도 보지 않았고, 상기된 얼굴이 회복의 조짐이라고 믿지도 않았다. 하지만 나는 당장 참사가 벌어진다고 해도 두렵지 않았다. 그녀가 스스로의 회복을 되뇌고 있는 것만으로 충분했다. 어쨌든 그녀의 노력으로 우리는 활기를 되찾았다. 아이드리스는 수천 가지의 화제를 꺼내며 신나게 이야기를 이어나가곤 했다. 그녀가 가장 바라는 것은 우울한 상황에서 우리의 생각을 유쾌함으로 이끄는 것이었다. 그녀는 아름다운 칩거의 고요한 고독을 매력적으로 묘사했고, 적은 규모의 우리 무리에 적용할 수 있는 간단한 규칙을 정하기도 했다. 또한 수많은 사람들이 죽어가는 와중에도 우리 가족은 건강히 살아남았다며, 우리의 관계가 더욱 돈독해지게 만들기도 했다. 우리는 현재에 대한 생각을 접고, 우리가 가로지르고 있는 음울한 풍경에서 눈을 돌렸다. 겨울이 온 세상에 가득했다. 잎이 모두 떨어진 나무들은 회갈색 하늘을 등진 채 미동도 없이 꼿꼿하게 서 있었고, 서리는 한여름의 나뭇잎을 흉내 내듯 사방에 흩어져 있었다. 길에도, 논에도 잡초가 무성했다. 양들은 오두막 문지방에 모여 있었고, 뿔이 달린 황소는 창가에 머리를 들이밀고 있었다. 바람은 스산했고 때때로 진눈깨비나 눈보라가 몰아치기도 했다. 그 모든 것이 겨울의 황량함을 배가시키고 있었다.

우리가 로체스터에 도착했을 때 우연히 일어난 사건이 그곳에서 하루를 지체하게 만들었다. 그리고 그 사이 벌어진 일은 우리의 모든 계획이 틀어지게 했다. 아아! 그 결과는 사건들의 과정을 완전히 변화시켰고, 희망으로 들떴던 나를 절망에 빠뜨렸다. 계획이 바뀌게 된 그 결정적인 사건에 대해 이야기하기 전에 먼저 간단히 설명해야 할 것이 있다. 다시 한 번 말하지만 지금 설명하는 것은 역병이 세계를 다스리기 전, 그러니까 사람들이 두려움 없이 이 땅을 밟고 걸어다니던 시절의 이야기다.

윈저의 근교에 한 가족이 살고 있었다. 그들은 매우 조용한 편이었지만, 그 가족 구성원 중 한 사람이 우리의 이목을 끌었다. 그 가족, 클레이튼 가문은 한때 제법 유명했다. 하지만 일련의 사건들로 인해 부친은 파산한 후 숨을 거두었고, 모친은 심장병에 걸려 병석에 눕고 말았다. 그후 다섯 자녀는 이튼과 솔트힐 사이에 있는 작은 오두막에서 기거하게 되었다. 그 중 가장 나이가 많은 아이가 열세 살이었다. 그 아이는 역경 속에서도 제 나이답지 않게 총명함을 보이며 나름의 원칙을 세울 줄 알았다. 그 아이의 이름이 바로 루시였다. 어머니의 병환이 점점 깊어지고 있었지만 루시는 지치지도 않고 어머니의 병수발을 들었고, 어린 동생들에게는 다정한 부모의 역할을 해냈다. 유쾌하고 너그러운 품성을 잃지 않았음은 물론이다. 주위 사람들 모두가 그녀를 칭찬했다.

게다가 루시는 상당한 미인이었다. 그래서 그녀가 열여섯 살이 되었을 때, 그녀의 궁핍한 형편에도 불구하고 그녀를 좋아하는 남자들이 생기게 되었다. 그 중 한 명은 마을 목사의 아들이었다. 그는 다정하며 정직했고, 배움에 대한 열정이 강했으며, 속으로 다른 마음을 품는 음흉함 따위와는 거리가 멀었다. 루시는 제대로 된 교육을 받지 못했지만, 좋은 집안에서 자란 어머니 덕에 자신이 처한 상황에 비해 상당히 품위가 있는 편이었다. 그녀는 그 젊은이를 사랑한다는 사실을 깨닫기 전부터 그를 사랑했다. 그의 도움을 받아야 할 때에는 곤욕스러워했지만, 매주 일요일이 되면 그를 만나게 될 것이라는 생각에 들뜬 마음으로 잠에서 깨기도 했다. 예배를 본 후에는 동생들을 데리고 그와 함께 저녁 산책을 즐기곤 했다. 그녀를 쫓아다니는 또 다른 남자도 있었다. 그는 솔트힐의 여관에서 일하는 급사장이었다. 그는 허세가 심한 편이었다. 신사들과 동행하는 하인이나 하녀들을 통해 명문가 사람들이 쓰는 은어를 익힌 그는, 그런 상류층 말투로 곧잘 점잖은 체를 했다. 굳이 짚고 넘어가자면 그의 오만함은 하늘을 찌를 기세였다. 그럼에도 루시는 그를 밀어내지 않았다. 그에게 거북함을 느꼈지만, 그 이유를 정확히 설명할 수 없었기 때문이다. 오히려 그를 마주칠 때마다 미안한 마음마저 느꼈다. 그를 계속해서 거부하는 것이 무례한 일이라는 생각이 들었던 탓이다. 루시에게 관심을 기울이던 급사장은 얼마 지나지 않아 자신의 경쟁자인 목사 아들이 루시에게 자신보다 더 큰 의미라는 사실을 알아차렸다. 이는 애정이 한순간 격분으로 바뀌는 이유로 충분했다. 질투에 사로잡힌 그는 경쟁자가 누리는 행복을 빼앗고자 갈망했다.

루시의 사연이 가엾기는 하지만, 이는 그 시절 빈번히 벌어지는 일이었다. 그 사연은 이러하다. 목사가 숨을 거두자, 아들이었던 루시의 연인은 몹시 가난해졌다. 그는 한 신사의 제안으로 그

207

신사와 함께 인도로 가기로 했다. 그곳에서 자립할 수 있을 것이라 믿었고, 그렇게 되면 돌아와 사랑하는 여인의 손을 잡을 수 있으리라 생각했던 것이다. 하지만 그곳에서 그는 전쟁에 휘말렸고, 포로가 되었다. 그가 간신히 조국으로 돌아오게 된 것은 떠난 때로부터 몇 년이 지난 후였다. 그 사이 루시의 집에 불이 나, 그녀는 처참할 지경의 가난에 처하게 되었다. 격자를 타고 자라던 담쟁이와 재스민은 모두 화마에 휩싸였다. 가지고 있던 약간의 재산조차 모두 재가 되어버렸다. 그들이 어디로 갈 수 있었을까? 루시가 가족을 보듬을 다른 집을 찾을 수 있었을까? 그녀의 어머니는 약하디 약했고, 극심한 굶주림을 겪다가는 살아남지 못할 게 분명했다. 때마침 그녀를 쫓아다니던 급사장이 다가와 그녀에게 청혼을 했다. 그는 모아둔 돈이 있었고, 다첫에서 작은 여관을 운영할 생각이었다. 어머니를 지킬 집을 얻게 되다니, 루시에게 그 계획보다 달콤한 유혹은 없었다. 그녀는 급사장의 청혼이 너그러움에서 비롯된 것이라고 확신했다. 그녀는 청혼을 받아들였다. 어머니를 위해 자신을 희생한 것이다.

우리가 그녀를 알게 된 건, 그녀가 결혼을 하고 난 후 몇 년이 흘렀을 때였다. 갑자기 폭풍우를 만나 여관에 묵게 된 우리는 그곳에서 걸핏하면 아내에게 행패를 부리는 짐승만도 못한 루시의 남편과 그런 남편을 견뎌내는 그녀를 만나게 되었다. 그녀의 운명은 결코 행복한 편이라고 할 수 없었다. 그녀의 첫사랑이 그녀를 자신의 사람으로 맞이하기 위해 마을로 돌아왔지만, 한 남자의 아내가 되어 마을 여관의 여주인 노릇을 하고 있는 그녀를 우연히 마주친 후 그는 절망에 빠져 다시 외국으로 나가버렸다. 그의 상황도 그리 좋지는 못했다. 자원해서 입대했던 그는 부상을 입은 채 돌아왔다. 하지만 루시는 그를 보살펴줄 수 없었다. 남편의 우악스러움이 점점 더 심해지고 있었고, 심지어 그는 불륜을 저지르기도 했다. 다행히 그녀에게는 자식이 없었다. 하지만 그녀는 동생들에게 매여 있었다. 남편의 탐욕과 심술궂은 성미는 그녀의 동생들마저 집에서 내몰고 말았다. 그들은 곳곳으로 흩어져 생계를 위해 갖은 고초를 겪어야 했다. 그는 그녀의 어머니까지도 내쫓으려 했다. 하지만 루시는 그 부분에 있어 단호했다. 그녀는 어머니를 위해 스스로를 희생했다. 그녀는 어머니를 위해 산다고 해도 과언이 아니었다. 결코 어머니와 떨어지는 일은 없을 것이다. 만약 어머니가 나가야 한다면, 그녀도 나가겠다고 했다. 그녀는 어머니를 위해 구걸을 할 수도 있고, 어머니와 함께 죽을 수도 있지만, 어머니를 버리는 일만은 할 수 없다고 선언했다. 집안을 꾸려나가기에 루시의 존재는 너무도 중요했고, 여관을 운영하기 위해서라도 그는 그녀가 하자는 대로 할 수밖에 없었다. 루시의 남편은 결국 꼬리를 내렸다. 하지만 넘치는 분노를 제어하지 못하거나, 만취하는 경우에는 또다시 옛 이야기를 들먹이며 루시의 어머니에게 온갖 상스러운 욕설을 퍼부어서 그녀를 고통스럽게 했다.

하지만 루시를 고통에 이르게 한 열정이란 감정은, 그것이 순수하고 완전하며 상대가 분명한 경우에는 위안도 가져다줄 수 있는 법이다. 루시는 진실로, 마음 깊은 곳에서부터 우러나온 마음으로 어머니에게 헌신했다. 그녀가 자신의 유일한 목적으로 세운 것은 어머니를 보살피고 지켜내는 것이었다. 한탄뿐인 결혼 생활이었지만 그녀는 자신의 결혼을 후회하지 않았다. 첫사랑이 돌아와 그녀에게 손을 내밀었을 때조차도 말이다. 그 힘겨웠던 3년이란 시간을 루시의 어머니가 버텨낼 수 있었던 건 오직 루시의 덕이었다. 루시의 어머니는 딸의 헌신을 받을 만한 가치가 있는 사람이었다. 두 사람 사이에는 완벽한 신뢰와 우정이 존재했다. 게다가 부인은 어느 정도 학식을 갖춘 사람이었다. 첫사랑 덕에 쌓을 수 있었던 교양도 있었지만, 그녀가 지닌 품위는 대체로 어머니에게서 얻은 것이었다. 첫사랑을 잃고 나자 그녀는 자신을 이해해주고 자신에게 감사해 하는 유일한 존재가 어머니라는 걸 깨달았다. 그 이후 그녀는 자신의 삶을 어머니에게 바치겠노라고 다짐했다. 남편 때문에 괴로운 삶을 버텨야 했던 건 사실이지만, 그럼에도 그녀는 결코 외로움을 느끼지 않았다. 화창한 여름날이면 그녀는 어머니를 꽃이 만발한 거리로 모시고 나가곤 했다. 그럴 때면 어머니의 얼굴은 기쁨으로 환해졌다. 어머니가 행복해하는 모습을 바라보며, 루시는 그 행복이 자기 스스로의 힘으로 만들어낸 것이라는 것을 깨달았다.

남편의 부정이 점점 더 심해지는 사이, 파멸이 코앞으로 다가왔다. 역병이 세상을 뒤흔들려 했고, 그녀는 그때까지 해온 노력의 성과를 모두 잃어버릴 위험에 처하게 되었다. 그녀의 남편은 전세계적인 재앙이 닥친 상황에서도 잇속을 챙기는 걸 잊지 않았다. 재난이 심각해지는 것과 함께, 그의 방종함도 더욱 극심해졌다. 그는 집을 버리고 런던에서 방탕한 생활을 즐겼고, 그곳에 자신의 무덤을 만들었다. 그녀의 첫사랑도 역병의 첫 희생자 중 하나가 되었다. 루시는 어머니를 위해 어떻게든 살아남으려 안간힘을 썼다. 그녀는 용기 있는 사람이었다. 그녀의 용기가 수그러지는 유일한 때는 어머니가 위험에 처하게 될까 봐 두려워질 때였다. 아니, 자신에게 죽음이 찾아와 어머니를 지켜내는 자신의 의무를 다하지 못할까 두려워질 때에도 그녀의 용기는 제 힘을 발휘하지 못했다.

영국을 떠날 생각으로 런던으로 출발하기 전, 우리는 루시를 찾아갔다. 그녀에게 계획을 들려주고 그녀와 그녀의 어머니를 데려가기 위해서였다. 루시는 유감스럽지만 별로 내키지 않는다고 대답했다. 태어나서부터 지금껏 지내오던 마을을 떠나 노쇠한 부모님을 데리고 적막한 세상으로 나가는 것이 미덥지 않은 모양이었다. 하지만 그녀는 역경에 잘 단련되어 있었고, 언젠가 푸념해야 할 때가 오더라도 경솔한 행동을 벌일 리 없는 사람이었다.

내 병과 아이드리스의 상태 때문에 우리는 그녀를 까맣게 잊고 있었다. 하지만 결국 그녀를 떠올리게 되었고, 수소문해본 결과 그녀가 떠나기로 결심해 윈저에서 다른 사람들과 합류한 후 이미 파리로 갔다는 것을 알 수 있었다. 그래서 로체스터에서 한 남자에게 서신을 전해 받았을 때 우리는 놀라지 않을 수 없었다. 그의 말은 이러했다. 그는 집에서 떠나 다쳇을 지나는 중 한 여관에서 연기가 피어오르는 것을 보고 혹시나 동료를 만날 수 있을까 싶어 안으로 들어서게 되었다. 그곳에는 루시와 그녀의 어머니 외에는 아무도 없었다. 류머티즘에 걸린 그녀의 어머니는 잘 움직이지 못했고, 마을 사람들은 하나둘씩 떠나버렸다. 결국 두 모녀만 남게 되었다. 그러던 차에 남자가 여관에 찾아온 것이었다. 루시는 남자에게 조금만 더 머물러 달라고 애원했다. 1~2주 내에 어머니도 상태가 호전될 것이고, 그렇게 되면 함께 떠날 수 있으리라고 말이다. 하지만 그대로 버려진다면, 그들은 결국 끔찍한 죽음을 맞이하게 될 것이라고 했다. 남자의 아내와 아이들은 이미 영국을 떠났기에 그는 그곳에 머물며 지체할 수 없었다. 루시는 마지막 방편으로 그에게 서한을 하나 건네며 아이드리스에게 전해달라고 부탁했다. 그 부탁은 결국 목표를 이루었고, 아이드리스는 복잡한 심경으로 편지를 읽었다.

존경하는 아이드리스 아가씨.

저를 기억하시리라 생각합니다. 감히 청컨대 도움을 주셨으면 해서 이렇게 펜을 들었습니다. 제가 누구에게 기댈 수 있겠습니까? 글이 엉망진창이라 무례를 범하게 된 걸 부디 이해해주시기 바랍니다. 한 달 전 어머니가 몸을 움직이지 못하게 되셨습니다. 이제는 나아지셔서 한 달 내로 떠날 수 있으리라 생각합니다. 아가씨와 나리가 저희에게 함께 가자며 이런저런 도움을 주시겠다고 한 것을 기억합니다. 하지만 지금은 모두가 떠나버리고 아무도 없습니다. 모두가 떠나버렸어요. 제 어머니가 회복되기 전에 저희만 남게 되었지요. 출산 때문에 사무엘 우즈가 마지막까지 남게 되었다기에 사흘 전 저는 그 집을 찾아갔습니다. 그들은 대가족이더군요. 그래서 저희를 위해 조금만 더 기다렸다가 출발해줄 순 없느냐고 설득할 수 있으리라 생각했습니다. 하지만 그 집도 결국 텅비어버렸습니다. 이제 사람의 흔적은 찾을 수가 없습니다. 이 고마우신 분이 찾아와주시기 전까지 말입니다. 이제 저희는 어떻게 되는 걸까요? 어머니는 저희의 상황이 어떤지 모르십니다. 상태가 좋지 않으셔서 저희가 어떤 상태인지 제가 숨겼던 탓이지요.

사람을 보내주실 순 없습니까? 그렇게 해주시지 않는다면 저희는 분명 이곳에서 비참하게 죽게 될 겁니다. 지금 어머니를 모시고 움직이려 했다가는 어머니가 길에서 돌아가시게 될지도 모릅니다. 만약 어머니의 상태가 좋아져서 함께 움직일 수 있게 된다고 해도, 길을 찾는 것도 힘들뿐더러 해안까지 가는 길은 멀고 험합니다. 저희가 느린 속도로 간신히 해안에 도착할 때쯤이면 모두들 프랑스에 도착해 있겠지요. 우리 사이에는 대양이 놓여 있을 거고요. 그 바다는 경험 많은 선원들에게도 까다로운 곳입니다. 그런데 한번도 바다를 본 적 없는 제가, 그것도 여인의 몸으로 그 바다를 건널 수 있을까요? 저희는 이곳에 갇히게 될 게 분명합니다. 오로지 저희 두 사람만, 아무 도움도 받지 못한 채 말이지요. 차라리 죽는게 나을지도 모르겠군요. 눈물이 앞을 가려 글을 쓰기가 어렵습니다. 이 눈물은 제 자신을 위해 흘리는 것이 아닙니다. 저는 신을 믿습니다. 최악의 상황이 닥쳤을 때, 저 혼자라면 견뎌낼 자신도 있습니다. 하지만 제 어머니는, 병든 제 어머니는, 소중한, 너무도 소중한 제 어머니는 어찌할까요? 저를 낳고서 이제껏 단 한 번도 싫은 소리, 앓는 소리를 해본 적 없는 분입니다. 지금까지 지나치게 큰 고통에 시달리셨던 분이에요. 아가씨, 부디 제 어머니를 가엾이 여겨주십시오. 아가씨가 외면하신다면 제 어머니는 비참하게 돌아가시게 될 겁니다. 어머니가 늙고 병약하다고 많은 사람들이 경솔한 말을 던지곤 합니다. 자신은 결코 그런 처지가 될 리 없다는 듯이 말입니다. 하지만 우리가 고통을 나누지 않는다면, 모두가 그렇게 될 것입니다. 젊은이들이 늙고 나면 자신도 보살핌이 필요하다는 걸 깨닫게 되겠지요. 이런 얘기를 아가씨께 늘어놓는 것이 어리석은 줄 압니다. 하지만 어머니가 신음 소리를 억누르시려는 걸 알게 될 때, 어머니가 저를 안심시키기 위해 억지로 미소를 지어 보이실 때, 저는 어머니가 고통받고 있다는 것을 느낍니다. 지금은 어머니가 아무것도 모르시지만, 조만간 상황을 알게 되신다고 해도 어머니는 불평 한 마디 하지 않으실 분입니다. 그런데도 저는 그저 이렇게 앉아 굶주림과 절망 속에 지내는 수밖에 달리 방법이 없네요. 가슴이 찢어지는 기분입니다. 제가 뭘 어떻게 해야 할지, 무슨 말을 해야 할지도 모르겠습니다. 어머니가 계셨기에 저도 지금껏 버틸 수 있었습니다. 신이 아가씨를 이 가혹한 운명에서 지켜주시듯, 제 어머니를 지켜주세요, 아가씨. 신이 축복해주실 겁니다. 또한 저는, 이 가련한 인간은 살아있는 동안 아가씨께 늘 감사하는 마음을 잊지 않으며, 언제나 아가씨를 위해 기도하겠습니다.

2097년 12월 30일
불운하며 신실한, 루시 마틴 올림

이 편지는 아이드리스를 깊이 감동시켰다. 그녀는 편지를 다 읽자마자 우리가 다쳇으로 돌아가 루시와 그녀의 어머니를 도와야 한다고 주장했다. 나는 그곳으로 가게 되면 온 길을 되돌아가야 해서 일정에 맞게 도착할 수 없다고 말하며, 그녀가 에이드리언과 합류해서 아이들과 함께 나를 기다리고 있는 동안 내가 루시와 그녀의 어머니를 데려오는 게 어떠냐고 간곡히 말했다. 하지만 잔뜩 흥분한 아이드리스는 내 말을 받아들이지 않았다. 그녀는 나와 한시도 떨어져 있을 수 없다며, 논쟁할 필요도 없는 문제라고 얘기했다. 자신의 마차가 빠르기 때문에, 그 정도 거리는 걱정할 수준이 아니라고도 했다. 우리는 결국 에이드리언에게 진로를 벗어나게 되었다는 기별을 보냈다. 그녀는 활기찬 목소리로 우리의 도움이 루시에게 얼마나 큰 기쁨일지를 이야기했다. 그러면서 내가 루시에게 간다면 자신도 나와 함께할 거라고 단언했다. 그들을 구하는 일을 다른 이에게 맡긴다면 그것이야말로 냉정하고도 비인간적인 행태일 것이라는 게 그녀의 주장이었다. 루시의 삶은 미덕과 헌신으로 점철되었다. 이제 그녀도 자신이 행한 선량함에 대해 작은 보상이라도 받을 수 있어야 한다. 존경하던 이들이 필요한 순간 도움의 손길을 내민다면 그것이 보상이 될 수 있지 않겠는가.

이런 이유 외에도 다른 여러 논쟁이 벌어졌지만, 그녀는 뜻을 굽히지 않았다. 그리고 자신이 베풀 수 있는 선의와 누군가를 돕고 싶다는 욕망에 대해 꾸준히 언급했으며, 나와 결코 떨어질 수 없다는 것도 강하게 주장했다. 나는 물론 그녀의 말에 따를 수밖에 없었다. 그녀의 마음이 다시금 전진하기 시작한 걸 목도했으니 어쩔 도리가 없었다. 우리는 선발대 절반의 인원을 에이드리언에게 보냈고, 남은 절반과 함께 오던 길로 되돌아서 윈저로 향했다.

이제 와서 하는 생각이지만, 당시 내가 어쩜 그리도 무심하고 아무런 생각이 없었는지 당혹스럽기만 하다. 아이드리스가 위험할 수도 있다는 생각을 왜 하지 못했던가. 내가 눈이 있었다면 분명 가면을 뒤집어쓴 죽음이 그녀의 뺨을 달구고 허약함을 키우고 있는 것을 볼 수 있었을 것이다. 하지만 그녀는 나아지고 있다고 말했고, 나는 그 말을 믿었다. 허황된 믿음이었다. 허나 소멸이라는 것은 생기와 지성이 점점 더 커지는 존재의 근처에 다가올 수 없다고 당시의 나는 생각했다. 또한 점점 더 열정적으로 행동하며, 삶에 대한 강한 의지를 지닌 존재에게도 다가올 수 없다고 생각했다. 엄청난 재앙이 지나간 후에 상상조차 할 수 없는 자신의 둔감함을 되돌아보며 놀라워하지 않을 사람이 누가 있을까? 떼려고 해도 뗄 수 없는 운명의 거미줄 속에서 매 순간 위협이 한 올, 한 올 얽혀들고 있는데, 그 속에 완전히 걸려들 때까지 아무것도 몰랐다는 사실에 놀라지 않을 수 있는 사람이 누가 있을까?

지나온 길들도 오랫동안 버려진 상태였지만, 샛길로 접어들자 상황은 더욱 심각해졌다. 요동치는 마차는 아이드리스의 건강을 위협하는 것처럼 보일 지경이었다. 다트퍼드를 지나 둘째 날이 되었을 때 우리는 햄튼에 도착했다. 그 짧은 사이 아이드리스의 상태가 눈에 띄게 나빠졌지만, 그럼에도 여전히 그녀는 밝은 모

216

습으로 가벼운 농담을 던지며 자라나는 내 걱정들을 보듬어 안았다. 때때로 끔찍한 생각이 내 머릿속을 스쳐지나갔다. 이 여인은 죽어가고 있는 건가? 내 손에 그녀의 마른 손이 쥐어져 있을 때, 그녀가 기력을 차리지 못해 일상적인 행동도 잘 하지 못하는 모습을 보게 될 때, 나는 그런 생각을 하곤 했다. 나는 그런 생각을 떨쳐내려 했다. 하지만 그 생각은 자꾸만 떠올랐고, 아주 잠깐씩 그녀에게서 활기가 느껴질 때를 빼고는 도무지 그녀가 죽을지도 모른다는 생각을 떨쳐낼 수가 없었다.

햄튼을 빠져나와 한낮이 되었을 무렵 우리가 타고 있던 마차가 갑자기 부서졌다. 그 충격으로 아이드리스는 잠시 실신하기까지 했다. 다행히 큰일은 생기지 않았다. 아이드리스는 잠시 후 정신을 차렸다. 하지만 난감한 상황인 건 분명했다. 선발대는 평소처럼 우리보다 앞서가고 있었기에 도움을 청할 수 없었다. 우리는 다른 탈 것을 찾아야 했다. 그런 상황을 예상하지 못했던 건 선발대나 우리 모두 마찬가지였다. 근처에는 빈민가뿐이었다. 그곳에서 마부는 네 명 정도가 탈 수 있는 수레를 찾았다. 하지만 그것은 다루기 힘들 뿐 아니라 잘 움직이지도 않았다. 어찌해야 할지 고심하던 터에 운이 따랐는지 마부가 상태가 꽤 좋은 2인용 마차를 가져왔다. 우리는 재빨리 상황을 정리했다. 내가 2인용 마차에 아이드리스를 태우고, 마부가 수레에 아이들을 태우기로 했다. 물론 이런 식으로 움직이게 되면 원래 예상했던 것보다 시간이 늦어질 게 분명했다. 선발대에게 밤까지 윈저에 도착하겠노라고 얘기해뒀으므로, 그들은 그곳에서 우리를 기다리고 있을 터였다.

가는 도중에 상황이 여의치 않으면 중간 지점에 숙소를 구해도 될 테지만, 숙소로 쓰기에 적당한 곳을 쉽게 찾을 수 없을지도 몰랐다. 그래도 윈저까지는 겨우 10마일 정도밖에 남지 않은 상태였다. 내 말은 제법 힘이 좋은 녀석이었다. 아이드리스와 나를 태우고도 족히 빠른 속도를 낼 수 있을 것이었다. 우리는 어떻게든 윈저에 도착하기로 했다. 그리고 도착하는 대로 수레 쪽에 선발대의 마차를 보내주기로 했다.

날은 순식간에 저물었고, 내가 예상했던 것보다 더 빨리 밤이 찾아왔다. 해가 지자 폭설이 쏟아졌다. 나는 아이드리스가 기력을 잃지 않게 하기 위해 안간 힘을 썼다. 하지만 헛된 일이었다. 바람이 우리 얼굴에 눈을 뿌려댔고, 쏟아지는 눈은 금세 바닥에 높이 쌓여갔다. 전진하기 위해선 직접 말을 끌며 길을 내야 했다. 밤은 짙었고, 주위는 눈으로 뒤덮여 우리는 한치 앞을 가늠할 수 없었다. 뒤따라오고 있을 수레에서 아이들이 고생하진 않을지 하는 걱정에 뒤를 돌아보다가, 그제야 나는 우리가 원래 생각했던 방향에서 한참 벗어나 있다는 걸 깨달았다. 마을길은 내게 익숙했기에 나는 원래 길이었던 곳을 가늠할 수 있었다. 하지만 이미 길을 잘못 들었던 탓에 스탠웰을 통해 다쳇으로 가려던 원래 계획과는 달리 나는 에그햄과 비숍게이트 쪽 길을 따라가야 했다. 우리보다 한참 뒤쳐졌을 수레와 비등한 속도가 되지 않으려면, 그 쪽이 가장 빠른 길이었다.

나는 마차를 세우고 앞쪽으로 외투를 걸었다. 아이드리스가 퍼붓는 눈을 맞지 않도록 하기 위해서였다. 다시 마차에 앉아 고삐를 쥐자 아이드리스가 내 어깨에 머리를 기댔다. 그녀는 시간이 갈수록 점점 기운을 잃어가고 있었다. 마차를 옮겨 타고 다시 출발했을 때만 해도 그녀는 내 말 한 마디, 한 마디에 대답을 해가며 계속해서 내게 고맙다고 했었다. 그런데 이제 서서히 침묵 속으로 가라앉고 있었다. 어깨에 느껴지는 무게로 그녀가 의식을 잃어가고 있음을 알 수 있었다. 불규칙한 숨소리와 이따금 들리는 한숨이 아니었다면, 그녀가 살아있는 것마저 의심했을 것이다. 도저히 나아갈 수 없는 지경이 되자 나는 마차에서 내려 아침이 올 때까지 우리가 버틸 수 있을지를 가늠해보았다. 아무래도 불가능에 가까웠다. 바람은 매서웠고, 아이드리스는 바들바들 떨고 있었다. 추위에 익숙한 나조차도 몸서리를 칠 지경인데, 우리가 아침까지 버틴다는 건 말도 안 되는 소리였다. 간신히 견뎌내고 있던 아이드리스는 끝내 잠이 들었다. 추위에 몸이 식어갈 것을 생각하면, 잠이 드는 것은 위험했다. 순간 어둠 속에서 작은 오두막의 윤곽이 드러났다. 우리에게서 멀지 않은 것 같았다. 나는 마차에 다시 올라타 아이드리스를 깨우며 말했다.

"여보, 조금만 버텨봐요. 쉴 곳을 찾았소. 오늘은 여기서 머물도록 합시다. 가서 확인하고 올 테니 조금만 기다려요."

이렇게 말하면서 나는 가슴이 벅차오르는 것을 느꼈다. 당혹스럽던 순간에 다행스럽게도 몸을 피할 곳을 찾아낸 것에 나는 순수하게 기뻐하고 있었다. 나는 아이드리스를 마차에 기대게 한 뒤, 마차에서 뛰어내려 눈보라를 헤치며 재빨리 오두막으로 다가갔다. 문은 열려 있었다. 나는 어렵사리 등불을 찾아 켠 후 집 안을 둘러보았다. 내부는 안락해 보였다. 한쪽 구석에는 장작이 쌓여 있었고, 어지럽혀진 느낌도 없었다. 문이 열려 있었기에 현관 안쪽까지 눈이 들이친 것 외에는 나무랄 데 없는 숙소였다. 나는 마차로 돌아갔다. 밝은 곳에 있다 갑자기 어둠을 맞닥뜨린 탓에 앞이 잘 보이지 않았다. 겨우 어둠에 익숙해졌을 때, 맙소사! 이럴 순 없는 일이다! 아, 끔찍한 죽음이여! 독자들이여, 아무 소용도 없는 감탄사로 그대들의 침묵을 방해하거나 내 이야기를 망치지 않도록 하겠다. 아이드리스는 자리에서 굴러 떨어졌는지 마차 바닥에 쓰러져 있었다. 그녀의 머리와 긴 머리칼, 팔 한쪽이 마차 바깥쪽으로 나와 있었다. 나는 충격으로 몸을 떨며 그녀를 안아들 었다. 맥박이 잡히지 않았고, 파리해진 입술은 얕은 숨결조차 내뱉지 않았다.

나는 그녀를 오두막으로 데려갔다. 그리고 그녀를 침대에 눕혔다. 불을 피운 후 그녀의 뻣뻣해진 팔다리를 주물렀다. 약 두 시간 동안 나는 어떻게든 그녀를 살리기 위해 노력했다. 하지만 희망의 불씨를 살릴 수 없었고, 나는 떨리는 손으로 그녀의 빛나던 눈을 감겨주었다. 이제 내가 뭘 해야 할지는 명백했다. 내가 역병에 걸려 쓰러져 있던 사이 사랑스런 내 아들 알프레드는 할머니에 의해 묻혔다. 전 왕비였던 백작부인은 자신의 바람대로 손자의 시신을 윈저로 데려가 세인트 조지 예배당에 있는 가족묘에 안치했다. 나는 윈저로 가야 했다. 우리를 걱정스러운 마음으로 기다리고 있을 클라라를 위해서라도 그곳으로 가야 했다. 그곳에서 나는 기꺼이 아이드리스의 죽음이 주는 괴로움을 감내할 것이었다. 친딸만큼 소중한 클라라와도 그 괴로움을 함께 나눌 것이었다. 아이드리스가 없는 여행에 활기 따윈 내버려도 좋았다. 하지만 그 전에 먼저 내 사랑스런 여인을 가족묘에 있는 아들 곁에 안치해야 했고, 그후엔 나를 기다리고 있을 아이들을 찾아야 했다.

나는 마차의 등불을 켜고 그녀를 마차에 태운 뒤 모피로 그녀를 덮었다. 그런 다음 고삐를 잡고 말을 앞으로 이끌었다. 길이 보이지 않을 정도로 잔뜩 쌓인 눈을 헤치며 우리는 힘겹게 나아갔다. 내리는 눈은 점점 더 거세어지며 시야를 가렸다. 나는 감정을 주체할 수가 없었다. 화가 치밀어올랐다가 가라앉기를 반복하고 있었다. 차가운 눈송이가 그나마 나를 다스려주었다. 육신의 고통은 눈의 감촉에 얼어붙었고, 정신의 고통은 추위로 무뎌지고 있었다. 말이 비틀거렸고, 고삐를 쥔 내 손도 느슨해졌다. 몇 번이나 사랑하는 내 여인, 차갑게 식은 내 천사의 곁에 누워 괴로움으로부터 스스로를 놓아버리려고 했는지 모른다. 하지만 그녀를 새들의 먹잇감으로 놓아둘 순 없었다. 그녀를 선조들의 무덤에 데려다놓아야 한다는 다짐 하나로, 그리고 나 역시 신이 허락하신다면 언젠가 묻히게 될 그곳으로 우리는 계속해서 나아갔다.

에그햄을 통과하는 길은 내게 익숙했다. 하지만 눈보라 때문에 말들은 느린 속도로 전진해야 했다. 바람은 남서쪽에서 불다가도 갑자기 서쪽으로 바뀌었고, 그러다가도 다시 북서쪽으로 방향을 틀곤 했다. 삼손이 족쇄를 풀기 위해 블레셋 사원의 기둥을 뽑아냈던 것처럼, 순간 강풍이 몰아치며 지평선에서부터 하늘을 떠받치는 자욱한 안개를 완전히 휘저어놓았다. 남쪽 하늘을 덮고 있던 거대한 구름은 청명한 하늘에 산산이 흩어지며 조각조각 모습을 드러냈고, 헤아릴 수 없을 만큼 먼 곳에서부터 달려온 별빛은 안개 속에서 얼굴을 내밀며 쌓인 눈을 눈부시게 만들었다. 말들도 다시 힘을 내 열심히 앞으로 나아가기 시작했다. 우리는 비숍 게이트의 숲으로 들어섰고, 롱워크의 끝에 다다르자 성이 보였다. '위풍당당한 윈저여, 함께 세워진 두 개의 탑을 두른 채 장엄하게 떠오르는구나.' 나는 숭고한 그 건축물을 잠시 바라보았다. 마치 바위처럼 오래전부터 변함없이 그곳을 지키고 있는 성은 수많은 왕들의 거처였으며 그들이 지혜를 갈구하던 장소였다. 숭배에 가까운 애정이 솟아났다. 그곳에서 나는 사랑을 키워왔다. 하지만 이제 차갑게 식어 내 곁에 누워 있는 사랑은 먼지로 사라질 보물처럼 그곳에 갇혀 썩어갈 것이다. 나는 내 안의 유약함을 이길 수 없었다. 나는 여인처럼 흐느꼈고, 그 울음은 통곡이 되었다. 익숙한 나무들과 사슴 떼, 아이드리스가 밟았던 풀밭이 하나같이 안쓰러운 표정으로 나를 지켜보고 있었다. 롱워크의 끝에 자리 잡은 흰색 문은 활짝 열려 있었다. 나는 말을 몰아 텅 빈 마을과 옛 탑을 지난 후 이윽고 세인트 조지 예배당에 이르렀다. 예배당의 문은 열려 있었다. 나는 짙은 벽면의 음각 무늬 앞에서 멍하니 멈춰 섰다. 그리고 이내 해야 할 일을 깨닫고 예배당 안으로 들어가 제단에 등불을 올려놓았다. 그런 다음 다시 마차로 돌아가 아이드리스를 안아올렸다. 그리고 다시 예배당의 통로를 지나 성단소 쪽으로 다가간 후, 성찬식 탁자로 이어지는 계단의 카펫 위에 그녀를 내려놓았다. 가터 훈작사의 깃발과 반쯤 뽑힌 그들의 검들이 벽면 위를 장식하고 있었다. 윈저 가문의 문장이 새겨진 깃발과 그들의 왕관도 그곳에 걸려 있었다. 영국의 영광과 영예로운 가문들이여, 안녕히! 나는 인류가 그런 것들에 어떻게 흥미를 가질 수 있었는지 의아함을 느끼며 돌아섰다. 그리고 아이드리스의 시신을 내려다보았다. 죽음에게 장악당한 그녀의 몸은 뻣뻣하게 굳은 채 조금씩 수축하고 있었다. 내 아래에 있는 그녀의 몸은 흙처럼 차가웠다. 나는 이 세상도 그녀의 시신과 다를 바 없다고 느꼈다. 그녀의 시신처럼 이 세상도 점점 더 삭막하고, 무의미하며, 아무런 위로가 되지 못하는 존재가 되어가는 것 같았다. 한 순간 나는 이 세상을 지배하던 법칙이 견딜 수 없을 만큼 혐오스러워졌다. 하지만 죽은 아이드리스의 평화로운 얼굴이 나를 다시금 위로했고, 불끈대는 생각들을 누그러뜨려주었다. 나는 마지막 남은 일을 처리하기 위해 움직였다. 그녀를 봐서라도 나는 비통해할 수 없었다. 그 순간 나는 내 '죽음에 대한 면역력'에 기뻐하던 그녀가 정말로 부러웠다. 그녀를 잃어버린 내게는 아무 짝에도 쓸모없는 능력이었으니……

그 지하 묘지에는 얼마 전 우리 알프레드가 안치되었다. 역병이 돌기 시작한 후로 서둘러 장례를 치르는 게 관례가 되었다. 그래서 알프레드의 시신도 곧바로 묘지로 보내졌던 것이다. 죽음이 일상이 되다 보니 사람들이 묘지 입구를 막을 생각을 아예 하지 않았던 것 같다. 입구를 막는 바닥 돌은 완전히 한쪽으로 치워져 있었다. 나는 계단을 내려가 긴 통로를 지났다. 그리고 아이드리스의 선조들이 먼지가 된 채로 누워 있는 커다란 묘지 안으로 들어섰다. 가장 먼저 눈에 들어온 것은 알프레드의 작은 관이었다. 나는 떨리는 손으로 아들의 관 옆에 새로운 상여를 만들었다. 그리고 그 위에 아이드리스를 감쌌던 모피와 인도 식 숄을 펼쳤다. 그러고 나서 희미한 등불로 주위를 비춰보았다. 죽은 자들의 거처인 그곳은 어둡고 퀴퀴했다. 그런 곳에 아이드리스를 남겨두어야 한다는 건 정말 서글픈 일이었다. 나는 그녀를 안아 숄 위에 뉘인 후 팔다리를 단정히 정리하고 망토로 몸을 덮었다. 그녀의 얼굴만은 차마 가릴 수 없었다. 그녀는 여전히 생전 모습 그대로 사랑스럽기만 했다. 나는 그녀가 죽었다는 게 믿기지 않았다. 그저 녹초가 되어 쉬고 있는 것만 같았다. 그 아름다운 눈동자가 달콤한 잠에 빠져 있는 것이라 믿고 싶었다. 하지만 현실은 그게 아니었다. 그녀는 죽어버렸다! 그 순간 내가 얼마나 그녀의 곁에 눕고 싶었는지 아무도 모를 것이다. 그 순간 내게도 그녀와 같은 안식이 찾아오기를 얼마나 간절히 바랐는지 누구도 알 수 없을 것이다.

하지만 죽음은 절망에 빠져 간절히 기다리는 자에겐 찾아가지 않는 법이다. 게다가 얼마 전 끔찍한 병에서 회복되었던 나는 더할 나위 없이 건강했다. 혈관을 타고 흐르는 내 피와 내 육신 모두가 과거 어느 때보다 강건했다. 나는 스스로 숨을 거두어야 한다고 생각했다. 그곳은 인간의 유한한 삶을 증명하는 곳이 아니던가. 죽은 자들의 거처에서, 내 삶의 희망이었던 여인의 곁에서 숨을 거두는 것은 굶주림보다 자연스러운 일 아니겠는가? 하지만 에이드리언을 꼭 닮은 그녀의 얼굴을 바라보자, 살아있는 사람들의 얼굴이 떠올랐다. 클라라와 에블린이 윈저에서 우리가 도착하기만을 기다리고 있을 것이었다.

그때, 예배당 멀리서 발걸음 소리가 들렸다. 그 작은 소리는 지하 묘지의 천장에 울리며 헛헛한 통로를 통해 내게 전달되었다. 마을을 지나는 내 마차를 보고 클라라가 나를 찾으러 온 건 아닐까? 그녀가 이 처참한 광경을 보아서는 안 될 일이었다. 나는 다급하게 계단을 뛰어올라갔다. 어스름한 예배당 저편에 상복을 입은 채 구부정한 자세로 걷고 있는 여인의 윤곽이 드러났다. 가느다란 지팡이를 짚은 여인은 휘청거리면서 내 쪽으로 걸어왔다. 하지만 그때까지 내가 있다는 걸 알아차리지 못했는지, 가까이 다가와서야 그녀는 인기척을 느낀 듯 고개를 들고 나를 바라보았다. 등불이 내 모습을 비춰주었고, 쏟아지는 달빛이 여인의 얼룩진 안경을 비추었다. 주름지고 수척한 얼굴이었음에도, 여인의 날카로운 시선과 위엄 있는 표정은 여전했다. 그 여인이 원저 백작부인이라는 걸 한눈에 알아볼 수 있었다. 부인은 공허한 목소리로 물었다.

"공주는 어디 있느냐?"

나는 구멍 뚫린 바닥을 가리켰다. 그녀는 그곳으로 걸어가 손에 잡힐 듯한 어둠을 내려다보았다. 지하에 등불을 놓고 오긴 했지만, 통로가 길었기에 우리가 서 있는 곳에서 내부를 들여다보기란 힘들었다.

"등불을 다오."

그녀가 말했다. 나는 그녀가 시키는 대로 들고 있던 등불을 건넸다. 그러나 그녀는 등불을 받아들고도 곧바로 걸음을 내딛지 않았다. 그저 가파른 계단만 가만히 내려다볼 뿐이었다. 나는 거동이 불편해서 그런다는 생각에 본능적으로 손을 내밀었다. 그러자 그녀는 차가운 얼굴로 저리 가라는 듯 손짓을 하더니, 아래를 가리키며 낮은 목소리로 말했다.

"적어도 저곳에서는 방해받고 싶지 않다."

그녀는 찬찬히 아래로 내려갔다. 나는 입구 근처에 털썩 주저 앉았다. 아무 말도 할 수 없었다. 눈물도, 신음 한 가닥도 흘러나오지 않았다. 나는 그저 절망에 빠진 채 꼼짝 않고 있는 수밖에 없었다. 딱딱하게 굳은 아이드리스의 모습이 떠올랐고, 그 아래에서 영원한 침묵에 잠길 그녀의 파리한 얼굴이 아른거렸다. 그녀를 잃는 것은 내게 종말이었다! 한때 나는 자아를 찾기 위해 다양한 모험을 했고, 많은 벗들과 교감을 나누었다. 그러나 지금의 나는 그 모든 것에서 벗어났다. 내가 다다른 곳은 삶의 경계였다. 그곳은 전능한 현재로 침울하게 봉인되어 있었다. 절망과 혼돈에 빠져 있던 나는 순간 무덤에서 들리는 발소리에 소스라치게 놀랐다. 그리고 노여워하는 백작부인을 까맣게 잊고 있었다는 걸 깨달았다. 그녀는 느리게 바닥에서 모습을 드러냈다. 그리고 계단을 모두 오르자 그녀는 증오를 담은 조각상처럼 그 자리에 굳어 버렸다. 절망에 빠져서 잠시 시간 감각을 잃었던 탓에, 나는 부인이 통로까지만 갔다가 다시 올라왔다고 생각했다. 나는 뭘 어떻게 해야 좋을지 알 수 없었다. 순간 미동도 없이 가만히 서 있던 부인이 간절한 표정을 지으며 팔을 앞으로 뻗었다. 무언가를 찾는 것 같았지만 나로서는 가만히 서서 그 모습을 바라보는 수밖에 없었다. 부인은 내 쪽을 바라보았다. 그리고 찾던 것이 나였다는 듯, 주름진 손으로 내 팔을 붙들며 떨리는 목소리로 소리쳤다.

"라이오넬 버니, 내 아들이여!"

아내의 어머니가 내 이름을 내뱉는 순간, 그 거만한 여인을 향한 거대한 경외심이 내 안으로 흘러들어왔다. 전에는 느껴본 적없는 엄청난 존경심이었다. 나는 고개를 숙이고 부인의 쭈글쭈글한 손에 입을 맞추었다. 그녀는 여전히 떨리는 목소리로 성단소 끝까지 자신을 부축해달라고 말했다. 가장 높은 제단으로 이어지는 계단에 다가가자, 그녀는 아래쪽 계단에 주저앉았다. 걷는 것이 힘들었는지 몸을 젖혀 계단에 머리를 기대기도 했다. 그러나 붙들고 있던 내 손을 놓지는 않았다. 달빛이 그녀의 얼룩진 안경을 다양한 색으로 물들이며 반짝이는 눈동자에 쏟아져내렸다. 부인이 갑자기 눈물을 흘리기 시작했다. 달빛 가득한 눈동자에서 눈물이 빠르게 흘러내렸고, 그녀는 변명하듯 입을 열었다.

"죽어서조차 너무도 아름답고 우아하더구나. 하늘처럼 드높은 그 얼굴에는 어떤 괴로움도 그늘을 드리우지 못했어. 내가 그 아이를 어떻게 대했더냐? 가혹한 냉랭함으로 그 따뜻한 마음에 상처를 입히지 않았더냐. 나는 지난 시절 그 아이를 이해해주려고 한 적이 없다. 이제 그 아이가 나를 용서해줄까? 내 잘못을 뉘우치고 용서를 구하는 것이 조금이라도, 아주 조금이라도 그 아이가 안식에 드는 데 도움이 되면 좋을 터인데……. 그 아이가 바랐던 건 아주 작은 것이었는데……. 그 아이가 살아있는 동안 내 고집을 한 번이라도 굽혔더라면, 그렇게 해서 그 아이를 기쁘게 해줄 수 있었더라면······. 그랬다면 지금 이런 기분은 아니었겠지."

아이드리스와 그녀의 어머니는 닮은 구석이 없었다. 전 왕비는 짙은 머리칼에 움푹 들어간 검은 눈, 그리고 강인한 생김새를 지녔다. 그에 반해 딸 아이드리스는 눈부신 금발에 푸른 눈동자, 그리고 부드러운 느낌을 주는 얼굴을 가지고 있었다. 하지만 얼마 전부터 그녀를 쇠약하게 만든 것들이 그녀 특유의 윤곽을 앗아갔고, 그녀는 점점 말라가면서 골격을 그대로 드러냈다. 그제야 그 계란 같은 얼굴에서도 그녀의 어머니와 닮은 점들이 조금씩 나타났다. 아니, 어떤 부분에서는 행동마저 비슷했다. 오랜 시간 함께 생활했으니 놀라운 일이랄 것도 없겠다.

닮는다는 건 신비한 힘을 가졌다. 사랑하는 누군가가 죽음에 이르면, 우리는 죽은 자를 다른 모습으로라도 만나고 싶어한다. 썩어가는 그 존재가 닮은꼴의 새로운 육신을 입고 돌아왔다고 믿고 싶은 마음 때문일 것이다. 하지만 이는 그저 마음에서 일어나는 일일 뿐이다. 우리 모두는 그 허상이 절망의 한 조각일 뿐이며, 사랑했던 존재는 산산이 부서져 무의미한 먼지 속으로 녹아들어갈 것임을 알고 있다. 그럼에도 죽은 자를 닮은 생김새와 행동, 또는 기껏해야 비슷한 옷가지 따위로 우리는 곁에 없는 사람을 떠올리게 된다. 심금이 울리고, 그렇게 떨리는 마음이 눈앞의 닮은꼴과 오묘한 화음을 만들어내게 되는 것이다. 그 허상 앞에서 정신을 제대로 가누지 못하게 되는 건 기묘한 일이다. 나는 백작부인을 바라보며 전율했다. 그때까지 한 번도 그 거만한 여인에게 정을 느껴본 적 없던 나였다. 그럼에도 나는 부인에게서 아이드리스를 찾았고, 혈육의 유사함에 사로잡혔다.

　백작부인이야말로 정녕 불운하고도 가련한 여인이 아닌가! 그녀의 말대로 지금의 그 다정한 모습을 딸의 생전에 보여주었다면, 화해의 의지를 조금이라도 보여주었다면, 부인은 딸이 기뻐하는 모습을 볼 수 있었을 것은 물론 긴 세월 동안 딸을 괴롭혔던 자신의 냉정함을 용서받을 수 있었을 것이다. 하지만 시간은 흐르는 법이고, 기회는 사라졌다. 그녀는 곧장 가시 돋친 진실을 맞닥뜨렸다. 그 진실은 아무것도 죽은 자에게 전해지지 않는다는 것이었다. 미소를 짓고 따뜻한 손길을 건네도, 묘지에 눕혀진 딸을 행복하게 만들 순 없다는 것이었다. 진실은 노여움 가득했던 시선의 대가로 되돌아왔다. 부인은 자신의 이기적이었던 태도를 떠올렸다. 그런 순간에도 딸은 언제나 다정한 얼굴로 따뜻하게 대답하곤 했다. 그 모습이 아련하게 흩어지자, 부인은 자신이 그토록 원했던 권력과 그 욕망이라는 게 얼마나 위선적이고 하찮으며 무의미한 것이었는지 깨닫게 되었다. 동시에 유한한 존재인 우리를 진정으로 지배하는 건 사랑과 삶이라는 진리도 이해했다. 그 모든 것이 거대한 파도처럼 한꺼번에 그녀의 영혼을 덮치자, 그녀는 갈피를 잡지 못하고 혼란에 빠졌다. 나는 그 격동의 파도를 누그러뜨릴 수 있는 사람이 나라는 걸 알아차렸다. 내가 입을 열었다. 아이드리스가 사는 동안 얼마나 행복해 했는지, 그녀가 가진 뛰어난 점을 어떤 식으로 세상에 남겨왔는지를 부인이 이해할 수 있도록 차근차근 설명했다. 나는 또한 아이드리스는 완벽한 여성이었다고 감탄했다. 나의 감탄은 숭배에 가까웠다. 나는 열정적으로 아이드리스에 관한 이야기를 쏟아냈다. 이는 부인을 위한 것이었으나, 도리어 내 자신을 위로해주고 있었다. 가슴을 짓누르던 짐을 더는 기분이었고, 삶에 대한 새로운 기쁨이 더해지는 기분이었다. 추도사를 마치며 나는 아이드리스가 아낌없이 애정을 베풀었던 에이드리언과 그녀의 아이들에 대한 이야기를 꺼냈다. 그리고 그들을 지켜야 하는 내 의무를 부인도 함께 나눠야 한다고 주장했다. 어머니로서 딸에 대해 후회스러운 것이 있다면, 죽은 딸에게 진정으로 용서를 구하고자 한다면, 살아남은 이들에게 더 큰 사랑을 쏟아야 한다고도 말했다. 내 이야기는 부인을 위로할 뿐 아니라 내 슬픔도 달래주었다. 그리고 이런 나의 진심은 결국 그녀를 설득해냈다.

부인은 나를 바라보았다. 완고한 성미에 늘 성가시다는 표정을 짓던 그 여인은 이제 부드러운 얼굴로 내게 말했다.

"우리의 천사가 지금 우리를 보고 있다면, 늦게나마 내가 자네에게 제대로 된 대우를 하게 된 것에 기뻐할 게야. 자네는 그 아이의 사랑을 받을 만한 사람이네. 그리고 진심으로 말하건대, 자네가 그 아이를 내게서 데려가줘서 정말 기쁘다네. 미안하네, 사위. 아니, 내 아들이여. 내가 자네에게 못할 짓을 많이 했어. 그 동안 내가 했던 가혹한 말들과 불친절한 대접은 잊어주게. 나를 데려가줘. 그리고 원하는 대로 나를 이끌어주게."

나는 이만 교회에서 떠나자고 했다. 그러자 그녀가 말했다.

"먼저, 묘지 위에 뚫린 저 구멍을 메꾸고 갔으면 하네."

우리는 입구를 덮는 바닥 돌을 끌어다 그 근처에 놓았다.

"한 번 더 아이드리스를 보시겠습니까?"

나의 물음에 그녀가 대답했다.

"아니, 못 보겠어. 그리고 자네도 보지 않았으면 좋겠네. 영혼이 빠져나간 그 육신을 바라보며 우리 스스로를 고문할 필요는 없지 않겠나. 그 아이의 영혼은 이미 우리의 마음속에 자리 잡았어. 그 사랑스러운 모습도 우리의 마음속에 새겨져 있다네. 그러니 이제 그 아이는 언제든 우리와 함께 있는 걸세."

우리는 열린 입구 앞에서 고개를 숙이고 잠시 묵념을 했다. 나는 아이드리스와의 소중했던 기억을 되새기며, 그 기억의 온기를 지키는 것에 내 미래를 바치겠다고 다짐했다. 그리고 내가 죽는 순간까지 그녀의 오빠와 아이들을 지키겠다고 맹세했다. 부인의 서글픈 흐느낌이 마음속으로 읊조리는 나의 기도를 멈추게 했다. 나는 내 삶이 살아 숨 쉬게 해주었던 아이드리스가 안식에 들 수 있도록, 바닥 돌을 끌어 무덤의 입구를 막았다. 그런 다음 내 아내의 늙은 어머니를 부축해 천천히 예배당을 빠져나왔다. 바깥 공기를 들이마시는 순간, 나는 행복하고 아늑한 둥지에서 빠져나와 음울한 황무지로 접어든 것 같다는 느낌을 받았다. 앞으로 펼쳐질 길은 구불구불하며 우여곡절이 가득할 것 같았고, 그 과정은 기쁨이나 희망 없이 괴롭기만 한 순례가 될 것 같았다.

4장

먼저 도착한 사람들은 성 맞은편 오르막길에 있는 여관을 숙소로 잡고, 우리를 발견하는 즉시 맞이하러 나올 준비를 하고 있었다. 선발대가 우리가 살았던 성 대신 다른 숙소를 잡은 것은 우리의 부탁 때문이었다. 우리는 그리웠던 우리 집의 익숙한 홀과 방들을 마주할 용기가 없었다. 우리는 이미 윈저의 따뜻한 그늘을 떠나지 않았던가. 잡목림과 꽃들이 만발한 생울타리, 졸졸대며 흐르는 개울에 우리는 작별을 고했다. 그런데 그 풍경을 다시 마주한다면, 우리는 떠나야 하는 영국에 집착을 품게 될 것이 분명했다. 우리가 돌아온 것은 다쳇에 있는 루시를 데려가기 위해서였고, 우리는 그 목적에 집중하기로 했다. 최대한 빨리 출발하기 위해서 우리는 밤새 준비를 마쳐야 했다. 또한 루시에게 찾아가 우리가 왔다는 걸 알려주어야 했다. 그 전에, 백작부인과 함께 성에서부터 이어지는 가파른 언덕길을 내려가던 나는, 막 여관 입구에 도착해 수레에서 내리는 아이들의 모습을 발견했다. 늦지 않게 도착한 걸 보니, 나처럼 길을 잘못 드는 일 없이 무사히 다쳇을 지난 모양이었다. 나는 아이들을 만나기가 두려웠다. 아이들에게 비극적인 이야기를 전해야 하는 것이 두려웠다. 그래서 아이들이 도착하자마자 정신없는 틈을 타 급히 무리에서 빠져나왔다. 그러고는 흩날리는 눈송이 사이로 달빛이 비치는 익숙한 길을 따라 서둘러 다쳇으로 향했다.

참으로 익숙한 풍경이었다. 기억에 새겨진 습관은 쉽게 지워지지 않는 법인지, 길의 구석구석에 찾아든 모든 변화가 눈에 띄었다. 리틀 파크 뒤로 조금만 가면, 10년 전쯤 폭풍우에 반쯤 쓰러진 느릅나무 한 그루가 있었다. 그 나무는 여전한 모습으로, 잎을 모두 떨구고 눈이 쌓인 가지를 길가로 길게 내뻗고 있었다. 그 곁으로 펼쳐진 들판에 바람이 불어왔고, 요란스럽게 흐르던 좁다란 개울은 추위에 얼어붙어 고요함을 지켰다. 계단이 놓인 출입구, 흰색 문, 속이 빈 오크 나무처럼, 한때 숲에 속했던 것이 분명한 그 모든 것들이 갈라진 숲 사이로 비치는 달빛에 모습을 드러냈다. 속이 텅 빈 오크 나무는 땅거미가 질 무렵이 되면 마치 사람과 같은 모습이 되어서, 아이들은 그 나무에 폴스타프라는 이름을 지어주기도 했다. 셰익스피어의 작품에 등장하는 허풍쟁이 뚱보 기사 폴스타프 말이다. 그런 기억들을 떠올리자 나는 친숙한 주위의 풍경에 안쓰러움을 느꼈다. 집에 버려두어 차갑게 식은 난로를 보는 것 같았다. 쌍둥이 양이 서로를 낯설게 바라보는 것처럼, 이끼가 자란 고풍스러운 벽과 과수원 땅을 비롯한 그 모든 풍경이 내게 익숙하면서도 낯설었다. 나는 평소와 같은 시선으로 주위를 둘러보았지만, 내 눈에는 과거의 이름과 현재의 뚜렷한 변화만이 보였다. 영국이 죽었음에도 영국은 살아남았다. 내가 바라보고 있는 것은 행복했던 영국의 망령이었다. 그 푸르던 숲의 그늘 아래로 이 땅은 오랜 세월을 거치면서도 안전하게 지켜져왔다. 익숙한 장소에 대한 그 고통스러운 인식은 누구도 이해할 수 없는 감정을 경험하게 했다. 꿈에서보다 더 막막한 느낌이었다. 기시감도 느껴졌다. 기이하고도 기묘했다. 내 감각은 마치 이전의 모든 것을 드러내는 양면거울 같았다. 그 숨 막히는 감각을 떨쳐내기 위해 나는 평화롭던 그곳의 또 다른 모습을 떠올려보려 노력했다. 하지만 애를 쓸수록 나는 점점 더 고통스러워졌다.

다쳇에 접어든 지 얼마 되지 않아 나는 루시의 작은 여관에 도착했다. 한때 그곳은 토요일 밤마다 흥겹게 술판을 벌이는 사람들로 시끌벅적했더랬다. 일요일 아침이면 안주인이 정성껏 가꾼 현관이 돋보이기도 했더랬다. 이제 그 현관은 고요함 속에서 굳게 닫혀 있을 뿐이었다. 몇날며칠 동안 열린 적이 없다는 듯 문 앞에는 눈이 잔뜩 쌓여 있었다.

"로스키우스가 이제 연기해야 하는 죽음의 장면이 무엇이오?"

(셰익스피어의 〈헨리 4세〉 5막에 나오는 대사다. 로스키우스는 고대 로마의 명배우로 알려져 있다—옮긴이)

나는 울타리 밖에서 어두운 창을 바라보며 중얼거렸다. 안에서 불빛을 본 것 같다는 생각이 들었지만, 이내 그 빛은 달빛이 반사된 것에 지나지 않는다는 걸 알아차렸다. 휘몰아치는 눈보라에 가지가 맞부딪히는 소리만이 적막을 깨고 있었다. 구름 한 점 없이 끝없이 펼쳐진 밤하늘에는 높이 뜬 달이 느리게 항해하고 있었다. 오두막의 그림자는 뒤편으로 길고 짙게 뻗어 있었다. 나는 열린 울타리 문으로 들어가 불안한 마음으로 이쪽저쪽의 창문들을 확인했다. 그리고 마침내 위층 방의 닫힌 창문 한 곳에서 불빛이 새어나오는 것을 발견했다. 신기한 느낌이었다. 아아! 마을 어느 곳을 둘러보아도 인기척이 느껴지는 곳은 없었지 않나! 문에는 걸쇠만 하나 걸려 있었다. 나는 손쉽게 문을 열고 달빛이 비치는 계단을 올라갔다. 방문은 살짝 열려 있었다. 빠끔히 안을 들여다보자 불빛이 비치는 탁자 앞에 루시가 앉아 있는 모습이 보였다. 뜨개질을 하던 모양이었지만, 그녀의 손은 무릎 위에 놓여 있었고, 그녀의 시선은 땅에 내리꽂혀 있었다. 마치 어지러운 생각들로 공허함에 휩싸인 것 같았다. 평소 인상적으로 느껴졌던 그녀 특유의 신중한 모습은 찾을 수 없었다. 대신 그녀의 앞에 놓인 촛불 덕에 그녀의 허름한 차림새와 실의 가득한 표정은 확인할 수 있었다. 그림 같은 그 장면이 모든 것을 설명해주고 있었다. 두려운 현실이 나를 사색에서 끄집어 당겼다. 침대 위에 누워 있는 사람 위로 하얀 면포가 덮여 있었다. 침대 위에 누워 있는 사람은 그녀의 어머니일 것이다. 그녀의 어머니는 죽은 게 분명했다. 홀로 남겨진 루시는 시신 곁에서 지친 기색으로 밤을 지새우고 있었다. 나는 방으로 들어섰다. 예상치 못한 인기척에 그녀는 비명

235

을 질렀다. 하지만 금세 나를 알아보고는 스스로를 진정시킨 다음 서둘러 모습을 추슬렀다.

"내가 올 줄 몰랐나?"

나는 목소리를 낮게 깔고 물었다. 죽은 자가 곁에 있다는 생각이 본능적으로 엄숙한 분위기를 자아내게 했다.

"와주셔서 감사해요."

루시가 대답했다.

"어떻게 감사를 드려야 할지 모르겠네요. 하지만 늦었어요."

"늦었다니?"

내가 큰 소리로 물었다.

"그게 무슨 말인가? 이곳에서 자네를 데려가기엔 늦지 않았잖나. 자네를 이제……."

입을 여는 순간 잠시 잊고 있었던 아이드리스의 죽음이 떠올랐고, 슬픔에 목이 메어 나는 말을 멈추고 돌아서야 했다. 나는 창문을 열고 차가운 하늘을 바라보았다. 흉한 모습으로 이지러지는 달이 하늘 높이 떠 있었고, 아래에는 차가운 흰 눈이 세상을 뒤덮고 있었다. 아이드리스의 영혼이 이토록 차가운 달빛 아래를 떠다니고 있을까? 아니, 아니다. 그녀의 영혼은 훨씬 더 따뜻한 곳에, 그녀에게 어울리는 사랑스러운 곳에 머무르고 있을 것이다!

나는 잠시 이런 생각에 잠겨 있다 다시 루시에게 말을 걸었다. 그녀는 침대에 기대서 체념조차 포기한 완벽한 절망의 표현을 늘어놓으며 비통해 했다. 나는 그녀의 한탄을 가만히 들어주었다. 광기에 사로잡혀 정신없이 날뛰거나, 거칠고 요란스런 몸짓으로 슬픔을 길들이는 것보다는 그 편이 낫겠다고 생각했기 때문이었다. 나는 그녀를 그곳에서 데려나가려고 했지만, 그녀는 내 제의를 거절했다. 눈앞에 닥친 일만 바라보는 좁은 시야를 가진 사람들은, 좋은 조건이 주어져도 주어진 것을 망쳐버리려는 경향이 있다. 명백한 파멸에 고집스럽게 매달리며, 그 이면에 숨겨진 뜻을 이해하려 하지 않는 것이다. 루시 역시 버려진 영국에서, 삶을 영위할 수 없는 세상에서, 그저 관례대로 죽은 자를 위해 의례를 치를 생각만 하고 있었다. 역병이 돌기 전까지만 해도, 누군가가 죽으면 오랜 시간을 들여 장례를 치르는 게 관례였다. 죽음이 흔치 않던 시절엔 그렇게 웅장한 의식을 통해 죽음에 대한 두려움을 떨쳐내고자 했던 것이리라. 과거의 영국인들은 죽음의 손에 무덤의 열쇠를 천천히 쥐어주는 게 당연하다고 생각했다. 루시도 마찬가지였다. 그녀는 홀로 이미 의식에 필요한 것들의 준비를 어느 정도 마쳐놓은 상태였다. 내가 찾아왔을 때 그녀는 어머니의 수의를 만들고 있던 차였다. 그런 과정을 듣고 있자니 가슴이 아려왔다. 여성이 감내해야 하는 것이라지만, 그것은 죽음을 불사한 전투에서 사내가 느끼는 괴로움보다 크다고 할 만했다. 비록 일시적일지라도, 말로 표현할 수 없을 만큼 고통스러울 게 당연했다.

그래서는 안 된다고 나는 루시에게 말했다. 그리고 그녀를 설득하기 위해 나는 그곳에 도착하기 직전 아이드리스가 숨을 거두었다는 얘기를 꺼냈다. 나는 그녀에게 엄마를 잃고 남겨진 아이들을 돌보아줘야 하지 않겠냐고 했다. 루시는 자신에게 주어진 일을 거부하지 않는 사람이었다. 그 사실을 알고 있었기에 나는 그녀에게 의무를 부여했고, 예상대로 그녀는 결국 고집을 꺾었다. 그녀는 조심스레 창과 문을 잠근 후 나와 함께 윈저로 향했다. 돌아가는 길에 그녀는 어머니의 죽음에 대해 들려주었다. 루시의 어머니는 루시가 아이드리스에게 보내는 편지를 보았거나 편지를 부탁받은 사내와의 대화를 엿들었던 모양이다. 어떤 우연에서였건, 루시의 어머니는 자신과 딸이 끔찍한 상황에 처했다는 걸 알게 되었다. 그녀는 두려움과 근심에 사로잡혔다. 그녀는 루시에게 자신이 상황을 알고 있다는 걸 숨겼지만, 스스로 그 생각에 빠져드는 걸 막을 수는 없었다. 그녀는 밤마다 잠 못 이루며 걱정하고 또 걱정했고, 그녀의 노쇠한 육신은 그 무거운 근심을 버텨내지 못했다. 고열에 시달리는 동안 환각을 보던 루시의 어머니는 무심코 숨기려했던 비밀을 털어놓았다. 어머니가 모든 것을 알면서도 숨겨왔다는 것을 알아차린 게 바로 그때였다. 하지만 그렇다고 해도 루시가 어쩔 수 있는 건 없었다. 어머니의 삶은 오래도록 죽음 주위를 맴돌았고, 쇠약한 육신에 절망이 덮치면서 결국 어머니는 주저앉아버렸다. 루시의 어머니는 다음 날 아침 숨을 거두었다.

하루 동안 벌어진 여러 가지 일로 복잡한 심경이었던 나는, 여관에 도착했을 때 모두가 각자 휴식을 취하고 있다는 사실이 다행스럽게 느껴졌다. 나는 루시에게 백작부인을 돌보아달라고 부탁하고, 수많은 생각과 괴로운 후회로부터 안식을 찾기 위해 자리에 누웠다. 하루 사이 벌어진 절망스러운 사건이 순간 머릿속을 어지럽혔지만, 이내 수면이 망각으로 모든 것을 깨끗이 씻어주었다. 동이 트고 잠에서 깨어났을 때, 나는 몇 년 동안 깊은 잠에 빠졌던 것 같은 기분이었다.

가족들은 나를 치유해준 망각을 경험하지 못한 모양이었다. 클라라의 부은 눈은 지난밤 내내 눈물을 참지 못했다는 걸 보여주었다. 백작부인은 기력을 잃고 초췌한 모습이었다. 부인은 강인한 정신력을 지닌 사람이었지만, 딸의 죽음 앞에서까지 의연할 수는 없는 것 같았다. 부인은 눈물 속에서 위안을 찾지 못하고, 계속해서 지난 과거만 헤집으며 스스로를 고통에 빠뜨렸다. 우리는 루시의 어머니를 매장하자마자 윈저를 떠났다. 죽음으로 채워진 장면을 떠나고자 하는 초조함으로 우리는 빠르게 도버를 향해 나아갔다. 선두에 선 무리는 말을 좀 더 구하기 위해 우리보다 훨씬 먼저 출발했다. 말들은 추운 날씨를 견디기 위해 본능적으로 외양간으로 들어가 있거나, 자유를 버리는 대신 먹이를 얻기 위해 스산한 벌판에서 바들바들 떨고 있었다.

마차를 타고 이동하는 동안 백작부인은 자신의 기이한 경험에 대해 이야기해주었다. 우리가 따로 이동하기 위해 출발하기 전 부인에게 인사를 드리러 갔을 때, 그녀는 딸의 창백하고 희미한 얼굴을 바라보다 문득 그것이 마지막이라는 예감에 사로잡혔다. 그렇게 딸을 떠나보낼 순 없었다. 부인은 어떻게든 딸을 설득해야 했다. 그래서 그녀는 딸에게 자신의 시중을 들어달라고, 다같이 에이드리언과 함께 이동하자고 얘기했다. 하지만 아이드리스는 어머니의 부탁을 차분하게 거절했고, 그렇게 두 사람은 헤어지게 되었다. 딸을 다시 만날 수 없을 거라는 생각은 시간이 갈수록 점점 커져만 갔다. 그리고 이윽고 부인은 그 생각에 완전히 사로잡혔다. 수천 번이나 부인은 우리와 합류하려고 마음먹었다. 그러나 자존심과 분노가 그녀를 붙들어 세웠다. 자존심이야말로 지금까지 그녀를 지탱해온 힘이었기에, 그녀는 밤마다 눈물로 베갯잇을 적시면서도 마음을 다스려야 했다. 낮에도 혹시나 두려운 일이 일어나지 않을까 하는 걱정과 불안감은 가라앉지 않았다. 아무리 마음을 진정시키려 해봐도, 그 예감은 도무지 사라지질 않았다. 부인은 그 순간까지도 나를 증오하고 있었다고 고백했다. 간절한 소망의 유일한 장애물이 나라고 여긴 후, 딸의 배려조차 얻지 못한다고 느끼던 때까지, 나에 대한 증오는 끝이 없었다고 말했다. 부인은 자신의 두려움을 아들에게 털어놓고자 했다. 아들의 공감으로 위안을 찾길 바랐고, 그럴 리 없다는 아들의 말로 그녀가 느끼는 조짐에 용기를 가질 수 있길 바랐다.

부인이 도버에 도착한 첫날, 그녀는 아들과 함께 해변을 걸으며 조심스럽게 이야기를 꺼냈다. 이야기는 원하는 방향으로 순조롭게 흘러가고 있었다. 부인이 본격적으로 그 두려움에 대해 이야기를 하려는 찰나, 우리가 잠시 윈저로 돌아간다는 전갈이 도착했다. 에이드리언은 우리가 따로 떨어져서 이동하기로 한 이유에 대해 간단히 설명하며, 아이드리스가 생기를 되찾았다 해도 그런 상태로 윈저까지 살아서 도착할 수 있을지 걱정이라고 덧붙였다.

"네 말이 맞다."

백작부인이 대답했다.

"네가 느끼는 두려움이 맞아. 그 아이는 곧 죽을지 모른다!"

240

부인은 아들에게 이야기를 하면서도 절벽 끝에 움푹 들어간 무덤 같은 부분에서 눈을 떼지 못했다. 부인은 아이드리스가 느린 걸음으로 그 동굴로 걸어 들어가는 것을 보았다고 단언했다. 내게 얘기를 하는 동안에도 그 광경이 눈앞에 선한 것처럼 부인은 침통한 표정이었다. 부인이 본 아이드리스는 고개를 숙인 채 등을 돌리고 걸어가고 있었다고 했다. 평소 즐겨 입던 흰 드레스 차림이었지만, 금발 위에 상복에나 걸치는 얇은 베일이 얹혀 있던 것이 달랐다고 했다. 그녀는 투명한 안개 속으로 서서히 사라졌다고 했다. 실의에 빠진 것 같은 모습으로, 보이지 않는 누군가의 명령에 따라 유순히 동굴로 들어가더니 어두운 동굴 속으로 완전히 사라졌다.

"분명히 보았어."

백작부인의 이야기는 계속 이어졌다.

"나는 내 눈을 의심했지. 섣불리 눈에 보이는 것을 믿은 게 아닌가 나 자신을 책망하기도 했다네. 하지만 그건 분명 내가 살고 있는 이 현실이었어. 분명히 보았던 게야. 그때부터 나는 편할 날이 없었어. 그 아이가 죽기 전에 한 번이라도 더 그 얼굴을 봐야 했지. 그럴 수 없다는 걸 알고 있었지만, 그래도 가만히 있을 수는 없었네. 나는 곧바로 윈저를 향해 출발했어. 분명 빠르게 달려가고 있는데도, 내게는 마치 달팽이처럼 더디게 움직이는 것처럼 느껴졌다네. 그저 내 초조함 때문인 걸 알고 있었지만 나는 주체할 수가 없었어. 그때까지도 나는 자네를 책망하고 있었지. 내 타들어가는 마음이 재가 되어 자네 머리 위에 쌓이고 있었단 말이네. 자네가 그 아이의 마지막 거처를 가리켰을 때, 괴롭기는 했지만 낙담하지는 않았네. 그 순간 내가 자네에게 느꼈던 분노는 이루 말할 수 없어. 자네가 내 간절한 소망을 좌절시키는 데 성공했다고 여겼으니까. 하지만 그 아이를 보는 순간, 그 아이의 상여를 보는 순간, 내 안의 노여움과 증오가 사라졌네. 자네로서는 억울할 감정들까지도 모두 흔적 없이 사라졌지. 대신 후회가 그 자리를 꿰차고 앉았네. (전능하신 신이여, 어찌하여 제가 그 고통스러운 후회를 느끼게 하십니까!) 추억과 그 아이에 대한 사랑이 있는 한 언제까지고 사라지지 않을 후회 말이야."

사랑과 온화함은 증오와 가혹함만큼이나 쓰라린 것이 아니던가. 그래서 나는 부인의 내면에서 사랑과 온화함이 다시 깨어나는 걸 막으려 노력했다. 나는 모든 노력을 기울여 서글프게 뉘우치는 백작부인을 위로하고, 그녀의 회한을 달래려 했다. 하지만 우리는 모두 우울함에 휩싸였다. 각자가 돌이킬 수 없는 후회를 안고 있었다. 어머니를 잃었다는 사실은 아무것도 모를 에블린의 천진난만함에도 그늘을 드리웠다. 게다가 불확실한 미래가 우리의 침울함을 배가시켰다. 마지막 목표를 이루기 전까지 우리의 마음은 계속해서 흔들렸다. 어느 순간에는 미래에 대한 기대감으로 스스로를 달래다가도, 어떤 순간이 되면 우리 앞에 놓인 장애물이 이전까지 그토록 두려운 면을 가지고 있지 않았다는 듯 흠칫 놀라곤 했다. 언젠가 바다를 건너게 될 날을 떠올릴 때면 의도치 않은 떨림이 나를 스치고 지나갔다. 우리는 희망도 없이 계속해서 서글픈 방황을 하며 나아가야 한다. 그런 생각이 나를 두렵게 만들었다. 얼마 전까지 바다는 우리의 상황에서 비롯된 슬픔을 달랠 수 있는 유일한 위안이라고 여겨왔음에도 말이다.

성난 겨울바다의 포효가 우리가 도버에 가까워지고 있다는 걸 알려주었다. 남쪽 해협에서 내륙 쪽으로 강한 해풍이 불어오는 것으로 보아 목적지까지 몇 마일 남지 않았다는 것을 알 수 있었다. 그 즈음 평소와 다른 소동이 일고 있다는 소식이 전해졌고, 우리는 예상할 수 없는 어떤 위험이 우리를 기다리고 있다는 느낌을 받았다. 엄청난 자연재해가 소동을 일으킨 것이라는 생각은 미처 하지 못했다. 우리는 그저 익히 들어왔던 대로 양털 같은 파도가 바람에 밀려와 척박한 백사장과 뾰족한 바위 위에서 서글프게 흐느끼며 죽어가는 모습만을 상상하고 있었다. 하지만 목적지로 다가가던 중, 우리는 도버가 홍수의 피해를 받고 있다는 것을 알게 되었다. 집과 거리가 모두 물에 잠겼다고 했다. 요란하게 물이 빠지며 바닥이 드러나다가도, 곧장 거대한 파도가 우레 같은 굉음을 내며 마을을 덮치곤 한다고도 했다.

도버에 모인 것은 프랑스로 향하는 배를 띄우기 위해서였다. 그런 우리에게 폭풍우와 물난리만큼 곤란한 것은 없었다. 사람들은 절벽에 올라 미쳐 날뛰는 바다를 두려운 표정으로 지켜보았다. 에이드리언 일행이 그곳에 도착했던 날 아침까지만 해도 바다는 유리처럼 맑고 평온했다. 바다의 잔물결이 햇빛을 반사시키며 청명한 하늘에 눈부신 반짝임을 새겨 넣을 정도였다. 평온한 바다는 항해의 좋은 징조라며 사람들은 환호를 내질렀고, 무리의 통솔자는 즉시 항구를 정비한 후 두 대의 증기선을 정박시켜 점검하라고 지시했다. 그날 밤, 모두가 잠에 들었을 무렵부터, 무시무시한 폭풍우와 무섭게 쏟아지는 우박이 사람들을 좌절시키기 시작했다. 거리의 누군가가 당장 깨어나지 않으면 익사하게 될 거라고 날카롭게 외쳤고, 사람들은 옷도 제대로 걸치지 못한 채 집에서 뛰쳐나와 상황을 살폈다. 이곳저곳에 파도가 넘실대며 마을로 물이 밀려들고 있었다. 사람들은 절벽으로 올라갔지만 짙은 어둠 속에서는 파도의 흰 거품밖에 알아볼 수 없었다. 그러는 사이에도 거친 바람은 으르렁대며 해일을 일으켜 마을을 물에 잠기게 만드는 중이었다. 모두가 두려움에 휩싸였다. 대다수의 사람들이 이전까지 바다를 본 적 없었던 탓이었다. 여인들의 절규와 아이들의 울음소리가 혼란과 공포를 가중시켰다.

그후에도 같은 상황이 계속되었다. 썰물이 빠져나가면 마을은 간신히 바닥을 드러냈다. 하지만 밀물 때가 되면 다시 바닷물이 밀려왔고, 밤이 되면 무서울 정도로 수위가 높아졌다. 대형 선박들은 닻에 걸린 채 빙빙 돌다가 길 위에서 부패하기 시작했고, 절벽으로 돌진해 겹겹이 쌓이기도 했다. 항구에 있던 중형 선박들도 해초처럼 육지로 떠밀려왔고, 땅에 부딪히며 동강이 났다. 파도는 절벽을 때려댔다. 지반이 약해져 있던 곳은 물길이 생기더니 굉음을 내며 붕괴되어 깊이 가라앉아버렸다. 이 모습을 수많은 사람들이 목도했다. 그 광경이 주는 영향은 사람마다 달랐다. 대부분의 사람들은 그것이 신의 심판이라고 생각했다. 나고 자란 땅을 떠나는 것을 막고자 하는 신의 뜻이라던가, 또는 자신의 땅을 떠나려는 자에게 주는 벌이라는 것이었다. 그래서 많은 사람들은 그곳을 어떻게 해서든 벗어나고자 했다. 하지만 마을에 들어찬 물길이 퇴로조차 막아버렸고, 거대한 파도로 인해 바다로 나갈 수도 없게 되어, 그곳은 감옥과 다름없어져버렸다.

오랜 여정으로 지친 몸을 이끌고 도버에 도착했을 때, 우리에 겐 잠과 휴식이 필요한 상태였다. 하지만 그곳에 펼쳐진 장면은 쉴 생각을 달아나게 만들었다. 우리는 다른 사람들을 따라 절벽 끝으로 안내되었고, 그곳에서 이런저런 얘기를 들으며 수많은 추측을 하기 시작했다. 안개가 시야를 가려 지척을 구분하기도 힘들었고, 차가운 서리와 연무가 하늘과 바다조차 구별할 수 없게 틈을 메꾸었다. 우리를 더욱 초조하게 만든 것은 떠나기로 했던 사람의 3분의 2가 이미 파리에 도착해 아직 도착하지 않은 우리를 기다리고 있을 거라는 사실이었다. 우리가 고통스러운 것처럼 그곳에 있는 사람들도 불안감으로 괴로울 터였다. 넓은 바다가 우리를 갈라놓고 오도 가도 못하게 하며 두려움에 질리게 만들었다. 절벽에서 몇 시간 동안 어정거리다 우리는 겨우 도버 성으로 돌아왔다. 성의 지붕에서는 영국의 숨결이 느껴졌고, 우리는 지친 심신에 힘과 용기를 불어넣기 위해 잠을 청했다.

아침 일찍 에이드리언이 바람의 방향이 바뀌었다는 반가운 소식을 들고 찾아왔다. 남서쪽에서 불던 바람이 북동풍으로 바뀌었다는 것이다. 강한 돌풍으로 하늘에 떠 있던 구름들이 모두 날려 사라졌고, 마지막 썰물을 기점으로 바닷물은 완전히 마을에서 빠져나갔다. 바람의 방향이 바뀌면서 파도는 더 거세어졌지만, 지난밤까지 흐리던 하늘은 밝은 청록색으로 바뀌었다. 여전히 바다는 요란했지만, 훨씬 희망차고 기쁜 풍경이었다. 우리는 하루 종일 집채만 한 파도를 지켜보았다. 해가 질 무렵이 되자 모두들 다음 날 출발할 수 있기를 간절히 바라며 날씨를 예측하기 위해 절벽 끝으로 모여들었다. 그리고 장엄한 태양이 서서히 폭풍이 사라진 수평선으로 다가가던 순간, 갑자기 놀라운 일이 벌어졌다! 본래의 태양과 똑같이 밝고 이글거리는 태양 세 개가 각기 다른 방향에서 떠오른 것이다. 세 개의 태양은 원래의 태양에게 다가가 그 주위를 빙글빙글 돌기 시작했다. 그 엄청난 빛은 우리의 눈을 어지럽게 만들었다. 태양은 다른 세 개의 태양이 벌이는 무도회에 끼고 싶어하는 것 같았다. 그러는 사이 바다는 용광로처럼, 바닥에 용암이 흐르는 베수비오 화산처럼, 뜨겁게 데워지고 있었다. 마구간에 있던 말들은 겁에 질려 우리에서 달려나왔다. 혼란에 빠진 소떼는 벼랑 끝으로 내달리더니 빛에 눈이 멀어 외마디 비명을 지르며 벼랑 아래 파도로 추락하고 말았다. 그 유성의 망령이 모습을 드러내고 있었던 건 비교적 짧은 시간 동안이었다. 갑자기 세 개의 모사 태양이 하나로 합쳐지더니 바다로 떨어졌다. 몇 초가 흘렀을까. 떨어진 곳에서 귀를 먹먹하게 하는 엄청난 굉음이 터져나오며, 그것들은 완전히 자취를 감추었다.

기묘한 위성들로부터 해방된 태양은 다시금 제 속도를 지키며 여느 때처럼 서쪽 보금자리로 나아갔다. 우리는 눈앞에 펼쳐진 광경을 감히 믿을 용기가 나지 않았다. 하지만 분명 바다가 그것들을 맞이하기 위해 위로 전진하는 것처럼 솟아오르고 있었다. 그리고 수위는 이글거리는 태양이 몸을 숨길 때까지 점점 더 높아졌다. 수평선에 파도가 넘실대는 모습이 보였다. 마치 지구의 움직임이 선명하게 드러나는 것 같았다. 마치 이제 더는 우리가 옛 법칙을 따라서는 안 되며, 앞으로 우주 속 미지의 세계를 표류해야 한다고 말하는 것 같았다. 사람들이 너도나도 소리쳤다. 저것들은 유성이 아니라 뜨거운 태양과 같은 종류인데, 지구로 떨어졌으니 이제 우리가 밟고 선 이 땅이 가마솥처럼 들끓을 것이며 엄청난 파도가 몰려오게 될 것이라고 말이다. 심판의 날이 다가온 것이라고 사람들은 확신했다. 그리고 잠시나마 전능한 신의 심판이 가지는 무시무시한 얼굴을 목도한 것이라고 단언했다. 그들은 눈으로 확인한 모습이 오히려 덜 두려운 것이라며, 이제 양쪽에서 불어닥치는 강풍이 서로를 맞닥뜨리면 그것이 마지막 현상이 될 것이라고 말했다. 그 주장을 뒷받침하기 위해 그들은 동쪽을 가리키며 동쪽에서 불어오던 바람이 그쳤다고 말했다. 그러는 사이 서쪽에서 불어온 (바람의) 거친 울부짖음이, 포효하며 솟아오르는 바다와 뒤섞이고 있었다. 이 엄청난 폭력을 절벽이 견뎌낼 수 있을까? 거대한 파도가 벼랑보다 높이 솟아오르는 건 아닐까? 우리의 작은 섬이 저 모든 것에 잠겨버리진 않을까? 지켜보던 사람들은 급히 달아나기 시작했다. 그들은 들판으로 뿔뿔이 흩어지며 달려갔고, 중간 중간 멈춰 서서 공포에 휩싸인 채 뒤를 돌아보기도 했다. 상상조차 할 수 없었던 황당무계한 장면이 되레 빠르게 뛰던 심장을 진정시켰다. 나는 피할 수 없다고 체념하고 침통하게 파멸의 위협이 다가오기를 기다렸다. 바다는 매 순간 점점 더 끔찍하게 변해갔다. 서풍이 하늘에 구름을 펼쳐놓았고, 구름에 가려 별빛도 희미해져갔다. 그러나 풍경은 다시 잠잠해졌고, 바다도 마찬가지였다. 어떤 부분은 바람에, 어떤 부분은 무언가에 가로막혀, 계속해서 거친 모습을 보이기도 했지만, 전반적으로는 점차 수위를 낮추며 가라앉고 있었다. 그렇다고는 해도 모사 태양이 녹아들기라도 한 것처럼, 바다는 평소보다 훨씬 높은 수위를 유지했다. 이런 변화는 눈앞에 닥친 재앙에 대한 두려움을 다시 날려버렸다. 그럼에도 모두들 여전히 마음 한구석에 마지막 순간에 대한 걱정을 품고 있었다. 우리는 긴 밤 내내 성난 바다의 모습과 구름이 얼마나 빠르게 흘러가는지를 지켜보았다. 하늘에 듬성듬성 떠 있는 별들이 갈 길을 재촉하는 모습도 보았다. 격렬한 천둥은 우리에게서 잠들 여유마저 앗아갔다.

이런 상태가 사흘 밤낮 계속되었다. 용감하고 굳센 사람조차도 흉포하고 적대적인 자연의 모습 앞에서 겁을 먹고 말았다. 식량도 떨어져서 우리는 매일 근처 마을로 흩어져 먹을 만한 것들을 구해 와야 했다. 무의미한 걸 알면서도 우리는 믿음을 가지려 노력했다. 우리가 본 것이 자연의 일반적인 법칙을 벗어나는 것이 아니라는 믿음 말이다. 버텨내기 힘든 절망적인 운명은 대다수의 사람들을 겁쟁이로 만들었다. 수개월 동안 죽음은 우리를 사냥하며, 우리가 서 있는 시간의 가느다란 조각마저 앗아갔다. 실로 가느다란 순간의 조각이었다. 폭풍에 휘둘리면서도 지켜낸, 우리를 지탱하는 그 가느다란 조각이, 재앙이라는 거대한 바다에 툭 튀어나와 있었다.

맨몸을 드러낸 북쪽 해안이

매서운 겨울 파도에 흔들릴 때,

또한 잦은 폭풍우가 끝없이 계속될 때,

(서쪽에서 불어온 요란한 바람이 날뛰고

동쪽에서 또는 눈 덮인 산 정상에서 온 바람이 날뛰는 사이)

충격을 받고 비틀거리는 모래톱이 씻겨 내리누나.

(연극 〈오이디푸스〉에 나오는 대사다―옮긴이)

　우리를 둘러싼 파멸의 위협을 꿋꿋이 견뎌내기 위해선 우리 자신을 초월할 수 있는 힘이 필요했다.

　사흘이 지나자 강풍이 잦아들었고, 바람 없는 고요한 하늘의 품에서 갈매기가 비행했다. 오크 나무 가장 높은 가지에 걸린 마지막 노란 잎사귀도 움직임 없이 가만히 매달려 있었다. 바다는 더 이상 날뛰지 않았다. 여전히 수위는 높았지만, 파도는 거세게 몰아치는 대신 뚱한 표정으로 길게 밀려왔다 쓸려나가곤 했다. 우리는 이 변화에서 희망을 끌어내려 했고, 며칠 후면 바다도 다시 평온을 찾을 것이라는 생각에 감히 의심을 품지 않았다. 나흘째 되던 날 해질 무렵이 되자 그 생각이 옳았다는 것이 드러났다. 맑고 깨끗한 하늘은 황금빛으로 물들어 있었다. 눈부신 하늘 아래 보랏빛 바다를 바라보다가 우리는 신기한 광경에 시선을 빼앗겼다. 그것은 짙은 얼룩이었다. 높은 파도를 타고 이따금 계곡 사이에서 헤매기도 하면서 우리에게 다가오던 그 얼룩은, 가까이에서 확인하자 의아하게도 한 척의 배였다. 우리는 강한 호기심을 가지고 그 배의 진로를 가만히 지켜보았다. 그리고 배가 해안으로 접근하는 게 확실해지자, 우리는 정박이 가능한 쪽으로 달려 내려가 그들에게 신호를 보냈다. 안경의 도움으로 우리는 그 배에 탄 선원들을 확인할 수 있었다. 총 아홉 명으로 이뤄진 그들은 영국인으로, 한때 우리와 같은 무리였지만 먼저 파리로 출발해 그곳에서 몇 주간을 보냈던 사람들이었다. 이국땅에서도 동향 사람을 만나고 싶어하는 것처럼, 우리는 배에서 내리는 그들에게 인사하며 손을 뻗어 그들을 반갑게 맞이했다. 우리의 환영에 그들은 선뜻 화답하지 않았다. 그들의 얼굴에는 노여움과 억울함이 어려 있었다. 임박한 위험을 뚫고 바다를 건너왔다는 이유도 있었겠지만, 그보다 함께 온 사람들 서로에게 불쾌해 하는 게 더 큰 이유처럼 보였다. 흔히 볼 수 없지만 실상 엄청나게 많은 수가 존재하는 첩자들처럼, 사실 많은 사람들이 여전히 그러할진 모르겠지만 재앙의 상황에서 흔치 않은 그들의 모습을 보자니 이상하다는 생각이 들었다. 그들은 높은 야심과 분노를 가지고 서로 경쟁이라도 하는 것 같았다. 그들이 가장 먼저 요구한 것은 영국의 호국경에게 데려가 달라는 것이었다. 그들이 말하는 사람은 에이드리언이었다. 비록 오래전에 이미 버린 직함이었지만, 호국경이라는 그 짙은 그림자는 불쾌한 조롱처럼 여전히 남아 있었다. 그들은 곧장 도버 성으로 안내되었다. 도버 성에 있던 에이드리언은 쉬지 않고 우리 배들의 상태를 확인하는 중이었다. 그는 기이한 방문객에 놀라워하면서도 흥미롭다는 듯 그들을 맞이했다. 그들은 분개에 차서 혼란스럽게 자신들의 요구를 늘어놓았다. 그 기이한 장면의 숨은 뜻을 알아차릴 때까지는 한참의 시간이 걸렸다. 격분한 사람이 선언했고, 맹렬한 사람이 끼어들었으며, 조소를 띤 사람이 이야기를 계속했다. 우리는 그들이 파리로 갔던 사람들의 대리인이라는 것을 깨달았다. 파리로 갔던 이들은 총 세 무리였고, 그들은 각각 자신이 속한 무리를 대표하고 있었다. 그들은 경쟁이라도 하듯 분노를 표출했고, 다른 두 사람보다 자신이 낫다는 걸 보여주기 위해 안간힘을 썼다. 그들은 에이드리언이 보냈던 사람들이었다. 각 무리의 결정권자로 임명해 사람들을 맡도록 했던 것이다. 그들은 파리에서 칼레로 이동했고, 텅 빈 마을과 황폐한 시골을 지나며 서로를 증오하게 되었다. 그리고 이제 그들은 에이드리언에게로 와 공동체 의식에 기인한 여러 문제들을 들먹이며 애원하기에 이른 것이다.

각각의 이야기를 제대로 듣기 위해 그들을 떨어뜨려놓았고, 조사 끝에 우리는 파리에서 일어난 사건의 진상을 알게 되었다. 릴랜드를 대신할 사람으로 의회가 에이드리언을 선택한 후로, 살아남은 모든 영국인들은 그의 뜻에 따랐다. 그는 우리를 미지의 땅으로 이끄는 대장이었고, 우리의 입법자였으며, 우리의 수호자였다. 떠나려는 계획을 준비함에 있어 가장 먼저 언급된 것은, 구성원들이 더 이상 갈라지지 않아야 한다는 것이었다. 그러기 위해서 각 집단에는 책임자가 필요했다. 전체를 통솔하는 가장 높은 자리는 윈저 백작이 맡기로 했다. 정작 에이드리언의 가족인 우리 때문에 계획이 틀어질 거라고는 그 누구도 예상하지 못했다. 우리 탓에 많은 이들이 두 달 가량 나머지 동포들 그리고 최고 지도자와 떨어진 채 지내야 했다. 그들은 두 개 조로 나뉘어 항해했고, 파리에 도착했을 때엔 그들 사이에서 이미 불화가 일고 있었다.

파리는 폐허가 되어 있었다. 역병이 처음 발발했을 즈음, 파리에서 돌아온 여행자들과 상인들, 그리고 그곳에 사는 사람들의 서한을 통해 우리는 유럽 대륙에서 일어나는 역병의 피해에 대해 꾸준히 정보를 얻을 수 있었다. 하지만 사망자 수가 증가하면서 그런 교류는 점점 줄어들다 이내 완전히 중단되고 말았다. 영국 내에서조차 다른 지역으로 소식을 전하는 것이 어려워졌으니 당연한 일이다. 도버에서 칼레 쪽으로 흐르는 해류는 어떤 선박으로도 제어할 수 없었다. 우울함에 사로잡힌 여행객은 자신의 생사를 알리거나 가족의 생사를 확인하기 위해 프랑스에서 우리 쪽으로 돌아오려 하기도 했지만, 대체로 탐욕스런 바다가 그 작은 배를 한입에 삼켜버리거나, 출발한 지 하루이틀 만에 감염되어서 프랑스의 상황을 알려주기 전에 죽어버리곤 했다. 우리가 대륙에서 벌어지는 일들에 대해 상당히 무지했던 것은 사실이다. 무지했던 탓에 그곳의 상태를 알고 있는 사람을 찾으려는 생각조차 하지 않았던 것도 사실이다. 자국의 처지만 걱정하던 영국 국민들은, 그곳이 우리와 같은 이유로 황폐해졌으리란 생각은 전혀 하지 못했다. 그저 이웃의 넓은 땅에서라면 더 큰 기회를 가질 수 있으리라는 꿈만 꾸고 있었다. 그러나 프랑스는 텅 빈 것이나 다름없었다. 칼레에서 파리로 이어지는 긴 길에서, 우리의 이주민들은 사람 하나 보지 못했다. 파리에는 백 명 가량의 사람들이 남아 있었지만, 그들은 다가올 운명에 체념한 채 거리를 배회하며 지나간 과거에 대해 이야기할 뿐이었다. 그곳의 모든 사람들에게서 생기나 유쾌함을 찾아보기란 어려웠다.

영국인들은 파리를 차지하자는 데 이견이 없었다. 도시의 고층 건물들과 좁은 골목들은 쥐죽은 듯 조용했다. 얼마 남지 않은 파리 주민들은 창백한 얼굴로 익숙하다는 듯 튈르리 궁 근처를 서성대고 있었다. 그들은 영국이란 섬나라 사람들이 무엇 때문에 자신들의 끔찍한 도시까지 오게 되었는지 궁금해 했다. 그들 역시 고통에 시달리느라, 자신들에게 닥친 재앙이 가장 지독하다고만 생각했기 때문이다. 우리가 격렬한 괴로움을 견뎌내기 위해, 온몸을 비틀어대는 것 같은 그 끔찍한 고문을 버텨내기 위해, 우리의 땅을 다른 곳과 기꺼이 맞바꾸려 했던 것처럼 말이다. 그들은 우리의 이주민들이 고향을 떠나온 이유를 듣고는 어이가 없다는 듯 어깨를 으쓱하며 말했다.

"돌아가시오. 당신들의 섬으로 돌아가란 말이오. 당신들의 땅에 불어오는 바닷바람은 대륙에 부는 바람과 달라서 삶을 지키기에 더 좋을 것이오. 역병이 당신들 백 명을 죽였다면, 그놈은 우리를 천 명도 넘게 죽였을 것이오. 지금도 보시오. 당신들의 수가, 여기 남은 우리들보다 더 많지 않소? 당신들이 1년 전에 왔더라면 병자들이 시신을 파묻는 모습을 보게 됐을 거요. 지금 우리는 행복한 셈이오. 그 끔찍한 싸움과 고통이 지난 일이 되었으니. 지금 당신들이 보고 있는 이곳의 우리들은 그저 인내하며 종말을 기다리고 있소. 하지만 당신들은 죽기를 원하지 않잖소? 그러니 프랑스의 공기를 마시지 말고 돌아가요. 안 그러면 당신들도 이 땅의 흙이 될 거요."

이주민들이 칼을 겨누며 위협하자, 그들은 화염을 피해 달아나

듯 영국인들 앞에서 물러났다. 하지만 내 동포들은 위험을 고향 땅에 두고 떠나왔다고 여기고 있었다. 새로운 땅에 위험이 있다는 것을 그들은 믿을 수 없었다. 만약 위험이 있다 해도 가까이까지 다가오려면 아직 많은 시간이 남았다고 생각했다. 곧 두려움을 지우는 다른 감정들이 일었고, 욕망이 그 자리를 대신했다. 인류애가 들어설 자리를 틀어막는 욕망 말이다. 종말을 맞이한 세상에 살아남은 자들은 그토록 불운하다.

맨 처음 파리에 도착한 이주민들 중 대다수는 높은 지위나 권력을 가졌던 사람들이었다. 그 다음으로 많은 수는 독립을 주장하는 이들로 이루어져 있었다. 가장 적은 수의 부류는 한 종교인에 의해 구성되었다. 그자는 홀로 분연히 일어선 선지자로서, 모든 힘과 권력은 신의 은혜로움 덕분이라며, 동포들을 통솔하는 진정한 권력을 쥐기 위해 엄청난 노력을 기울이고 있었다. 그 세 번째 무리는 수는 가장 적었지만 결속력은 가장 좋은 편이었다. 그들이 목적하는 바는 오직 하나였기에 그들은 지도자에게 전적으로 복종했다. 때문에 그들의 용기와 기상은 다른 어떤 무리보다 굳건했다.

역병이 온 세상을 휩쓰는 동안, 교리 선생들은 큰 힘을 가졌다. 옳은 방향으로 발휘되었다면 선량한 힘이었을 테고, 광신이나 편협함이 노력을 이끌었다면 막대한 피해가 되었을 수도 있겠다. 지금 얘기하는 경우는 위의 두 입장보다 지도자로서 더 나쁜 감정이었다고 해야겠다. 그자는 사기꾼 중에서도 가장 악질이라고 할 만한 자였다. 그는 어릴 때부터 악랄한 성향을 드러냈고, 정직함과 선량함은 완전히 잃어버린 자였다. 야심이 꿈틀대자 한 가닥 남아 있던 양심의 고삐마저 완전히 풀어졌다. 그의 아버지는 감리교회 목사로, 단 하나의 목적에 열성적으로 매달리는 사람이었다. 그의 아버지는 신의 선택과 그 특별한 영광을 설파하는 데 온 힘을 바쳤다. 그리고 그런 아버지의 논리는 아들의 양심을 치명적으로 파괴해갔다. 역병이 퍼지는 동안 그자는 다양한 계획들을 실행에 옮기기 위해 힘과 지지자들을 모으려 했다. 그런 시도를 알아차린 에이드리언은 그의 계획을 완전히 무산시켰다. 하지만 프랑스에는 에이드리언이 없었다. 양의 탈을 쓴 늑대는 다른 양들을 속일 수 있는 법이다. 그자는 파리에서 지내는 몇 주 동안 자신의 성스러운 임무에 대한 신념을 선전할 무리를 만들었다. 그들은 그에 대한 믿음을 가지는 것만이 안전과 구원을 얻을 수 있는 유일한 방법이라 굳게 믿었다.

불화가 한번 일기 시작하자, 지극히 사소한 문제로도 갈등이 빚어졌다. 첫 번째 무리는 파리에 도착하자 튈르리 궁을 차지했다. 우연이라는 생각과 우호적인 마음으로 두 번째 무리는 근처에 있는 오두막에 거처를 정했다. 갈등은 그곳 마을에서 얻은 약탈품을 배분하는 데에서 생겨났다. 첫 번째 무리의 수장들은 모든 것이 그들의 몫이라고 주장했다. 다른 무리들은 그들이 주장하는 독점을 용인하지 않았다. 다음 날 두 번째 무리가 먹을 것을 구하러 간 사이, 파리의 성문이 내려졌다. 간신히 닫힌 성문을 뚫고 난 후 두 번째 무리와 세 번째 무리의 사람들은 하나로 뭉쳐 튈르리 궁으로 몰려갔다. 광신도들에게 궁 안에 있는 적들은 이미 신의 선택에서 밀려난 것 같았다. 그들은 신과 신의 대리인인 그들의 수장 외의 누구에게도 복종해서는 안 된다는 믿음을 가지고 있었고, 그렇기에 궁 안의 사람들에게는 아무런 권리가 없다고 지적했다. 그렇게 갈등은 본격적으로 시작되었다. 그리고 그 갈등의 골은 점점 깊어지다, 끝내 세 무리가 각자 무장한 채 방돔 광장으로 모여드는 데 이르렀다. 모든 이는 저항하는 적들을 무력으로 진압하겠다는 다짐을 가지고 있었다. 총을 장전한 채 모여든 그들은 서로의 가슴에 총구를 겨누었다. 그렇게 마지막 인류는 살인으로 영혼을 불태우며 각자의 손에 서로의 피를 묻히려 하고 있었다. 순간 수치심이 각 수장들의 가슴에 스며들었다. 단순히 자신들의 행동이 수치스럽다는 게 아니라, 그 행동이 전 인류를 위태롭게 한다는 점이 수치스러웠던 것이다. 광신도들의 수장은 만약 사병들이 죽게 되면 보충할 병력이 없다는 것을 깨달았다. 한 사람, 한 사람의 목숨은 값을 따질 수 없는 보석과도 같았고, 만약 그 보석이 파괴되면 마음속에 남은 응어리는 결코 타인의 귀감이 될 수 없을 터였다. 그는 젊은데다 건방지고 경솔했다. 또한 다른 모든 사람보다 자신이 뛰어나며 고귀하다고 생각하고 있었다. 하지만 그 순간 그도 자신의 행동을 후회했다. 모든 사람들의 피가 자신의 머리 위로 쏟아지는 것 같았다. 순간적인 충동으로 그는 말에 박차를 가해 무리의 중간으로 달려 들어갔고, 흰 손수건을 건 검을 높이 쳐들었다. 협상을 요구한 것이다. 다른 편 수장들도 그 신호에 따랐다. 그는 따뜻하게 얘기했다. 모든 수장들이 호국경에게 따르기로 맹세했던 것을 기억한다고 말이다. 그는 그 순간의 모임이 반역이자 반란과 같다고 말했다. 또한 자신이 성급했던 것을 인정하며, 이제 냉정함을 찾았다고 얘기했다. 그는 각 무리에서 윈저 백작에게 사절단을 보내는 게 어떻겠냐고 제안했다. 백작이 이 갈등에 개입하게 한 후, 그의 결정에 따르자는 게 그의 생각이었다. 그의 제안이 검토되었고, 수장들은 철수하기로 합의했을 뿐 아니라, 무리로 돌아가 상의를 한 후 밤이 되면 다시 중립 지역에서 만나 협상을 완료하자는 의견에도 동의했다. 그리고 다시 모인 수장들은 그 계획에 최종적으로 합의했다. 그러나 사실 목사의 아들은 에이드리언의 중재를 원치 않았다. 그래서 그는 자신의 의견을 전달하기 위해 에이드리언이 정해준 사절을 보내는 대신 자신이 선택한 대사를 보내기로 했다. 변명을 늘어놓으며 애원하는 자신의 요구를 관철시키기 위해서 말이다.

휴전은 2월 1일까지 지속시키기로 했다. 그리고 그날이 되면 각 무리들은 다시 방돔 광장으로 모이기로 했다. 그러므로 그때까지 에이드리언은 파리에 도착해야 했다. 그곳은 일촉즉발의 상황이었고, 머리칼 한 올의 무게만으로도 저울이 기울며 창자가 끊는 듯한 격분으로 평화를 쫓아버릴 분위기였다. 그가 늦으면 평화가 있어야 할 그 자리에 죽음의 적막만이 남아 있는 걸 바라보아야 할 터였다. 그 소식을 들은 건 1월 28일이었다. 도버 근처에 있는 모든 선박들은 얼마 전의 그 어마어마한 폭풍우로 산산조각이 나 있었다. 하지만 우리의 출발이 지체되어서는 안 될 일이었다. 그날 밤, 에이드리언과 나, 그리고 친구들과 시중을 들어주는 사람까지 열두 명을 더한 인원이 영국의 해안에 섰다. 그리고 사절단이 타고 온 작은 배에 올랐다. 우리 모두가 노를 잡았다.

그리고 그 즉시 출발했다. 다급한 출발은 우리에게 수많은 추측과 담론거리를 제공하며, 모국을 떠나는 소회를 만끽할 수 없도록 만들었다. 하지만 수많은 국민을 잃은 영국을, 우리의 고향을 끝내 떠난다는 감정은 우리들 가슴 한구석에 깊이 박혀 있었다. 별빛이 찬란한 고요한 밤이었다. 우리가 높은 파도의 등을 타고 오를 때마다 영국의 해안이 간간이 모습을 드러냈다. 우리의 작은 배가 더 빨리 달릴 수 있도록 나는 기다란 노를 힘껏 저었다. 노가 파도에 부딪히는 처량한 소리가 들려왔고, 나는 마지막으로 바다로 둘러싸인 영국을 흘긋 쳐다보며 서글픈 애정을 느꼈다. 두 눈이 피로했지만, 우리를 지켜주던 절벽이 잠시 모습을 드러내는 순간 피로가 순식간에 사라졌다. 우뚝 솟은 그 절벽은 육지로 침투하려는 바다로부터 아름답고 용감한 우리의 땅을 지켜왔다. 거대한 파도로 우리를 쓸어내렸던 그 격동의 순간을 얼마 전에도 보지 않았던가. 갈매기 한 마리가 우리의 머리 위를 스쳐 지나갔다. 벼랑 틈에 만들어놓은 둥지를 찾으려는 것이리라. 그래, 너는 네가 태어난 땅을 다시 찾을 것이다. 하지만 우리는 결코 다시 돌아오지 못하리라! 갈매기여, 네가 부럽기 그지없구나. 아이드리스의 무덤에 안녕을 고하노라! 내 사랑이 안치된 무덤이여, 영원토록 안녕히!

우리는 바다에서 열두 시간을 보냈다. 파도가 높아 우리는 온 힘을 다해 노를 저어야 했다. 노를 지탱할 힘마저 다 빠졌을 때 우리는 간신히 프랑스 해변에 도착했다. 회색빛 아침이 별빛을 희미하게 했고, 이지러지는 달의 은빛 뿔을 가렸다. 바다에서 태양이 붉게 타올랐지만, 우리는 일출을 감상할 여유 없이 배에서 내려 칼레의 모래사장을 밟고 걸어나갔다. 가장 먼저 해야 할 일은 말을 구하는 것이었다. 밤을 꼬박 새고 노를 저은 탓에 모두가 녹초가 되어 있었지만 머뭇거릴 틈이 없었다. 우리는 당장 필요한 것들을 얻기 위해 칼레 근처의 거친 황무지로 들어섰다. 우리는 분업을 하기로 했다. 일부는 망을 보기로 했고, 일부는 쉬었으며, 일부는 아침식사를 준비하는 식이었다. 말을 구하러 갔던 이들은 정오가 되어 말 여섯 마리를 데리고 돌아왔다. 에이드리언과 나, 그리고 다른 네 명은 말을 타고 목적지로 향했다. 국민들이 스스로 문명의 수도라고 이름 지었던 위대한 도시를 향해서……. 주인을 잃은 지 오래인 우리의 말들은 야생마라고 불러도 될 만큼 사나웠다. 하지만 다행히 녀석들은 우리가 이끄는 대로 칼레 주위의 벌판을 거칠게 달려갔다. 볼로뉴 근처의 고지대에서 나는 다시금 영국 쪽을 돌아보았다. 짙은 안개가 영국을 가렸고, 떠나올 때 눈에 밟혔던 절벽도 안개 속에 몸을 숨겼다. 우리의 사이에는 방대한 물의 장벽이 존재했고, 이제 다시는 그곳을 건널 수 없을 것이다. 영국은 바다 위에 놓여 있다.

커다란 호수에 백조의 둥지가 놓여 있는 것처럼.
(셰익스피어의 〈심벨린〉 3막 4장에 나오는 대사다—옮긴이)

파괴된 둥지라니, 아아! 앨비언(영국을 가리키는 옛 이름—옮긴이)의 백조는 영원히 숨을 거두었다. 거대한 태평양에 떠 있는 인적 없는 바위섬이 어쩌면 앞으로의 역사에서 버려진 영국보다 훨씬 더 큰 비중을 차지할지도 모른다니…….

우리의 전진은 수많은 장애물로 인해 자꾸만 지체되었다. 말들이 지치면 다른 말들을 찾아야 했다. 우리는 한때 인간의 노예였다가 자유를 찾은 그 짐승들에게 다시 굴레를 씌울 방법을 찾느라 많은 시간을 보냈다. 말들이 예전에 살던 마구간으로 다시 돌아왔을지도 모른다는 생각에 마구간을 뒤지느라 시간을 허비하기도 했다. 우리는 매번 원하는 만큼 말을 구할 수 없었고, 거듭 한 사람씩을 그 자리에 두고 떠나야 했다. 2월 1일, 에이드리언과 나는 단 둘이서 파리로 들어섰다. 우리가 생 드니에 도착했을 때는 고요한 아침이었다. 곧 해가 높이 떴고, 우리가 우려했던 대로 방돔 광장에 모인 동포들은 무기를 든 채 충돌하고 있었다. 우리는 목적지로 향하는 사이 한 무리의 프랑스인들을 만났다. 그들은 섬나라 침략자들의 광기와 갑자기 광장에 모여든 사건에 대해 열띠게 떠들어대고 있었다. 칼집에서 뽑힌 검과 총검이 햇빛에 반짝였고, 떠들썩한 고함 소리가 대기를 갈랐다고 했다. 역병으로 수많은 사람들이 죽어가기 시작한 이후, 그만한 혼란은 보기 드문 장면이었다. 잘못된 생각과 모욕적인 조롱이 각 무리 사이를 오갔다. 선거로 무리의 일부를 축출하기로 결정한 이후 그들은 서로를 짓밟을 기회만을 노리고 있었던 모양이다. 다행히 자비로운 존재들이 개입했고, 그 덕분에 누구의 피도 흘리지 않을 수 있었다. 광기 어린 군중들이 그런 식의 치졸한 공격을 퍼붓는 사이, 아내와 어머니이자 딸들인 여성들이 그들 사이에 끼어들었다. 그들은 말 주위를 에워싸고 기병들의 무릎이며 목에 매달렸다. 한편으로는 성난 가장들과 아들들에게 무기를 내려놓으라고 애원하기도 했다. 남성들의 고함 소리와 여인들의 날카로운 비명 소리가 요란스럽게 뒤섞이며 떠들썩해진 광장이 막 도착한 우리를 맞이했다. 소란스러운 탓에 사람들은 우리의 목소리를 듣지 못했다. 그러나 군중의 소란도 백마를 탄 에이드리언의 모습을 가리지는 못했다. 그는 말에 박차를 가해 인파 속으로 뛰어들었다. 그를 알아본 사람들은 함성을 지르며 영국과 호국경의 이름을 외쳤다. 그를 본 사람들은 서로를 부둥켜안으며 그의 주위로 몰려들었다. 여인들은 그의 손과 옷자락에 입을 맞췄다. 아니, 그의 백마가 사람들의 포옹을 모두 받아냈다는 게 옳겠다. 그를 만난 기쁨에 흐느끼는 이도 있었다. 그들에게 에이드리언은 하늘에서 자신들을 위해 평화를 전해주러 내려온 천사처럼 보였다. 다른 걱정은 없었다. 오히려 그가 사람들의 다정한 환호에 질식하지는 않을까 걱정될 뿐이었다. 겨우 소동이 진정되었고, 그가 입을 열자 사람들은 조용히 그의 말을 기다렸다. 군중들이 물러났고, 수장들만이 그를 계속해서 둘러싸고 있었다. 나는 레이먼드 경이 전선 맨 앞에서 말을 달리던 모습을 본 적이 있다. 그는 이미 승자의 모습이었고, 그 위엄 있는 태도는 모두의 존경과 복종을 이끌어낼 만했다. 하지만 에이드리언은 그런 모습도, 그런 식의 영향을 끼치지도 않았다. 그의 여린 생김새와 열정적인 태도는 지배라기보다 애원에 가까웠다. 국민에 대한 진정한 사랑이 느껴졌달까……. 그러면서도 두려움을 모르는 그의 모습은 수많은 사람들의 마음을 끌어안았다. 군중들 역시 그가 결코 위험 앞에서 물러서지 않을 것이며, 모두를 위한 것이 아닌 다른 이유로 행동하는 사람이 아니라는 것을 잘 알고 있었다. 그래서 그를 믿을 수 있었던 것이다. 방금 전까지 얼마든 서로의 피를 볼 준비가 되어 있었던 사람들은 이제 적대심을 드러내지 않았다. 서로에게 굴복한 것은 아니었지만, 다같이 윈저 백작에게 따를 마음의 준비를 마쳤기 때문이었으리라.

하지만 그렇지 않은 부류가 있었다. 그들은 에이드리언의 등장을 기뻐하는 다른 사람들과는 생각이 달랐다. 또한 동포들의 마음을 누그러뜨려준 평화의 정신을 빨아들이지도 않았다. 그 무리의 맨 앞에 커다란 덩치와 어두운 얼굴을 한 남자가 서 있었다. 순식간에 태도를 바꾼 사람들을 질타하는 시선 속에는, 자신을 따르는 신자들의 단호한 모습에 대한 흡족함도 묻어났다. 그들은 그때까지 소극적인 모습을 보이고 있었다. 하지만 수많은 사람들의 환호 속에서 자신들이 잊혔다는 것을 깨닫자, 그들은 위협적인 태도를 보이기 시작했다. 그들은 자신들이 원하는 바가 오직 하나뿐이라고 주장했다. 또한 당연히 그리될 것이라고도 말했다. 다른 군중들의 분노가 짚단에 붙은 불처럼 순식간에 타오르는 것이었다면, 그 신자들이 가지는 증오는 서서히 타오르는 불길이었다. 그들은 이 땅의 아이들에게 닥쳐올 두려운 일들과 끔찍한 비난을 쏟아내며, 다가올 세상에서 자신들의 성채를 확고히 하고자 했다. 스스로가 신에게 선택받은 군대라고 믿고 있던 신자들은 자신들의 분노를 새삼 깨달았다. 그들은 무기를 움켜쥐고 교주의 공격 신호를 기다렸다. 그 순간 물러서라는 에이드리언의 맑은 음성이 울려퍼졌다. 그들은 혼란에 빠져 웅성거리면서도 백사장에서 쓸려나가는 파도처럼 뒤로 물러났다. 그렇게 우리의 벗들은 다시금 에이드리언에게 고개를 숙였다. 에이드리언은 홀로 그들 쪽으로 말을 달렸다. 그리고 적대적인 태도를 숨기지 않고 있는 그들의 수장에게 다가가 다른 이들처럼 마음을 바꾸라고 부탁했다. 그러나 교주는 뜻을 굽힐 생각이 없는 것처럼 보였다. 그는 자기 무리를 이끌고 앞으로 나섰다. 그 무리에는 여인들도 여럿 속해 있었다. 여인들은 사내들보다 더 열정적이고 단호해 보였다. 그들은 자기네 우두머리를 보호하기라도 하려는 듯 그의 주위를 둘러싸더니, 큰 소리로 그를 숭배하며 그가 가진 신성한 권리에 대해 떠들어댔다. 에이드리언이 그들 중 일부에게 다가가자, 그들은 주춤거렸다. 그가 말했다.

"그대들은 무엇을 찾는 것인가? 우리가 줄 수 없는 무엇을 원하기에, 무기를 들이대며 전쟁을 일으키려 하는 것인가?"

그가 묻자 사람들이 제각기 소리쳤다. 알아들을 수 있는 말은 선택과 죄악, 그리고 분노하신 신의 오른팔 정도였다.

에이드리언은 그들의 지도자를 바라보며 질문했다.

"자네의 신도들을 조용히 시킬 수 있는가? 자네도 알다시피, 내 사람들은 내 뜻을 따른다네."

나머지 두 무리가 신도들 쪽을 노려보며 에이드리언의 말을 증명했다. 그러자 교주는 신도들이 자신의 말을 따르지 않을까 두려워하는 얼굴로, 자신의 사람들에게 물러서라고 지시한 뒤 스스로 한 걸음 앞으로 나왔다. 에이드리언이 다시 질문했다.

"그럼 다시 묻겠네. 자네들이 우리에게 원하는 게 뭔가?"

"회개를 원한다."

종교 집단의 우두머리가 말했다. 그늘진 그의 얼굴은 사악하게 까지 느껴졌다.

"고귀하신 신의 뜻에 복종하고자 하는 의지가 이 선택받은 사람들을 만들어냈다. 그대들의 죄악 때문에 우리까지 함께 죽을 필요는 없지 않은가? 아, 믿음이 부족한 자들이여! 우리가 그대들에게 회개와 복종을 요구할 권리가 없다고 보는 건가?"

"우리가 거절한다면 그럼, 그때엔 어떻게 되는 건가?"

에이드리언이 부드럽게 되물었다.

"경고한다!"

수장이 소리쳤다.

"신이 그대의 말을 듣고 계신다. 신의 노여움이 그대의 돌덩어리 같은 심장을 벌하시리라. 날아가는 화살에 독을 바르실 것이며, 죽음의 사냥개를 풀어놓으실 것이다! 우리는 복수하지 않은 채로 죽지 않을 것이다. 전능하신 신이 우리에게 복수를 명하셨다. 신이 이 땅에 강림하시면, 그대들에게는 파멸뿐이다."

그의 말에 에이드리언이 약간의 경멸을 띤 채 조용히 대답했다.

"어리석은 친구여. 그대가 무지한 것은 이미 알고 있었다. 무지한 자네가 아무것도 하지 않길 바랐지. 지금 당장이라도 자네가 스스로 이해하지도 못하는 걸 입에 올리고 있다는 사실을 증명할 수 있다. 하지만 굳이 그럴 필요는 없을 것 같군. 우리에게선 그대가 원하는 바를 얻지 못하리란 것만 알려주지. 하늘이 우리의 증인이 되리니, 우리는 앞으로 그대들을 찾지 않겠다. 우리가 모두 숨을 거두게 되어 그대들이 자신이 한 짓에 비통해 하는 모습을 보지 못하는 것이 한스럽구나. 저곳에서라면……."

그가 땅을 가리키며 말을 이었다.

"저 아래에서라면 우리도 모두 같은 뜻을 가질 수 없을지 모른다. 하지만 이곳에선 그럴 필요가 없다. 우리는 살고자 하는 하나의 뜻만 가진다. 그러니 그대들은 고향 땅으로 돌아가든 이곳에 머무르든, 그대들 마음대로 하라. 그대들의 신에게 원하는 방식대로 기도하라. 그대의 벗들도 그리하기를 원할 지니, 나는 모두가 평화롭기를 기도할 뿐이다. 어떤 부분은 체념할지라도, 어떤 부분에선 희망을 가지며 말이다. 그러니 가거라!"

분개하며 대꾸하려는 수장에게 에이드리언은 가볍게 목례를 하고 말을 돌려 생토노레로 내려왔다. 그리고 친구들을 불러 사람들이 자신을 뒤따르게 해달라고 부탁했다. 그는 모두가 그를 따라 장벽으로 모여들 수 있도록 느리게 전진했다. 그런 다음 그를 따르겠다고 결심했다면 베르사유에서 모이라고 얘기했다. 모든 위험이 지나가고 안전해졌다는 확신이 들 때까지 그는 파리의 성내에 머물렀다. 2주 정도가 지나자, 영국에 남은 이주자들도 다들 프랑스에 도착했고, 모두가 베르사유에서 휴식을 취했다. 호국경과 그의 가족들에게는 트리아농 궁이 숙소로 주어졌고, 일련의 사건들로 흥분된 마음을 가라앉히며 우리는 몰락한 부르봉 왕가의 호화로운 사치품 속에서 휴식을 취했다.

5장

　며칠간의 휴식 뒤에 우리는 자문단 회의를 열었다. 앞으로의 이주 계획을 결정하기 위해서였다. 처음의 계획은 추운 겨울을 피해, 영국보다 위도가 낮고 따뜻한 곳으로 얼마 남지 않은 생존자들과 함께 이동하는 것이었다. 우리는 방황을 멈추고 정착할 곳을 아직 찾지 못했다. 다만 우리의 머릿속에 흐릿하게나마 그려지는 풍경이 우리를 유혹하고 있었다. 꽃향기 가득한 숲과 눈부시게 반짝이며 흘러가는 강물, 그런 풍경을 우리 모두가 상상하고 있었다. 여러 가지 이유로 영국에서 발목을 잡혔던 터라, 이주민 모두가 프랑스에 도착했을 땐 2월 중순이었다. 원래 계획대로 남쪽으로 이동한다면, 전보다 더한 악조건에 놓이게 될 게 분명했다. 출발 시기가 늦춰진 탓에, 따뜻한 날씨를 찾아 남쪽으로 내려간다면 이집트나 페르시아의 혹독한 열기를 맞닥뜨려야 할 터였으니 말이다. 그러므로 극단적인 날씨가 계속되는 한, 우린리는 계획을 수정해야만 했다. 우리는 일단 현재 자리 잡은 곳에서 봄이 될 때까지 기다리기로 결정했다. 그러다 봄이 되면 뜨거운 여름을 나기 위해 스위스의 얼음 계곡으로 이동할 생각이었다. 남쪽으로 가기로 한 계획은 가을까지 미루기로 했다. 우리가 가을이란 계절을 다시 맞게 된다면 말이다.

베르사유의 성과 마을은 우리가 지내기에 괜찮은 조건이었다. 먹을 것을 책임지기로 한 무리는 안정적으로 식료품을 조달해주었다. 인류의 마지막에 처한 생존자들은 기이하고도 형편없는 모습으로 뒤섞여 있었다. 처음에 나는 그 모습을 식민지에 도착한 탐험가들에 비유했다. 새로운 항로를 개척해 먼 바다 건너 신대륙을 발견하는 사람들 말이다. 하지만 우리에게서는 그들의 부산함과 성실함을 찾아볼 수 없었다. 널찍한 저택을 지을 때까지 머무를 불편한 숙소를 개선하려는 노력도, 영역의 표시와 경작의 시도도 없지 않은가? 낯선 동물과 식물 들을 조사하려는 열띤 호기심도, 주위를 알아보기 위한 탐험도 없지 않은가? 우리는 식량이 쌓인 곡창이 있는 궁전에 머무르고 있었으나 노력도, 호기심도, 식을 줄 모르는 열정도 갖고 있지 않았다. 남은 인원만이라도 확실히 살아남을 수 있다는 믿음을 가질 수 있었다면, 우리의 자문단도 더 큰 희망을 꿈꾸며 활기차게 논의를 계속했을지 모른다. 하지만 우리에게는 그런 믿음이 없었다. 우리는 침울한 상태로 앞날에 대해 상의했다. 남아 있는 것들로 삶을 더 이상 유지할 수 없게 되었을 때, 우리가 어떤 식으로 삶을 지속시켜야 할지에 대해 논의해야 했다. 또한 미래의 계획과 앞으로 정착하게 될 곳에 대해 이전까지보다 더 신중히 고려해야 했다. 허나 여름과 역병이 멀지 않은 곳에 있었고, 우리는 감히 먼 미래를 내다볼 수 없었다. 모두는 유흥에 관한 생각들만으로도 괴로워했다. 한때 젊은이들은 춤과 노래를 즐기며 우울한 시간에 활기를 불어넣는 존재였다. 하지만 그 길들지 않은 흥겨움이 사라지자, 젊은이들은 모든 것을 멈췄다. 우리는 서로의 애처로운 얼굴과 고통 가득한 한숨만 마주해야 했다. 각자의 상실과 슬픔을 숨기려 해도 아무런 소용없이 괴로움만 더할 뿐이었다. 지붕 아래에서 웃음이 터져나와도 그것은 공허한 즐거움이었다. 그런 광경을 목도하게 되면, 근심이 줄기는커녕 더욱 커질 따름이었다. 기쁨을 건지려는 인파들 속에서, 나는 두 눈을 감고 아이드리스가 거할 어두운 동굴을 떠올렸다. 그녀의 시신이 조용히 썩어가며 안식에 잠길 그곳 말이다. 그러다 다시금 현재를 깨닫게 될 때면, 나는 리디아의 감미로운 피리소리나 우아한 군무의 조화로움보다, 늑대 골짜기(베버의 오페라 〈마탄의 사수〉에 등장하는 장소로, 악마를 만나 계약을 하는 곳으로 묘사된다—옮긴이)의 흉포한 합창과 마술사가 그린 진을 뛰어다니는 도마뱀을 떠올리게 되곤 했다.

　군중들과 관련된 우울한 기억을 묻어두고 내 여인의 안식을 떠올린 다음에야, 나는 아이들이 있는 소중한 가정의 품에서 휴식을 취할 수 있었다. 아이들이라고 표현했지만, 나는 특히 클라라에게 남다른 애정을 가졌다. 그 아이의 마음속에 존재할 아버지의 빈자리를 채워주고 싶었다. 클라라는 이제 열네 살이었다. 한창 까불 나이인데도, 이런저런 슬픔을 겪으며 주위에서 일어나는 비극들을 이해하게 된 것인지 그 아이는 늘 침착한 모습이었다. 게다가 항상 우러러보았던 아버지에게서 물려받은 점들과, 나와 에이드리언을 존경하는 마음이, 그 아이의 가슴에 높은 책임의식을 심어주었다. 하지만 클라라는 항상 진지하긴 했지만 우울한 모습으로 슬픔에 잠겨 있진 않았다. 어린 시절 우리들은 모두 빨리 어른이 되기 위해 아기새처럼 목을 길게 빼고 날개의 깃털을 세우지 않았던가. 반면 클라라는 어릴 때 겪었던 일들로 인해, 그런 경솔함이 배어들지 않았던 것이다. 그 아이는 기억 속의 부모에 대한 사랑과 살아있는 친척들의 관심을 자신만의 신에게 쏟아부었다. 그것이 그 아이가 가진 삶의 규칙이었다. 클라라 역시 다른 아이들과 마찬가지로 자신의 믿음을 숨기려 애썼다. 뿐만 아니라, 비밀이라는 이유로 더욱 그 믿음에 매달렸다. 어린 시절 가슴에 품었던 것보다 더 신실한 믿음이, 더 순수한 너그러움이, 더 열렬한 희망이 과연 존재할 수 있을까? 이 세상에 존재하는 모든 사랑과 믿음이 그 아이에게 깃든 것 같았지만, 사실 그 아이는 어려서 욕망과 불운의 거대한 바다에 내던져진 존재였다. 그래서 그 아이는 모든 곳에서 신의 손길을 느끼고 있었다. 그 아이가 가장 바라는 것은 전능하신 신의 힘에 따르는 것이었다. 한편 막내인 에블린은 이제 겨우 다섯 살이었다. 세상의 모든 것이 재미있고 흥미롭기만 한 나이인 그 아이는 슬픔은 전혀 알아차리지 못했고, 천진난만한 웃음으로 집안에 생기를 불어넣어주었다.

늙은 백작부인은 권력에 대한 열망도, 지위와 명예도 모두 버렸다. 대신 그녀는 새로운 신념에 사로잡혔다. 이제 그녀는 사랑만이 인생에서 유익한 단 하나의 감정이며, 선행이야말로 삶을 풍요롭게 해주고 범상한 사람들과의 고결한 차이점을 만들어낼 수 있는 것이라 믿게 되었다. 오래도록 외면해왔던 딸의 시신 앞에서, 굳은 딸의 입술을 통해 그 진리를 깨닫게 된 것이다. 불같은 성미를 지녔던 부인은 이제 남겨진 가족들의 애정을 얻는 데 전념했다. 한때 에이드리언은 어머니에게 냉랭한 태도를 보였다. 그가 예의를 갖춰 어머니를 대했음에도 그녀는 내내 그에 대한 실망감만 드러냈기 때문이다. 이는 에이드리언으로 하여금 어머니와 함께하는 시간을 고통스럽게 느끼도록 만들었다. 그런 그의 모습에 부인은 아들의 사랑을 되찾아야 할 필요성을 깨달았다. 난관은 오히려 그녀를 더욱 열정적으로 만들어주었다. 독일의 황제 하인리히가 카노사 성에 도착한 후 맨발로 사흘간 눈 속에 서서 사면을 기다렸던 것처럼, 부인도 아들의 차갑게 식은 마음 앞에서 겸허히 기다렸다. 결국 사랑과 다정함이 아들의 굳게 닫힌 마음의 문을 열었다. 변모한 백작부인은 분명 자식의 애정과 감사를 받을만한 사람이었다. 부인의 이해력과 용기도 에이드리언이 군중의 소란을 다스리는 업무에 있어 상당한 도움이 되어주었다. 하지만 상황은 여전히 풍전등화였다.

다음 계획을 실행에 옮기기 전까지 파리에 머물며 출발을 기다리는 동안, 우리의 평화를 방해하는 가장 큰 문제는 선지자를 자칭하던 교주와 그의 추종자들이 우리가 있는 곳 근처에서 머물고 있다는 것이었다. 그들은 계속해서 파리에 머물렀다. 게다가 그 자를 따르던 선교사들이 베르사유를 찾아오기도 했다. 그들은 무지하고 두려움이 많은 사람들에게 열정적으로 교리를 반복해서 설파했고, 진실하지 않은 말이었음에도 그들은 군중들에게 막강한 영향을 끼쳤다. 누구도 유의하고 있지 않던 일이었기에, 그들은 좀처럼 실패하는 일 없이 사람들을 자신들의 무리로 끌어갈 수 있었다. 그 사실을 알아차리자마자 우리는 절망적인 상황에 이르렀다는 것을 깨달았다. 여름이 다가오면 우리는 스위스로 이주할 것이고, 악한 지도자의 손아귀에 사로잡혀 속고 있는 사람들을, 우리의 동포를 떠나야만 하게 될 터였다. 지금도 사람이 많지 않은데 앞으로 인원이 더 줄지도 모른다는 불안감이 우리를 압박해왔다. 하지만 다시 우리 무리로 돌아오는 사람들이 있었기에, 조금이나마 안심할 수 있었다. 미신의 치명적인 영향에서 빠져나온 사람들을 보는 것은 예상보다 더욱 기쁘고 고마운 일이었다. 비록 그들이 스스로 사슬에 묶였던 것이며, 억압 아래에 신음하는 것조차 자진했던 것이라 해도, 그들이 가혹한 폭압의 희생자라는 사실은 변함이 없었다. 선지자를 자칭하는 그 교주가 신실하거나, 적어도 가진 권력을 적절하게 행사했다면, 우리는 즉시 그에게 우리의 입장을 자세히 표명하며, 최선의 논쟁을 통해 그의 식견을 좀 더 부드럽고 다정하게 만들려고 분투했을 것이다. 하지만 교주는 그저 야망 때문에 그런 일을 벌인 것이었다. 그는 죽음을 버티고 남은 마지막 사람들을 지배하고자 했다. 그의 계획은 먼 미래까지 나아갔다. 만약 남아 있는 생존자마저 죽음에 이르고, 진정으로 소수의 인간들만이 남게 된다면, 그때엔 새로운 인류가 등장하게 될 것이라고 그는 생각하고 있었다. 그렇게 되면 그는 자신이 종교라는 고삐를 움켜쥐고 역병이 지나간 세계를 다스릴 원로로, 선지자로, 아니, 신으로 기억될 수 있으리라 믿었다. 노아의 홍수 이후 그리스의 신 제우스가 정복자가 되고, 이집트의 신 세라피스는 입법자가 되고, 인도의 신 비슈누는 수호자가 되었던 것처럼 말이다. 이런 욕심은 그를 더욱더 융통성 없고 독단적인 존재로 만들었고, 그는 자신의 제국을 찬탈할 가능성이 있어 보이는 사람 모두에게 격렬한 증오심을 품게 되었다.

선의를 행하려는 너그러운 자가 사리사욕만을 채우려는 자보다 인간의 마음을 사로잡지 못하고 있는 상황이었다. 기이한 일이었지만, 이론의 여지 없는 분명한 사실이었다. 에이드리언은 이성적인 태도로 진실 외의 궤변을 멀리하며 끈기 있게 사람들을 설득하고 있었다. 그러나 사람들은 교주의 말에 더 쉽게 흔들렸다. 그 자는 합리적인 태도와 거리가 멀었다. 주장하는 바에 근거도 부여하지 않았다. 누군가의 열정을 일깨우지도, 거짓을 지워내지도 못했다. 그저 순간의 변명으로 상황을 타개하는 사람이었다. 그런 자가 사람들의 마음을 더욱 수월하게 현혹한다는 건 당혹스러운 일이다. 이런 일이 태곳적부터 발생했던 것이라면, 전능한 신의 말을 외면하고 궤변을 늘어놓는 동족의 이야기에 더 큰 공감을 얻어왔던 게 우리의 역사라면, 이제 저 하늘에 계시는 신은 우리가 서 있는 무대로 끔찍한 두려움과 상상을 초월하는 희망을 던져줄 것이다. 그리고 보잘것없는 존재인 우리는 이끌어주는 희망 없이, 태초의 감정이라는 두려움을 지워낼 힘조차 없이, 그저 그 자리에 멈춰 서게 될 것이다. 스스로를 선지자라고 일

컫는 교주는 추종자들에게 모든 것이 믿음에 달려 있다고 주장했다. 역병에서 벗어나는 것도, 아이들이 구원을 받는 것도 모두 믿음에 따라 결정될 것이라고 했다. 인류가 뿌린 씨앗에서 잉태될 새로운 인류의 등장 또한 믿음이 없다면 불가능하다고 했다. 그러므로 그는 자신의 뜻을 따라야 한다고 단언했고, 사람들은 그 믿음을 게걸스럽게 받아들였다. 심지어 손쉽게 믿음을 얻었다는 자부심은 다른 사람들을 개종시키겠다는 열의마저 만들고 있었다.

에이드리언은 사색에 잠기거나 담론을 벌이게 될 때, 이따금 어떤 감언이설이 사람들을 그 엉터리 집단으로 꾀어낼 수 있었는지에 대해 다루곤 했다. 그는 계획을 많이 세우는 편이었다. 하지만 그의 곁을 지키는 사람들은 그에게 신의를 지키며 사람들의 안전을 보장하라고 조언했고, 그는 주위의 의견에 언제나 귀를 기울였다. 반면 교주는 조심스러웠고, 섣불리 계획을 세우지 않았다. 그리고 신중한 만큼 악랄했다. 그의 제물들은 지나칠 정도로 엄격한 규칙 아래에서 생활하고 있었다. 그들은 튈르리 궁에 감금되다시피 하여, 밖으로 나와 논란을 일으킬 여지조차 없었다. 하지만 나는 그들 중 한 사람을 구해내기로 마음먹었다. 아이드리스가 아끼던 사람으로, 한때 종종 어울리기도 했던 여인이었다. 그 여인은 품성이 고왔지만, 그로 인해 더 큰 상처를 받았다. 그리고 비통에 젖어, 영혼을 삼켜버리는 그 무자비한 교리에 스스로를 내던졌다.

교리를 설파하는 교주의 깃발 아래, 200~300명의 사병들이 모여 교주를 지키고 있었다. 그 중 절반 이상이 여인들이었고, 쉰 명가량은 다양한 연령대의 아이들이었다. 남성들의 수는 여든 명이 채 되지 않았다. 얼핏 모습만 보아도, 대부분 하류층이었던 사람들이 엉터리 믿음을 따르게 된 것임을 알 수 있었다. 물론 예외도 있었다. 충격을 받고 슬픔에 길들여진 명문가 여성들 일부도 그들 무리에 끼어 있던 것이다. 그 사람들 중에 젊고 사랑스러우며 열정적인 사람이 하나 있었다. 그녀의 선량함이 그녀를 더욱 손쉬운 먹잇감으로 만들었던 게 분명하다. 나는 예전에도 그녀에 대해 언급한 적이 있다. 그 여인은 바로 줄리엣이었다. 공작가의 막내딸이자 이제는 유일한 후손이 된 여인, 줄리엣……. 가만 보면, 운명이 건네는 유난히 혹독한 절망을 고스란히 껴안게 되는 사람들이 있다. 줄리엣 또한 절망의 입맞춤으로 온몸을 흠뻑 적신 것 같은 여인이었다. 그녀는 응석을 받아주던 부모를 잃었고, 형제자매와 수많은 친구들과도 영영 이별하고 말았다. 죽음은 단한 번의 손길로 그들 모두를 그녀에게서 앗아가버렸다. 그녀는 자신이 행복하다고 말하는 일은 두 번 다시 없으리라고 생각했다. 하지만 떠났던 첫사랑이 그녀를 찾아왔고, 허전했던 가슴을 채워주는 연인 덕분에 그녀는 사랑의 힘으로 망각의 강을 건너게 되었다. 그녀는 연인과 그의 삶만이 자신의 모든 것이라고 여기게 됐다. 가슴 벅찬 기쁨을 만끽하며, 그녀는 어머니가 될 징조를 반갑게 맞이했다. 그러나 바로 그때 그녀의 삶을 떠받들던 버팀목이 쓰러졌고, 남편은 역병으로 죽음을 맞이하고 말았다. 그녀를 휩쓸던 광기가 잠시 가라앉는 듯했으나, 아이를 출산하면서 다시금 현실의 혹독함이 그녀에게 몰려들었다. 그녀는 괴로움에 몸을 가눌 수 없었지만, 아이가 삶을 지켜야 할 이유라는 것을 깨달았다. 가까이 지내던 지인들과 일가친척들 모두가 죽어버린 탓에, 그녀는 어려운 형편과 고독함 속에서 점점 쇠약해져 갔다. 깊은 우울감과 삭혀지지 않는 성마름이 그녀의 판단력을 흐리게 만들었고, 그런 연유로 그녀는 자신의 고통과 고민을 털어놓을 생각조차 하지 못했다. 전지역적 이주에 대한 계획을 접하게 되자, 그녀는 아이와 함께 넓디넓은 영국 땅에 단둘이 남아, 살든 죽든 운명의 뜻에 따르겠다고 사랑했던 남편의 무덤가에서 다짐했다. 그녀는 런던의 수많은 빈집 중 하나에 몸을 숨겼다. 11월 20일 내 사랑 아이드리스를 구해준 것이 바로 그녀였다. 곧이어 내가 생사의 기로에 놓이게 되었고 아이드리스의 상태도 나빠졌던 터라, 우리는 불운한 벗에 관한 것을 잊고 말았다. 하지만 그 상황은 그녀로 하여금 다시 옛 친구들과 조우하게 했고, 여전히 쉽게 끊어지지 않는 인연의 끈에 그녀도 매여 있다는 것을 깨닫게 했다. 아이가 가벼운 병을 앓자, 기댈 곳은 지인들뿐이었기 때문이었다. 그 작은 생명을 지켜내는 것이 그녀의 삶이 가지는 목표가 되었고, 그녀는 파리로 떠나는 첫 번째 무리의 일원이 되었다.

광신도의 우두머리에게 그녀는 손쉬운 먹잇감이었다. 풍부한 감수성과 극심한 두려움 때문에 그녀는 모든 충동과 자극에 좌지우지되고 있었다. 또한 모성애가 그녀를 한 가닥 지푸라기 같은 희망에 매달리게 하기도 했다. 한때 산란했던 그녀의 마음은 이제 거칠고 조화롭지 못한 손에 의해 조율되어 어떤 말에든 쉽게 속을 수 있는 상태가 되었다. 이야기에 나오는 여신처럼 아름답고, 누구보다도 달콤한 목소리를 지녔으며, 눈부신 열정으로 타오르던 그녀는, 엉터리 교주를 돕는 오른팔이 되어버렸다. 방돔 광장에서 수많은 군중들이 대치하고 있던 날, 군중들 가운데에서 나는 그녀를 알아보았다. 천우신조로 그녀가 내 아이드리스를 구해줬던 11월 20일의 기억이 갑자기 떠오르며, 나는 무심했던 내 자신을 책망했다. 그녀에게 감사의 인사도 전하지 못하지 않았던 가. 그랬던 내가 지금 그런 모습의 그녀를 아무것도 하지 않은 채 내버려둘 순 없다는 생각이 들었다. 그녀가 현실을 깨닫고 위선적인 인간이 가하는 고통에서 벗어나게 만들어야 했다.

나는 여기서 튈르리의 수용소에 잠입할 수 있었던 방법이나, 내 계획과 실망감과 인내심에 관한 지루한 이야기를 늘어놓진 않을 것이다. 어쨌든 나는 그 성벽을 통과했고, 줄리엣을 찾기 위해 수많은 홀과 복도를 배회했다. 저녁 즈음 나는 눈에 띄지 않게 신자들 무리에 섞여 예배당으로 들어갔다. 그리고 그곳에서 그들의 교주가 읊는 길고도 교활한 설교를 들었다. 교주의 근처에 줄리엣이 있었다. 그녀는 설교 내용에 두려워하면서도 깊게 감동을 받은 듯, 광기어린 짙은 눈동자의 시선을 교주에게서 떼지 않았다. 품에 안은 아기에게 잠깐 시선을 돌리는 순간만이 예외였다. 아이는 두 살이 채 되지 않았다. 그 아이를 바라보는 것 외에는 그녀는 한 마디도 놓치지 않으려는 듯 설교에 온 관심을 기울이고 있었다. 설교가 끝나고 신자들은 예배당을 나갔다. 내가 찾는 그녀만이 예배당에 남아 있었다. 그녀의 아기는 깊게 잠들어 있었기에, 그녀는 아이를 푹신한 방석에 내려두고 그 곁에 앉아 평온하게 잠든 아기의 얼굴을 바라보았다.

나는 그녀에게 다가가 말을 걸었다. 순간이었지만 그녀는 반가움을 표시했다. 그러나 내가 그 미신적인 절망의 동굴을 함께 빠져나가자고 열정적으로 애원하자, 이내 반갑다는 표정은 사라져버렸다. 그녀는 다시금 광신이 만들어내는 환각 속으로 빠져드는 것 같았지만, 다행히 천성이 유순한 덕에 내게 저주의 말을 퍼붓지는 않았다. 그녀는 내게 어서 가라고 말했다.

"조심하세요. 제발 조심하세요."

그녀가 울먹거렸다.

"도망칠 수 있을 때 어서 도망치란 말이에요. 지금은 안전한 것 같아도, 내가 환각과 환청을 보고 듣게 되면, 그렇게 영원이라는 시간이 경이로운 속삭임으로 그분의 의지를 드러내게 되면, 내 아이를 살리기 위해 당신은 희생되어야 해요. 나는 당신이 폭군이라 칭하는 우리 교주님의 주위를 맴돌 거예요. 그들은 당신의 사지를 갈가리 찢어놓을지도 몰라요. 나 또한 내 아이를 위해 아이드리스가 사랑했던 당신을 기꺼이 죽음으로 내몰지 모릅니다. 눈물 한 방울 흘리지 않고 당신의 시신을 신에게 바칠지 몰라요."

그녀는 정신없는 모습과 갈라지는 목소리로 서둘러 이렇게 말했다. 아이가 깨어나더니 겁을 먹고 울음을 터뜨렸다. 아이의 울음은 어머니의 가슴속에 하나하나 내다꽂혔고, 그녀는 아기를 어르며 내게 얼른 떠나라고 화내듯 소리쳤다. 나는 모든 위험을 감수하고서라도 그녀를 그 살인자의 동굴에서 데려나가기 위해 그곳에 갔다. 그리고 그녀를 이성적인 이유와 애정으로 설득할 수 있으리라 믿었다. 하지만 그 순간 내게는 선택의 여지가 없었다.

회랑에서 발소리가 들려왔고, 교주의 목소리가 가깝게 다가오고 있었다. 줄리엣은 아이를 품에 꼭 끌어안은 채 다른 통로 쪽으로 달려나갔다. 나도 그녀를 따라 나가려 했지만, 그때 나의 적과 그의 추종자들이 예배당으로 들어섰다. 금세 나는 그들에게 둘러싸였고, 감금되기에 이르렀다.

줄리엣의 경고를 들은 나는 교주라는 자가 앙갚음을 할 것이며, 추종자들의 분노가 내게 쏟아지리라는 것을 예상할 수 있었다. 그들은 내게 질문을 던졌다. 나의 대답은 간단하고도 정직했다. 그러자 교주가 엄숙한 표정을 지으며 말했다.

"그자는 스스로 자기 죄를 시인했다. 그자는 신의 품에서 사랑받고 있는 우리의 자매를 구원의 길에서 유혹하려 했다고 고백했다. 그자를 지하 동굴에 가두라. 내일 그자를 죽일 것이다. 우리는 명백한 사례를 보여줄 수 있게 되었노라. 구원받은 이곳에서의 심판을 통해 죄악을 저지른 아이들은 겁을 먹게 될 것이니라."

그의 위선적인 말에 나는 반발심이 들었지만, 그 악당과 말싸움을 하는 것은 내게 그다지 도움이 될 것 같지 않았다. 나는 차분하게 대답했다. 나는 딱히 두렵지 않았다. 호랑이에게 물려가도 정신만 차리면 살 수 있다는 말처럼, 잘못된 길로 접어든 그 광인들 속에서 내게 최악의 상황이 닥쳐온다 해도, 스스로를 믿고 단호하게 용기를 가진 채 자신의 길을 향해 나아간다면 될 것이라 생각했기 때문이었다. 나는 그들에게 말했다.

"내가 누구인지 잊지 마시오. 내가 이대로 죽을 거라고도 생각지 마시오. 그대를 다스리시는 호국경은 내 계획은 물론 내가 지금 이곳에 있는 것도 알고 계시오. 내 피가 지르는 비명 소리가 그분에게 닿을 것이니, 그대와 그대의 비참한 제물들은 오래도록 자신이 저지른 비극 앞에 비통해 해야 할 것이오."

교주는 내 말에 대꾸할 가치가 없다는 듯, 나를 돌아보지 않았다. 그는 그저 자신의 추종자들에게 이렇게 말했을 뿐이다.

"그대들은 그대들의 의무가 무엇인지를 알고 있을 것이다. 그대로 행하라."

바로 나는 바닥에 메다 꽂혔으며, 포박되고 눈도 가려졌다. 눈가리개가 벗겨지고, 사지가 자유로워진 것은 지하 감옥에 갇히고 난 후였다. 아무도 오가지 않는 그 어둠 속에 나만 홀로 남겨졌다.

악당의 오른팔이 된 이를 되찾으려는 나의 시도는 결국 그런 결과를 가져왔다. 그가 나를 감히 죽일 거라고는 생각지 않았다. 하지만 나는 여전히 그의 손아귀에 있었고, 그의 야망은 어둡고도 잔혹했다. 그의 힘은 두려움에 기반을 두고 있었다. 그는 자신의 힘을 유지시키기 위해서 자비를 베푸는 것보다 죽이라는 명령을 내리는 것이 더 편하다고 여길지도 몰랐다. 아무것도 들리지 않고, 보이지도 않는 어두운 지하 감옥에서 나를 조용히 죽여 버리면 일은 간단했다. 호국경이 알고 있다는 상황에서 그는 아마도 공개처형의 위험을 감수하지는 않을 것이었다. 하지만 은밀히 암살자를 보내는 것은 가능했다. 그렇게 되면 원하는 바를 얻으면서도, 에이드리언의 조사와 복수를 피할 수 있을 터였다.

두 달 전 아이드리스가 묻혔던 묘지가 내가 있는 지하 감옥보다 덜 어두웠을 것이다. 나는 쓰러져 죽게 될 것이란 생각을 계속해서 떠올리다가, 다가오는 운명을 느끼고 몸서리를 쳤다. 그 자가 쥐어주는 죽음의 모습을 상상하느라 나는 정신이 없었다. 나를 굶어죽게 만들 것인가? 아니면 음식에 약을 타서 죽음에 이르게 할 것인가? 아니면 잠을 재우지 않으려는 생각인가? 내가 그자에게 걸림돌이 된다는 것을 인정하고, 죽어야 한다는 것에 동의해야 하는 건가? 나는 아이들이 손가락으로 셀 수 있을 만큼 인구가 줄어든 세상에 살고 있다. 수십 개월 동안 죽음이 내 뒤를 밟았고, 해골 같은 죽음의 그림자가 내가 나아가야 할 길을 어둡게 만들었다. 나는 내가 그 음침한 유령을 경멸한다고 믿었고, 그것이 가진 능력을 비웃어주었다고 확신했다.

나는 용기를 가지고 다른 운명을 마주해야 했는지 모른다. 아니, 용맹하게 다른 운명에 맞부딪쳐야 했을 것이다. 하지만 그 결과는 한밤중에 냉혹한 암살자에게 살해되는 것일 터였다. 비정한 손이 내 두 눈을 감기고, 내 마지막 유언을 듣게 되리라. 증오와 저주 속에서 죽어가야 하다니, 아! 천사 같던 아이드리스, 그대는 왜 나를 살려놓았소! 거의 다 죽었던 내가 다시 살아난 탓에, 이제 나의 시신은 난도질을 당하게 될지도 모르오!

몇 시간이 지나갔다. 그 시간이 수백 년처럼 길게 느껴졌다. 그동안 내 머리를 스쳐지나갔던 끝없는 생각들을 기록한다면, 수십 권의 책을 쓰고도 남을 것이다. 공기는 눅눅했고, 흰곰팡이가 핀 바닥은 얼음처럼 차가웠다. 허기가 엄습했지만, 밖에서는 아무런 소리도 들리지 않았다. 그 악당은 내가 다음 날 죽을 것이라고 선언했다. 내일이 언제쯤일까? 이미 그날이 된 건 아닌가?

바로 그때 감옥 문이 열리기 시작했다. 열쇠가 돌아가는 소리, 빗장이 천천히 풀리는 소리가 들렸다. 통로로 향하는 문이 열리자 궁 바깥에서 나는 소리도 함께 따라 들어왔다. 나는 새벽 한 시를 알리는 종소리를 들었다. 나는 그들이 나를 죽이러 온 모양이라고 생각했다. 하지만 공개 처형을 하기에 적합한 시간이 아니었다. 나는 입구 맞은편 벽에 기대서서, 힘과 용기를 그러모았다. 손쉬운 먹잇감으로 전락하진 않으리라. 서서히 걸쇠가 풀리고, 문이 조금씩 열렸다. 나는 그 문으로 들어올 자와 격투를 벌일 만반의 준비를 마쳤다. 하지만 감옥으로 들어온 사람을 보고 나는 긴장이 확 풀렸다. 감옥으로 들어온 사람은 줄리엣이었다. 얼굴이 창백한 그녀가 감옥 문간에서 등불을 들고 몸을 덜덜 떨며 슬픈 표정으로 나를 바라보았다. 환각에 빠져 눈이 풀려 있던 그녀는 냉정함을 되찾았고 눈에도 총기가 어려 있었다. 그녀가 말했다.

"버니, 당신을 구해주러 왔어요."

"당신도 함께 갑시다."

내가 소리쳤다.

"친애하는 벗이여, 나와 함께 가도 되지 않소?"

"그런 소리 말아요."

그녀가 단호하게 말했다.

"나를 따라오기나 해요!"

나는 그녀가 시키는 대로 했다. 우리는 구불구불한 길을 이리저리 빠져나가며, 수많은 복도와 계단, 그리고 긴 통로를 지났다. 그리고 마지막 통로를 지나 그녀는 낮은 입구를 열어젖혔다. 바람이 불어 닥치며 등불을 꺼트렸다. 하지만 높은 하늘과, 눈부신 달빛이 등불을 대신해주었다. 줄리엣이 말했다.

"이제 안전할 거예요. 신의 가호가 함께하길 빌어요! 잘 가요!"

나는 돌아서기를 주저하는 듯한 그녀의 손을 붙들고 소리쳤다.

"친구여, 그대는 잘못된 길로 들어선 제물이나 다름없소. 나와 함께 이곳에서 빠져나가지 않겠소? 이미 나를 풀어주기 위해 위험을 감수하지 않았소? 그대가 이대로 돌아가면 홀로 그 사기꾼의 격분 아래에서 고통받을 걸 아는데, 그걸 내가 내버려둘 것 같소? 아니, 결코 그럴 수 없소!"

"나를 걱정하지 마세요."

그 가련한 여인이 서글프게 대답했다.

"또한 교주님의 뜻을 어기고 이곳을 나갈 수 있다는 생각도 하지 마세요. 당신을 보내주라 한 건 교주님이십니다. 그분이 당신을 이곳까지 데려오는 일을 제게 맡기셨어요. 왜냐하면 당신이 이곳에 온 이유는 저를 구하기 위함이었으니까요. 교주님은 당신에게 자비를 베푸는 것이 제게 은혜를 베푸는 일이란 걸 아세요."

"그대는……."

내가 소리쳤다.

"진정 그자의 뻔한 속임수를 알아채지 못하는 거요? 그자는 나를 살려두면 적이 될까 저어했고, 죽이면 복수를 당하게 될까 두려워했소. 그렇기에 이토록 은밀하게 나를 보내주는 것이오. 추종자들에게 한결같은 모습을 보이기 위해 말이오. 자비란 그자와 멀고도 먼 것이오. 그의 책략을, 그의 잔혹함을, 그의 엉터리 가식을 모두 잊은 거요? 내가 자유의 몸인 것처럼, 그대도 마찬가지라오. 어서요, 줄리엣. 아이드리스의 어머니인 백작부인도 당신을 반겨줄 것이오. 고귀하신 백작님도 당신을 다시 만나게 된다면 크게 기뻐하실 거라오. 우리와 함께라면 당신들의 그 얼토당토 않은 믿음이 줄 수 있는 것보다 더 큰 희망과 사랑, 그리고 평화를 맛볼 수 있을 거예요. 그러니 어서, 두려워 말고 나와 갑시다. 얼마 걸리지 않아 베르사유에 도착할 수 있을 겁니다. 그 끔찍한 곳의 문을 닫아요. 어서요, 줄리엣. 위선과 죄악의 동굴에서 빠져나와 애정과 선량함이 있는 곳으로 갑시다."

나는 서둘러 말했지만, 그 말에 진심과 열정을 가득 담는 것은 잊지 않았다. 나는 그녀를 입구 쪽으로 끌어당겼고, 지난 시절의 행복했던 기억들 때문인지 그녀도 내 말에 귀를 기울이며 내가 이끄는 대로 몸을 맡겼다. 그러나 그녀는 이내 외마디 비명을 지르며 물러섰다.

"내 아이, 내 아이는 어떡해요! 교주님이 내 아이를 데리고 있어요! 내 소중한 딸이 인질로 잡혀 있단 말이에요!"

그녀는 통로로 급히 사라졌고, 문은 닫혀버렸다. 그렇게 그녀는 사악한 자가 주는 괴로움 속에 남겨졌고, 그곳에 갇혀버렸다. 그 자의 흉포한 천성에 들러붙은 역병의 공기를 들이마시며, 죄수처럼 그렇게 그 자의 곁에 남게 되었다. 불어오는 바람이 내 뺨을 간지럽혔고, 달빛이 자비롭게 비치며 길을 밝혀주었다. 그곳에서 빠져나온 기쁨과, 가슴 한편을 무겁게 하는 우울함을 안은 채 나는 베르사유로 돌아갔다.

6장

다사다난했던 겨울이 지나갔다. 겨울이 끝남과 함께 우리의 곤경도 멈췄고, 우리는 한숨 돌릴 수 있게 되었다. 세력을 넓히는 밤에게 자리를 내줬던 태양은, 예전처럼 하늘에 떠 있는 시간을 늘리며 다시금 아름답고 사랑스러운 이 땅을 보듬어 안았다. 우리는 썰물이 빠진 뒤 물기 마른 바위에 앉은 파리들처럼, 욕망과 희망과 광기 어린 소망들에게 우리 자신을 맡긴 채 시간을 보내고 있었다. 세상을 집어삼키려는 바다의 포효가 다가오는 소리가 들렸을 때, 우리는 첫 파도가 우리를 부수기 전에 작은 바위틈이라도 찾아 몸을 숨기려 했다. 우리는 즉각 스위스로 떠나기로 결정했다. 어서 빨리 프랑스에서 벗어나고 싶었다. 스위스의 빙하 아래, 소나무의 그림자 아래와 그 가지 위에 눈이 쌓여 있을 것이었다. 추위에 얼어붙은 강물과, 폭풍우로 깨끗해진 공기 속에서 우리는 건강을 되찾아야 했다. 앞으로는 건강을 잃을 염려가 없다는 믿음을 가지고 말이다.

우리는 활기차게 준비를 시작했다. 이번에는 고향을 떠나는 것이 아니었기에 사랑하는 숲과 꽃, 강물과 나무들 등 어린 시절부터 함께했던 풍경들에게 작별을 고할 필요가 없었다. 파리를 떠나는 것이 약간 아쉽긴 했지만, 그곳은 우리의 수치스런 기억이 남아 있는 장소였다. 물론 절망스러운 희생자 무리를 뒤로하고, 동포들이 그 이기적인 사기꾼의 폭정에 시달리게 내버려둔 채 떠난다는 생각이 우리의 마음을 무겁게 만들기는 했다. 반면 베르사유에 있는 부르봉 왕가의 궁들과 숲, 정원을 떠나는 것에 대해서는 아주 약간 애석한 마음이 들 뿐이었다. 우리가 어떤 정원보다 사랑스러운 계곡을 향하는 동안, 거대한 숲으로 다가가는 동안, 우리가 떠난 곳은 우려했던 대로 죽음에 더럽혀질 것이다. 우리는 언젠가 사라질 장엄함을 위해 세워진 것이 아닌, 자연 그 자체의 궁전으로 세워진 알프스로 갈 것이다. 하늘을 지붕으로 삼은, 대리석만큼이나 하얀 그곳으로 우리는 나아갈 것이다.

하지만 정해진 날짜가 다가올수록 우리의 의지는 시들해졌다. 지독한 상상과 불길한 조짐 속에서 많은 사람들이 중얼거렸다.

그들이 자연스러운 모습이라는 것이, 그것이 그들이 내세우는 이유이지 않겠소.
(셰익스피어의 〈줄리어스 시저〉 1막 3장에 나오는 대사다-옮긴이)

우리는 모든 것이 불길하다고 생각하며 두려움에 떨었다. 부엉

285

이가 한낮이 될 때까지 날카롭게 울어댔고, 박쥐들은 딱딱한 날개를 펄럭이며 우리의 머리 위를 맴돌았다. 이른 봄 천둥은 구름 한 점 없는 하늘을 놀라게 했고, 나무와 관목은 병충해에 시달리다 하나하나 죽어갔다. 그 모든 것이 예사롭지 않았다. 그것이 바로 우리가 처한 현실이었다. 가장 무서운 것은 머릿속에서 두려움이 만들어내는 것들이다. 그것은 어느 때는 긴 장례식 행렬로 모습을 드러냈다. 눈물로 얼룩진 얼굴들이 정원을 따라 길게 뻗은 길을 배회하며, 밤이 되면 죽은 자들 곁에서 커튼을 드리울 때도 있었다. 어떤 경우엔 통곡 소리가 하늘을 가르기도 했다. 서글픈 성가가 짙은 어둠 속을 흐르며, 인류에게 바치는 장송곡처럼 울려퍼지기도 했다. 그 모든 것이 무엇을 내포하든 상관 없이, 두려움은 우리로 하여금 실존하지 않는 무언가를 보게 하고 듣게 하며 느끼게 하지 않던가? 가장 큰 문제는 그 모든 것을 창출해내는 두려움이 실존한다는 것이었다. 공포에 질린 눈빛, 시체처럼 창백한 낯빛, 두려운 나머지 아무 말도 담지 못하는 입……. 두려움이 이런 것을 만들어내고 있었다. 우리가 보고 들었던 수많은 조짐들 속에서 말이다. 이는 에이드리언 역시 마찬가지였다. 공포가 만들어 낸 환각이라는 걸 알고 있으면서도, 그 역시 두려움을 떨쳐낼 수 없었다. 아무것도 모르는 아이조차도 보이지 않는 힘을 느끼고 날카로운 비명을 지르며 파르르 경련을 일으키곤 했다. 우리는 떠나야만 했다. 그리고 점점 더 단단히 응집하고 있는 공포를 이겨낼 방법을 찾아야 했다. 그러려면 어서 빨리 공간과 상황을 바꾸고, 여전히 희망이 사라지지 않은 안전한 곳으로 가야 했다.

사람들을 모아보니, 남자와 여자, 아이 들까지 모두 1,400명이 조금 넘었다. 엉터리 교주에게 홀려 파리에 남게 된 사람들을 제외하고는 인원이 줄지 않았다. 여기에 쉰 명 정도의 프랑스인들이 새로 합류했다. 행렬은 쉬이 정리되었다. 여러 조로 나누어 움직이는 것의 폐해를 이미 경험했으므로, 에이드리언은 다같이 움직이자는 결정을 내렸다. 나와 100여 명의 사람들은 선발대로 나서기로 했다. 우리는 코트도르의 길을 따라 오세르와 디종, 돌을 지나, 쥐라 산맥을 넘어 스위스의 제네바에 도착할 계획이었다. 나는 10마일마다 멈춰 우리 인원을 수용할 수 있는 숙소를 찾기로 했으며, 전령을 남겨 뒤에 오는 사람들에게 몇 명이 묵을 수 있는지를 알리기로 했다. 무리는 쉰 명씩 나눠 휴식을 취하고, 각 무리에는 열여덟 명 이상의 남성들이 포함되도록 하기로 했다. 각 조는 장교들이 인솔하며, 그들이 조원 명단을 들고 다니며 낙오자가 생기지는 않는지 매일 인원을 확인하기로 했다. 밤에 나눠진 사람들은 아침이 되면 다시금 한데 모으도록 한다. 익히 말했던 것처럼 큰 도시에서 모두를 한 곳에 모은 뒤, 장교들은 모두의 복리를 위해 비밀 회의를 가질 것이다. 먼저 언급했던 것처럼 나는 선발대로 움직이고, 에이드리언은 후발대로 움직이기로 했다. 클라라와 에블린을 돌보고 있는 백작부인도 아들과 함께 이동하기로 했다. 그렇게 계획이 결정되었고, 나는 선발대로서 먼저 출발했다. 내 계획은 처음에 퐁텐블로보다 멀리 나아가지 않는 것이었다. 며칠 내로 에이드리언과 합류하기 위해서는 동쪽으로 너무 멀리 나아가서는 안 될 것이었다.

내 벗 에이드리언은 베르사유에서부터 몇 마일 정도를 나와 함께 동행해주었다. 그는 슬퍼 보였고, 평소와 달리 의기소침해 보이기까지 했다. 그는 우리가 알프스를 빨리 통과하면 좋겠다며, 이미 그곳에 도착하지 못한 것에 대한 후회를 내보이기도 했다.

"그렇다면 말입니다."

내가 입을 열었다.

"행군을 조금 더 서두르면 될 일입니다. 진행이 더뎌지는 걸 벌써부터 탐탁찮아 하셨으니, 계획을 좀 수정하시면 되지 않겠습니까?"

"아니. 이미 늦었어. 한 달 전이라면, 우리는 어떻게든 했을지 몰라. 하지만……."

그는 내게서 고개를 돌렸다. 그는 드러내지 않으려 했지만, 이미 그의 모습에 어둠이 깔리기 시작했다. 그는 엄습하는 어두운 그림자를 떨쳐내려 하며 말을 이었다.

"어젯밤에 또 한 사람이 역병으로 죽어버렸어!"

그가 잔뜩 잠긴 목소리로 말하더니, 두 손을 맞잡고 소리쳤다.

"빠르게, 너무도 빠르게 마지막이 다가오고 있어. 별빛이 태양 앞에서 사라지듯, 종말도 그렇게 우리를 없애려 다가오고 있어. 나는 역병이란 전차의 바퀴를 온 힘을 다해 붙들어봤지만, 결국 그 바퀴에 질질 끌려가고 말았지. 거대한 괴물처럼 역병은 멀쩡한 삶을 살아가던 모든 존재를 부숴버렸어. 그게 끝이 날까? 우리가 모두 같이 무덤으로 들어가면, 역병도 만족할 수 있을까?"

그의 두 눈에서 눈물이 쏟아졌다.

"다시, 또다시…… 비극이 반복될 거야. 나는 또 죽어가는 사람들의 신음 소리와 살아남은 자들의 통곡 소리를 들어야 하겠지. 덧없는 인간들의 존재를 영원히 봉해버리는 엄청난 괴로움을 다시 목도해야 할 거야. 왜 이런 일을 겪어야 하는 거지? 거세한 숫양과도 같은 내가 왜 가장 먼저 죽어버리지 않은 거냔 말이야! 연약한 여인들까지 이 모든 것을 감내해야 한다는 게 정말 끔찍해!"

그때까지 에이드리언은 늘 의연하고 책임감 있는 모습으로 자진해서 수많은 일들을 처리해왔다. 나는 성과 없는 꿈을 위해 노력하는 그를 진심으로 존경했다. 그래서 나는 공감을 표하는 한편 그에게 용기를 주기 위해 노력해왔다. 그가 두 손에 얼굴을 묻고 감정을 누그러뜨리기 위해 애쓰다 갑자기 소리쳤다.

"몇 달 안에, 몇 달 안에! 오, 신이여, 내 가슴이 무너지고 내 용기가 사라질지도 몰라. 그러면 안 되는데! 견디기 힘든 절망이 반쯤 미쳐버린 내 머리를 흔들게 해서는 안 돼. 이 연약한 가슴이 타락을 거부하다 타버리지 않도록 해야만 해. 나는 마지막 남은 인류를 이끌고 다스리는 게 내 운명이라고 믿어왔어. 죽음이 나를 멈출 때까지 말이야. 나는 그 운명에 따르기로 결심했었지. 미안하네, 버니. 내가 자네를 힘들게 했군. 이제 더는 불평하지 않겠어. 이제 괜찮아. 아니, 더 나아졌다고도 생각해. 자네도 알 테지. 어린 시절, 내가 가진 수많은 생각과 높은 이상들이 타고난 허약함이나 예민함과 얼마나 오래도록 싸워왔는지 말이야. 그리고 결국 후자가 승리하고 말았지. 이 미약한 손으로 인류의 버려진 운명을 어떻게 붙들게 되었는지 자네도 잘 알지 않나. 이따금 나도 동요할 때가 있어. 적어도 지금까지 나는 우수하고 지칠 줄 모르는 영혼이 내 안에 거한다고 생각했지. 내 허약한 육신 안에 그런 영혼이 숨 쉬고 있다고. 하지만 나는 내가 얼마나 무력한 존재인지 깨달았네. 그래도 그대로 잠깐 있어도 좋다고 생각했어. 아, 선량함의 힘이란! 언젠가 썩어 없어질 육신을 잠시 빌렸다고 우습게 봐서는 안 돼. 아, 그 불멸의 능력이란! 한 명의 인간이라도 남아 있다면, 그리고 도움을 받을 수 있는 상태라면, 나는 산산조각이 난 선체를 붙들고 어떻게든 버텨볼 거야!"

그는 열변을 토했다. 그의 갈라진 목소리와 억누르지 못한 한숨이 내 가슴 밑바닥으로 가라앉았다. 하지만 그의 두 눈은 어두운 밤에 빛나는 별빛처럼 반짝였다. 어깨를 쫙 편 그에게서 빛이 뿜어져나오는 듯했다. 열변을 토해내는 동안 어떤 신비한 기운이 그에게 스며든 모양이었다. 그가 초월적인 존재처럼 느껴졌다.

그는 재빨리 나를 향해 몸을 돌리더니 손을 내밀었다.

"작별이군, 버니."

그가 큰 소리로 외쳤다.

"사랑하는 내 형제여, 작별이야. 다른 말은 하지 않을게. 난 다시 살아났어. 맡은 바를 처리하기 위해, 도무지 무찌를 수 없는 우리의 적과 싸우기 위해, 마지막까지 나는 역병에 저항할걸세."

그는 내 손을 움켜쥐고 나를 굽어보았다. 미소 띤 얼굴보다 열정적이고 활기 있는 표정이었다. 그런 다음 그는 말머리를 돌리고는 박차를 가해 질주했고, 이내 내 시야에서 사라져버렸다.

지난밤 또 한 사람이 역병으로 죽었다. 역병의 화살통은 여전히 바닥을 드러내지 않았고, 역병의 활시위도 느슨해지지 않았다. 우리는 역병의 최후가 겨누는 과녁이 된 채 서 있는 것이다. 역병은 우리를 정복했음에도 만족할 줄 몰랐고, 거대한 시체 더미가 만들어졌는데도 멈추지 않았다. 영혼을 좀먹는 질병이 육신에까지 스며들며 나를 잠식했다. 무릎이 맞부딪히며 덜덜 떨렸고, 이가 딱딱 부딪쳤다. 갑작스런 추위를 느끼며 얼어붙은 피는, 무거운 심장을 더욱 고통스럽게 만들었다. 나는 내게 벌어질 일 때문에 두려운 것이 아니었다. 남은 생존자마저 살리지 못하게 된다면, 그것이야말로 진정한 절망이라고 생각했기에 두려웠던 것이었다. 며칠 지나지 않아 내가 사랑했던 사람들도 아이드리스처럼 차갑게 굳어버릴지 모른다. 그리고 육신이 가진 힘과 정신력도 불어오는 바람을 피할 수 없을지 모른다. 치욕스러운 기분이 나를 휘감았다. 신은 그저 이 땅에 자라는 식물들의 거름으로 만들기 위해 인간을 창조했던 것인가? 인간은 창조주에게 곡식의 이삭보다 중요치 않은 건가? 우리의 자랑스러운 꿈들은 이렇게 희미해져가는 것인가? '천사들보다 조금 낮은 자'라고 씌었던 우리의 이름을 보라. 지금 우리는 하루살이보다 나을 바가 없는데, 그 이름이 무슨 의미가 있단 말인가. 우리는 스스로를 '만물의 영장'이라 불렀다. 하! 그럴 리가! 우리는 한낱 '먼지의 정수'가 아닌가! 우리는 무덤이라고 지은 피라미드가, 미라가 된 그 주인들보다 오래 지속된다고 푸념하곤 했다. 아아! 우리가 지나온 한낱 양치기의 짚으로 만든 오두막이, 전 인류보다도 오래 지속될 것이다. 우리의 지난 생각들과, 우리가 가졌던 분명한 힘을, 지금 이 서글픈 변화와 어떻게 조화시켜야 한단 말인가!

갑자기 내면의 목소리가 선명하게 들려왔다. 영겁의 시간에 속하는 존재들이 그렇게 결정한 것이리라. 세월을 견디며 전진해야 하는 존재는, 공허가 짐 지워진 이후부터 현재와 현재의 과업에 속박되며 살아왔다. 설마 불변의 법칙을 확인하기 위해 책장을 앞으로 넘기려는 것인가?

세상의 어머니여! 전능하신 존재의 시종이여! 영원한, 변함없는 법칙이여! 그대의 바쁜 손가락은 사건들의 뗄 수 없는 사슬들을 엮어내고 있도다. 나는 그대의 행동 앞에서 중얼대지 않을 것이다. 인간의 마음이 그 모든 걸 깨닫지 못한다 해도, 그대의 행동은 옳다. 그렇게 되어야 하는 것이라면, 나 또한 폐허 속에 앉아서도 미소를 지을 것이다. 그래, 우리는 즐기기 위해 태어나지 않았다. 우리는 좌절하고, 그럼에도 희망을 갖기 위해 태어난 것이다.

내가 파리부터 제네바까지의 기나긴 여정을 상세하게 묘사한다면, 독자 여러분이 지루해 하지 않을까 싶다. 우리에게 닥쳤던 절망들을 하나하나 써내려가고, 우리의 고민들을 모두 표현하고, 그 개탄스러운 수많은 사건들을 이 지면에 담는다면 말이다. 독자들이여, 조금만 더 기다려 달라! 그대들이 누구이건, 어디에 살건, 정신을 지닌 존재이건 또는 그저 방주에서 튀어나온 생존자 중 하나이건 간에, 그대들은 본디 인간일 것이며 그대들이 사는 곳은 이 땅, 지구일 것이다. 그대들은 가만히 앉아 멸종해가는 인류에 관한 이야기를 읽으며, 이 기록에 나오는 사람들이 그대들처럼 부드러운 살과 뼈를 가진 존재인지를 궁금해 할 것이다. 물론이다. 그래서 모두가 흐느껴야 했던 것이다. 그대가 온정을 가진 인간이라면, 그리고 홀로 이 글을 읽고 있다면, 지금 연민의 눈물을 흘리고 있을 것이라 확신한다. 하지만 조금만 더 주의를 기울여, 우리가 어떻게 고통받았는지 조금 더 자세히 알아주길 바란다.

하지만 프랑스를 지나는 동안 겪었던 일들은 무척 기이하면서도 두렵고 우울하기 때문에, 그것을 자세히 서술할 용기가 나지 않는다. 내가 모든 사건들을 하나하나 분석한다면, 그 사건들의 작은 조각 하나까지도 끔찍한 이야기를 담고 있기에 그 사건을 묘사하는 단어들이 그대의 펄떡이는 혈관을 얼어붙게 만들지도 모른다. 그대들이 기억할 수 있도록 먼저 떠난 사람들의 기념비라도 세우는 게 옳을 수도 있다. 하지만 나는 그대를 병실이나 묘지로 끌고 가서는 안 된다. 그러므로 이 이야기는 서둘러 지나가도록 하겠다. 그대의 눈앞에 파멸과 절망의 그림이, 죽음의 마지막 승리가 진행되는 모습이 그려질 것이다. 그리고 북풍에 밀려 흩어지는 조각구름처럼 재빨리 사라질 것이다.

잡초가 자라는 들판, 황폐한 마을들, 등에 사람을 태우지 않은 말들이 가까이 다가오는 모습은 이제 내게 익숙했다. 아니, 내 눈에 보이는 풍경은 그보다 더 지독했다. 땅에 묻히지 못한 시체들이 길가에 뒹굴고 있었고, 한때 사람들이 자주 오가던 곳에는,

살점은 이미 모두 사라져버렸고
뜨거운 태양 아래에서 백골만이
붓 먼지 속에서 썩어가기 시작하누나.
(헤시오도스의 서사시 「헤라클레스의 방패」에서 인용한 것이다—옮긴이)

이런 풍경들이, 아, 괴롭구나! 이런 풍경들이 친숙해지기 시작
했고, 이제 그런 광경을 맞닥뜨려도 아무렇지 않게 되었다. 몸서
리를 치지도, 서둘러 말에 박차를 가하지도 않았다. 프랑스를 횡
단하는 동안 우리는 황무지가 개간되는 곳을 보기도 했다. 오두
막에는 울타리도 없었고, 농부들의 표정도 하나같이 어두웠지만,
우리는 황무지가 개간되는 모습만으로 안도감을 느꼈다. 그 마을
엔 제법 활기가 남아 있었다. 나막신을 신은 농부들은 과일 주스
를 한 잔 건네는 성의와 함께 미소를 보여주었고, 덕분에 우리는
원기를 회복할 수 있었다. 하지만 늙은 여인들이 실패를 들고 뜨
개질을 하며 문간에 앉아 있는 모습은 볼 수 없었다. 굽실거리며
구걸하는 거지들의 모습도 보이지 않았고, 휴일이 되면 농부들이
모여 춤판을 벌이는 일도 없었다. 죽음의 우울한 신부라고 할 만
한 고요함만이 죽음과 함께 마을 이곳저곳을 돌아다닐 뿐이었다.
　우리 선발대는 퐁텐블로에 도착했고, 다음에 올 사람들을 맞이
할 준비를 서둘렀다. 밤이 되어 인원을 확인했을 때, 세 명이 사라
진 것을 알게 되었다. 어찌된 일이냐고 묻자, 한 남자가 "역병으
로……"라는 말을 겨우 내뱉고는 내 발치에 쓰러져 경련하기 시
작했다. 그 역시 감염된 것이다. 나를 둘러싼 사람들의 얼굴이 한
순간에 굳었다. 우리 선발대는 수많은 해역을 헤아릴 수 없이 많
이 건너보았던 선원들이거나, 러시아나 미국에서 전투를 치르며
굶주림과 추위, 위험을 경험했던 사람들이었다. 밤마다 도시에서
약탈을 했던 사람도 있었다. 모두가 어려서부터 세상과 사회의
잔혹함을 맛보았던 사람들이었다. 나는 주위를 둘러보았다. 그토

록 거친 사람들의 얼굴에 두려움과 절망이 가득했다.

우리는 퐁텐블로에서 나흘간 머물렀다. 그 사이 선발대 몇 명이 시름시름 앓다가 죽었다. 하지만 에이드리언을 비롯한 다른 사람들은 아직 나타나지 않았다. 선발대에서는 소동이 일기 시작했다. 스위스에 도착해 얼어붙은 강에 뛰어들거나 얼음 동굴에 들어가는 것이 당시 모두의 바람이었다. 약속대로 백작을 기다리고 있는데, 에이드리언은 아무리 기다려도 나타나지 않았다. 선발대원들은 책임자인 내게 더 이상 기다리지 말고 어서 출발하자고 요구했다. 하극상이 일어났다고 할 수도 있을 것이다. 그들을 묶어놓았던 것은 지푸라기로 만든 어설픈 족쇄였을 뿐이며, 그들은 그것을 손쉽게 떼어버릴 수 있었을 것이다. 본래 내려졌던 지시를 거스르려는 대원들의 의지는 확고했다. 그들은 통솔자 따위는 없어도 상관없다며, 곧장 떠날 채비를 했다. 우리가 안전할 수 있는 유일한 방법은, 말로 다 표현할 수 없는 수많은 고통들로부터 우리 스스로를 지킬 유일한 희망은, 우리 모두가 함께하는 것이었다. 나는 그들에게도 그렇게 말했다. 그러나 그들 중에서 가장 단호한 사람들은 무뚝뚝한 얼굴로 자기들은 스스로를 보호할 수 있다고 대답했다. 그들은 나의 간곡한 청을 비웃기도 했다.

우리가 지체한 지 닷새째 되는 날, 마침내 에이드리언이 보낸 전령이 도착했다. 서한에는 오세르로 가서, 그곳에서 자신을 기다리라는 내용이 담겨 있었다. 며칠 내로 자신이 우리를 따라잡을 수 있을 것이라고 했다. 그것이 그가 보낸 공적인 서한의 주된 내용이었다. 하지만 내게 개인적으로 은밀히 전달된 다른 편지에는 그가 곤경에 빠졌으며, 선발대를 어떻게 움직이든 모두 내 재량에 맡기겠다고 씌어 있었다. 베르사유에서 벌어진 상황에 대한 그의 설명은 간략했지만, 나는 전령을 통해 나머지 내용을 알 수 있었다. 나는 에이드리언에게 닥친 수많은 위험들에 대해 알게 되었다. 역병이 재발했다는 사실은 처음에는 공개되지 않았다. 하지만 사망자 수가 늘어감에 따라 비밀로 유지하고자 했던 사실이 드러나게 되었고, 두려움과 함께 혼란이 증폭되었다. 때마침 사악한 교주의 전도단이 베르사유의 사람들 사이에 끼어들어 혼란에 빠진 사람들에게 교리를 주입시켰다. 그들은 자신들의 교주를 따르는 것만이 살아남을 수 있는 유일한 길이라 설파했다. 그들의 전도는 상당히 성공적이었고, 얼마 지나지 않아 절반 가까이 되는 사람들이 스위스로 가는 대신 다시 파리로 돌아가겠다는 결정을 내렸다. 유약한 여인들이나 악랄한 남성들은 그들이 소위 선지자라고 부르는 교주의 깃발 아래에 서서, 겁에 질린 채 사악함을 숭배하며, 교주가 보증하는 대로 다가오는 죽음을 조금이라도 미룰 수 있기만 바랐다. 두려움과 욕망이 충돌하며 만들어진 불화와 소란 때문에 에이드리언의 발이 묶였다. 그는 곤경 속에서도 인내하며, 사람들이 다시 침착함과 활기를 찾을 수 있도록 하기 위해 자신이 할 수 있는 모든 노력을 했다. 또한 남은 사람들이 충격에서 헤어나올 수 있도록 균형을 잡아주었고, 우리 스스로도 안전한 삶을 찾을 수 있다는 믿음으로 그들을 이끌려 애썼다. 그는 최대한 빨리 내가 있는 곳으로 올 수 있기를 바랐다. 하지만 내게 전해진 편지에는 그의 그런 바람과는 정반대로, 어떻게든 베르사유에서 멀리 떨어진 곳으로 어서 이동하라고 적혀 있었다. 베르사유에서 일어난 반란의 분위기가 선발대에게까지 미치지 않기를 바라는 에이드리언의 배려였다. 그는 최대한 빠른 시일 내에 우리와 합류하겠다고 약속하며, 그들을 덮친 불순한 믿음의 영향에서 사람들을 빼낼 수 있을 거라고 날 안심시켰다.

미래를 보장할 수 없는 그 소식을 들은 나는 마음이 괴로웠다. 나는 선발대 모두가 베르사유로 돌아가 위험에 빠진 우리의 수장을 그곳에서 탈출시켜야 한다고 생각했다. 그래서 사람들을 불러 오세르로 가는 대신 다시 돌아가는 게 어떻냐고 제안했다. 사람들은 한목소리로 내 의견에 반대했다. 그들은 에이드리언을 곤란하게 하고 있는 것이 역병뿐인 줄로만 알고 있었다. 그들은 에이드리언이 내린 지시를 이유로 들며 내 제안에 반대했고, 내가 함께 이동하기를 마다한다면 자기들끼리라도 전진하겠다고 내게 통보했다. 이 비겁한 이들에게는 토론이나 간청도 아무 소용이 없었다. 그들은 역병으로 생존자 수가 점점 줄고 있는 상황에서 더 이상 시간을 지체할 수 없다고 생각하고 있었다. 그들은 그날 저녁 오세르로 출발했다. 그들은 병사들이 장군에게 하는 복종의 맹세를 했던 사람들이었지만, 쉽사리 그 맹세를 저버렸다. 나 또한 그들을 저버리지 않겠다는 맹세를 했더랬다. 그들이 맹세를 저버렸다고 해서 나 역시 맹세를 깨뜨릴 수는 없었다. 그들은 내 명령을 거역한 탓에 위험에 빠지게 될 가능성이 있었다. 가장 두려운 것은, 통솔자 없이 출발한 그들이 혼란에 빠지게 되는 것이었다. 그런 감정들이 최고조에 달하며, 나는 결국 그들을 따르기로 결정하고 남은 이들과 함께 나 역시 오세르로 향했다.

그날 밤 우리는 벨뇌브 라 기아드에 도착했다. 그곳은 퐁텐블로에서 네 구역 정도 떨어져 있는 마을이었다. 다른 이들이 지쳐서 휴식을 취하는 동안, 나는 홀로 생각에 잠겼다. 나는 에이드리언의 상황을 떠올리며, 내가 어떤 입장을 취해야 할지를 곰곰이 생각했다. 난 뭘 하고 있는 건가? 내가 이동하는 목적이 무엇인가? 나는 이기적이고 제멋대로인 사람들을 이끌고 스위스로 가고 있었다. 내 가족, 내 가장 가까운 벗을 두고 말이다. 다른 이들과 마찬가지로 그들에게도 시시각각 죽음의 위협이 닥쳐오고 있을 것이고, 내가 두 번 다시 그들을 보지 못할 수도 있었다. 우리의 수호자인 에이드리언을 돕는 게 내 가장 중요한 의무가 아니었던가? 위기의 상황에 처하게 되었을 때, 이기적인 생각으로 우리를 이끄는 욕망과 그에 반대되는 희생의 균형을 적절하게 맞추는 것은 매우 어려운 일이다. 그럴 때마다 우리는 쉽게 타협하곤 한다. 내가 바로 그랬다. 나는 다시 베르사유로 가기로 결정했다. 내가 생각했던 것보다 상황이 심각하지 않다면, 지체하지 않고 바로 선발대로 복귀하면 될 일이었다. 내가 그곳에 가서 동요하고 있는 사람들을 설득해보려 하는 것이 도움이 될지에 대해서는 확신이 없었다. 하지만 적어도 시간 낭비만은 아닐 거라고 생각하고 나는 마구간으로 가서 가장 아끼던 말에 안장을 얹었다. 그러고는 말 등에 뛰어올라 빌뇌브 라 기아드를 빠져나가 베르사유로 향했다.

나는 내 뜻에 따라주지 않는 선발대를 빠져나온 것이 만족스러웠다. 갈등과 불화에서 벗어나 선의를 위해 떠난다고 생각하니 잠시나마 기분이 좋아졌다. 물론 언제나 이기는 것은 갈등과 불화일 테지만 말이다. 나는 에이드리언의 신상이 불명확하다는 것 때문에 불안해 미칠 지경이었다. 걱정들은 가라앉을 기미를 보이지 않았다. 특히 가장 큰 걱정은 폭동이라도 일어나 에이드리언을 지키지 못하게 되는 건 아닌가 하는 것이었다. 속도를 높이는 것으로 위안을 삼으며, 나는 무거운 마음으로 한밤중에 베르사유를 향해 내달렸다. 말에 박차를 가하면 말은 용맹한 얼굴로 속력을 높여 질주해주었다. 별자리가 빠르게 움직였고, 나무와 돌, 인상적인 지형지물도 빠르게 지나갔다. 내 얼굴에 부딪히는 차가운 바람이 나를 상쾌하게 했다. 빌뇌브 라 기아드의 풍경이 사라지자, 나는 인류의 절망에 대한 슬픈 이야기도 잊었다. 신록으로 덮인 아름다운 자연이 있는 한, 별들이 수놓인 하늘과 보드라운 바람이 세상에 활기를 불어넣어주는 한, 나는 충분히 행복하지 않나 하는 생각을 했다. 내가 탄 말은 점점 지쳐갔다. 말이 지쳐가는 것을 생각지 못한 나는 녀석이 속력을 줄일 때마다 큰 소리를 내지르며 박차를 가해 다시 원래대로 속력을 올리게 만들곤 했다. 그 용감한 녀석을 두고 다른 말로 바꿔 타거나, 녀석을 나중에 찾기 힘든 곳에 버려두고 가고 싶진 않았다. 우리는 밤새도록 달렸고, 아침이 되어 베르사유 근처에 다다랐을 때 녀석은 한껏 예민해진 상태였다. 집으로 돌아간다고 생각해서였는지, 녀석은 남은 힘을 모두 끌어모았다. 50마일 이상을 달려온 뒤였음에도, 녀석은 화살처럼 빠르게 달려나갔다. 하지만 성문 앞에 이르러 내가 말에서 내렸을 때, 그 가엾은 녀석은 풀썩 주저앉고 말았다. 녀석의 두 눈에 하얀 막이 끼어 있었다. 녀석은 한쪽으로 기우뚱 넘어가더니 거친 숨을 몇 번 몰아쉬고 죽어버렸다. 나는 괴로운 심경으로 그 모습을 지켜보았다. 내 스스로도 이해할 수 없는 일이지만, 녀석의 죽음이 내 팔다리를 경련하게 만들며 내게 끔찍한 고통을 안겨주었다. 견딜 수 없다는 생각이 들 만큼 괴로웠다. 허나그것도 찰나일 뿐이었다. 나는 녀석을 잊기로 다짐하고, 열린 성문을 통과해 성으로 향하는 계단을 급히 올라갔다. 그 순간 내 귀에 에이드리언의 목소리가 들렸다. 아, 어리석은 자여! 아, 나약한 여인이여! 어린아이같이 생각이 짧은 자여! 나는 그의 목소리와 함께 발작적인 비명 소리가 그의 말에 화답하는 것을 들었다. 나는 헤라클레스 홀로 달려 들어갔다. 그곳에 사람들에게 둘러싸인 에이드리언이 서 있었다. 그는 놀란 표정으로 나를 바라보았다. 나는 온 세상을 다 주어서라도 그를 끌어안고 싶었다. 하지만감히 그럴 수 없었다. 그의 시선이 내게 현실을 일깨워주었다. 세상이란 무대에 선 남자라면 여자아이 같은 감상은 억눌러야 하는게 도리 아니던가. 물론 반쯤은 지쳐서이기도 했다. 나는 바다 쪽으로 몸을 굽혔다. 에이드리언은 고독이 낳은 다정함과 같았다.그런 존재에게 내가 감히 진실을 밝혀야 할까? 물론 나는 기꺼이그러기로 했다. 내가 밝혔던 진실은 나의 진심이었다. 나는 그가밟고 선 소중하고도 신성한 땅에 조용히 입을 맞췄다.

모두가 엄청난 혼란에 빠져 있었다. 선택받았다는 교주가 악랄한 교리로 추종자들을 부추겼고, 그렇게 파견된 전도단이 마지막남은 인류의 수호자를 시해하려 했던 것이다. 몇 사람이 에이드리언의 손을 묶고 그를 비수로 찌르려 했다. 내가 성에 들어섰을 때 들었던 고함 소리와, 헤라클레스 홀에 들어섰을 때 본 혼란에 빠진 사람들의 모습은 바로 그 때문이었다. 사람들이 광란에 빠져 있기는 했지만, 여전히 많은 사람들은 고귀한 호국경을 배신하지 못하고 있었다. 그러던 중 그 가증스러운 시해의 시도가 있었고, 그 시도가 수많은 사람들의 마음에 잊고 있었던 호국경의 존재를 일깨워주었다. 두려움 때문에 잠시 흔들렸던 믿음이었지만, 그들은 다시금 호국경을 향한 믿음을 다잡았다. 가슴속에 벅차오르는 신뢰를 깨달은 사람들이 에이드리언에게로 몰려들었다. 광기에 찬 사람들의 요구로 순교자처럼 포박된 채 고통받아야 했던 그는, 온몸이 갈기갈기 찢어질 위험을 넘기고 겨우 죽음을 면했다. 정신을 차린 사람들이 에이드리언을 묶었던 포박을 풀고, 그를 보호하기 위해 에이드리언의 주위를 둘러쌌다. 에이드리언은 광기를 주체하지 못했던 사람들에게 단호하게 일침을 가했고, 그 순간에 내가 그곳으로 들어섰던 것이다.

간신히 성에 평화가 찾아왔다. 에이드리언은 사람들을 찾아다니며 불안해 하는 사람들을 위로하고, 그들이 가졌던 신뢰를 다시 상기시켰다. 하지만 종말의 시기에 살아남아 있는 생존자들에게는 죽음에 대한 두려움이 만연해 있었다. 시해 시도로 인한 충격은 사라졌지만, 모두의 눈은 파리로 향해 있었다. 사람들은 버팀목의 존재를 쉽게 믿기에, 독이 발린 뾰족한 창 위에라도 쉬이 기대곤 한다. 그 감정을 이용하고 있는 사람이 바로 그 교주였다. 그는 굶주린 늑대처럼 순진한 양떼를 두려움이란 채찍으로 몰고 있었다.

　벗들이 등을 돌림으로써 에이드리언은 절체절명의 순간을 맞았다. 그는 모든 것을 포기하고 싸움을 멈춘 채 자신을 따르는 몇 사람만 데리고 떠나버리려고도 했다. 두려움에 현혹된 군중들을 욕망과 잔혹한 폭군의 비참한 먹잇감으로 버려둔 채 떠나려고 했던 것이다. 반면 목표한 바가 실패한 후에도 교주는 포기하지 않고 본래의 목표를 향해 질주했다. 너그러움이라곤 가져본 적 없던 기질이 교주에게 더 큰 힘을 불어넣어주었다. 에이드리언이 흔들리는 동포를 포기하려 한다는 것은 교주에게 좋은 징조였다. 비참한 상황에 처한 자신의 적이 파멸로 머리를 들이밀고, 스스로 세운 체계를 자기 손으로 무너뜨리는 꼴이었기 때문이다.

　교주는 자신이 만든 권위로 사람들의 마음을 붙들었고, 사람들의 마음에 심은 교리로 사람들을 들뜨게 만들었다. 교주를 믿고 따르는 사람들은 전 인류가 죽음을 맞이할 때, 자신들만이 구원받으리라 확신했다. 교주는 **독단적인 주장**을 펼쳤다. 지금은 대홍수의 시기이며, 인간을 창조하였음을 후회하시는 신이 한때 물로 인간을 벌하셨던 것과 같이 이제 역병의 화살로 벌하시고 있다는 것이었다. 그는 신이 직접 세우신 계율에 복종하는 자를 제외하고 모두를 멸하실 것이라 주장했다. 그 자는 자연으로부터 권세를 부여받았다는 스스로의 말이 거짓임을 잘 알고 있었을 것이다. 그럼에도 그런 거짓을 지속하고자 하는 게 그의 목적이었다고는 말하기 힘들다. 그저 수많은 죽음을 목도하면서, 스스로가 천국을 대표하면 앞으로 많은 이의 숭배를 받으리라 생각했고, 그 생각이 점점 믿음으로 커져갔던 것에 가까울 것이다. 모든 것이 허사로 돌아간다 해도, 죽어가는 지금 세대에게 잠시 사기꾼 취급을 받을 뿐, 그 외에 잃을 건 없다고 생각했던 건지도 모른다. 어쨌든 그는 최종 막이 끝날 때까지 연극을 계속하기로 다짐했다. 다시 여름이 다가오면 에이드리언의 추종자들은 질병으로 처참한 상태에 이르게 될 것이고, 그때가 되면 교주는 전세계적인 재앙으로부터 자신의 신자들만이 면제되었다고 주장하며 크게 기뻐하면 될 일이리라. 그를 따르던 추종자들이 전도의 사명을 띠고 베르사유로 향했다. 그리고 겁을 먹은 사람들과 뒤섞이며, 군중들이 칭송해 마지않는 호국경을 매도했다. 그렇게 그들은 신자들에게만 주어진 재앙의 면제와 특권에 대해 설파했다.

하지만 더딘 걸음으로 소리 없이 다가온 역병은, 그들을 예외로 삼지 않았다. 선택받았다는 신자들에게도 역병이 침투했고, 일순간에 그들의 망상을 무너뜨렸다. 교주는 발병 사실을 숨기기 위해 온갖 노력을 기울였다. 그에게는 부정의 비밀을 공유하는 소수의 추종자들이 있었고, 그들은 그의 잔인한 계획이 실행되는 것을 도왔다. 그들은 역병이 발병하면, 환자를 눈에 띄지 않게 데려나와 한밤중에 노끈으로 질식시킨 후 아무도 모르는 곳에 묻어버렸다. 사라진 사람들이 보이지 않는 이유에 대해서는 그럴듯한 변명을 꾸며댔다. 그러던 어느 날, 교주에게서 처방받은 수면제를 먹고도 아이에 대한 걱정으로 잠에서 깨어난 한 여인이, 하나뿐인 자식의 목에 노끈이 감기는 모습을 목격하고 말았다. 반쯤 정신이 나간 그 여인은 거친 비명을 지르며, 교주에게 속아 넘어간 사람들에게 사건의 전말을 폭로했다. 여인의 외침은 적막한 밤을 깨우며 교주의 범죄를 낱낱이 드러냈다. 다급해진 교주는 비수로 여인의 가슴을 찔렀다. 치명적인 상처를 입은 여인은 피를 흩뿌리며 쓰러졌다. 그러면서도 그녀는 목이 졸린 아이를 품에서 놓지 못했다. 그토록 젊고 아름다웠던 줄리엣은(그 여인이 바로 줄리엣이었다) 신도들을 기만한 교주를, 사악한 그들의 선지자를 맹렬히 비난하며 죽어갔다. 경악스럽다는 얼굴로 그녀의 폭로를 듣던 사람들은, 교주의 행위에 충격을 금치 못했다. 그런 신자들을 돌아본 교주의 표정이 두려움에서 분노로 변해갔다. 사라졌다고 생각했던 가족들이 교주의 손에 죽었다고 확신하게 된 사람들은 서글프게 가족의 이름을 불렀다. 교주의 야심은 살인마저 저지르게 했다. 하지만 이제 숨길 수도, 돌이킬 수도 없었다. 위험을 감지한 그는 최악의 상황에서 벗어나기로 결심했다. 그는 사람들의 앞으로 달려가 허리춤에 차고 있던 권총을 빼내, 큰 소리로 조소를 터뜨리며 권총을 쏘아 자결했다.

사람들은 가엾은 줄리엣과 그녀의 아기를 묻어주고, 깊은 후회를 안은 채 베르사유로 향했다. 그들은 베르사유로 돌아가는 도중, 에이드리언의 따뜻한 품을 떠나 광신도들의 무리에 합류하려는 이들을 만나게 되었다. 교주가 얼마나 끔찍한 짓을 저질렀는지가 전해졌고, 베르사유를 떠나려던 사람들도 모두 걸음을 돌렸다. 이렇게 해서 생존자들은 진실을 깨달았다는 서글픈 상징을 얼굴에 달고 에이드리언 앞에 나타나, 앞으로 그의 뜻에 영원히 따르겠다고 진심으로 맹세했다.

7장

앞서 언급한 사건들을 겪는 동안 6월도 반이나 지났고, 그제야 우리는 다시 기나긴 여정을 시작할 수 있었다. 내가 베르사유로 돌아온 다음 날, 빌뇌브 라 기아드에서 나를 기다리던 여섯 사람은 내 전갈을 받고 스위스로 먼저 출발한 무리에 합류했다. 베르사유에서 출발한 우리도 같은 노선을 통해 전진했다.

되돌아보면 실제로는 그리 길지 않은 시간이었건만, 기이하게도 그 당시에는 우리의 여정이 끝도 없이 계속되고 있는 것처럼 느껴졌다. 7월 말이 되어서야 우리는 디종에 들어섰다. 7월 말이 될 때까지의 시간은, 모든 시간, 모든 날들, 모든 주가 망각의 바다에 뒤섞여버린 것 같다. 끔찍한 사건들과 고통스러운 슬픔이 그 길에 모두 쏟아졌기 때문이리라. 출발한 지 한 달이 조금 넘은 7월 말이 되자, 해가 뜨고 지는 단 하루가 삶의 전부인 것처럼 느껴지게 되었다. 아아! 그 사이 열정적인 젊은이들은 백발이 되어버렸다. 젊은 어머니들의 얼굴에는 지워지지 않을 깊은 고랑이 패였고, 젊은이들의 유연하던 팔다리는 세월의 짐을 진 노인들처럼 딱딱하게 굳어버렸다. 짙은 어둠이 계속되는 밤을 지나며, 태양은 뜨기도 전에 늙어버렸다. 뜨거운 한낮의 해로운 열기는 따뜻한 저녁이 되어서도 식을 줄 몰랐다. 한낮의 눈부심은 시간이 지나도 그림자를 키우지 않았고, 슬픔으로 가득한 삶은 고통받는 사람들이 때 이른 시기에 무덤으로 들게 만들었다.

베르사유를 떠날 때 우리는 1,500명 가까이 되었다. 우리는 6월 18일 출발했다. 길고 긴 여정 동안에도 관계나 인연은 여전히 우리에게 소중했다. 아버지와 남편들은 소중한 가족들을 지키겠다는 마음으로 모두를 가까운 데 불러 모았다. 아내와 어머니들은 남자들의 곁에서 필요한 부분을 도우며 아이들에게서 걱정스러운 시선을 거두지 않았다. 모두가 슬픔에 잠겨 있었으나, 희망을 버리진 않았다. 다들 누군가는 살아남게 될 것이라 생각했다. 그리고 인간의 본성이 마지막으로 빚어낸 끈질긴 낙관으로, 마지막까지 살아남는 건 자신의 가족이라 굳게 믿었다.

프랑스를 지나며 우리는 모든 집들이 텅 비었다는 것을 알 수 있었다. 큰 도시에서는 그래도 한두 명 정도의 생존자들을 볼 수 있었다. 그들은 유령처럼 거리를 배회하고 있었다. 그런 사람들을 무리에 합류시키며 늘어나는 인원보다, 역병으로 죽어서 줄어드는 인원이 더 많았다. 결국은 인원 모두를 수월하게 셀 수 있을 만큼 우리의 수는 줄어들었다. 병든 사람들을 버리는 일은 결코 없었다. 병자들이 숨을 거둘 때까지 보호를 하되, 죽고 나면 근처에 무덤을 만들어주고 떠나기를 반복했다. 그러다 보니 여정은 언제 이 일정이 끝날지 더럭 겁이 날 정도로 길어져만 갔다. 사람들은 열 명씩, 쉰 명씩, 백 명씩 죽어나갔다. 죽음이 자비를 보이는 법은 결코 없었다. 우리도 역시 죽음에게 자비를 기대하는 일을 멈추었다. 그저 태양이 떠오를 때마다, 떠오르는 태양을 다시 보지 못할 것 같은 기분으로 반갑게 맞이할 따름이었다.

봄을 지나는 동안 우리를 두렵게 만들었던 극심한 공포도 우리의 음울한 여정에 계속 따라붙었다. 그리고 그 공포는 매일 저녁 새로운 형태의 유령을 불러왔다. 나무가 드리우는 그림자 하나하나가 유령을 만들었고, 텁수룩한 덤불 하나하나가 간담이 서늘한 형체를 만들어냈다. 그런 일도 점점 익숙해져갔고, 어스름한 형체에 두려움을 느끼는 것조차 지루해질 즈음 또 다른 놀라운 일이 벌어졌다. 태양이 예년보다 한 시간정도 늦게 뜬다는 주장이 제기된 것이다. 그러자 우리는 태양이 점점 하얗게 변해간다고도, 태양의 그림자가 예전과 다르다고도 생각하게 되었다. 평범한 삶을 영위하던 시절이라면 상상조차 하기 힘든 일이었겠지만, 이제는 두려움이 그런 과장된 망상마저 만들어낼 수 있게 되었다. 사실 우리의 감각은 믿을만한 것이 아닐 뿐더러, 그런 현상에 대한 정확한 증거를 제시할 수도 없었다. 그러나 광기는 만연했기에, 아무리 지나친 주장을 하는 사람이 등장해도 나는 일반론을 주장할 수 없었다. 어떤 이는 밤의 그림자가 옅어지고 있다고 말했다. 나뭇가지 사이와 빈 건물들 주위를 맴도는 바람 소리에 절망과 통곡이 스며 있다는 사람도 있었다. 하지만 나는 그런 것들이 단순히 두려움이 만들어낸 환상이라고 섣불리 말할 수 없었다. 이따금 현실이 유령만큼이나 비현실적인 모습을 보일 때도 있었던 탓이다. 우리가 두려워하던 것이 현실로 나타났을 때, 그 누가 아무렇지 않은 태도로 그것을 맞이할 수 있겠는가. 나 역시 비현실적인 현실 앞에서 피가 얼어붙는 기분이었다.

어느 날 땅거미가 지는 저녁 무렵, 우리는 사람 형상을 한 순백색의 무언가가 길가에서 몸을 흔들어대고 있는 것을 보았다. 그 형상은 팔을 들어올리더니 놀랄 만큼 높이 뛰어오르기도 했고, 멋지게 공중회전을 하기도 했다. 그러다 높이 비상하며 격렬한 몸짓을 보여주기도 했다. 멀리서 그 모습을 보고 멈춰선 우리는 놀라면서도 새로운 초자연현상이 나타났다고 믿을 수밖에 없었다. 그 형상은 점점 짙은 색으로 물들어갔다. 우리는 외로워 보이는 그 유령의 모습에 섬뜩함마저 느꼈다. 인간의 영혼에 품위가 있다고 했던가. 사람들의 행동에선 그 말의 의미를 조금도 찾을 수 없었다. 사람들은 두려움에 휩싸여 줄행랑을 쳤다. 그 형상은 허공을 높이 날았다가 높은 울타리를 단번에 뛰어넘었다. 그러다가 일순간 다시 우리 앞의 도로에 나타나기도 했다. 나는 형상에게로 접근했다. 가까이 다가갈수록 그 유령은 날거나 사라지는 게 아니라, 그저 높이 뛰거나 앉아서 쉬는 것이라는 걸 확인할 수 있었다. 유령도 이내 우리를 알아보았다. 유령이 우리에게로 다가왔고, 우리가 조심스레 물러서자 유령은 우리에게 가볍게 목례했다. 그 광경이 우리 스스로도 터무니없다고 느꼈기 때문이었는지, 그 정중한 태도를 마주한 우리는 환호와 폭소를 터뜨렸다. 그러자 그 형상은 마지막 힘을 다해 다시 한 번 뛰어오르더니, 바닥으로 가라앉으며 밤의 짙은 어둠 속으로 사라졌다. 우리는 다시 침묵과 두려움에 빠졌다. 그 비극적 장면을 설명하기 위해 나는 겨우 용기를 내서 그 형상이 사라진 곳으로 다가갔다. 그곳에는 시체 한 구가 놓여 있었다. 나는 시신을 조심스레 일으켜보았다. 그는 우리가 빌뇌브 라 기아드에 두고 온 사람 중 하나였다. 오페라 무용수였던 그는 역병에 걸린 뒤 동료들에게 버림받았다. 그 후 그는 망상에 사로잡혔고, 가엾은 그 사람은 자신이 무대에 서 있다고 상상하며 죽어가는 중에도 마지막으로 사람들의 환호와 박수갈채를 받기 위해 열정을 불살랐던 것이다.

　그후로도 우리는 며칠간 또 다른 유령에 시달려야 했다. 새로운 그 유령에게 사람들은 '검은 불안'이라는 이름을 지어주었다. 그 유령은 저녁에만 나타났다. 그는 상복에 검은 깃털을 달고 먹색 말을 탄 채 위풍당당하면서도 충격적인 형상으로 모습을 드러냈다. 그 얼굴을 확인한 이도 있었다. 검은 불안을 보았다는 이는, 무리에서 뒤쳐져 행렬의 맨 끝에서 따라오던 중 우연히 몸을 돌리자 검은 불안이 자신에게로 다가오는 것을 보았다고 말했다. 그의 말에 따르면, 검은 불안의 얼굴은 잿빛이었다고 했다. 그는 두려움에 급히 몸을 숨겼다. 검은 불안을 태운 말은 천천히 그의 앞을 지나갔고, 달빛이 유령의 얼굴을 비추는 순간 현실에서 볼 수 없는 빛이 뿜어져나왔다고 했다. 이따금 우리가 병자들을 돌보는 한밤중이 되면, 마을에서 누군가 말을 모는 소리가 들리기도 했다. 죽음의 징표와도 같은 검은 불안이 말을 달리는 소리였다. 평범한 사람들의 눈에 그는 거인처럼 거대해 보였다고 했다. 또한 그의 주위에 얼음처럼 차가운 냉기가 감돌고 있었다고도 했다. 그의 소리가 들릴 때면 동물들은 몸서리를 쳤고, 죽어가는 사람들은 마지막 때가 다가오는 것을 깨달았다. 사람들은 그 자체가 죽음이라고 말했다. 죽음이 자신의 뜻을 거스르려는 소수의 인간들을 처리하기 위해 직접 모습을 드러낸 것이라고 말이다. 어느 날 정오쯤 우리가 가려는 길의 한복판에 검은 덩어리가 서 있는 것이 보였다. 검은 불안이었다. 그는 우리에게 다가오려다 말에서 떨어졌다. 그는 역병에 걸린 모습이었다. 말에서 떨어져 바닥을 뒹굴던 그는 그후 몇 시간밖에 살지 못했다. 우리는 그가 마지막으로 남긴 말을 통해, 그간의 의문스러웠던 행동들의 비밀을 알아낼 수 있었다. 그는 프랑스의 명문가 귀족이었다. 역병을 피해 홀로 살던 곳을 떠난 그는, 수개월 동안 이 마을 저 마을을 배회하며 살아남은 동포를 찾았다. 그는 자신에게 주어진 저주 같은 고독함을 끔찍해 하고 있었다. 하지만 그가 우리 무리를 발견했을 때, 그는 반가움보다 전염에 대한 두려움을 더 강하게 느꼈다. 그는 섣불리 우리에게 합류할 수 없었지만, 우리의 모습이 시야에서 사라지는 것은 더욱 두렵다고 생각했다. 넓고 아름다운 프랑스 땅에 자신 외의 다른 존재가 있다는 것만으로 위안이 되었던 것이다. 그렇게 해서 그는 내가 이미 묘사했던 것처럼 유령 같은 모습으로 우리의 주위를 맴돌게 되었지만, 결국 역병에 걸려 망자들의 세상으로 떠나고 말았다.

이 사건으로 인해, 눈에 보이는 것을 상상으로 과장시키는 습

관이 줄어들었다는 것은 나름대로 다행이라고 할 만했다. 하지만
눈에 보이는 것들은 너무도 많았고, 실제로 너무도 큰 두려움을
불러일으키곤 해서, 사람들로서는 매 순간 스스로를 돌아보기 힘
들었다. 우리는 자꾸만 행렬을 멈춰야 했다. 다른 사람이, 또 다
른 사람이 흙이 되어 한때 우리의 어머니였던 대지로 돌아가고
있었기 때문이었다. 그렇게 우리는 가장 뜨거운 계절 동안 내내
여행을 지속하고 있었다. 그리고 8월 1일이 되기 전에 우리 선발
대는……. 독자들이여, 놀라지 않길 바란다. 겨우 여덟 명밖에 남
지 않은 채 디종으로 입성했다.

　우리는 긴 시간 동안 그 순간을 간절히 염원해왔다. 그리고 드
디어 음울한 여정의 최악의 순간을 보내고 우리는 바람을 이룬
것이다. 스위스가 손에 닿을 것처럼 가까이에 있었다. 하지만 그
토록 불완전한 성취를 가지고 우리가 어떻게 자축할 수 있었겠는
가? 우리는 한때 온 세상에 넓게 퍼져 전세계를 다스렸던 존재였
다. 그랬던 우리가 어쩌다 서글픈 여정을 통해 지칠 대로 지쳐서
비참해진 채, 대홍수의 이야기처럼 유일한 생존자가 되어버린 것
인가? 노아의 방주가 정박했다는 아라라트 산의 정상에서는 맑은
샘물이 흘러나온다지 않던가. 보잘것없는 개울의 모습으로 시작
된 원류는 거대하고 마를 줄 모르는 강으로 이어져, 세대가 변해
가는 동안에도 끊이지 않고 흐르지 않았던가. 그 강물은 여전하
지만, 세상은 여전하지 않았다. 강물은 계속해서 앞으로 나아가
모든 것을 빨아들이는 바다가 되었다. 우리는 그 어둑한 해안에
다다른 셈이다. 존재하지 않는 공허함 속에서 샘물이 솟아나 빛

을 향해 첫발을 내딛은 것은 그저 자연의 가벼운 장난이었다. 인간의 생각도 마찬가지였다. 하지만 생각은 인간에게 힘과 지식을 안겨주었고, 힘과 지식을 통해 인류는 권위와 위엄을 얻었다. 그러자 인간은 더 이상 이 땅의 정원사도, 짐승들의 목동도 아니었다. '이는 인상적이고도 장엄한 측면을 만들어낸다. 유구한 역사와 걸출한 선조들이 존재하지 않는가. 역사를 만든 이들의 초상화가 걸린 화랑도, 그 기념비도, 그에 관한 기록들도 그대로 남아 있다.'(에드먼드 버크의 『프랑스혁명에 관한 고찰』에 나오는 문구다─옮긴이)

　이런 것들은 모두 끝났다. 죽음의 바다가 더 이상 세차게 흐르지 않는 강물을 모조리 빨아들였고, 샘의 원천은 말라버렸다. 우리는 수천 년간 존재해왔던, 영원할 것처럼 보였던 우리의 영토에 작별을 고해야 했다. 정부 체계도, 법과 체계의 준수도, 수송과 통신, 그리고 국내의 다양한 교류도, 우리의 정신과 능력을 빚어주었던 그 모든 것들을 기억의 깊숙한 안자락에 묻어두어야 했다. 다음으로는 나라에 이바지하고자 하는 열정과 예술, 명예와 명성, 국가의 이름에게도 우리는 안녕을 고해야 했다. 옛 유물들을 되찾을 것이라는 희망마저 떠나갔다. 부서지기 쉬운 우리의 목숨만을 제외하고, 모든 기대들은 사라져갔다. 목숨만이라도 부지하기 위해 우리는 영국을 떠났다. 아니, 더 이상 영국이라고도 할 수 없다. 국민이 없는 국가에게 무슨 이름이 주어질 수 있을까? 그곳은 이제 황폐한 섬 그 이상도 이하도 아니다. 우리는 스스로를 구제하기 위해 규칙과 질서에 집요하게 매달렸다. 외딴

곳에 있는 작은 땅덩이 하나만으로도 남은 인류의 공동체가 위안을 갖기에는 충분하다고 믿으면서 말이다.

하지만 모든 것이 끝나버렸다! 우리는 모두 죽을 것이다. 드넓은 이 땅에는 생존자도, 어떠한 후손도 남지 않을 것이다. 우리 모두는 죽을 것이란 말이다! 인류라는 종은 사라질 것이다. 정교한 인간의 기술도, 놀라운 감각 구조도, 신의 형상을 본딴 고귀한 모습도, 만물의 영장으로 불리도록 했던 인간의 정신도, 모두 사라질 것이다. 지구는 앞으로도 우주에서 제 자리를 유지할까? 계속해서 태양 주위를 규칙적으로 맴돌까? 우리가 없어도 계절이 변함없이 돌아오고, 나무는 잎사귀로 치장하며, 꽃들은 향기를 내뿜을까? 산도 그 자리에 있으며, 강물도 깊은 계곡을 따라 아래로 흘러갈까? 파도가 밀려왔다 나가고, 바람이 온 땅에 불어올까? 짐승들은 풀을 뜯고, 새들은 비상하고, 물고기는 헤엄칠까? 이 모든 것들을 알아차리고 소유하고 다스렸던 인간이 마치 한 번도 존재하지 않았던 것처럼 세상에서 사라져도 세상은 계속될까? 아, 이 무슨 뚱딴지같은 소리란 말인가! 분명 죽음은 죽음이 아니고, 인류는 멸종되지 않았다. 하지만 우리가 알아채지 못하는 사이, 우리는 다른 허물 속으로 들어가고 있다. 죽음은 거대한 입구와 같다. 삶으로 향하는 직선도로인 것이다. 우리는 서둘러 그 문을 통과하고, 그 길을 지나갈 것이다. 우리를 더 이상 이 살아있는 죽음에 거하게 하지 말라. 우리는 삶에서 죽을 것이다!

우리는 간절하게 디종에 도착하기만을 고대해왔다. 경유지를 그곳으로 정한 이후부터 우리의 간절한 바람은 이루 말로 다 표현할 수 없을 정도였다. 하지만 디종에 들어서자 우리를 휘감은 무력감은 그간 겪었던 것보다 더 큰 고통을 안겨주었다. 서서히 우리는 그 동안 쏟았던 극한의 노력이 한 사람도 살리지 못할 것이라는 생각을 가지게 되었고, 그 생각은 점점 더 확고해져갔다. 그래서 우리는 그때까지 붙들고 있던 방향키에서 손을 떼버렸다. 우리가 타고 있던 위태로운 배는 방향을 잡아주던 이를 잃고, 자욱한 연기 속 깊은 심연을 향해 뱃머리를 돌려 질주했다. 솟구치는 슬픔과 버릇 같은 눈물, 헛된 한탄과 넘치는 유약함, 남은 목숨에 헛되이 매달리는 욕망이 우리를 지배했고, 무력함과 무모함이 그 뒤를 이었다.

그 처참한 여정 동안 우리는 모든 것을 잃었다. 우리의 가족은 아니었지만, 우리가 특히 아꼈던 사람들마저 잃어야 했다. 이 페이지를 우리가 잃어버린 것과 사람들의 목록으로 채울 수는 없다. 하지만 우리에게 너무나 소중했던 이에 대해 마지막으로 언급하지 않고 넘어갈 수는 없을 것 같다. 11월 20일, 에이드리언과 내가 황폐해진 런던을 둘러보았던 날, 에이드리언이 구해주었던 작은 여자아이는 오세르에서 죽었다. 그 가엾은 아이는 우리의 곁에서 떨어질 줄 몰랐기에, 갑작스런 소녀의 죽음은 우리의 슬픔을 더욱 무겁게 만들었다. 아침만 해도 그 아이는 분명 건강한 모습이었다. 저녁이 되어 좀 쉬려 하던 차에 우리에게 다가온 루시가 아이의 죽음을 알렸다. 우리 가족과 함께 지내던 사람 중 디종에 도착할 때까지 살아남은 사람은 루시밖에 없었다. 가련한 루시는 함께할 만한 친구도 없이 홀로 병자들을 돌보는 데 온 정성을 쏟았다. 그런 지나친 노력은 어느새 열을 일으켰고, 결국 두려운 역병으로 끝나고 말았다. 루시를 덮친 역병은 그녀를 고통에서 해방시켜 죽음으로 인도해주었다. 우리는 그녀의 재주와 성실함, 적극적인 모습과 역경에 묵묵히 대처하는 모습을 높이 평가했다. 그래서 그녀를 무덤에 뉘일 때, 우리는 그녀가 보여주었던 여성의 미덕에 작별을 고하며 그런 여인은 다시없을 거라고 되뇌었다. 그녀는 비록 제대로 된 교육을 받지는 못했으나 신중하고 누구보다 끈기가 있고 관대하며 다정했다. 그 무수한 장점들과 영국인만이 가지는 특질까지, 이제 다시는 우리에게 되살아날 수 없을 것이다. 그녀와 비슷한 지위의 여인들 중에서, 찬사를 받을만한 자격이 되는 사람은 그녀밖에 보지 못했다. 루시는 그렇게 황폐해진 프랑스의 잔디 아래에 묻혔고, 영국에서에 이어 두 번째로, 그리고 앞으로 영원히 우리는 그녀와 작별했다.

윈저 백작부인은 디종에서 머무르는 사이 죽음을 맞았다. 디종에 잠시 체류하던 어느 날 아침 나는 부인이 나를 만나고 싶어한다는 전갈을 받았다. 그 전갈을 받고 나는 지난 며칠간 부인을 찾아뵙지 않았다는 걸 기억해냈다. 그런 일은 우리가 이동하는 동안 종종 있어왔다. 삶의 마지막에 가까워오는 가련한 사람들을 돌보기 위해 내가 머무르는 사이, 나머지 무리가 먼저 이동하게 되는 경우가 잦았기 때문이다. 하지만 그녀의 전갈에서 느껴지는 무언가가 나로 하여금 뭔가 잘못되었다는 불안함을 가지게 했다. 수많은 생각들이 이런저런 변덕을 부리다, 노부인이 아닌 클라라나 에블린에게 나쁜 일이 생긴 게 아닌가 하는 생각에 이르게 된 것이다. 긴장의 끈을 늦출 줄 모르는 우리의 두려움은 공포의 자양분을 필요로 했다. 과거라면 늙은이가 젊은이보다 먼저 죽는 것이 자연스러운 일이었겠지만, 그건 옛날 이야기였다.

부인을 찾아가자, 아이드리스의 인자한 어머니가 소파에 누워 있는 모습이 보였다. 그녀의 수척한 몸은 소파 위에 길게 늘어져 있었다. 고개를 돌린 부인의 옆모습에서 날카로운 콧날이 도드라져 보였다. 그녀의 크고 짙은 눈은 움푹 패여 있었지만, 해질녘에 치는 천둥번개처럼 환하게 빛나고 있었다. 그 눈빛을 빼곤, 그녀의 모든 몸이 쪼글쪼글하게 말라 있었다. 부인의 목소리는 두렵게 느껴질 만큼 예전과 달랐다. 그녀는 잠시 그대로 있다가, 이윽고 내게 말을 건넸다.

"자네에게 이 늙은 여인네가 죽기 전에 보러 와 달라고 부탁하는 게 내 욕심은 아닌가 싶어 두려웠다네. 하지만 어쩌면 내가 죽었다는 소식을 급작스럽게 접하는 것보다는, 이렇게 먼저 만나는 게 나을 수도 있다는 생각에 불렀네."

나는 그녀의 주름진 손을 붙들고 물었다.

"그렇게 몸이 안 좋으신 겁니까?"

"내 얼굴에 드리운 죽음이 보이지 않나?"

부인이 대답했다.

"기묘한 일이야. 이 일을 미리 알았어야 했는데, 솔직히 고백하자면 죽음이 다가오는 걸 전혀 깨닫지 못하고 있었다네. 나는 삶에 집착한 적이 없어. 삶을 즐기지도 않았지. 지난 몇 달 전까지는 말이야. 그 이전까지 나는 무감각했기에 황폐한 삶을 살아왔어.

그런 습성이 한순간에 사라질 리는 만무하지. 그래도 내가 역병의 제물이 되지 않았다는 건 기쁜 일이야. 아마도 나는 오늘 내일 안으로 죽게 될 게야. 내가 젊을 때 그랬듯 세상은 내가 죽은 후에도 변함없이 계속되겠지."

부인은 힘들게 말을 이어갔고, 나는 부인의 조심스러운 고백에도 그녀가 죽음을 유감스럽게 생각한다는 걸 알아챘다. 하지만 부인은 남은 삶이 얼마 되지 않는다고 불평하지는 않았다. 노쇠한 부인의 모습은, 그녀에게 주어진 삶이 모두 소모되었다는 걸 보여주고 있었다. 처음에는 부인과 나, 둘만 있었으나, 얼마 후 클라라가 방에 들어와 우리 사이에 자리했다. 백작부인은 미소를 띤 채 클라라를 보며, 사랑스러운 아이의 손을 잡았다. 클라라의 장밋빛 손바닥과 눈처럼 하얀 손가락이 노부인의 누렇게 바랜 손과 대비를 이루었다. 클라라는 허리를 숙여 부인의 마른 입술에 봉긋한 입술을 가져다대 따뜻하게 입을 맞췄다.

"버니."

부인이 내게 말했다.

"이 사랑스런 아이를 자네에게 특별히 부탁할 필요는 없겠지. 자네가 알아서 이 아이를 잘 지켜줄 테니까 말이야. 세상이 예전 같았다면, 나도 떠나기 전에 현자들의 인상적인 수많은 지혜를 전해줄 수 있을 테지. 올바르고 뛰어난 것들을 망쳐놓기 위해 어디선가 몸을 숨긴 채 도사리고 있는 위험들을, 선량함과 아름다움으로 피해갈 수 있으리라는, 뭐 그런 얘기 말이야. 하지만 이제 모두 의미 없는 것들이지. 부디 이 아이의 숙부로서 나를 정성껏

간호해준 이 다정한 아이를 잘 보살펴주게나. 그리고 내 손주를
자네에게 맡기네. 자네라면 나보다 더 그 아이를 잘 돌봐줄 테지.
에이드리언에게는, 내 사랑하는 아들에게는, 자네가 내게 해줬던
것처럼 해주면 되네. 그 아이가 슬픔에 잠기면 자네가 활기찬 이
야기로 그 슬픔을 지워주게. 그 아이가 죽어가며 고통받는다면
진지한 위로와 현명한 대화로 그 아이를 위로해줘. 내게 해줬던
것처럼 그 아이를 보살펴주게나."

　순간 클라라가 울음을 터뜨렸다.

　"어여쁜 아가."

　백작부인이 말했다.

　"나 때문에 울지 말거라. 소중한 사람들이 네게는 아직 남아 있
지 않느냐."

　"하지만……."

　클라라가 울먹거리며 대답했다.

　"할머님은 다른 사람들 역시 죽을 것처럼 말씀하시잖아요. 너
무해요. 모두가 죽어버리면, 저는 어떻게 살까요? 저를 보살펴주
시는 사랑하는 숙부님이 저보다 먼저 돌아가시게 된다면, 저는
숙부님을 간호해드릴 수 없을 거예요. 저도 숙부님을 따라 죽어
버릴 테니까요."

　부인은 스물네 시간을 채 넘기지 못했다. 그녀는 옛 시대와 우
리를 이어주는 마지막 끈이었다. 부인의 시신을 바라보기란 힘든
일이었다. 또한 한때 익숙했던 사람들과 지난 일들을 떠올리지
않기도 불가능했다. 우리의 상황에서 옛일이란, 테미스토클레스

와 아리스테이데스의 논쟁처럼 생경했다. 또는 모국에서 벌어진
장미전쟁처럼 동떨어진 시대의 일처럼 느껴지기도 했다. 하지만
그녀의 얼굴에는 영국 왕실이 드리워져 있었다. 내 아버지와 그
불운했던 삶, 마지막 왕과의 헛된 오해, 레이먼드의 모습, 에바드
네와 퍼디타의 모습까지도 부인의 얼굴에 어려 있었다. 화려한
세상을 풍미했던 그 모든 이들이 우리 앞에 생생하게 다가왔다.
우리는 내키지 않았지만 어쩔 수 없이 부인의 시신을 보잘것없는
무덤에 안치했다. 그녀의 무덤을 돌아보자, 야누스가 과거를 돌
아보는 추억의 얼굴을 가리고 있었다. 그리고 가려진 그 모습 뒤
로 야누스가 응시하고 있는 것은, 오래도록 제 능력을 상실할 우
리 미래의 세대였다.

　디종에서 머무르는 일주일 사이, 서른 명의 사람들이 세상을
등졌다. 우리는 그들을 묻어주고 나서 제네바로 향하는 여정을
계속했다. 둘째 날 정오가 되어서 우리는 쥐라 산의 기슭에 도착
했다. 우리는 그곳에서 한낮의 열기를 피했다. 생존자는 모두 쉰
명이었다. 쉰 명, 단 쉰 명만이 먹을 것 넘쳐나는 이 땅에 살아남
아, 서로의 안색을 살피고 있었다. 사람들은 서로의 얼굴에서 끔
찍한 역병을, 또는 지쳐가는 슬픔을, 그리고 절망을 보았다. 더
심한 경우, 현재의 재앙과 미래에 대한 무심함까지 읽어낼 수 있
었다. 그 거대한 산의 기슭에 모인 우리들은 호두나무 아래에 자
리를 잡았다. 요란스럽게 흐르는 강물은 주위의 풀밭을 푸르게
만들어주었고, 분주한 메뚜기들은 타임 덤불 사이에서 시끄럽게
울어댔다. 넓게 펼쳐진 풍경 속에서 비참한 우리들만이 옹기종기

모여앉아 있었다. 자식을 둔 어머니는 힘없는 팔로 아이를 안고 있었고, 대다수의 사람들은 영원히 뜨지 못할 것처럼 감기는 눈 꺼풀을 간신히 들어올리고 있었다. 한때 빛나는 젊음으로 아름다웠던 한 여인은 이제 창백한 얼굴로 무릎을 꿇고 앉아, 누워 있는 연인에게 부채질을 해주고 있었다. 누워 있는 연인은 고통에 겨워 몸을 비틀면서도, 고맙다는 미소를 지으려 안간힘을 썼다. 비바람에 거칠어진 참전 용사 하나는 자리에 앉아 식사를 준비하다가 가슴팍으로 고개를 떨구었다. 그러다 쥐고 있던 칼마저 떨어뜨리고는 사지를 늘어뜨린 채 소중했던 가족들, 죽어버린 아내와 아이의 기억을 떠올렸다. 사십년간 운명의 평온한 햇볕을 쬐고 살았던 한 남자는 자리에 앉아 마지막 희망인 딸의 손을 붙들었다. 그는 이제 막 여인의 향기를 풍기기 시작한 딸을 걱정스러운 눈으로 바라보았고, 그의 딸은 스러지는 정신을 그러모아 그를 안심시키려 노력했다. 마지막까지 충실했던 하인도 있었다. 그는 죽어가는 상태이면서도 꼿꼿이 서서 주인을 기다리며 주위에 펼쳐진 다양한 근심들을 두려운 시선으로 둘러보았다.

에이드리언은 나무에 기대어 서 있었다. 그는 손에 책을 들고 있었지만, 그의 시선은 책장에서 이리저리 헤매기만 할 뿐, 오히려 나와 시선을 맞추길 기다리는 것처럼 보였다. 우리는 시선을 맞추며 같은 감정을 공유했다. 그의 모습은 그의 생각이 한낱 종잇장에서 빠져나가고 있음을 털어놓고 있었다. 그의 앞에 펼쳐진 풍경이 책장에 쓰인 것보다 더욱 강렬했고, 더 큰 의미를 내포하고 있었기 때문이었다. 강가의 구석진 곳에서는 클라라와 에블린이 사람들과 떨어져 장난을 치고 있었다. 졸졸 흐르는 개울은 푸른 풀밭에 다정하게 입을 맞췄고, 그 곁에서 두 아이는 커다란 나뭇가지로 수면을 때리거나 날아다니는 곤충들을 쫓아다녔다. 클라라는 나비도 잡고, 꽃을 꺾어 사촌동생에게 건네기도 했다. 그러면 에블린은 천사 같은 얼굴로 깔깔거렸다. 그 티 없이 깨끗한 얼굴은 아이의 가슴에 박동치는 명랑함을 그대로 드러내주었다. 클라라는 에블린과 어울려주려고 애를 썼지만, 이따금 동생을 돌본다는 것을 잊고 고개를 돌려 에이드리언과 나를 지켜보기도 했다. 클라라는 이제 열네 살이 되었다. 여전히 아이 같은 얼굴이었지만, 키는 벌써 여느 아가씨들만큼 훌쩍 커버렸다. 그 아이는 어머니를 잃은 내 아들에게 다정한 엄마가 되어주고 있었다. 클라라가 에블린과 놀아주는 모습을 보게 된다면, 그 아이가 조용히 우리의 뜻에 따라주는 모습을 보게 된다면, 누구든 그녀의 상냥함과 인내심을 칭찬하게 될 것이다. 하지만 그 부드러운 시선 속에는, 그 뽀얀 얼굴 밑에는, 그리고 다정한 표현이 맴도는 입술 가에는, 지성과 아름다움이 고이 숨겨져 있었다. 누구라도 보는 즉시 찬사를 늘어놓고 사랑에 빠질 만큼 뛰어난 점들이, 유순함이라는 커튼에 가려져 있던 것이다.

해가 서쪽으로 급히 가라앉고 땅거미가 길어지자, 우리는 산을 오를 준비를 하기 시작했다. 아픈 사람들에게 주의를 기울여야 했기에, 우리는 느린 속도로 전진해야만 했다. 바람이 몰아치는 길을 걷고, 가파른 비탈길을 올라가도, 바위와 높은 봉우리들에 시야가 막혀 산 너머가 보이지 않았다. 그래도 포기하지 않고 계

321

속해서 오르자 결국 산은 우리에게 가야 할 길을 보여주었다. 우리가 기울어져가는 해의 그림자를 밟는 일은 좀처럼 없었다. 넘어가는 태양의 빛조차 사람을 지치게 만드는 뜨거움을 내뿜었기 때문이다. 작은 시련이 거대한 문제가 되어버리는 때가 있다. 히브리의 음유 시는 그런 때엔 "메뚜기 한 마리조차 짐"이라고 표현했다. 그날 저녁이 불운한 우리들에게 바로 그런 때였다. 평소 힘든 일이 생기면 가장 먼저 달려가는 사람이 에이드리언이었다. 하지만 그날따라 에이드리언은 힘없이 처져서 고개까지 숙이고는, 고삐도 느슨하게 쥔 채 갈림길을 지나쳐버리곤 했다. 말이 가는 대로 가만히 이끌려가며, 가파른 경사가 되어서야 자세가 불편하다는 듯 이따금 고개를 드는 정도였다. 혹시 그가 역병에 걸렸다는 징후가 아닐까? 누구와도 비교할 수 없을 만큼 뛰어난 그에게서 내 생각에 대한 대답을 들은 지 얼마나 되었던가? 그 몸이 언제까지 따뜻한 영혼의 뜻에 따를 수 있을까? 유일하게 남은 나의 벗 에이드리언에게, 그의 두 눈에 언제까지 생명과 빛이 깃들 수 있을까? 그러는 사이 우리의 속도는 점점 줄어들었고, 그럼에도 봉우리 하나를 넘을 때마다 넘어야 할 또 다른 봉우리는 계속해서 나타났다. 사이좋은 자매들처럼 나란히 선 길은 끝없이, 끝없이 계속되었다. 때때로 무리 중 누군가의 병세가 악화되면, 우리는 모두가 멈춰 서야 했다. 병자는 갈증이 나는 듯 물을 찾았고, 쉬고 싶다고 애원했다. 고통에 찬 비명 소리와, 슬픔을 억누르는 보호자의 흐느낌이 산 속에 울려퍼졌다. 쥐라 산맥을 지나는 우리의 길은 슬픔을 품은 사람들로 채워져 있었다.

에이드리언은 가장 선두에 서서 나아가고 있었다. 안장에 짐을 묶는 끈이 헐거워진 탓에 다시 묶느라 잠시 뒤쳐진 나는, 뒤쪽 아래에서 그를 올려다보았다. 그는 이제까지 지나온 길보다 더욱 힘겹게 산을 오르는 것처럼 보였다. 그가 정상에 올라서자, 역광을 받고 그림자가 져 짙어진 그의 뒷모습에 안도가 서렸다. 그는 무언가 예상치 못한 놀라운 것을 본 것만 같았다. 잠시 그대로 멈춰버린 듯 가만히 있던 그는, 목을 쭉 빼며 두 팔을 벌렸다. 만세를 부르는 것처럼! 뭔가 새로운 광경을 본 것처럼 말이다. 무엇을 보았는지 궁금해서 조바심이 난 나는 서둘러 그의 곁으로 다가갔다. 수많은 벼랑과 지루한 봉우리들과 사투를 벌인 후였다. 내게는 지나온 모든 풍경이 같아 보이기만 했다. 그런 우리 앞에 드디어 새로운 풍경이 나타났다. 그는 황홀감에 사로잡혔다.

자연, 아니 자연이 가장 아끼는 사랑스러운 이 땅이, 갑자기 펼쳐진 눈부시게 멋진 풍경 속에서 본래 가졌던 타의 추종을 불허하는 최고의 아름다움을 보여주고 있었다. 아래에는, 저기 까마득한 산 아래에는, 육중한 지구의 심연이 입을 벌리고 있는 것 같은 깎아지른 산 아래에는, 잔잔한 하늘빛의 레만 호수가 넓게 펼쳐져 있었다. 덩굴로 뒤덮인 봉우리들이 호수를 감싸고 있었고, 호수 뒤로는 원뿔 모양의 짙은 산이 서 있었다. 거대한 성벽처럼 먼 곳의 공격조차 막아낼 기세로 호수를 지키고 있는 것 같았다. 그 너머에는 그보다 더 높은 신성한 산, 알프스가 자리 잡고 있었다. 천국에 닿을 것처럼 높이 솟은 알프스는 끝없이 펼쳐진 하늘과 나란히 서 있는 것 같았고, 둘은 썩 잘 어울렸다. 알프스는 햇빛을 받아 눈부시게 빛나는 의복을 걸치고 세상을 굽어보았다. 세상의 경이로움은 결코 지칠 줄 모른다는 듯, 엄청난 모습의 자연들이 계속해서 모습을 드러냈다. 들쭉날쭉한 험준한 바위와 장밋빛으로 물든 숲이 산을 장식했고, 당당한 자부심을 품은 그 풍경은 아래에 펼쳐진 호수의 잔잔한 수면을 살포시 장식했다. 잔잔한 호수는 마치 물의 정령 나이아드가 사는 궁전 같았다. 쥐라 산맥 기슭에는 여기저기 마을들이 있었다. 쥐라 산맥의 뿌리는 짙은 협곡을 따라 호수 바닥까지 뻗어 있었다. 그 장엄한 광경을 본 나는 죽어간 사람들과, 내 곁의 살아있는 벗조차 잊고 풍경에 빠져들었다. 잠시 후 정신을 차리고 에이드리언을 바라보니, 그는 눈물을 흘리고 있었다. 그는 감탄을 금치 못하는 환한 얼굴로 여윈 손을 맞잡고 울먹거리더니, 결국 소리쳤다.

"왜. 오, 대체 왜……. 마음이여, 너는 내게 자꾸만 고민을 속삭이는 것이냐? 그냥 저 풍경의 아름다움을 들이마시거라. 전설 속에나 나올 법한 천국이 우리에게 주는 기쁨을 만끽하거라."

나머지 사람들도 가파른 오르막을 이겨내고 한 명씩 정상에 올라섰다. 우리의 눈앞에는 누구도 본 적 없었던 아름다운 풍경이 펼쳐졌다. 절로 찬사가 터져나올 광경이었다. 누군가 소리쳤다.

"신이 우리에게 천국을 보여주셨소이다! 이제 우리는 축복받으며 죽음을 맞이할 수 있어요!"

사람들은 하나같이 갈라진 목소리로 감탄사를 내뱉었다. 그리고 화려한 경구를 읊으며, 자연의 경이롭고 환상적인 모습을 말로 표현해내려 애썼다. 모두가 그렇게 감동에 젖은 터라, 우리는 그곳에서 잠시 휴식하기로 했다. 우리는 운명의 짐을 내려놓고, 곧 우리에게 닥칠 죽음에 대한 생각도 잊었다. 이 세상의 신성하고 장엄한 모습을 그렇게 한눈에 보여주는 풍경은 앞으로도 영원히 다시없을 터였다. 우리는 행복이라고 불러도 좋을 만한 기분을 느끼고 있었다. 어두웠던 삶에 갑자기 들이닥친 햇살 같은 그 감정에, 우리는 열정적으로 도취되었다. 근심으로 찌든 인류에게 너무도 소중한 선물이 아닌가! 비록 모든 희망을 무자비하게 갈아엎은 뒤라 하더라도, 우리의 기쁨과 황홀감을 빼앗아간 뒤라 하더라도 말이다.

그날 저녁에는 다른 사건도 있었다. 프랑스의 페르니를 지나 제노바로 향하는 사이, 나무로 둘러싸인 시골 교회 한 곳에서 생경한 음악 소리가 새어나왔다. 그 곁으로는 텅 빈 채 실낱같은 연기도 내뿜지 않는 오두막들이 교회의 주위를 감싸고 있었다. 오르간 소리는 적막한 대기를 깨우며 풍성하게 부풀어올랐다. 그리고 오래도록 계속되며, 바위와 숲, 호수의 물결이 만들어내는 아름다움과 절묘하게 어우러졌다.

불멸의 언어인 음악은 누군가 존재한다는 증거였다. 음악을 '눈물이 분수처럼 샘솟게 만드는 은색 건반'(퍼시 셸리의 시에서 인용한 것이다-옮긴이)이라고 하지 않았던가. 음악은 사랑이 낳은 자식이자, 슬픔을 달래주는 다정한 벗이기도 하고, 영웅적인 마음과 눈부신 생각들을 불러일으키는 뮤즈이기도 하다. 아, 음악이여! 황폐해진 삶 속에서 너를 잊고 있었구나! 우리에게 활기를 불어넣어주는 것은 저녁의 피리 소리도, 조화로운 목소리도, 전율하는 현의 고리도 아니다. 음악이여, 바로 네가 우리에게 활기를 불어넣어주누나. 네 존재가 이곳에 우리와 같은 다른 존재가 있음을 알려주기 때문에 우리는 활기를 찾을 수 있도다. 자연의 사랑스러운 풍경이 우리를 그곳에 데려다놓았고, 그곳에서 우리는 아름다운 선율을 찾았다. 우리는 온기를 나눌 수 있는 누군가를 찾을 수 있으리라는 기대에 부풀었다. 하지만 한밤중에 신성한 성지를 찾아온 창백한 순례자가 환한 얼굴로 미소를 띤 채 기도를 올리고 있다면 그 사람에게 다가가려다가도 머뭇거리게 되는 것처럼, 우리는 경외심에 젖어 잠시 그대로 멈춰 서 있었다. 모두 소리를 죽인 채 서 있었고, 우리 중 많은 수가 그 자리에서 무릎을 꿇었다. 하지만 우리는 얼마 지나지 않아 우리에게 익숙한 괴로움을 겪는 사람들에 대한 안쓰러움을 다시 떠올리게 되었다. 음악은 하이든의 〈천지 창조〉였다. 인류는 풀죽어 늙어가고 있지만, 세상은 여전히 창조의 시절만큼 생기가 넘쳤고, 그렇기에 여전히 이 땅은 그런 찬가로 축하할 만한 가치가 있었다. 에이드리언과 나는 교회로 들어섰다. 신도석은 텅 비어 있었다. 하지만 제단에서는 향이 피어올랐고, 그 향내는 한때 수많은 신도들로 붐비던 대성당의 기억을 떠올리게 했다. 우리는 제단 뒤편 높은 단으로 올라섰다. 눈 먼 노인이 풀무 옆에 앉아 있었다. 그는 들리는 음악 소리에 정신이 팔려 있었다. 연주에 귀를 기울이던 노인의 얼굴에는 환한 기쁨이 가득했다. 그의 눈은 윤기를 잃고 빛나지 않았지만, 갈라진 입술과 주름이 깊게 팬 얼굴은 현명함을 담고 있었다. 그의 표정을 본 우리는 그가 느끼고 있는 기쁨을 함께 나눌 수 있었다. 건반 앞에 앉아 있는 젊은 여인은 스무 살 정도 되어 보였다. 그녀의 적갈색 머리칼이 목을 덮고 있었고, 오밀조밀한 얼굴은 충분히 아름다웠다. 그 여인은 눈을 내리깐 채 눈물을 흘리고 있었다. 억지로 흐느낌을 참고 있는 것 같았지만, 눈물은 더욱 세차게 흘러나오며 그녀의 창백한 뺨을 적셨다. 그녀는 몸이 덜덜 떨리는 걸 주체하지 못하고 있었다. 깡마른 그녀의 몸은 힘이 하나도 없어 보였다. 아아! 역병의 그림자가 그녀에게 드리워져 있었다.

보는 사람을 빠져들게 하는 그 두 사람의 모습에, 우리는 무슨 소리를 듣고 찾아왔는지도 잊은 채 그저 그들을 가만히 바라보았다. 마지막 음계까지 연주되자 우리는 정신을 차렸고, 잔향을 남긴 채 연주는 끝이 났다. 에이드리언과 나는 피리와 건반을 연주할 줄 몰랐기에, 전부터 우리 두 사람은 그 악기들의 연주를 신의 소리라고 부르곤 했다. 여인이 연주한 신의 소리는 그 듣기 좋은 선율을 주위에 스며들게 했다. 연주를 마친 여인은 곁에 있던 노인을 부축하기 위해 몸을 돌리다 우리의 존재를 알아차렸다.

노인은 여인의 아버지였다. 그리고 여인은 어려서부터 아버지의 어두운 앞길을 인도하는 안내자 역할을 맡고 있었다. 그들은 독일의 작센 지방에서 몇 년 전 이주해온 사람들이었다. 그리고 우리와 마주친 그 마을에서 새로운 인연을 만들며 지내왔다. 역병이 처음 모습을 드러냈을 무렵, 젊은 독일인 학생이 그들과 어울리기 시작했다. 그들의 이야기는 쉽게 예상할 수 있었다. 귀족이었던 그 학생은 가난한 음악가의 딸에게 사랑을 느꼈고, 친구들의 만류에도 불구하고 그는 두 사람을 따라 스위스에 정착했다. 하지만 얼마 지나지 않아 예리한 낫을 든 죽음의 사자가 자연의 변화와 함께 모습을 드러냈고, 젊은 학생은 역병이 발발한 초기에 그 희생자가 되었다. 그녀가 연인의 뒤를 따르지 않은 것은 오직 아버지를 위해서였다. 아버지가 앞을 보지 못한다는 점을 이용해, 그녀는 실제로 일어난 일도 일어나지 않았던 것처럼 아버지를 속였다. 처음에는 그저 치기 어린 나이의 우연한 행동이었을 뿐이다. 하지만 모두가 죽거나 떠나고 이제 두 사람만 남겨진 상황에서, 아버지가 변화를 알게 된다면 오히려 충격만 받을 것이었기에 그녀는 거짓말을 계속할 수밖에 없었다. 그렇게 노인은 딸의 음악과, 산의 적막과, 의식 없는 호수나 나무들의 소리를 듣는 유일한 청중이 자신이라는 것을 모르고 지냈다.

우리가 도착한 날, 그녀에게 역병의 징후가 나타났다. 그녀는 앞 못 보는 늙은 아버지를 이 넓은 땅에 홀로 두고 떠나야 한다는 두려움에 온몸이 마비되는 것 같았다. 그렇다고 진실을 밝힐 용기도 없었다. 과도한 절망은 오히려 그녀를 더욱 절실히 노력하게만 만들 뿐이었다. 평소처럼 저녁시간이 되자, 그녀는 아버지를 교회로 이끌었다. 그리고 아버지의 이야기에 몸이 떨리며 흐르는 눈물을 주체할 수 없어도, 그녀는 실수 없이 악보에 적힌 대로 곡을 연주했다. 그녀가 연주한 곡은 이 땅을 채울 존재가 창조된 것을 축하하는 찬송가였다. 역설적이게도 이 땅은 이제 곧 그녀의 무덤이 될 터인데 말이다.

우리는 말 그대로 그녀에게 하늘에서 내려온 사람들이었다. 그녀는 평정심을 유지하지 못하고 크게 동요했지만, 분명 안도하고 있는 것처럼 보였다. 소리를 지르며 그녀는 우리에게로 달려와 에이드리언의 다리를 붙들고 말했다.

"아! 제발 저희 아버지를 구해주세요!"

흐느낌과 뒤섞인 발작적인 외침은 그녀의 마음속에 오래도록 내려져 있던 수문을 열고, 쌓여가던 근심들을 단번에 흘려보냈다.

가엾은 여인이었다! 결국 그녀와 그녀의 아버지는 키 큰 호두나무 아래에 나란히 묻혔다. 그녀가 죽어가는 순간에 우리에게 일러준 곳이자, 그녀의 연인이 묻혀 있는 곳이었다. 그녀가 삶의 막바지에 이르자 노인은 딸에게 닥친 위험을 깨닫게 되었고, 사랑하는 딸의 얼굴이 어떻게 바뀌고 있는지 볼 수 없음에도, 그녀의 손이 차갑게 식고 딱딱하게 굳을 때까지 그 손을 놓지 않았다. 딸이 죽은 후에도 노인은 움직이지도, 말하지도 않았다. 그렇게 열두 시간이 흘렀고, 죽음은 친절하게도 그에게도 찾아와 그를 깨지 않을 영원한 안식으로 데려갔다. 그들은 푸른 잔디 아래에 묻혔고, 나무가 그들의 비석이 되어주었다. 그 소중한 장소는 내 기억에 선명하게 남아 있지만, 쥐라 산의 험준함과 거대한 알프스에 비할 바는 못 된다. 그들이 이따금 가리키곤 하던 교회의 첨탑은 교회를 둘러싼 나무들 위로 우뚝 솟아 있었다. 그녀의 손은 이제 차가워졌지만, 그녀가 연주하고 그들이 사랑했던 그 신성한 음악은 여전히 그 주위를 맴돌며 그들의 영혼을 위로해주고 있으리라 생각한다.

8장

우리는 애타게 바라던 종착지 스위스에 도착했다. 우리는 희망과 기대를 안고 주위를 둘러보았다. 그곳의 봉우리들과 눈 쌓인 바위들을 바라보며, 우리는 차가운 바람을 맞으며 안도했다. 예전에는 한여름의 세례 요한 축일에도 그곳에는 알프스에서 내려온 차가운 북풍이 불곤 했다. 그런데 우리는 대체 어떻게 안도할 수 있으리라는 기대를 키웠던 것일까? 적어도 역병이 다가올 수 없으리라 생각했던 것 아니었던가? 그러나 우리가 살던 영국이나 광활한 프랑스와 마찬가지로, 산과 숲으로 둘러싸인 그 땅 역시 인적 없이 황폐했다. 산 정상에는 음산함이 감돌지 않았고, 얼어붙은 수면 위로 눈이 쌓여가는 개울도 찾아볼 수 없었다. 역병을 조련할 수 있는 얼음을 실은 북풍도, 천둥도 그 땅을 지켜주고 있지 않았다. 그렇다면 이곳이 어떻게 역병의 피난처가 될 수 있단 말인가?

그곳에서 누가 우리를 구해줄 것인가? 함께 온 사람들 중에서 세상을 정복한 역병과 맞서 싸우기 적절한 이가 누구란 말인가? 우리는 실패한 것이다. 우리는 그저 불어오는 바람에 굴하도록 길들여진 존재일 뿐이었다. 남아 있던 사람의 절반은 죽음에 대한 두려움 때문에 숨을 거두었다. 희망을 잃은 사람들은 저항할 생각도 하지 못하고 경솔한 행동만 일삼았다. 마치 난파선에 탄 사람들 같았다. 뱃길을 읽으려던 생각도 버리고 그저 뒤로 물러나, 멋대로 날뛰는 바람의 엄청난 힘을 지켜보기만 하는 그런 사람들 말이다. 농부가 곡식을 수확하다 마지막 한 줄만 남기고 자리를 떠났을 때, 남겨진 곡식이 차가운 바람에 쉬이 쓰러져버리는 것과도 같았다. 뒤처진 제비 몇 마리가 먼저 출발한 동료들을 따라 따뜻한 남쪽으로 이동하려다, 매서운 가을바람에 놀라 겨울 첫 서리에 얼어죽게 되는 것과도 같았다. 다른 양들이 우리에서 편히 쉬는 사이, 길 잃은 양 한 마리가 진눈깨비 쌓인 비탈길을 오르다 새벽이 오기 전에 죽는 것과도 같았다. 수많은 조각구름 중 하나가, '지구 반대편의 따스함을 들이키기 위해' 구름들을 몰아내는 남풍이 불자 점점 희미해지며 청명한 하늘 속으로 녹아버리는 것과도 같았다. 바로 그런 것이 우리의 모습이었다!

우리는 제네바의 아름다운 호수를 떠나 알프스 협곡으로 들어갔다. 아르브 강의 원류를 따라 세르보즈의 험준한 계곡을 지났고, 엄청난 크기의 폭포를 곁에 두고 움직이기도 했으며, 도무지 접근할 수 없는 산의 그림자 아래를 걸어가기도 했다. 우리는 계속 이동했다. 그에 따라 풍경도 변해갔다. 잎이 무성한 호두나무는 짙은 소나무에게 자리를 양보했다. 소나무는 바람에 흔들리며 요란한 소리를 내곤 했다. 그 꼿꼿한 모습은 수천 번의 폭풍에도 용맹하게 맞섰던 강인함을 드러내고 있었다. 파릇한 잔디와 꽃이 만발한 골짜기, 관목 숲이 들어선 언덕의 모습은 하늘을 찌를 듯이 솟아오른 생명 없는 바윗길로 바뀌었다. 바위는 '지구의 뼈대이다. 그렇기에 생명과 아름다움을 줄 모든 것을 걸치기만을 기다리고 있다.' 우리가 그곳에서 보금자리를 찾아야 한다는 것은 기이한 일이었다! 예전처럼 대지가 자상한 어머니의 모습으로 아이에게 젖을 물리듯 인간에게 따뜻한 모습을 보여준다면 얘기는 다르다. 하지만 우리는 이미 자연이 가진 파괴자의 모습을 보았다. 우리는 그곳에서 보금자리를 찾을 필요가 없었다. 그곳은 굶주린 자연이 몸서리치며, 바위로 된 핏줄을 떨어대는 곳이었다. 우리의 추측은 틀리지 않았다. 우리는 헛되게도 샤모니의 거대한 빙하를 찾으러 이동했다. 보석처럼 빛나는 얼음의 갈라진 틈이나 얼어붙은 바다, 폭풍에 시달려 잎을 모두 떨어뜨린 소나무 숲과 계곡, 요란한 눈사태로 좁아진 길, 뇌우가 잦은 산 정상까지도 찾아갔지만, 우리가 쉴 곳을 찾을 수는 없었다. 온 세상을 지배하는 역병이 그곳마저 집어삼킨 것이다. 그때까지 자연과 인간은 쌍둥이 자매처럼 같은 속도로 성장했고, 밤낮으로 함께했으며, 얼음 동굴 아래에서 서로 번갈아가며 세월을 다스릴 힘을 가졌다. 하지만 이제 수천 년간 얼어 있던 눈이 녹기 시작했고, 인류는, 아니 인류의 마지막 생존자는 자연의 그 빛에 영원히 눈을 감게 되었다.

우리가 찾아간 그곳은, 삶이란 연극을 끝낼 장소로 썩 나쁘지 않았다. 자연은 절망에 빠진 우리를 마지막 순간까지 위로해주고 있었다. 숭고하고 장엄한 풍경들은 우리가 느끼는 황량함과 어울렸고, 그 모습은 비탄에 잠긴 우리를 달래주었다. 인간이 지나온 길에는 수많은 슬픔이 닥쳐왔다. 비통에 젖어들던 사람들은 정신을 차려보니 자신만 남았다는 것을 깨달았다. 거대한 폐허 속에서 우리의 절망은 놀라운 색과 형태가 되어갔고, 그런 절망을 만든 인간은 결국 그 절망과 함께 걸어가게 되었다. 그렇게 사랑스러운 이 땅은 절망에 어울리는 모습도 가지고 있었다. 아름다운 바위들의 그림자가 드리운 짙은 협곡에 계곡물이 요란스럽게 흘러가고, 이끼 낀 작은 길은 실이 구슬 꿰듯 그 험준한 풍경을 꿰고 있는 것처럼 말이다. 하지만 우뚝 솟은 알프스 산을 제외한, 그 눈 덮인 정상과 헐벗은 산등성이를 제외한 모든 장엄한 배경이, 보잘것없는 곳에 머무는 우리를 자연의 궁전으로 올려놓고자 했다.

　이런 엄숙한 상황들이 우리의 기분을 빚어내며, 우리를 마지막 무대에 걸맞은 모습으로 꾸며주었다. 비참한 인류의 죽음에는 짙은 어둠과 장관을 이루는 비극이 함께했다. 우리가 모시던 마지막 노인의 장례식은 우리가 의도치 않게 벌인 화려한 공연으로 모든 것을 초월하는 광경을 만들어냈다. 우리는 그의 장례를 아르브 강의 원류인 아베이런 강 근처에서 치르기로 했다. 마지막 노인이 떠나고 남은 사람은 네 명뿐이었다. 에이드리언과 나, 클라라와 에블린, 우리 네 사람이 마지막으로 남았다. 에이드리언과 나는 아무것도 모르고 평화로운 잠에 빠진 클라라와 에블린을 두고, 노인의 시신을 계획했던 곳으로 옮겼다. 그리고 그의 시신을 빙하 아래에 있는 얼음 동굴에 안치했다. 그곳의 갈라진 틈은 작은 파열음을 내며 갈라져 언젠가 무너져내릴 것이고, 그렇게 되면 먹이를 찾는 새나 짐승이 얼어붙은 그의 시신을 건드리지 못할 것이라 생각했다. 조용히 시신을 얼음 속에 두고 떠날 생각이었다. 그리고 흘러가는 강 옆의 바위 위에 서서 잠시 그곳을 바라볼 예정이었다. 하지만 우리가 숨죽인 채 움직였음에도 불구하고, 우리의 인기척은 단단하게 얼어붙은 그곳의 평화를 깨뜨리는 데 충분했던 모양이다. 우리는 동굴을 간신히 빠져나왔다. 우리가 빠져나오자마자 천장에 붙어 있던 얼음 덩어리들이 떨어져 우리가 두고 온 시신을 덮어버렸다. 보름달이 뜬 날 장례를 치르려 했지만 일정이 여의치 않았던 탓에 그날은 초승달이 떠 있었고, 그 달은 우리가 일을 처리하는 동안 천천히 서쪽으로 가라앉았다. 눈 덮인 산과 푸른 빙하가 환히 빛나고 있었다. 우리는 몽앙베르(프랑스와 스위스 국경 근처에 있는 몽블랑 산괴에서 가장 큰 빙하로, 지금은 메르드글라스라고 불린다—옮긴이)의 한편을 빚어낸 험준한 협곡을 등지고 빙하를 곁에 둔 채 서 있었다. 앞으로 흘러가는 아베이런 강은 하얀 거품을 일으키며 툭 튀어나온 뾰족한 바위를 휩쓸고 지나갔다. 물방울 소리와 멈출 줄 모르는 강물의 포효가 밤의 고요함을 흩트렸다. 몽블랑의 둥근 지붕 주위를 맴도는 노란 빛은, 눈 덮인 바위를 비추는 동안에도 침묵을 지켰다. 모든 것이 있는 그대로였고, 가꿔지지 않았으며, 숭고했다. 소나무의 듣기 좋은 속삭임도 그 거친 아름다움에 한 몫을 더했다. 얼음덩어리가 쪼개지고 떨어지는 소리가 대기를 가르며, 그 엄청난 굉음이 귀를 먹먹하게 했다. 그곳보다 규모가 작았던 다른 마을들에서, 자연은 나무의 잎사귀나 들풀의 성장, 구불구불한 강물의 잔잔한 흐름으로 자신의 힘을 보여주었다. 하지만 그곳에서 자연은 본래 가졌던 거대한 힘을 보여주었다. 급류와 뇌우, 엄청난 크기의 강을 통해 자신이 가진 힘의 크기를 분명히 드러냈던 것이다. 그곳이 무덤이었다. 그것이 장송곡이었다. 그 모든 것이 한데 모여 우리와 함께했던 벗의 장례식을 기다리고 있었던 것이다!

우리가 그 불멸의 무덤에 두고 온 것은 그저 한 구의 시신이 아니었다. 우리는 한 사람만의 죽음을 기리고 있는 게 아니었다. 그는 역병의 마지막 희생자였고, 그의 시신과 함께 역병도 세상에서 사라졌다. 죽음에게 생명을 앗아가기 위한 무기가 부족해지는 법은 없었다. 죽음의 화살통은 가득 채워져 있으며, 허약해진 우리는 여전히 위험에 노출되어 있었다. 하지만 역병은 이제 죽음의 화살통에서 자취를 감추었다. 역병은 7년간 세상을 쥐고 흔들었다. 역병은 드넓은 우리의 땅 구석진 곳까지 모두 짓밟고 다녔으며, 공기와 뒤섞여 망토처럼 사람들을 감쌌다. 우리의 동포들, 유럽의 주민들, 호화로운 아시아인들과 거무스름한 아프리카인들, 그리고 자유로운 미국인들까지도 역병에 의해 전멸했다. 역병의 잔혹한 지배는 그곳 샤모니의 험준한 계곡까지도 뻗쳤다.

여전히 고통과 절망이 이따금 우리를 괴롭혔지만, 역병으로 인한 괴로움은 이제 더 이상 우리의 삶 속에 존재하지 않았다. 역병이란 단어도 이제 우리의 귀에 들리지 않았다. 인간의 얼굴에 깃든 역병의 모습도 이제 우리 눈에 보이지 않았다. 그 순간부터 나는 역병을 마주하지 않았다. 역병은 왕좌에서 물러나 우리를 둘러싼 얼음 덩어리들 사이에 갇혔다. 이제 역병은 침묵 속에서 고요히 자신만의 왕국을 홀로 이어갈 터였다.

지금 내 마음에는 과거와 현재의 감정들이 뒤섞여 있어서, 우리가 그 척박한 땅에 서 있을 당시 어떻게 우리에게 변화가 찾아오게 되었는지 설명할 수가 없다. 그저 변화가 일어났다는 것을 알 뿐이다. 구름이 우리 머리 위를 지나갔으며, 그 뒤로 공기가 한결 가벼워졌다. 그리고 그때부터 우리는 훨씬 편하게 숨을 쉬게 되었으며, 고개를 들고 예전에 누렸던 자유의 기분을 상기할 수 있었다. 그렇다고 희망을 가지지는 않았다. 우리 모두가 죽은 게 아니라는 점에 안도했지만, 역병만이 우리의 적은 아니라는 것을 잘 알고 있었다. 다가오는 시간은 거대한 강과 같았다. 우리는 앞으로 저주받은 배를 타고 그 강을 흘러가야 할 것이다. 그 배를 모는 키잡이는 가까이에 있는 명백한 위험에 두려움을 가질 필요가 없다는 걸 알고 있었다. 배는 수면 아래가 보이지 않는 짙고 탁한 강물을 따라 낭떠러지를 향해 나아가고 있었다. 멀리서부터 낭떠러지를 바라보고 있었지만 다가오는 위험은 여전히 익숙해지지 않았고, 그것은 불시에 나타난 것처럼 느껴지기만 했다. 그렇다고 해도 키잡이는 별다른 도리 없이 계속해서 나아갈 뿐이었다. 우리는 어떻게 되는 것일까? 아, 델포이의 신탁이라도 받을 수 있으면 좋으련만! 아폴로의 무녀여, 미래의 비밀을 말해주오! 아, 오이디푸스는 잔인한 스핑크스의 수수께끼를 풀어내지 않았던가! 내가 그런 지혜를 지녔다면 좋으련만! 그처럼 말장난으로 정답을 추측하는 대신, 고통과 슬픔으로 점철된 삶을 원동력 삼아 그것으로 운명의 비밀을 파헤치는 것이다. 그렇게 수수께끼의 의미를 밝히고, 그에 대한 설명으로 인류의 역사를 끝내는 것이다.

이런 생각들이 우리의 마음을 사로잡았고, 그 감정들은 기쁨과 어울리지 못했다. 꿈틀대는 산맥을 따라 흐르는 산의 정기가 우리를 숨 막히게 했다. 우리는 자연의 적막한 무덤 곁에 서서, 죽어버린 것 같은 산들에게 조금씩 길들여지고 있었다.

"이제 떠나는 게 좋겠어."

에이드리언이 말했다.

"돌풍이 지나가고 난 뒤 한때 숲이었던 곳에 침울한 나무 두 그루만 서 있는 것 같아. 우리는 서러워하고 그리워하다 죽어버리기 위해 남겨진 거야. 하지만 우리에겐 아직 의무가 있잖아. 우리가 책임을 다해야 할 의무 말이야. 우리는 힘 닿는 한 이 세상에 기쁨을 줘야 해. 사랑의 힘으로, 슬픔이란 폭풍이 지나고 난 뒤 뜬 무지개의 아름다운 빛깔로 세상을 물들여야 해. 난 모든 것을 잃고 어떻게든 남은 것을 지켜야 하는 지금의 이 암울한 상황에 불평하지 않을 거야. 무언가가 내게 속삭이고 있어, 버니. 우리가 더 이상 그 잔인한 적을 두려워할 필요가 없다고 말이야. 난 신탁 같은 그 목소리에 기쁘게 매달릴 생각이야. 이렇게 말하면 이상할 테지만, 자네의 아들이 커가는 모습과 클라라가 성숙해져가는 모습을 바라보는 것도 꽤 좋을 것 같지 않아? 황폐한 이 세상에서, 이제 그 아이들에겐 우리밖에 없어. 우리의 숨이 끊어지지 않는 한 그 아이들이 새로운 삶의 방식 속에서 행복을 찾을 수 있도록 하는 게 우리의 책임일 거야. 현재로서는 쉬운 일이지. 아직 둘다 어려서, 미래에 대한 생각으로 방황하는 일은 없을 테니까. 자신의 생각을 타인에게 납득시키고자 하는 강렬한 열망도, 우리가 본능적으로 민감하게 느끼는 다양한 사랑의 형태도, 아직 그 아이들은 깨닫지 않았어. 자연이 누구도 막을 수 없는 신성한 힘을 다시 발휘하기 시작한다면, 그때 무슨 일이 일어나게 될지 지금의 우리는 짐작조차 할 수 없어. 하지만 그때까진 아직 시간이 많이 남았잖아. 그 전에 우리는 차가운 시신이 될 거야. 저기 얼음 무덤에 놓여 있는 시신처럼 말이야. 우리는 그저 현재를 준비하는 거야. 그리고 사랑스러운 자네의 조카가 경험하지 못했던 즐거움을 주기 위해 노력하는 거지. 지금 우리를 둘러싸고 있는 이 풍경은 거대하고 숭고하지만, 내가 말한 계획에 적합하다고 말할 순 없지. 이곳의 자연은 꼭 우리의 운명과 같아. 장엄하지만, 어린 아이에게 기쁨을 안겨주기에는 너무도 파괴적이고 비문명적이야. 햇살 가득한 이탈리아의 평원으로 가자. 여기엔 금방 겨울이 찾아올 거야. 그러면 이 거친 풍경이 배로 황량해 보이겠지. 그걸 기다리는 대신 매서운 봉우리를 넘는 거야. 그 길을 따라가면 풍요롭고 아름다운 풍경이 펼쳐질 거야. 그 길엔 꽃들도 만발했을 테고, 활기 넘치는 분위기가 기쁨과 희망을 샘솟게 할 거야."

우리는 다음 날 샤모니를 떠났다. 굳이 서두를 필요는 없었다. 우리 스스로 다짐한 바 외에는 어떤 특별한 사건도 일어나지 않았고, 그렇기에 우리는 기분에 따라 마음껏 여유를 부릴 수 있었다. 그 시간 동안 우리는 실망한 적이 없었기에, 우리가 시간을 낭비하지 않았다고 여겼다. 우리는 세르보즈의 아름다운 계곡을 따라 거닐기도 했고, 아르브 협곡을 가로지르는 다리 위에선 아래로 펼쳐진 소나무 숲을 감상하며 긴 시간을 보내기도 했다. 낭만적인 스위스를 가로지르며 산책을 즐기기도 했다. 하지만 다가오는 겨울을 어떻게 날지에 대한 두려움이 피어올랐고 우리는 다시 걸음을 재촉했다. 10월 1일이 되었을 때 우리는 알프스의 몽스니로 이어지는 모리엔 계곡에 도착했다. 산으로 가득한 그 땅을 떠나기가 꺼려지던 그 기분을 어떻게 설명해야 할지 모르겠다. 어쩌면 우리는 알프스를 과거와 미래의 경계로 여겼던 것일지도 모른다. 그래서 우리가 사랑했던 지난날에 매달리듯, 마지못해 떠나는 기분을 가지게 되었을 수도 있겠다. 어쩌면 우리에게는 취할 수 있는 두 가지 입장이 있어서였을 수도 있다. 현재를 유지하며 지켜내는 것과, 지난 과거를 돌아보기보다 앞으로 다가올 미래를 내다보아야 한다는 입장 말이다. 우리는 그해 안에 위험이 지나갈 것이라 느끼고 있었다. 또한 몇 달 내로 우리 모두가 안전해질 것이라 믿고도 있었다. 그런 생각은 마음을 떨리게 하면서도 가슴 한 편이 아린 기쁨을 안겨주었다. 동시에 눈물로 두 눈을 촉촉히 적셨고, 요란하게 부푼 가슴으로 심장을 헤집어놓기도 했다. 우리는 모두 '강물 위에 떨어지는 눈송이'보다 연약했다. 하지만 우리는 별똥별 같은 우리의 여정에 모든 것을 걸었다. 그리고 매 순간을 즐겼다. 그렇게 눈앞이 아찔한 벼랑 끝에서 휘청대며 서 있는데도, 우리는 행복했다. 그렇다! 우리는 폭포 근처 흔들리는 바위 아래에 앉아 있는 것과 같았다. 근처에 있는

산봉우리만큼이나 오래된 숲은,

햇살이 가득 드는 초원을 둘러싸고 있었고,

(새뮤얼 테일러 콜리지의 미완성 시 「쿠블라 칸」에서 인용한 것이다─
옮긴이)

그곳에서 영양이 풀을 뜯었으며, 소심한 다람쥐는 숲 속 저장
고에 도토리를 쟁여두었다. 우리는 자연이 부리는 마술에 따라
소리 높여 노래했고, 자연만이 가질 수 있는 아름다움을 마음껏
들이켰다. 텅 빈 세상에서, 우리는 행복했다.

그러나 아, 기쁨의 나날들이여. 마주보며 이야기하던 날들과,
소나무 가지가 흔들리며 만들어내는 음악이나 개울이 잔잔하게
흐르는 소리보다 더 달콤한 목소리로 내게 대답해주던 그날들이
여…… 아, 행복으로 충만했던 날들이여. 사랑하는 사람들과 함
께했던 날들이여……. 형언할 수 없을 만큼 소중했던 그날들이
이제 허망한 시간 속에 잊혀져가는구나……. 지나가다오. 아, 내
앞을 지나가다오. 그 기억 속에서 지금의 나를 잊게 만들어다오.
보아라. 쏟아져내리는 내 눈물이 이 종이를 어떻게 적시는
지……. 보아라. 한낱 기억 앞에서 내 몸이 얼마나 큰 고통으로 몸
부림치는지……. 이제 홀로 된 나는 아무것도 보지 못하고, 아무
것도 말하지 못하며, 아무것도 듣지 못한다! 그저 눈물이 흐르고,
입술이 떨리며, 나의 울음이 대기를 채워갈 뿐. 그러니, 아! 제발
행복했던 날들이여! 나를 지나온 긴 시간 속에 살게 해다오!

냉기가 우리 몸을 타고 올라올 즈음, 우리는 알프스를 지나 이

탈리아로 갔다. 동이 틀 무렵이 되면, 식사를 하기 위해 모여 앉은 우리는 유쾌하게 농담을 하거나 여러 가지 지식들을 늘어놓으며 회한을 숨기려 했다. 긴 낮 시간 동안에는 한가로이 걸으며 끝나 가는 여정을 생각하기도 했다. 하지만 여행이 완전히 끝나는 순간 에 대해서는 크게 신경 쓰지 않으려 했다. 저녁별이 뜨고 해가 오 렌지 빛으로 물들며 서쪽으로 멀어지면, 우리는 오래도록 떠나 있 었던 그리운 땅에 자리를 잡고 생각에 잠긴 채 시간을 보냈다. 아, 그렇게 우리는 그 길고 긴 시간을 보냈다! 드넓은 세상에서 우리 네 사람만이 생명의 분수였다. 우리에게 주어진 결말은 무엇일 까? 개인적으로 생각하면, 우리 넷이 함께 남은 것은 정말 다행스 러운 일이었다. 만약 우리가 서로 떨어져 황무지와 같은 세상에 남겨졌다면, 다른 사람이 아무리 많다 해도 진정한 벗 하나 없이 삶이 끝날 때까지 방황해야 했을 것이다. 그런 생각으로 우리는 위안을 삼으려 했다. 철학이 우리에게 삶의 이유를 만들어주었다.

  클라라의 시중을 드는 일은 에이드리언과 나의 작은 기쁨이었 다. 우리는 그녀에게 온 세상의 꼬마 여왕이라는 별명을 붙여주 고, 그녀의 충실한 하인인 양 그녀의 시중을 들곤 했다. 마을에 도 착하면 우리가 가장 먼저 하는 일은 그녀를 위해 가장 나은 숙소 를 찾는 것이었다. 전에 살던 사람이 끔찍한 몰골로 남지는 않았 는지 확인하는 것이 가장 중요했다. 그리고 나서는 그녀에게 필 요한 것과 음식을 찾아주기 위해 열심히 뛰어다녔다. 클라라는 우리의 장난에 어린아이 특유의 유쾌함으로 기꺼이 끼어들었다. 그녀의 가장 주된 일은 에블린을 돌보는 것이었다. 기회가 되면

스스로를 꾸미는 게 그녀가 가장 즐기는 일이기도 했다. 그녀는
화려한 예복을 입고 눈부신 보석들로 치장하고는 공주 흉내를 내
곤 했다. 클라라가 신실하게 믿고 있던 그녀의 신은 회한의 예리
한 가시를 무디게 만들라고 가르쳤고, 어린아이 특유의 발랄함은
그녀의 영혼을 그 기묘한 가장무도회 속으로 밀어넣었다.

  우리는 그해 겨울을 밀라노에서 보내기로 결정했다. 밀라노는
거대하고 호화로운 도시이므로 우리에게 숙소를 고를 수 있는 선
택권을 줄 수 있을 터였다. 우리는 알프스의 거대한 숲과 웅장한
바위들을 뒤로하고 떠났다. 그리고 미소를 머금은 채 이탈리아로
들어섰다. 이탈리아의 평원에는 잡초와 곡식 들이 뒤섞여 자라고
있었다. 제멋대로 자라난 포도 나무는 무성한 덩굴을 뻗어 느릅
나무 몸통을 휘감고 있었다. 잘 여문 포도알들이 땅에 떨어져 있
었고, 보랏빛 또는 윤기 나는 녹색을 띤 포도 송이들은 알록달록
한 잎사귀 사이에 매달려 있었다. 곡식의 이삭들은 바람에 모두
털렸다. 나뭇잎이 땅에 수북히 떨어져 있었고, 개울가에는 잡초
가 무성했다. 짙은 올리브 나무는 까만 열매들이 잔뜩 달려 있어
멀리서 보면 얼룩덜룩해 보였다. 밤도 수확되지 않은 채 주렁주
렁 매달려 있었다. 다람쥐만이 성실한 농부였다. 모든 풍경이 풍
요로웠다. 그리고 동시에……. 아아! 모든 풍경이 궁핍했다. 경탄
을 자아내는 색으로 칠해진 풍경과 땅의 아름다움에도 불구하고
말이다. 인기척이 들리지 않는 마을에서 우리는 여러 교회를 찾
아갔다. 그리고 교회를 장식한 그림들과 걸작들, 그리고 조각상
들을 감상했다. 짐승들은 온화한 날씨 속에서 다시금 자유를 찾

은 것처럼 화려한 궁을 거닐었고, 사람을 봐도 두려워하지 않았다. 잿빛 털을 가진 소들이 커다란 눈망울로 우리를 바라보다가 느린 걸음으로 우리를 지나쳐갔다. 순진무구한 양떼만이 우리를 보고 깜짝 놀라 후닥닥 달아났다. 한때 여인들이 휴식을 취하는 공간으로 마련된 방에서도 황급히 달아나는 양떼를 볼 수 있었다. 양떼는 방에서 튀어나와 우르르 우리 앞을 지나쳐가더니, 대리석 계단을 내려가 거리로 달려갔다. 주인 없는 왕의 침소나 집무실 문을 처음 열었을 때에도 마찬가지였다. 우리는 그런 상황이나, 그런 변화에 더 이상 놀라지 않았다. 궁이 한낱 무덤처럼 변해 있어도, 악취가 진동하는 시체들로 가득 차 있어도, 우리는 무덤덤했다. 뿐만 아니라 우리는 역병과 두려움이 어떤 괴상한 짓들을 저질러놓았는지 알게 되었다. 그것들은 훈장까지 받은 부인을 쫓아 축축한 들판이나 버려진 오두막까지 따라갔다. 인도식 직물로 만들어진 카펫이나 실크로 된 침대에는 못 배운 가난한 소작농들의 시신이 모여들게 만들었고, 비참한 거지는 인간의 모습을 반쯤 잃어버린 기형으로 만들어놓기도 했다.

밀라노에 도착한 우리는 총독관저를 숙소로 잡았다. 우리는 나름대로의 규칙을 세웠다. 매일 정해진 시간마다 할 일을 정한 것이다. 아침에는 근처 마을들 쪽을 돌아보거나, 궁을 거닐며 그림과 고대 유물들을 찾았다. 저녁에는 모여서 함께 책을 읽거나 대화를 나누었다. 우리가 읽을 만한 책은 거의 없었다. 대부분의 책들이 처참하게 훼손되어서, 우리가 시간을 들여 그 속에 담긴 내용을 간접적으로 체험하고 공감할 책들이 별로 없었던 것이다.

사실 본질적인 문제도 있었다. 본디 현실을 배회하곤 하는 소설은, 우리의 진정한 현재를 반영하지 못하고 자기 창조를 통해 그 가치를 잃어버리는 실수를 범하고 있었다. 시의 시대는 현재와 굉장히 동떨어져 있어서, 그 내용들이 마치 아틀란티스나 유토피아를 말하는 것처럼 느껴진다는 문제가 있었다. 그렇지 않으면 시는 자연만을 언급하며, 자연이 한 사람에게 어떤 영향을 미치는지에 대해서 노래하곤 했다. 어쨌든 우리는 대부분의 시간을 대화를 하며 보냈다. 대화의 내용은 다양했고 매번 새로운 주제를 다뤄서, 그 시간은 언제나 우리의 마음을 빼앗았다.

우리가 그렇게 죽음으로 향하는 길에 멈춰 서자, 시간도 익숙한 흐름을 멈췄다. 공기라는 마차에 왕좌를 두고 앉은 지구는 여전히, 그리고 영원히 돌아가고 있었다. 하지만 언제나 정확한 준마의 힘으로 달리던 세상은 어느새 빠르게 속력을 높이기 시작했다. 눈에 보이지는 않아도 분명히 느낄 수 있었다. 이슬을 내려주는 하늘은, 산들로 육중해지고 물결로 반짝이는 이 둥근 행성은, 물기 어린 물고기자리와 냉랭한 숫양자리의 짧은 폭정을 지나 황소자리와 쌍둥이자리의 환한 땅으로 들어섰다. 그곳에서 봄 날씨에 부추겨진 아름다움이 차가운 안식에서 뛰쳐나왔다. 두 별자리는 바람을 고르는 날개와 느린 발걸음을 통해 대지를 신록으로 둘러쌌고, 제비꽃들 가운데서 장난을 치다 나뭇잎 사이에 숨기도 했다. 또한 가벼운 발걸음으로 햇살이 깊게 스며드는 눈부신 강물을 밟고 지나가기도 했다. '아! 겨울도 지나고 비도 그쳤고, 지면에는 꽃이 피고 새가 노래할 때에 이르렀는데. 반구의 소리가 우리 땅에 들리는구나. 무화과 나무에는 푸른 열매가 익었고, 포도 나무는 꽃을 피워 향기를 토하는구나.' (성경의 아가서 2장 11~3절-옮긴이) 이것이 시가 다스리던 옛 시대였다. 또한 지금이기도 했다.

그렇지만 그런 기쁨 충만한 계절이 다가온다 해도 절망에 빠진 우리가 어떻게 환호하며 그 계절을 맞이할 수 있겠는가. 우리는 죽음이 한동안 들어서 있던 제 그림자 속에서 아직 나오지 않으리라 절실하게 믿으려 했다. 우리는 뭔가 물을 것이 있는 얼굴로 서로를 바라보기도 했다. 그러나 감히 현재를 확신하자고도 하지 않았고, 자신 외의 나머지 세 사람 중에서 누가 불운한 마지막 생존자가 될지 추측하려고도 하지 않았다. 우리는 코모 호수에서 여름을 보낼 생각이었다. 봄이 무르익고 산 정상의 눈이 녹아 사라지자 우리는 곧장 그곳으로 출발했다. 코모에서 10마일 정도 떨어져 있는 동쪽 산자락에 호수를 끼고 있는 저택이 하나 있었다. 그 저택은 플리니아나라고 불렸다. 로마의 정치가 소 플리니우스가, 저택이 세워진 자리에 있던 분수에 대해 묘사한 적이 있었기 때문이다. 2090년이 될 때까지 그 저택은 폐가나 다름없었다. 그런데 그해 영국의 한 귀족이 그 저택을 사들였고, 공을 들여 저택을 호화롭게 꾸몄다. 두 개나 되는 큰 규모의 홀에는 휘황찬란한 태피스트리가 걸렸고, 바닥에는 대리석이 깔렸다. 저택의 네 벽면 중 두 벽면에서는 창을 열면 짙고 깊은 호수가 내려다보였고, 다른 두 벽면에서는 산을 바라볼 수 있었다. 울타리처럼 세워진 그 산의 바위로 된 부분에는 유명하다는 그 분수가 포효하듯 솟구치며 주위를 적시고 있었다. 그 위로는 미르틀 덤불과

향이 강한 풀들이 바위를 뒤덮었으며, 별을 가리키는 것 같은 거대한 사이프러스 나무들이 푸른 하늘의 품에서 자라났다. 산등성이의 움푹 들어간 부분은 잎이 무성한 밤나무들로 장식되었다. 우리는 그곳에서 여름을 나기로 결정했다. 우리에게는 수로를 타고 이동할 때 쓰던 작은 배가 하나 있었다. 우리는 그 배를 타고 호수 한복판으로 나아가기도 했고, 둑과 호숫가의 둘레를 따라 움직이기도 했다. 푸르른 상록수들은 빛나는 잎사귀를 호수 속에 담그고, 호숫가의 정경과 반투명한 수면 위를 비추었다. 오렌지 나무는 꽃을 피웠고, 새들은 아름답게 지저귀었다. 추위를 견뎌 낸 뱀은 바위틈에서 기어나와 바위 위에서 햇볕을 쬐기도 했다.

그 천국 같은 도피처에서 행복하지 않았냐고? 어떤 친절한 영혼이 우리에게 망각을 속삭여주었다면, 그곳에서 행복할 수도 있었으리라. 길도 거의 없이 깎아지른 듯한 산이 우리를 감싸 안고 있었다. 황량해진 세상은 멀리 떨어져 보이지도 않았다. 조그만 노력을 보탠다면 세상의 도시에서는 여전히 사람들의 웅성거림이 울려퍼지고 있다고 충분히 상상할 수도 있었을 것이다. 농부들은 여전히 쟁기로 밭을 갈고 있고, 우리는 그저 자유롭게 북적대는 세상을 떠나와 여행을 즐기는 것이라고 생각할 수도 있었을 것이다. 되돌릴 수 없는 인류의 멸종을 떠올리는 대신 말이다.

원래 세상의 아름다운 풍경을 가장 즐겼던 사람은 클라라였다. 하지만 우리가 밀라노를 떠나기 직전부터 그녀의 태도에 변화가 생겼다. 클라라는 유쾌함을 잃어버렸다. 그녀는 좀처럼 몸단장도 하지 않고 소박한 복장을 한 채 생활했다. 그녀는 나나 에이드리언이 없는 구석진 방이나 조용한 공간에서 에블린을 데리고 시간을 보내곤 했다. 그녀는 이제 전처럼 에블린의 어린 시절에 대해 신나게 이야기하지 않았으며, 그저 서글픈 미소를 띠고 아이를 가만히 지켜볼 뿐이었다. 빛나는 두 눈에 눈물이 가득 고여 있을 때가 많았지만, 입밖으로 불평을 내뱉지는 않았다. 넷이 함께 모이는 시간에도 그녀는 머뭇거리며 우리에게로 다가왔다. 우리의 손길도 피했고, 함께 있는 것을 어색해 했다. 진지하게 토론을 하거나 고결한 주제로 대화를 나눌 때에나 그녀의 본래 모습을 잠깐 볼 수 있었다. 클라라의 아름다움은 장미꽃처럼 활짝 피어나고 있었다. 그녀는 여름 바람에 봉오리를 틔우기 시작해, 꽃잎마다 넘쳐나는 사랑스러움으로 가슴을 아리게 만드는 장미와 같았다. 그녀의 뺨은 다양한 색으로 물들었으며, 몸짓은 놀라울 만큼 우아했다. 어여쁨을 뛰어넘는 무언가가 보이지 않는 곳에서 그녀를 조종하고 있는 것 같았다. 우리는 더욱 세심한 관심을 기울이며 그녀에게 애정을 쏟았다. 그녀는 우리가 관심과 애정을 보이면 미소로 고마움을 전했다. 그 미소는 찬란한 봄날 반짝이는 물결에 스치는 햇빛처럼, 눈부시지만 순식간에 사라지는 것이었다.

그녀가 에블린을 대하는 태도만이, 우리가 그녀를 이해할 수 있는 유일한 길이었다. 사랑스러운 꼬마 에블린은 언제나 우리의 위안이자 기쁨이었다. 에블린은 우리에게 닥친 엄청난 재앙에 대해 전혀 알지 못했고, 그저 뭐든 할 수 있을 듯 당당한 모습이었다. 그 모습은, 오래도록 계속된 어마어마한 슬픔 때문에 긴장의 끈을 놓지 못하는 우리에게 위안을 안겨주는 치료제와도 같았다.

그 아이를 소중히 아끼고 보살피고 기쁘게 하는 것이 우리 세 사람의 임무였다. 에블린을 자식처럼 여기는 클라라는, 우리가 그에게 관심을 기울이기만 해도 고마워하는 표정을 지었다. 내게는……. 아! 내게는 에블린이 소중한 다른 이유가 또 있었다. 그 아이의 얼굴과 부드러운 시선 속에서 나는 나의 사랑 아이드리스를 발견하곤 했다. 그 아이의 다정한 얼굴 속에 그녀가 되살아나는 건, 그 아이가 소중한 만큼 내게 고통이기도 했다. 그 아이를 품에 꼭 껴안으면, 나는 마치 아이드리스의 일부를 움켜쥐는 것 같았다. 행복했던 젊은 날 속에 존재하는 그 아이드리스의 현신을 껴안는 것 같았다.

매일 배를 타고 근처 마을들로 가서 음식을 구해 오는 것이 에이드리언과 나의 일과였다. 그 짧은 탐험에 클라라와 에블린을 데려가는 일은 드물었기에, 오히려 아이들이 기다리고 있는 집으로 돌아오는 시간이 즐거울 수 있었다. 우리가 가져온 것들을 에블린은 천진난만하게 열심히 헤집곤 했고, 우리는 항상 아이를 위해 새로운 선물을 챙겨오곤 했다. 우리는 매일 저녁 우리의 집을 사랑스러운 장면과 유쾌함이 넘치는 궁전으로 만들었다. 우리는 배를 타고 물살을 가르며 바람 따라 물을 건너는 동안 대개 이것저것 많은 것들을 추측하곤 했다. 함께 모여 대화를 나누어야 할 시간에, 그런 추측들로 만들어진 생각의 무게에 짓눌려 아무런 대화를 나누지 못할 때가 되면, 나는 클라리넷을 꺼내 연주하곤 했다. 모두의 마음에 활기를 다시 불어넣고자 하는 생각에서였다. 그럴 때마다 클라라는 예전의 모습을 되찾고는 유쾌한 이야기들로 대화를 이끌어주었다. 세상에서 우리 네 명의 심장만이 뛰고 있었지만, 우리 네 사람은 행복했다.

그날도 역시 우리는 코모를 둘러보고 짐을 잔뜩 실은 채 돌아오고 있었다. 우리는 평소처럼 배를 대는 곳에 클라라와 에블린이 마중 나와 있을 것이라 생각했다. 하지만 아이들이 서 있던 곳에는 아무도 없었고, 우리는 놀랄 수밖에 없었다. 나는 본래 내 성격대로 재빨리 평정을 찾고, 섣불리 나쁜 일이 일어났으리라 생각하지 않았다. 그저 사소한 문제가 있었던 것이리라 짐작할 따름이었다. 하지만 에이드리언은 그렇지 않았다. 그는 걱정으로 파르르 떨며, 내게 어서 육지로 배를 대라며 안절부절 못했다. 배가 육지로 다가가자, 아직 채 육지에 닿기도 전에 그는 배에서 뛰어내려 반쯤 물에 젖은 채로 가파른 둑을 기어올라갔다. 그러고는 정원으로 난 좁은 길을 따라 서둘러 달려갔다. 호수와 산 사이에선 그 길이 유일하게 평탄한 길이었다. 나도 지체하지 않고 그 뒤를 따랐다. 정원과 앞마당은 비어 있었다. 방을 모두 열어보았지만, 집에서도 아이들을 찾을 수 없었다. 에이드리언은 큰 소리로 클라라의 이름을 불렀다. 그리고 산길 쪽으로 달려가려는 순간, 정원 끝에 있는 별채의 문이 천천히 열리며 클라라가 모습을 드러냈다. 클라라는 우리에게 다가오지 않고, 핼쑥한 얼굴로 건물 기둥에 기대섰다. 그 태도가 그녀의 마음에 깃든 낙담을 말해주고 있었다. 에이드리언은 클라라를 찾은 기쁨에 소리를 지르며 그녀에게로 달려가 감격스럽게 그녀를 품에 안았다. 하지만 그녀는 아무 말도 없이 에이드리언의 품에서 빠져나와 별채로 다시

들어가버렸다. 그녀의 떨리는 입술과 절망에 빠진 마음은 차마 우리에게 닥친 불운을 표현하지 못했다. 별채에는 에블린이 있었다. 가엾은 그 아이는 클라라와 놀다 갑작스럽게 열이 올랐고, 이내 기력을 잃었다. 나와 에이드리언이 돌아왔을 때 아이는 소파 위에 축 늘어져 아무 말도 하지 못하고 있었다.

2주 내내 우리는 침대 곁을 떠나지 않고 정성스레 아이를 간호했다. 그러나 에블린의 생명은 맹렬한 티푸스의 위력에 조금씩 사그라들고 있었다. 그 작은 몸과 조그마한 얼굴에는 인류의 근원이 담겨 있었다. 열정과 애정이 가득한 인간의 본성이 그 작은 심장에 자리 잡고 있었던 것이다. 하지만 아이의 심장은 빠르게 뛰며 서둘러 끝을 준비하고 있었다. 축 늘어진 그 작은 손은, 아무 일 없었더라면 근육과 힘줄을 키워가며 대단한 일들을 해낼 수 있었을 것이다. 그 발그레한 발은 단단한 남자의 몸을 받치고 숲 속의 시원한 그늘에 설 수 있었을 것이다. 하지만 이제 와서 그런 생각을 한들 무엇하랴. 아이는 생각도 하지 못하고 전혀 힘도 쓰지 못한 채, 거부할 수 없는 마지막을 기다리며 누워 있을 뿐이었다.

우리는 아이의 머리맡에 앉아 상태를 지켜보았다. 에블린의 열이 심하게 오를 때면, 우리는 아무 말도 하지 못했고 서로를 바라보지도 못했다. 그저 아이가 숨을 헐떡이는 모습과 꺼져가는 그 생명의 불빛, 그리고 아이의 눈꺼풀을 짓누르는 육중한 죽음을 가만히 바라볼 뿐이었다. 진부하게 느껴질지 모르겠지만, 또는 그저 얼버무리는 것이라 생각할지도 모르겠지만, 언어는 우리의 길고 긴 고통을 표현해주지 못한다. 우리를 끔찍한 과거로 돌려놓는 고통을, 그 설명할 수 없는 느낌을, 어떻게 말로 표현할 수 있단 말인가. 근본부터, 우리의 깊은 뿌리부터 엄청난 진동을 느끼며 우리의 존재 자체가 불안하게 흔들리는 그 괴로움을 어떻게 형언할 수 있단 말인가. 그래서 우리는 어머니 대지가 우리에게 주었던 익숙한 감정들만을 읊조리며, 헛된 생각과 위선적인 희망에 매달렸다. 최후를 맞이하게 되면 그마저도 무너지는 잔해들에 깔려 땅에 묻히게 될 테지만 말이다. 나는 사랑하는 아이의 병세를 지켜보며 보냈던 그 기간을 2주간의 한 시대라고 불렀다. 그리고 실제로도 그러했다. 밤이 되면 우리는 또 하루가 지나갔다는 사실에 놀랐다. 한 시간, 한 시간이 끝나지 않을 것처럼 길게 느껴졌기 때문이다. 밤이 낮으로 바뀌고, 낮이 밤으로 바뀌며, 그렇게 헤아릴 수 없는 시간들이 지나갔다. 우리는 거의 잠들지 못했다. 아이가 있는 방을 나가지도 못했다. 드물게 방을 나가게 되는 것도, 그저 지독한 슬픔이 치밀어서 서로에게 눈물을 보이지 않으려 잠시 자리를 뜨는 것 정도였다. 에이드리언과 나는 드문드문 클라라를 살피며, 그녀가 무슨 생각을 하고 있는지 추측하기 위해 헛된 노력을 계속했다. 그녀는 내내 자리에 앉아 아이를 지켜보았고, 이따금 가볍게 아이의 베개를 정리해주기도 했으며, 아이에게 삼킬 여력이 있으면 물을 입에 가져다주기도 했다. 결국 죽음의 순간이 찾아왔다. 흐르던 피가 멈췄고, 에블린은 눈을 잠시 떴다가 감았다. 발작하지도, 한숨을 내쉬지도 않았다. 그렇게 영혼이 떠났고, 영혼이 머물던 연약한 집은 텅 빈 채로 남았다.

유물론자들이 죽음의 광경을 목도하면 자신의 믿음을 더욱 확

고히 하게 된다는 얘기를 들은 적이 있다. 나는 한 번도 유물론에
동의해본 적이 없었다. 저것이 내 아이란 말인가? 꼼짝 않고 누운
채 부패하고 있는 저 몸뚱이가? 내 손길이 닿으면 아이는 행복해
하곤 했다. 아이의 천진난만한 목소리에는 그 아이가 생각하는
것들의 의미가 담겨 있었다. 다른 것들은 일체 담고 있지 않았다.
아이의 미소는 영혼의 빛이었으며, 그 영혼은 두 눈에 서려 있었
다. 나는 현실의 것 같지 않은 아이의 시신에서 몸을 돌려버렸다.
아, 대지여! 그대가 주었던 것을 가져가라! 그대가 주었던 내 껍
데기를 줄 터이니, 마음껏 가져가라. 하지만 대지여…… 어여쁜
내 아이는, 사랑스럽고 천사 같은 내 아들만은 그냥 두어라. 대신
다른 것을 찾으면 되지 않느냐. 차라리 내 심장을 가져가라. 내 심
장을 땅에 묻고 그 속에 거하라.

우리는 에블린의 시신을 사이프러스 나무 밑에 묻었다. 우뚝
솟은 산을 파 그 아이를 산에게 건네주었다. 클라라가 말했다.

"제가 목숨을 부지하길 바라신다면, 저를 데리고 여기서 떠나
주세요. 이곳은 정말 아름답지만, 그걸 넘어서는 무언가가 있어
요. 이 나무들 속에서, 언덕 사이에서, 물결 틈에서, 무언가가 계
속해서 제게 속삭여요. 번거로운 육신을 떠나, 자신의 일부가 되
라고 말이에요. 제발 부탁이에요. 여기서 나가고 싶어요."

그렇게 해서 우리는 8월 15일, 머물던 저택과 나무로 둘러싸인
그 아름다운 그늘에게 안녕을 고했다. 잔잔한 호수와 요란한 폭
포에도, 에블린의 작은 무덤에도 우리는 안녕을 고했다! 그리고
나서 우리는 로마를 향해 무거운 마음으로 순례길에 올랐다.

9장

잠시 쉬어가자. 이제 결말에 거의 다 왔는지 궁금한가? 그렇다! 이제 곧 끝난다. 새로 만들어질 무덤들을 넘어 한두 걸음만 더 가면, 이 지루했던 이야기도 끝이 난다. 내가 맡은 바를 해낼 수 있을까? 내가 그 장려한 결론을 글로 옮길 수 있을까? 떠올라라, 검은 비애여! 그대가 머무는 암흑의 고독에서 벗어나라! 지옥에서 탁한 연기를 몰고 오라. 그 연기가 한낮의 빛을 들이킬 수 있도록. 어둡고 해로운 안개를 몰고 오라. 그 안개가 대지가 숨 쉬는 동굴 속으로 들어가 대지의 혈관을 더럽힐 수 있도록. 그렇게 해서 목초가 번창하지 못하고, 나무들이 썩어 들어가며, 강물이 억울함을 안고 내달리도록. 영원할 것 같던 산들이 흩어지고, 계곡과 구덩이는 부패하고, 세상을 감싸고 있는 따뜻한 공기가 살아갈 모든 힘을 잃도록. 슬픈 얼굴을 가진 힘이여, 그렇게 하라. 내가 글을 쓰는 동안에, 누군가가 이 글을 읽고 있는 동안에……

누가 이 글을 읽을 것인가? 경계하라, 새로 태어난 아들딸들이여. 온당한 존재들이여. 그러나 따스한 관심에 길들여지지 않은 마음과, 시간의 쟁기질을 당하지 않은 얼굴들이여, 경계하라. 또 경계하라. 그대의 따뜻한 피를 빼앗기지 않도록, 그대의 황금빛 머리칼이 하얗게 세지 않도록, 보조개가 팬 다정한 미소가 가혹한 주름으로 변해버리지 않도록! 밝은 낮이 이 글을 보지 못하게 하라. 천박한 낮 시간이 지치고 창백해져서 죽어가지 않도록. 사이프러스 나무 그늘을 찾으라. 그 가지들의 신음 소리가 걸맞은 화음을 만들어줄 테니. 동굴을 찾으라. 그 깊은 품속으로 어떠한 빛도 뚫고 들어올 수 없을 테니. 작은 틈 하나만 있어도, 붉게 명멸하는 몸부림이 그대의 책장에 죽음의 얼룩을 남길지 모른다……

내 머릿속은 고통스러운 혼란으로 채워져 있다. 그래서 그 다음에 이어진 사건들을 정확히, 그리고 상세히 기술하지 않으려 하고 있다. 이따금 내 벗의 환한 미소가 떠오른다. 그럴 때면 나는 그 환한 빛이 언제까지고 영원할 것이라 생각하곤 한다. 그런 생각을 하다 이내 숨 막히는 괴로움에 빠져들게 된다.

코모를 떠난 우리는 에이드리언의 간절한 바람에 따라 로마의 베네치아를 목적지로 정했다. 섬에서 태어나고 자란 영국인들이, 물로 둘러싸인 베네치아에 매료되는 것은 당연한 일일 것이다. 에이드리언은 베네치아를 본 적이 없었기에 더했는지도 모른다. 우리는 이탈리아의 포 강과 브렌타 강을 따라 배를 타고 이동했다. 낮에는 햇빛이 견딜 수 없이 뜨거웠기에, 궁의 외곽에서 휴식을 취하곤 했다. 이동은 밤에 했다. 강둑조차 분간할 수 없는 어둠 속에서, 우리의 외로움도 조금은 줄어들었다. 서성대던 달빛이 뱃머리가 가르는 물결을 비출 때면 밤바람이 우리의 등을 밀어주었고, 강이 흐르는 소리와 나뭇가지가 나부끼는 소리, 자연 풍경이 들려주는 소리가 한데 어우러지며 듣기 좋은 선율을 만들어내곤 했다. 오랫동안 깊은 슬픔에 빠져 있던 클라라는 간신히 그 감정을 이겨내고 소심하거나 냉랭했던 태도에서 벗어났다. 그리고 우리의 관심에 다정하게 화답해주었다. 에이드리언이 죽어간 영광스러운 민족들이나 아름다운 지구, 인간의 운명 같은 것을 노래한 시를 읊을 때면, 클라라는 그의 곁으로 다가가 그의 얘기를 기쁘게 들이켰다. 우리는 우리들 자신에 관한 이야기는 피하려했다. 특히 우리의 생각과 냉혹한 우리의 상황에 대한 것들은 가능한 한 언급하지 않으려 했다. 도시의 사람들에게, 분주한 군중에게, 우리가 겪었던 규모의 사건은 믿기 힘든 이야기일 것이다. 우리가 겪은 것은 지하 감옥에 갇힌 한 남자에 비유할 수 있다. 신경에 거슬리는 작은 틈 하나로 먼저 희미한 빛이 새어들어오는 것이다. 그 빛은 점점 알아볼 수 있게 명확해지다가, 끝내 빛을 머금은 둥근 모양을 이룬다. 그리고 부족한 빛에 익숙해질 즈음, 처음에 희미하던 그 빛이 이미 어둡던 감옥을 한낮으로 느껴지게 만든다. 우리가 그러했다. 이 땅의 단출한 구성원이 된 우리 세 사람은 서로에게 점점 더 큰 의미가 되어갔고, 결국 서로의 존재가 삶의 모든 의미가 되어버렸다. 우리는 바람에 뿌리가 헐거워진 나무들처럼, 몰아치는 겨울바람에 맞서 서로를 지탱해주며 서로에게 기대고 매달렸다.

우리는 폭이 점점 넓어지는 포 강을 따라 나아갔다. 매미가 울 때는 잠을 잤고, 별이 뜰 때 깨어났다. 그러다 다시 폭이 점점 좁아지는 브렌타 강둑 안으로 들어섰고, 9월 6일 아침 해가 뜰 무렵 라군의 가장자리에 도착했다. 둥근 해가 지붕과 탑 뒤에서 서서히 떠오르기 시작했고, 모든 것을 꿰뚫을 듯한 빛으로 유리처럼 투명한 수면을 비추었다. 부서지거나 일부 멀쩡한 곤돌라들이 푸지네 호숫가에 흩어져 있었다. 우리는 바다의 과부 딸과 같은 그곳에 들어섰다. 호수는 멀고 먼 그리스의 산들을 바라보며, 버려지고 무너진 황폐한 섬들을 쓸쓸하게 떠받치고 있었다. 가볍게 노를 저어 라군을 건넌 우리는 대운하로 진입했다. 수문이 부서진 탓에 운하는 약한 물살로 느리게 흘렀다. 검어진 대리석 위에는 해조와 바다짐승들이 들러붙어 있었다. 훌륭한 그림과 작업들로 하나의 예술품처럼 느껴지던 벽은 소금기와 진흙에 의해 형편없이 훼손되어 있었다. 깨진 창문가에 앉아 있던 갈매기가 날아갔다. 인류가 가진 힘을 보여주는 기념비와 같던 그곳은 처참한 폐허가 되었고, 자연은 폐허와 대비되는 모습으로 아름다운 풍경들을 환하게 드러내며 위력을 뽐냈다. 반짝이는 수면은 잔잔했다. 얕게 이는 잔물결은 여러 조각으로 깨진 거울처럼 태양을 비췄다. 리도 너머로 보이는 거대한 푸른 빛은 먼 곳까지 뻗어 있었다. 배들이 드문드문 떠 있었다. 평화롭고 사랑스러운 광경이었다. 마치 우리에게 폐허가 된 육지를 떠나, 그 잔잔하고 넓은 품에서 슬픔과 두려움을 잊고 쉴 곳을 찾아보라고 초대하는 것 같았다.

산마르코의 높은 탑에 올라 우리는 폐허가 되어버린 그 불운한 도시를 내려다보았다. 우리 아래에 펼쳐진 풍경으로 아려오는 가슴을 안고 바다로 눈을 돌리면, 적어도 바다는 비석 없는 무덤일지라도 황폐한 모습을 보여주지는 않는다는 생각이 들었다. 저녁은 빠른 속도로 다가왔다. 태양은 아펜니노 산맥의 안개 긴 봉우리 뒤로 조용히 내려앉았고, 황금빛과 장밋빛이 어우러진 노을은 반대쪽 해안의 산까지 물들였다. 에이드리언이 말했다.

"밝은 시간의 마지막 영광으로 물드는 저 땅이 그리스란다."

그리스! 클라라는 에이드리언의 말에 화답하듯 마음속으로 외쳤다. 그녀는 부모의 무덤이 있는 그리스로 자신을 데려가주기로 했던 약속을 우리에게 상기시키기 위해 열심이었다. 왜 로마로 가는가? 우리가 로마에서 해야 할 일이 무엇이기에? 어쨌든 우리는 그곳에서 많은 배들 중 하나를 찾아 타고, 알바니아로 향했다.

나는 바다가 위험하다는 점과, 우리가 본 아테네의 산이 생각보다 멀리 있다는 점을 이유로 그 계획에 반대했다. 폐허가 되어버린 도시에서 그곳까지의 거리는, 우리 세 사람이 도저히 갈 수 없으리라 생각될 만큼 멀었다. 하지만 클라라의 간청으로 들떠버린 에이드리언은 나의 반대를 개의치 않았다. 날씨는 좋은 편이었다. 북서쪽에서 불어오는 바람이 우리가 만을 쉽게 가로지를 수 있게 해 줄 터였다. 그러고 나면 아무 항구에나 멈춰 서, 지중해를 항해하기에 적합한 그리스 식의 가벼운 작은 범선을 구한 뒤, 모레아의 해안을 따라 내려가며 코린트지협을 건널 수 있을 것이다. 그렇게 하면 육지로 이동하는 수고를 들일 필요도 없을 것이며, 크게 힘들이지 않고도 어느새 아테네에 도착해 있을 것이다. 그렇게 에이드리언은 주장했다. 내 생각에 그의 말은 허황된 얘기 같았다. 하지만 수천 가지 색으로 반짝이는 바다는 사실 현명한 선택이면서도 안전한 길처럼 느껴졌던 게 사실이다. 사랑하는 두 사람이 그토록 열정적으로, 그토록 단호하게 주장했기에 나는 계속해서 반대할 수가 없었다. 에이드리언이 말했다.

"자네가 원하는 바에 딱 맞는 건 아니겠지만, 그래도 우리 뜻에 따라줬으면 좋겠어. 부탁이야."

그 말을 어떻게 거부할 수 있을까. 그날 저녁 우리는 적절한 크기의 배를 골랐고, 항해를 할 수 있도록 로프와 여러 장치들을 준비해놓은 뒤, 도시의 수많은 궁전들 중 한 곳에서 밤을 지냈다. 다음 날 아침 해가 뜨는 대로 출발할 생각이었다.

바람이 그 고요한 수면을 쓸어내지 않을 때,
하늘색 바다를 바라보면 난 더 이상 육지를 사랑할 수 없구나.
고요한 미소와 평화로운 깊이가
내 시끄러운 마음을 끌어당기나니.
(페니키아 출신 철학자 모스쿠스의 「대양」에서 인용한 것이다―옮긴이)

에이드리언이 모스쿠스의 시를 인용했다. 아침 해가 떠오르자 우리는 노를 저어 라군을 빠져나갔고, 리도를 지나 바다로 들어섰다. 나는 시의 뒷부분을 덧붙였다.

하지만 언젠가

바다의 심연에서 포효가 울려퍼질 때, 그리고

수면 위로 거품이 모여들 때, 그렇게 파도가 파열할 때,

　내 두 친구는 내가 읊은 구절이 불안감만 야기시킬 뿐이라고 말했다. 어쨌든 우리는 활기차게 얕은 물가를 떠나 바다로 나갔다. 그리고 바다로 들어서자 돛을 펴고 순조로운 바람을 붙들었다. 아침의 웃음기 가득한 공기가 돛에 채워졌고, 그러는 사이에도 햇빛은 대지와 하늘과 바다를 씻어주고 있었다. 우리가 탄 배가 잔잔한 물결을 갈랐고, 파도는 작은 배의 볼에 장난스럽게 입맞추며 반갑다고 속삭여주었다. 땅이 멀어지자 주위는 온통 하늘색이었다. 바다도 잔잔했고, 하늘도 깨끗했다. 바다와 쌍둥이 자매 같은 하늘은 우리의 배를 부드럽게 이끌어주었다. 하늘과 바다가 따스하고 평화로운 모습을 보이자, 우리는 침묵에 젖어들었다. 투명한 심해에 비해, 육지는 완연한 무덤의 모습이었다. 높은 바위와 위풍당당한 산들은 비석이었고, 그곳의 나무들은 상여에 다는 깃털이었다. 소금기가 섞인 강물과 시냇물은 떠나가는 사람들 때문에 흘리는 눈물이었다. 황량한 마을에 안녕을 고하노라. 곡식과 잡초가 뒤섞인 그 버려진 들판에게도, 사라진 인류의 수많은 후손들에게도 안녕을 고하노라. 바다여, 우리는 그대에게 우리를 맡긴다. 물에 잠긴 세상 위를 빙하에 갇힌 노인이 떠다닐지라도, 바로 그 순간에 우리를 구해다오. 그래줄 것이라 믿기에 우리는 끝없는 그대 위로 길을 찾는 것이다.
　에이드리언은 키 앞에 앉았고, 나는 돛을 조절했다. 산들바람

이 배 꼬리 오른편에서 불어와 돛을 부풀렸고, 우리는 고요한 심해 위를 달렸다. 정오가 되자 바람이 멈췄다. 숨죽인 바람은 우리도 멈춰 세웠다. 화창한 날 항해를 하던 우리 세 선원은 앞으로 어떤 일이 벌어질지에 대해서는 주의를 기울이지 못한 채, 우리의 여정과 아테네에 도착한 후의 계획에 대해 유쾌하게 수다를 떨었다. 우리는 키클라데스 제도 중 한 섬에 보금자리를 꾸리기로 했다. 언제나 봄 날씨가 계속되는 그곳에는 미르틀이 자라날 것이고, 잔잔한 바닷바람이 더위를 식혀줄 것이다. 우리는 그곳에서 오래도록 행복한 삶을 영위할 것이다. 그곳에도 죽음이 존재할까?

우리의 머리 위를 지나친 태양이 꾸물대며 하늘의 계단을 내려가고 있었다. 나는 누워서 하늘을 올려다보았다. 그 푸른 하늘에서 나는 잠시 하얀 것을, 대리석처럼 하얀 줄무늬를, 아주 가늘어서 잘 보이지 않는 어떤 것을 보았다는 생각이 들었다. 내가 중얼거렸다. 분명 저기 있었는데⋯⋯. 그리고 다시 말했다. 상상이었나 보군⋯⋯. 그렇게 하늘을 바라보던 내게 문득 두려움이 엄습했다. 깜짝 놀란 나는 뱃머리로 달려갔다. 뱃머리에 서자 머리칼이 바람에 날렸다. 동쪽에서부터 짙은 색의 파문이 일기 시작했고, 우리 쪽으로 빠르게 몰려들었다. 나는 가쁜 숨을 몰아쉬며 에이드리언에게 상황을 얘기했다. 곧바로 바람이 돛을 마구 펄럭이게 했고, 우리의 배는 요동치기 시작했다. 입을 열자마자 구름이 두꺼워지며 우리 머리 위를 덮었고, 해가 빨갛게 익어 떨어지자 짙은 바다는 거품을 내며 이리저리 흩어졌다. 우리의 배는 점점 크게 넘실대는 파도를 타고 정신없이 오르락내리락을 반복했다.

튼튼하지 못해 금세 부서질 수 있는 그 배 위에서 우리는 잔뜩 굶주려 포효하는 파도와 우리를 뒤흔드는 바람에게 둘러싸였다. 동쪽에서 두 덩이의 먹구름이 서로를 향해 돌진하더니 부딪쳤고, 번개가 내리치고 천둥이 쉰 목소리로 웅얼거렸다. 남쪽에서 다시 그 소리에 대답하듯 두 갈래의 불꽃으로 칠흑 같은 하늘에 자국을 남겼고, 어마어마한 구름이 몰려오며 비를 들이부었다. 파도가 들썩이며 쏟아지는 빗자국을 지우고 있었다. 맙소사! 우리에게는 다른 이가 없었다. 오직 우리 세 사람만이, 우리 셋만이 전부였다. 바다에도, 대지에도, 사람은 우리뿐이었다. 우리 세 사람은 분명 죽게 될 것이다! 우리는 거대한 우주를, 그 수많은 세상을, 경계 없는 대지의 벌판을 떠난 것이다. 이제 우리의 주위엔 끝없는 바다만이 존재했다. 나는 더 이상 먼 곳을 바라볼 필요가 없었다. 세상의 모든 것이, 일어나고 있는 모든 현상들이 한 곳으로 모여들었다. 망망대해에 내던져진 우리의 작은 배로, 영예로운 인류가 실려 있는 우리의 배로 모든 것들이 모여들었다.

빛나는 에이드리언의 얼굴에도 절망스러운 떨림이 스쳐지나갔다. 그는 떨리는 이빨을 앙다물며 중얼거렸다.

"하지만 다 괜찮아질 거야!"

클라라는 에이드리언 옆에 웅크린 채 하얗게 질린 얼굴로 바들바들 떨고 있었다. 그가 클라라의 힘을 북돋기 위해 미소 지었다.

"두렵니, 클라라? 두려워하지 마. 금세 해안에 도착할 테니까."

짙은 어둠 때문에 그녀의 표정은 볼 수 없었다. 하지만 달콤한 그 목소리만은 명확하게 들렸다. 그녀는 대답했다.

"제가 왜 두려워하죠? 바다도 폭풍도 우리에게 해를 입히지 못할 텐데요. 운명이나 운명을 결정하시는 신이 허락하지 않으실 테니까요. 게다가 이곳에서는 두 분 중 누군가를 잃고 제가 남겨질 걸 두려워하지 않아도 되잖아요. 이곳에 죽음이 찾아온다면, 그건 우리를 갈라놓을 수 없는 하나의 죽음일 테니까요."

우리는 돛과 쐐기를 들었다. 위험에서 벗어나면 곧바로 항로를 찾아 이탈리아의 해안으로 향하기 위해서였다. 밤의 짙은 어둠이 모든 것을 뒤섞어놓았다. 밀려드는 파도의 하얀 거품들만을 간신히 알아볼 수 있을 뿐이었다. 다만 번개가 치면 사정은 달랐다. 번갯불의 빛이 어둠을 들이키며, 한순간 한낮처럼 환해졌다. 그렇게 잠시 우리가 처한 위험을 보여준 다음 다시 두 배는 더 짙은 어둠 속으로 우리를 되돌려놓았다. 클라라와 나는 아무 말도 하지 못했다. 하지만 에이드리언은 달랐다. 우리의 키잡이는 주위를 열심히 확인하며, 우리에게 용기를 북돋아주었다. 작은 배는 기적적으로 방향타에 따라 움직여주었고, 높은 파도를 따라 앞으로 나아갔다. 우리의 배는 바다의 자식인 것 같았다. 성난 어머니가 위험에 처한 아이를 지켜주듯, 우리는 별 탈 없이 전진했다.

나는 뱃머리에 앉아 길을 찾고 있었다. 순간 엄청난 파열음을 내며 파도가 부서지는 소리가 들렸다. 우리는 분명 근처에 해안이 있을 거라 확신했다. 그와 동시에 내가 소리쳤다.

"저기쯤에서 뭔가 보였습니다!"

뭔가 우묵한 곳이 빛으로 채워지면서 주위를 밝혔고, 우리 앞에는 해안과 모래사장, 습지와 진흙 속에 듬성듬성 펼쳐진 갈대밭이 모습을 드러냈다. 파도는 점점 높아지고 있었다. 다시금 짙은 어둠이 깔렸다. 숨을 쉬자 텁텁한 공기가 느껴졌다. 멀지 않은 곳에서 화산이 폭발한 모양이었다. 화산이 게워낸 돌조각들이 주위를 더욱 어둡게 만들고 있었고, 폭발은 즉시 산 아래의 땅을 거칠게 쟁기질 했다. 우리는 뭘 어떻게 해야 할지 알 수 없었다. 파도는 이곳저곳에서, 아니 모든 곳에서 몰아치며 우리를 에워쌌다. 엄청난 크기의 파도가 포효하며 달려와 우리의 뺨을 때리고 지나갔다. 절체절명의 순간이었지만 다행히 우리는 배의 방향을 바꾸는 데 성공했고, 안간힘을 쓰며 해안을 향해 나아갔다. 배가 부서질지도 모른다는 생각에 나는 급히 다른 두 사람에게 노나 돛대에 몸을 묶으라고 소리쳤다. 그런 것들이라도 붙잡고 있으면 어떻게든 해안으로 갈 수 있으리라는 생각에서였다. 나는 수영을 잘 하는 편이었기에 맨 몸으로도 충분했다. 사실 바다의 그런 모습은 내게 사냥꾼의 감각을 불러일으켰다. 사냥개들이 다같이 큰 소리로 울부짖는 소리가 사냥꾼에게 일으키는 감각 말이다. 파도가 나를 감싸며 나를 이기려 분투하는 느낌을 나는 오히려 사랑하는 편이었다. 어쨌든 나는 성난 파도가 배를 뒤흔드는 사이에도, 배를 이쪽저쪽으로 몰며 빠져나가보려 애쓰고 있었다. 에이드리언도 수영을 할 줄은 알았다. 하지만 체력이 약했던 탓에 그는 수영을 즐기지도 않았고, 숙달해보려는 생각도 하지 않았다. 게다가 그토록 포악한 바다의 광분 속에서 도대체 어떤 힘이 수영 실력을 뽐내게 할 수 있단 말인가? 하지만 두 사람에게 배가 부서질 것을 준비하라고 소리치던 나의 노력은 사실 거의 소용이 없었던 셈이었다. 파도가 울부짖는 소리 때문에 우리가 서로의 목소리조차 제대로 알아들을 수 없었던데다, 끊임없이 몰아치는 파도 때문에 나는 온 힘을 다해 배를 물 밖으로 밀어내는 데에 집중해야 했기 때문이다. 우리를 둘러싼 어둠은 손에 잡힐 것처럼 무겁고 짙었다. 어둠이 사라지는 것은 번개가 칠 때뿐이었다. 가끔 벼락이 떨어지는 모습을 볼 수도 있었다. 새빨간 벼락이 바다로 내리꽂히면 잠시 후 엄청난 물기둥이 솟아올랐고, 하늘의 구름은 몸을 구부려 거친 바다를 휘저어댔다. 우리의 앞쪽에서 몰아친 사나운 돌풍은 하늘과 바다의 혼돈 속에 어우러지며 자취를 감추었다. 양쪽 뱃전은 형편없이 부서졌고, 하나뿐인 돛도 찢어진 채 거센 바람에 너덜거리고 있었다. 우리는 돛을 잘라 배를 가볍게 만들었다. 클라라는 물을 퍼내는 것을 도왔다. 번개가 칠 때마다 그녀는 고개를 돌려 번개를 바라보았고, 나는 번개가 잠시 주위를 밝혀주는 순간 그녀의 얼굴에서 체념이 두려움을 몰아내고 있다는 걸 알아차릴 수 있었다. 우리는 엄청난 재앙을 겪어오며, 죽어간 수많은 사람들의 마음을 짊어지기 위해 어떠한 고통도 견뎌낼 수 있는 힘을 가지게 되었다. 행복했던 시절에는 결코 상상할 수 없는 일이었지만, 우리는 이제 그 힘을 통해 차분한 마음으로 끔찍한 일들을 견뎌낼 수 있게 된 것이었다. 폭풍보다도 두려운 냉정함이 거칠게 뛰는 심장을 진정시켜주었다. 그것은 노름꾼의 냉정함과도 같은 것이었다. 자살하는 이의 냉정함과도 같았다. 독이 든 컵이 피해자의 입술에 닿기 직전, 죽음이 피해자를 덮치기 직전에 살인자가 가지는 냉혹함과도 같았다.

그렇게 시간이 흘렀다. 마치 맨송맨송한 소년의 얼굴 위에 노인의 얼굴을 써내려가는 것처럼, 부드러운 아기의 머리칼을 회색으로 바래게 하는 것처럼, 시간은 더디게 흘러가고 있었다. 혼란이 계속되는 동안에도, 무시무시한 돌풍이 혼란을 더욱 끔찍하게 만드는 동안에도, 우리의 배가 파도에 매달렸다가 파도의 고랑으로 내리꽂히며 파도의 벽 사이에서 빙글빙글 돌아가는 동안에도, 우리 머리 위의 파도가 우리를 덮칠 것만 같던 그 순간에도, 시간은 가만히 흘러가고 있었다. 잠시 돌풍이 멈추자, 바다도 조금 차분해졌다. 숨 막히는 순간이었다. 바람은 노련한 곡예사처럼 뛰어오르기 전 힘을 비축했다가 단번에 포효하며 바다로 돌진했고, 곧장 파도는 우리가 탄 배의 선미를 때렸다. 방향타가 사라졌다고 에이드리언이 소리를 질렀다.

"다 끝났어요."

클라라가 소리쳤다.

"두 분만이라도 사셔야 해요. 꼭 두 분만이라도!"

번개가 치며 클라라의 모습이 드러났다. 그녀는 배 끝에 걸쳐져 몸이 반쯤 바다에 잠겨 있었다. 그녀가 가라앉기 전에 에이드리언이 팔을 뻗어 그녀를 붙잡았다. 우리에게는 이제 방향타가 없었다. 뱃머리는 자욱한 연기 속으로 들어섰다. 순식간에 우리가 탄 배도 연기 속에 잠겨버렸다. 누군가의 비명 소리가 들렸다. 비명 소리는 우리 모두가 끝이라는 뜻이지. 내가 중얼거렸다. 나는 물 속으로 빠져들었다. 사방이 칠흑같이 깜깜했다. 번개의 섬광이 비치는 순간 나는 바로 근처에 우리가 탔던 배가 뒤집혀 있는 것을 보았다. 나는 배 끝을 손톱이 부러질 정도로 세게 움켜잡고 매달렸다. 그러고는 번개가 칠 때마다 에이드리언과 클라라를 찾아 두리번거렸다. 멀지 않은 곳에서 노에 매달려 있는 에이드리언을 본 것 같다는 생각이 들었다. 나는 배를 놓고 젖 먹던 힘을 짜내 그곳으로 나아가 그를 붙잡으려 했다. 하지만 내가 보았던 것은 에이드리언이 아니었다. 희망이 사라졌다. 삶에 대한 본능적인 의지가 나를 더욱 분발하게 만들었지만, 동시에 다 포기하고 싶은 마음이 격렬해지고도 있었다. 나는 가슴께로 밀려오는 파도를 맞으면서 그 파도를 밀어냈다. 앞으로 나아가려 하자 사자의 날카로운 발톱이 내 가슴을 할퀴는 것 같은 통증이 느껴졌다. 나는 파도에 내리꽂히고, 다시 파도를 타고 위로 올라가기를 반복했다. 씁쓸한 마음으로 나는 허망한 웃음을 지었다.

폭풍이 우리를 해안으로 몰아댔기에, 해안과의 거리는 그리 멀지 않았다. 번개가 칠 때마다 해변의 모습이 드러났다. 하지만 폭풍우 속에서 나는 쉬이 나아가지 못했고, 파도가 칠 때마다 다시 바다의 심연으로 빨려들어가기도 했다. 어느 순간 발이 바닥에 닿았다가도, 다시금 깊은 물속에 잠기기를 반복했다. 두 팔도 힘을 잃기 시작했다. 질식할 것 같은 물속에서 나는 점점 힘이 빠져갔다. 수천 가지의 거친 생각과 망상들이 나를 사로잡았다. 가장 먼저 떠오른 생각은, 고요한 대지에 머리를 뉘일 수 있다면 얼마나 좋을까 하는 것이었다. 밀려드는 파도가 내 몸을 괴롭히지 않고, 요란한 물소리가 내 귀를 따갑게 하지 않는 대지에서 말이다. 살기 위해서가 아니라, 바로 그 바람을 위해서, 대지에 머리를 대고 눕기 위해서 나는 마지막 힘을 짜냈다. 갑자기 완만한 경사의 바닥이 발에 닿았다. 나는 두 발에 힘을 주고 섰지만 파도에 치여 뒤로 밀려났다. 나는 뾰족한 바위에 매달려 잠시 숨을 돌렸다. 그리고 해안으로 밀려들어가는 파도를 따라 앞으로 나아갔다. 그러다 마른 모래와 갈대밭의 진흙 위에 엎어졌다.

한참 동안 나는 기력을 잃은 채 누워 있어야 했다. 끔찍한 기분으로 눈을 뜨자 아침이 밝아오고 있었다. 그 사이 세상은 간밤과 완전히 다른 모습이 되어 있었다. 새벽의 회색빛으로 하늘이 물들자 구름은 빠르게 앞으로 달려나갔고, 금세 하늘은 청명한 호수처럼 깨끗해졌다. 동쪽에서 뜨는 해는 빛을 분수처럼 내뿜었다. 아드리아 해의 파도 뒤에서 나타난 태양은 회색빛 새벽을 장밋빛으로 물들였고, 이어서 하늘과 바다를 황금빛으로 물들였다.

기절했다 깨어나자 나는 금방 정신을 차릴 수가 없었다. 감각은 살아있었지만, 기억나는 게 아무것도 없었다. 다행히 그 순간은 짧았다. 근처에 도사리고 있던 뱀이 나를 무는 순간, 나는 다시 삶으로 되돌아왔다. 기억이 떠오르자마자 나는 깜짝 놀라 몸을 일으키려 했지만, 팔다리가 마음처럼 움직여주질 않았다. 무릎이 떨려왔고, 근육은 힘을 쓸 수가 없었다. 그러는 순간에도 나는 여전히 두 사람도 분명 나처럼 해변 어딘가에서 살아있을 거라 믿고 있었다. 나는 조금이라도 제대로 움직여보려고 갖은 노력을 다했다. 나는 머리카락을 비틀어 배여 있던 소금물을 쥐어짰다. 떠오르는 태양이 따뜻함을 안겨주었다. 다시 어느 정도 움직일 수 있게 되자, 서서히 나는 앞으로 살아가야 할 절망을 깨닫게 되었다. 나는 물가로 달려가 소중한 친구들의 이름을 불렀다. 바다가 내 보잘것없는 외침을 들이마시고, 매정한 포효로 대답해주었다. 나는 가까이에 있는 나무 위로 올라갔다. 소나무 숲으로 막혀 있는 모래사장과 수평선에 갇힌 바다가 내가 볼 수 있는 전부였다. 소용없는 일이었지만 나는 해안을 따라 수색의 범위를 조금 넓혔다. 바다에서 버렸던 돛대와 엉켜 있는 밧줄, 그리고 돛의 일부분 정도만을 찾을 수 있었다. 이따금 나는 가만히 서서 두 손을 맞잡고 비틀었다. 하늘과 땅의 탓이라고 생각했다. 자연이 돌아가는 원리와 전능하신 힘이 하늘과 땅을 잘못 이용했다고 비난했다. 다시금 나는 백사장에 몸을 내던졌다. 한숨을 내쉬는 바람이 인간의 울음소리를 흉내 내며 나를 쓰라리고 옳지 않은 희망으로 이끌었다. 분명 근처에 작은 배나 카누가 있을 것이다. 그것들을 찾아 나는 바다로 나가야 한다고 생각했다. 소중한 벗들의 시신이라도 찾아서, 그들에게 무덤을 만들어주어야 한다고 생각했다.

하루는 그렇게 지나갔다. 매 순간이 영원과도 같았다. 하지만 한 시간, 한 시간이 흐르고 나면, 나는 또다시 너무나도 빠른 시간의 흐름에 놀라곤 했다. 나는 그때까지도 쓰라린 약을 들이키지 않았다. 내 벗들이 죽었다는 쓰라린 진실의 약을 들이키지 않았다. 내 모든 맥박이, 모든 신경과 생각이, 나 홀로 남은 게 아니라고 말하고 있었다. 내가 최후의 인간이 아니라고 말하고 있었다.

하늘이 흐려지더니 해질 무렵이 되자 부슬비가 내렸다. 불멸의 하늘조차 흐느끼는 것 같았다. 그렇다면 한낱 인간인 내가 서러운 눈물을 보여도 수치가 아니지 않을까? 문득 옛날이야기가 떠올랐다. 끝없이 샘솟는 분수처럼 멈추지 못하고 눈물을 쏟아내던 사람들이 끝내 눈물에 녹아 사라져버렸다는. 아! 그렇게 될 수만 있다면! 그렇게만 된다면 나 역시 에이드리언과 클라라를 따라 익사할 수 있을 터인데……. 아! 슬픔은 기이하기 그지없다! 슬픔은 근심의 역사 위에 그물을 짠다. 그 그물에는 살아있는 모든 것들이 담겨 있다. 슬픔은 모든 것에서 양분을 얻는다. 슬픔은 빛이 그러하듯 모든 것을 채우고, 자신의 색으로 만물을 칠한다.

　나는 내가 정신을 차렸던 곳에서부터 이동하며 주위를 살폈다. 그러다 해안에 위치한 국경 망루 초소를 발견했다. 인간의 손길이 깃든 보금자리를 발견했다는 것은 정말 반가운 일이었다. 사실 오랜 세월 동안 문명과 떨어져 있었던 것 같은 기분이었다. 음울하고도 황량한 자연을 마주하고 있었던 터라 더욱 그러했으리라. 나는 감격스러운 기분으로 건물 안에 들어서서 초소로 이어지는 구불구불한 계단을 올라갔다. 다행히도 끔찍한 흔적은 없었다. 그 흔한 시신 한 구 없었다. 하지만 텅 비어 있던 것은 아니었다. 한쪽 벽에는 침대가 만들어져 있었다. 제대로 된 침대라고 할 순 없었다. 그저 철제로 된 두 개의 발판 위에 널빤지 몇 장을 얹고, 그 위에 마른 짚을 흩뿌려놓은 것뿐이었다. 그 옆으로 뚜껑이 열려 있는 궤짝 하나가 보였다. 그 안에는 반쯤 썩은 비스킷이 들어 있었다. 순간 식욕이 동했다. 훨씬 전부터 배가 고팠을지 모르지만, 비스킷을 발견하기 전까지 나는 전혀 허기를 느끼지 못했다. 허나 비스킷을 보는 순간 나는 식욕을 주체할 수 없었고, 동시에 타는 듯한 갈증도 느끼기 시작했다. 수없이 들이킨 바닷물 때문이었을 수도 있고, 그저 지쳤던 탓일 수도 있겠다. 고통스러울 정도로 갈증이 심했다. 나는 버려진 초소의 구석에 있던 술병을 찾아, 반쯤 남아 있던 시큼한 포도주를 들이켰다. 자연은 이따금 절실하게 필요하던 것을 덥석 안겨주곤 한다. 그리고 그럴 때엔 반드시 행복도 함께 선사한다. 나는, 절망에 빠져야 마땅할 나는! 절실했던 한 모금을 삼키며, 그 선물의 대가로 원치 않았던 기쁨을 맛보아야 했다. 나는 짚으로 된 침대에 몸을 뉘었다. 그런 휴식이 난파선의 희생자로서 비난받을 일은 아니라 생각했다. 해초의 냄새가 지긋지긋하던 나는 마른 짚에 스며있는 대지의 냄새에 위안을 얻었다. 나는 외로움을 잊었다. 과거를 돌아보지도, 미래를 내다보지도 않았다. 내 몸은 휴식하기 위해 긴장의 끈을 풀었다. 그렇게 나는 잠이 들었고, 소중했던 곳들에 대한 꿈을 꾸었다. 건초를 만드는 농부의 모습이 보였고, 휘파람을 부는 목동의 모습도 보였다. 목동은 휘파람을 불며 키우는 개를 불렀고, 그 소리에 개는 양을 몰며 주인의 일을 도왔다. 산에서 지내던 어린 시절의 풍경과 소리였다. 오랫동안 잊고 지냈던 기억이었다.

나는 괴로워하며 잠에서 깼다. 눈을 뜨면 바다도, 부서지는 파도도 모두 사라지고 없길 바랐기 때문이다. 대신 나는 사랑했던 풍경을 마주하길 바랐다. 단단한 땅과 깊게 뿌리내린 산, 그곳에 어우러진 강과 숲, 수많은 양떼들이 내 앞에 펼쳐져 있길 바랐다. 하지만 여전히 주위는 온통 바다였고, 음산한 바다의 울부짖음도 그대로였다. 그 지긋지긋한 풍경이 마지막 생존자의 곁을 지키고 있었다. 정신이 돌아오자, 꽉 막힌 초소의 벽이 눈에 들어왔다.

하나뿐인 창문 밖으로 비가 후드득 떨어지는 것이 보였다. 음울하기 짝이 없었다. 깊은 잠의 망각에서 헤어나오는 것도, 불행한 운명으로 소리 없이 통곡할 내일을 받아들이는 것도, 모두가 음울했다. 하지만 거짓된 꿈속으로 돌아갈 순 없지 않은가! 그러나 진실을 깨닫는 것도 이제는 버겁다! 언제나 그대로인 재앙이라니! 내가 살아있는 현실도, 내가 앞으로 살아나가야 할 미래도, 모두가 그 재앙 속에 들어 있는 것이라니! 다른 종류의 슬픔이나 괴로움은 시간이 지나면 무뎌질지도 모른다. 나의 슬픔과 괴로움도 이따금 기쁨에 잊히는 때가 올 것이다. 허나 앞으로 영원히 나는 잠에서 깨자마자 아침을 맞을 수는 없을 것이다. 그 대신 타는 듯한 가슴을 짓누르며 쏟아지는 절망에 영혼을 담가야 할 것이다. 죽어버린 세상에 깨어난 첫 번째 기상……. 나는 홀로 잠에서 깼다. 바다의 따분한 장송곡은 비가 쏟아지고 있었음에도 불구하고 선명하게 들려왔다. 그 소리는 다시금 나의 비참한 처지를 상기시켰다. 그것은 나를 비난하는 소리 같기도 했고, 조롱 같기도 했다. 영혼을 찌르는 회한의 가시와도 같았다. 숨이 막히는 것 같았다. 목구멍의 혈관과 근육이 부풀어오르며 나를 숨 쉴 수 없게 만들었다. 나는 귀를 틀어막고 침대의 짚더미에 머리를 묻었다. 그 끔찍한 신음 소리를 듣지 않기 위해 나는 몸을 내던졌다.

하지만 내게는 해야 할 일이 있었다. 에이드리언과 클라라를 찾아야 했다. 그들의 시신이라도 찾아야 했다. 나는 소용없는 일이라는 걸 알면서도 다시 그 지긋지긋한 해변을 찾아갔다. 나는 그들을 찾아 더 멀리, 더 넓은 곳으로 나아갔다. 그들의 이름을 목청껏 외치며. 대답이 돌아오지 않는 외침을 끝없이 내뱉었다. 할 수 있을 때까지, 소리 없는 생각을 입밖으로 내뱉었다.

그 얼마나 한심하고 처량한 모습이란 말인가? 나의 신세는 암담했다! 내 몰골도 참담하기 그지없었다. 뻣뻣해진 머리칼은 제멋대로 엉겨붙었고, 몸은 소금기와 진흙투성이였다. 바다와 사투를 벌일 때 거추장스러운 겉옷을 벗어던진 터라, 걸치고 있는 옷도 얇은 여름옷 하나뿐이었다. 그나마도 비에 흠뻑 젖어 몸에 찰싹 달라붙어 있었다. 신발도 어디 갔는지 보이질 않았다. 피와 진흙으로 더러워진 발바닥은 엉망진창이었다. 맨발로 부러진 갈대와 깨진 조개 껍데기들을 밟고 다녔던 탓에 찢어지고 상처가 난 모양이었다. 하지만 나는 몰골이 어떤지, 얼마나 상처를 입었는지는 아무래도 괜찮았다. 나는 그저 여기저기를 헤집고 다니며 정신없이 주위를 살폈다. 멀리 있는 바위를 일순간 사람으로 착각해 눈을 떼지 못한 적도 있었다. 그러다가도 이따금 모든 것을 멈추고 바다를 노려볼 때도 있었다. 소중한 사람들을 앗아간 바다가 나는 한없이 원망스러웠다.

잠시 나는 아무도 없는 곳에 홀로 남겨졌던 로빈슨 크루소와 나를 비교해보았다. 우리 두 사람 모두 홀로 남게 되었다는 점이 같았다. 그는 무인도에 남았고, 나는 아무도 없는 세계에 남았다. 소위 풍요로움을 비교하자면, 내가 그보다는 나은 편이다. 적어도 나는 이 황량한 공간을 떠나 이 세상의 수많은 도시 어느 곳에라도 갈 수 있다. 화려한 저택에 머물 수도 있고, 옷과 음식, 책 들도 원하는 대로 마음껏 취할 수 있다. 한때 인간에게 필요했던 모든 것들을 나는 마음대로 고를 수 있다. 기후 또한 취향대로 고를 수 있다. 원하는 날씨의 장소로 이동하면 되니까. 반면 로빈슨 크루소는 생활에 필요한 물품들을 직접 만들어 써야 했다. 열대 지방의 섬에서 그가 뜨거운 열기와 폭풍을 피할 수 있는 곳도 작은 동굴뿐이었다. 이런 질문을 던져볼 수 있겠다. 위험과 고역 대신 사치와 향락을 일삼는 시바리스 사람들처럼 원하는 만큼의 쾌락을 얻을 수 있는 삶을, 철학적 여가와 풍부한 지식을 즐기는 삶을, 대체 누가 마다할 수 있을까? 질문에 대한 답은 나도 잘 알고 있다. 그런데도 나는 그가 나보다 행복했다고 단언한다. 그에게는 적어도 희망이 있었다. 헛된 희망도 아니었다. 결국은 배가 도착해, 그는 고향으로, 가족들의 품으로 돌아가지 않았던가. 그가 겪었던 외롭고 힘들었던 시간들은, 난롯가에서 들려줄만한 이야깃거리가 될 수 있을 것이다. 나는 내가 겪었던 역경을 누구에게도 들려줄 수 없다. 내게는 희망도 없다. 그는 바다 건너 수많은 사람들이 자신과 똑같은 태양 아래 서 있다는 것을 알았다. 하지만 나의 경우는 달랐다. 뜨거운 햇빛과 다정한 달빛 아래에 사람의 형상은 나뿐이었다. 나 말고는 내 얘기를 들어줄 이가 없었다. 밤이든 낮이든 잠이 들어도, 누구도 나를 보아줄 이가 없었다. 로빈슨은 인간의 발자국을 보고 겁에 질려 다른 인간으로부터 달아나지 않았던가. 나는 무릎을 꿇고 내게도 같은 일이 일어나게 해달라고 간절히 기도했다. 거칠고 잔인한 카리브의 사람들이라도 좋았다. 자비라고는 없는 식인종들이어도 좋다. 아니, 그보다 나빠도 상관없다. 상스럽고 짐승 같은, 타락한 문명의 용병들이라 해도,

내게는 너무나 사랑스러운 동포일 것이고, 소중한 보물 같을 것이다. 그런 사람들도 인간이 아닌가. 우리와 마찬가지로 흙으로 만들어진 신의 자식이 아닌가. 그런 이들의 핏줄에도 인간의 피가 흐를 것이니, 같은 존재라는 동질감이 우리를 영원히 이어줄 것이다. 내가 인간의 존재를 더 이상 볼 수 없다는 것은 말이 되지 않는다! 결코 그래서는 안 된다! 결코! 얼마큼의 시간이 지나든, 누구라도 볼 수 있어야 한다! 그렇지 않다면 나는 앞으로 영원히 혼자여야 한단 말이 아닌가! 내가 항상 홀로 잠에서 깨어나야 하고, 아무와도 이야기하지 못하며, 홀로 끝없는 시간을 살아가야 한단 말인가? 이 세상에 혼자 남았다는 공허감에 휩싸여, 외로운 영혼으로 살아가야 한단 말인가? 앞으로도 이런 날들이 끝없이 계속되는 건가? 아니! 아니다! 신이 세상을 다스리시지 않는가. 황금빛 홀로 이루어지는 신의 섭리가 독사의 송곳니와 맞바꾸어질 리 없다. 떠나자! 무덤 같은 바다를 떠나자. 황량함으로 무색해진 보금자리도 떠나자. 다시 한 번 마을길을 걷고 싶다. 인간이 살던 집의 문턱을 넘고 싶다. 지독한 꿈이었다. 그리고 덧없는 꿈이었다. 그럼에도 나는 이 생각을 실행에 옮기기로 했다.

나는 홀로 깨어난 둘째 날, 해가 지기 전에 라벤나(내가 정신을 차렸던 곳에서 가장 가까운 마을이었다)로 들어섰다. 그곳에는 여러 짐승들이 살고 있었다. 나는 황소도 보았고, 말과 개도 보았다. 하지만 사람의 흔적은 찾을 수 없었다. 오두막에 들어가보았지만 안은 텅 비어 있었다. 궁전의 대리석 계단도 올랐다. 태피스트리 안에는 박쥐와 부엉이가 자리 잡고 있었다. 나는 잠든 마을을 깨

우지 않기 위해 조심스레 돌아다녔다. 으르렁거리며 고요함을 깨
우는 개를 꾸짖기도 했다. 나는 보이는 게 전부라고 믿지 않았다.
세상은 아직 완전히 죽지 않았다고 믿었다. 세상이 변한 게 아니
라 내가 미쳐가는 것이라 생각했다. 나는 어쩌면 마법에 걸린 것
이다. 보이지도, 들리지도, 심지어 느껴지지도 않는 마법에 걸린
것이다. 사람의 존재를 느끼지 못하는 마법. 사람들은 평소처럼
살아가고 있을 것이다. 집집마다 사람들이 들어차 있을 것이다.
내가 그 사람들을 보지 못하는 것뿐이다. 그렇게 나 자신을 속일
수 있었다면, 지금보다는 편했을지 모른다. 그러나 나는 언제나
이유와 근거를 찾는 사람이었다. 아무리 원해도 그런 망상을 유지
할 수 없었다. 그럼에도 불구하고 나는 끊임없이 망상을 만들어내
며 우스꽝스러운 놀이를 계속했다. 그 망상은 얼마 이어지지 않았
지만, 나는 긴긴 세월 이어져온 오랜 인류의 역사 속에 이제 나만
이 살아남았음을 잘 알고 있었지만, 헛된 상상을 멈추지 않았다.

태양이 서쪽 산 너머로 저물었다. 저녁이 되자 나는 점점 지치고
어지러워졌다. 그렇지만 나는 최대한 먹고 마시지 않았다. 해가 떠
있는 동안에는 쓸쓸한 거리를 열심히 걸어다녔다. 나는 살아있는
모든 것들이 잠드는 밤의 친구가 되었다. 차라리 몸을 혹사시키는
것이 마음의 고통을 둔하게 만들어주리라 생각했기 때문이다. 주
위에는 수많은 잠자리가 있었지만, 나는 편안한 것을 찾지 않았
다. 그 대신 차가운 대리석 바닥을 베개 삼아 누웠다. 자정이 되어
서야 지친 눈꺼풀이 감겼다. 하늘의 별빛과 바닥에 비친 별빛 속
에서 나는 잠이 들었다. 그렇게 쓸쓸한 둘째 날 밤도 지나갔다.

10장

아침이 되어 잠에서 깨자, 높은 천장의 창문으로 새어들어온 아침 햇살이 나를 비추고 있었다. 창문틀과 문가에 앉은 새들이 짹짹거렸다. 깨자마자 첫 번째로 든 생각은 에이드리언과 클라라가 죽었다는 것이었다. 나는 더 이상 그들의 아침인사를 받지 못할 것이다. 그들과 함께 긴 하루를 보내지도 못할 것이다. 이제 더는 그들을 볼 수 없을 것이다. 바다가 내게서 그들을 빼앗아갔다. 그들의 가슴에서 사랑을 빼앗아갔고, 그들을 썩어가게 했다. 내게는 빛보다, 삶보다, 희망보다 소중했던 그들을······.

나는 무식한 목동이었다. 그런 나를 에이드리언은 친구로 받아주었다. 내 삶의 좋았던 날들은 그와 함께 사라졌다. 내게 선량함이 있다면, 미덕이 있다면, 그것은 그의 덕분이다. 내가 지식으로 행복함을 느꼈다면, 그것도 그의 덕분이다. 그의 인품과 지성이, 그의 비범한 자질이, 아니 에이드리언 자체가 내 삶에 영광스러운 나날들을 가져다주었다. 그가 없었다면 결코 알지 못했을 시간이었다. 내가 이 세상에 도움이 된 것이 있다면, 그 또한 그에게서 배웠던 것 덕분이다. 그가 세상을 이끌었던 모습은, 인류의 마지막을 다스리고 위로했던 광경은, 감히 천사들에게 어울릴 만한 것이었다고 말하고 싶다.

사랑스러운 클라라의 죽음도 내게는 커다란 아픔이다. 그녀는 인류가 마지막으로 남긴 딸이었다. 수많은 예술가들이 다양한 표현법으로 말하고자 하는 공통된 아름다움이 있지 않은가. 클라라는 그런 아름다움과 미덕을 모두 가졌던 아이였다. 하지만 그녀를 잃은 슬픔을 차치하면, 어린 나이로 이 절망스러운 세상을 떠났다는 게 비통해 할 일인가 싶다. 어쩌면 차라리 다행일지도 모른다. 그 아이의 영혼은 순결했고, 가지고 있던 의지도 경견했다. 그럼에도 그 아이는 수많은 근심에 시달려야 했다. 그 아이의 마음은 사랑이 깃든 성지와 같았기에, 오히려 걱정과 근심이 더욱 두드러져 보았다. 그 근심걱정은 결코 어른에 비해 얕거나 가볍지 않았다. 그러니 그렇게 여린 아이가 괴로움에 시달릴 바에야, 일찍 떠나는 게 나았다고도 할 수 있겠다.

이 두 사람이, 외로웠던 마지막 해를 함께 해주었다. 그들이 곁에 있다고 해서 소중함을 몰랐던 게 아니다. 나는 늘 그들의 가치를 느끼며 감사하고 있었다. 오히려 함께하는 동안에 그들의 애정을 훨씬 더 갈구했던 것 같다. 후회나 욕망과 같은 지난 시절의 감정들은 나를 그들에게 더 집착하게 만들었다. 나는 한 번도 아이드리스를 잊어본 적이 없었다. 나의 사랑스러운 동반자였으며,

내 아이들의 어머니였고, 내 삶의 전부였던 여인. 에이드리언의 얼굴에 그녀가 있었다. 에블린의 얼굴에도 마찬가지였다. 에블린이 죽자, 나는 그녀를 떠올릴 수 있는 가장 소중한 존재를 잃었다. 하지만 여전히 에이드리언이 존재했다. 나는 그의 얼굴에 아이드리스의 기억을 소중히 간직해두고, 잃어버린 가족들에 대한 생각을 떨쳐내려 애썼다. 이런 얘기가 무의미하다는 걸 알고 있다. 하지만 나는 지금 가슴 깊숙이 숨겨두었던 것을 끄집어내며, 남아있을 인류를 위해 내 사랑을 표현하려 하고 있다. 불안한 상황이 내게 회한과 슬픔을 드리웠다면, 에이드리언이 맑은 목소리와 열정적인 모습으로 우울함을 날려줬을 것이다. 클라라의 밝은 얼굴과, 그 깊고 푸른 눈동자에서 힘을 얻었을 수도 있다. 그들은 내게 전부였다. 무지몽매한 내 영혼의 태양이었다. 내 피로함의 안식처였고, 부산한 내 근심의 수면이었다. 아니, 그것도 아니다. 이런 문장은 그들에 대한 나의 집착을 표현하기엔 모두 부족하다. 일관성조차 없는 단어의 나열이 아닌가. 나는 담쟁이 넝쿨처럼 그들을 휘감으려 했다. 담쟁이 넝쿨은 떼어낼 수 있지만, 나의 집착은 떼어낼 수 없게 만들려 했다. 만약 종말이 닥치면 그들과 함께 사라질 수 있도록. 아니, 그들에게로 들어가 그들의 일부가 되고 싶었다. 그랬다면,

둔한 물질로 된 내 육체가 상념과 같이 가볍다면,
(셰익스피어 소네트 44편에서 인용한 것이다─옮긴이)

나는 그들과 하나가 될 수 있었을 테고, 닿을 수 없는 세상에서 새 삶을 시작한 그들과 지금도 함께할 수 있었을 것이다.

이제 나는 그들을 다시 볼 수 없을 것이다. 그들과 대화를 나누는 소중한 경험도 다시 하지 못할 것이다. 그들의 모습도 다시 보지 못할 것이다. 나는 번개를 맞고 갈라진 나무와 같다. 껍질이 맨몸을 감싸길 바라지 않는다. 온몸을 떨며 삶을 지속하길 바라지도 않는다. 바람에 찢기는 중에도 어느 순간 마약처럼 모든 걸 잊게 만드는 따스함을 바라지 않는다. 나는 이 세상에 홀로 남겨졌다. 하지만 이 말도, 에이드리언과 클라라의 죽음보다 절망스럽지는 않다.

생각과 감정 들은 계속해서 똑같은 식으로 굴러갔다. 물론 생각과 감정 들을 이끄는 길의 모습은 매번 달라졌고, 생각과 감정 들의 물결도 다양한 모습을 보였긴 했지만 말이다. 즉각적인 상실감은 입밖으로 중얼거릴수록 조금씩 사그라들었지만, 치유할 수 없는 외로움은 시간이 갈수록 점점 더 커졌다. 사흘 동안 나는 라벤나를 배회했다. 바다의 진흙 속에 잠든 사랑하는 이들을 떠올리기도 했고, 내 앞의 공허함을 마주보기도 했다. 앞으로 걸음을 내딛을 때마다 몸이 떨려왔고, 시간의 흐름을 보여주는 변화를 알아차릴 때마다 나는 고통으로 온몸을 비틀었다.

사흘간 나는 마을 이곳저곳을 돌아다녔다. 집집마다 돌아다니며, 숨어 있는 사람의 흔적을 찾을 수 없을까 귀를 기울이는 것으로 시간을 보냈다. 이따금 나는 현관문에 달린 종을 울려보기도 했다. 딸랑대는 종소리가 방의 둥근 천장들에 울려퍼졌지만, 이

내 정적이 종소리마저 집어삼키곤 했다. 나 스스로 희망이 없다고 말했지만, 여전히 나는 희망을 품고 있었다. 그렇기에 나는 계속해서 낙심해야 했고, 그렇게 상처 가득한 시간 속으로 빨려들어갔다. 차갑고 날카로운 비수에 꿰뚫린 것처럼, 통증은 지긋지긋하게도 가시질 않았다. 나는 극심한 굶주림이 찾아올 때에만 사냥을 하는 짐승처럼, 도저히 허기를 참을 수 없을 때에만 간단히 끼니를 때웠다. 그 사흘간 나는 옷을 갈아입지도, 쉴 곳을 찾지도 않았다. 뜨거운 열기 속에서 예민함이 키워내는 짜증은 멈출 줄 몰랐다. 생각은 끊임없이 혼란스럽게 흘러갔다. 잠들지 못하는 밤에도, 마음의 동요가 광분하는 낮에도, 그곳에 있는 동안 수많은 생각들이 나를 지배했다.

열이 오르며 피가 들끓자, 떠나고자 하는 욕구가 고개를 들었다. 닷새째 되던 날 저녁, 아무런 목적 없이 라벤나를 떠났던 기억이 난다. 상태가 매우 좋지 않았던 게 분명하다. 더한 환각을 보았다면, 또는 환각을 덜 보았다면, 그날 밤이 내 마지막이 되었을 것이다. 그날 저녁 나는 망통 북부로 향하는 둑길을 따라 걷고 있었다. 생각에 잠겨 강물을 바라보던 나는, 그 투명한 물결이 내 근심을 영원히 치료해주는 약이 될 수 있으리라는 걸 깨달았다. 생각이란 독화살을 피할 도피처를 찾는 게 늦어진 것에 대해 나는 내 자신에게 변명할 수조차 없었다. 그 독화살은 나를 몇 번이고 꿰뚫고 있었기 때문이다. 인간들에게 버림받은 집에서 도움을 얻고 싶지 않은 생각에 나는 계속해서 밤길을 걸었다. 하지만 끝내 극심한 피로가 그런 생각마저 버리게 만들었다. 이지러진 달이 뜨며 작은 오두막 하나를 비춰주었다. 아기자기한 입구와 손질된 정원을 보니 영국의 내 집이 떠올랐다. 나는 문의 걸쇠를 올리고 안으로 들어섰다. 달빛에 따라 처음 들어선 곳은 부엌이었다. 나는 먼저 집을 밝힐 등불을 찾았다. 침실로 들어가보니, 침대에 눈처럼 하얀 시트가 깔려 있었다. 난로에는 장작이 쌓여 있었고, 탁자에는 식사가 마련되어 있었다. 그 광경은 순간 오래도록 찾고 있던 내 믿음의 증거로 삼기에 충분했다. 오랫동안 간절하게 바랐던 생존자가 있을지 모른다. 내 외로움을 달래줄 동반자가 있을지 모른다. 내 절망에 위안이 되어줄 존재가 있을지 모른다. 나는 그런 생각에 완전히 사로잡혔다. 먼저 망상이 아닌지 확인해야 한다는 생각에 나는 마음을 단단히 먹었다. 방에는 분명 아무도 없었다. 신중을 기하기 위해 다른 방도 둘러보았다. 꿈과 현실을 분간하기에는 내 자신이 가장 좋은 도구였다. 문손잡이에 손을 올려놓을 때마다 심장 뛰는 소리가 선명하게 들렸다. 그러다가도 방이 비어 있는 것을 확인할 때마다 가슴은 철렁 내려앉았다. 방들은 지하 묘지처럼 어둡고 적막했다. 나는 결국 첫 번째 방으로 돌아와, 식사와 쉴 곳을 준비해준 보이지 않는 주인의 존재가 누구일지를 생각했다. 나는 의자를 빼고 탁자 앞에 앉아, 나를 위해 준비된 음식들을 확인해보기로 했다. 그 탁자에 차려진 것은 실상 죽음의 연회였다. 빵은 파랗게 썩어가고 있었다. 치즈에는 먼지가 가득 앉아 있었다. 차마 다른 접시를 확인할 수가 없었다. 두 줄로 이어진 개미의 행렬이 식탁보를 가로질렀고, 모든 식기에는 먼지와 거미줄, 그리고 무수히 많은 파리 시체들이 쌓여 있었다. 그것은 모두가 내 망상이 허위임을 드러내는 징표였다. 눈물이 쏟아져 내렸다. 분명 이것은 파괴의 신이 악의적으로 보여주는 모습이리라. 내가 나 자신에게 무슨 짓을 저지른 것인가? 무슨 짓을 저질렀기에 내 감각이 이토록 엉망이 되어버린 것인가? 왜 나는 전보다 유난스레 만족하지 못하는 것인가? 그 텅 빈 오두막은 새로운 슬픔을 보여준 게 아니었다. 세상에는 분명 아무도 없다. 인간들은 모두 죽었다. 나도 잘 알고 있었다. 그런데 왜 익히 당연해진 진실에 자꾸만 토를 달게 되는 것일까? 말했던 대로, 나는 절망 속에서 희망을 품고 있었다. 그래서 쉽사리 잘라낼 수 없는 현실이 주는 새로운 모습들 하나하나에 매번 새로운 고통을 느꼈던 것이다. 세상이 달라져도, 시간이 지나도, 내 절망이 줄어드는 일은 없을 것이라고 현실은 가르쳐주고 있었다. 그리고 나는 깨달았다. 현실이 어떻든 나는 하루하루를, 몇 달, 몇 년을 계속해서 살아가야 한다는 것을 말이다. 그제야 나는 시간의 경과라는 표현이 암시하는 바를 간신히 알아차렸다. 나는 이제 막 성인이 된 파릇파릇한 청년이 아니다. 그건 분명한 진실이다. 나는 시간의 계곡 속에서 나이를 거꾸로 먹을 수 없다. 한때 사람들은 지금 내 나이가 인생의 황금기라고 말하곤 했다. 나는 막 서른일곱 살이 되었다. 사지도 멀쩡했고, 의사소통도 편하게 할 수 있다. 컴벌랜드의 언덕에서 목동을 하던 때와 다를 바 없다고 생각하면 그만이다. 그런 이점을 가지고 나는 홀로 지내는 삶을 시작하면 된다. 그것이 그날 밤 잠에 들면서 떠올렸던 생각이었다.

머릿속이 복잡했지만 나는 뒤척이지 않고 푹 쉴 수 있었다. 덕분에 다음 날 아침에는 난파된 이후 가장 좋은 몸상태로 깰 수 있었다. 전날 밤 오두막 이곳저곳을 살피다 나는 저장고에서 상당한 양의 건포도를 찾아냈다. 나는 그것으로 간단한 아침식사를 했다. 허기를 때우고 나는 하룻밤의 거처를 떠나 다음 도시로 향했다. 다음 도시까지의 거리는 그다지 멀지 않았다. 내가 지나온 길을 짐작해보건대, 다음 도시는 포를리가 분명하다고 생각했다. 나는 기쁜 마음으로 포를리의 잔디 깔린 넓은 길에 들어섰다. 물론 그곳도 황량하기는 마찬가지였다. 그렇지만 나는 인간들이 꾸려나갔던 그 도시가 사랑스럽다고 느끼고 있었다. 나는 길을 따라 도시의 이곳저곳을 돌아다니며, 스스로 납득하기 위해 다시 한 번 나와 같은 인간의 존재가 없는지 확인했다. 이전에도 비참했던 적은 많았지만, 그때처럼 내내 비참하고 가엾었던 적은 없었던 것 같다. 포를리의 광장 주위에는 시장이 형성되어 있었고, 그 발랄한 광경은 내게 활기를 불어넣어주었다. 순간 떠오른 생각에 마음이 벅차올랐다. 만약 이 땅에 다시 사람들이 살게 된다면, 멸종된 전(前)인류, 바로 우리가 남긴 유산들이 미래의 인간들에게 우리의 능력을 당당히 보여줄 수 있을 것이라는 생각이었다.

나는 궁으로 들어가, 화려한 휴게실의 문을 열었다. 문을 여는 순간 나는 깜짝 놀라고 말았다. 눈을 비비고 다시 보았을 때에도 놀라움을 금할 수 없었다. 내 앞에 머리칼이 온통 헝클어진 채 반쯤 헐벗은 야만인이 서 있었던 것이다. 나는 경악했다.

잠시 후에야 그것이 휴게실 끝의 커다란 거울에 비친 내 모습이라는 걸 알아차릴 수 있었다. 그토록 절망적인 모습이었으니 내가 알아보지 못한 것도 놀랍다고는 할 수 없다. 한때 나는 아이드리스 공주의 남편이 아니었던가. 바다에서 폭풍을 뚫고 간신히 기어나오느라 옷은 넝마가 되어 있었다. 길게 자라 엉겨붙은 머리카락은 봉두난발이 되어 있었고, 짙은 눈동자도 공허한 시선을 내뿜으며 희미하게 빛날 뿐이었다. 얼굴은 황달에라도 걸린 것처럼 누렇게 떴고(절망과 스스로에 대한 무관심의 결과일 것이다), 그나마도 덥수룩하게 자란 수염에 반쯤 가려서 보이지 않았다.

하지만 그런 꼴을 하지 못할 게 무언가, 그렇게 생각했다. 온 세상이 죽음을 맞이하지 않았던가. 그런 상황에서 검은 정장으로 어리석게 겉치레를 하는 것보다, 그런 추잡한 복장이 상복으로 더 어울리는 것 아닌가. 나는 희망 없이 살아나가야 했다. 하지만 누군가가 여전히 어딘가에 존재할지도 모른다는 생각이 내게 속삭였다. 만약 그렇다면, 정말 누군가가 있다면, 내가 두려움과 혐오의 대상이 되어야 하지 않겠냐고 말이다. 어딘지도 모르는 곳에서 내 스스로를 지키기 위해서, 내가 상대방을 믿을 수 있을 때까지 말이다. 혹시 이 글을 읽는 독자들이 나를 경멸하지는 않을는지 모르겠다. 어리석은 생각을 버리고 차림새를 단정히 했어야 한다고 생각하는 건 아닐까? 아니면 반쯤 미친 괴짜라고 생각하고 용서해줄까? 모르겠다. 어쨌든 나는 스스로를 쉽게 용서했다. 비록 희미하고 어렴풋할 지라도, 희망은 내게 소중했다. 흔치 않은 사건이 주는 기쁨이라면 얼마든지 받아들일 준비도 되어 있었다. 그런 기쁨을 위해서라면 소중했던 생각도, 슬픔 앞에서의 다짐도 모두 버릴 수 있었다.

이런 마음가짐으로 나는 포를리의 모든 도로들과 골목들 사이를 누볐다. 그 이탈리아 마을은 영국이나 프랑스보다 더 황량했다. 역병이 다른 곳보다 이른 시기에 퍼졌던 탓이리라. 그곳은 역병이 퍼진 것도, 그 끝을 본 것도 우리보다 빨랐다. 아마도 남부의 칼라브리아 해안에서 북부 알프스에 이르는 모든 길에 지난여름부터 살아있는 사람의 존재는 보이지 않았을 것이다. 수색은 헛된 일이었지만, 나는 실망하지 않았다. 핑계는 얼마든지 댈 수 있다고 생각했다. 게다가 시도는 언제나 결코 어리석은 게 아니라고 생각하기도 했다. 이탈리아의 어딘가에 나와 같은 생존자가 살아있을 게 분명했다. 인적 없는 이 땅에서 나처럼 비참하게 살아있을 게 분명했다. 나는 텅 빈 마을을 배회하며 앞으로의 계획을 세웠다. 나는 로마로 갈 예정이었다. 충분하다고 생각될 때까지 마을을 수색한 후에, 그렇게 해서 내가 지나온 길엔 아무도 없다는 걸 확인한 후에, 나는 사람들의 눈에 띄는 곳마다 흰색 페인트로 글을 남기기로 했다. 혹시 모를 경우를 대비해 세 가지 언어로 쓰는 것이다. '영국의 마지막 생존자 버니가 로마로 가고 있다' 라고 말이다.

이 계획을 실행으로 옮기기 위해 나는 먼저 화방에 들러 페인트를 구했다. 그런 사소한 행동이 위안이 된다는 건, 심지어 사람을 활기 있게 만들어준다는 건 참으로 신기한 일이다. 하지만 슬픔은 동시에 나를 유치하고 절망적이며 기이하게 만들기도 했다. 나는 그 간단한 문구에 간절한 애원을 덧붙였다. '벗이여, 어서

오라! 기다리고 있겠다! 제발 와 달라! 당신을 기다리고 있다!'

누군가가 내 글을 읽고 움직이게 될지도 모른다는 희망을 품고, 나는 다음 날 아침 일찍 포플리를 떠나 로마로 향했다. 물론 그때까지도 나는 지난 기억들을 회고하며 고통스러워하고 있었다. 그리운 추억과 암울한 미래는 잠든 나를 쓰라린 괴로움으로 깨워주기도 했고, 부드럽게 껴안으며 잠들게 하기도 했다. 나는 스스로를 고통으로 밀어넣었던 적이 많았다. 재빨리 나를 괴롭히는 근심을 없애버리는 경우도 많았다. 내 손으로 행하는 죽음이 고통의 치료제가 될 수 있다면, 언제든 원하는 때에 해치울 수 있다는 것이 내게 힘이 되어주었다. 내가 망자들의 세상에서 무엇을 두려워해야 하는가? 그곳이 지옥이라면 불행한 운명을 맞이할 뿐이다. 그저 고통을 인내하며 적응해가면 될 일이다. 자살을 실행에 옮기는 건 쉬울 것이다. 개탄스러운 나의 비극이 결말을 맞게 할 빠르고도 분명한 방법이다. 하지만 그런 생각들은 새로운 기대 앞에 무색해졌다. 나는 나의 길을 갈 것이다. 그 길은, 매 순간 헤아릴 수 없는 고통을 느껴야만 했던 예전과 결코 같을 리 없다.

나는 평원을 따라 걷다가 아펜니노 산맥의 기슭에 섰다. 길은 아펜니노 산맥의 계곡들과 스산한 정상으로 이어지고 있었다. 그 길을 따라가던 나는 마을 한 곳을 지나게 되었다. 한때 영웅들이 밟고 서 있던 그 땅은, 수많은 사람들이 찾아와 죽어간 영웅들을 기리던 곳이었다. 그 영광이 마치 썰물처럼 밀려나가며, 나를 아무것도 없는 안개 속에 홀로 남겨두었다. 하지만 왜 억울해야 하는가? 내가 희망을 버렸던가? 나는 스스로 되뇌었다. 생기를 잃게 되더라도, 내 안에 있는 모든 용기를 끌어모아 혼란과 견디기 힘든 절망이 내게 접근할 수 없도록 하겠다고……. 난파된 이후 나를 사로잡았던 모든 종류의 두려움이 내 모든 기쁨을 사라지게 만들었던 것처럼, 그런 일은 다시 만들지 않겠다고 되뇌고 또 되뇌었다.

나는 매일 아침 해가 뜰 때 일어나, 숙소로 삼았던 주인 없는 집을 떠났다. 인적 없는 마을을 배회할 때면, 생각도 우주 속을 배회했다. 몽상 속으로 빠져들 때에야 나는 덜 비참해질 수 있었다. 몽상에 빠지면 긴 시간을 잊을 수도 있었다. 매일 저녁이 되면 나는 하룻밤을 묵을 곳을 찾았다. 집 안에서 쉬는 법은 결코 없었다. 지치고 피로했지만, 매번 선택한 집의 문가에 앉아 쪽잠을 잘 뿐이었다. 걸쇠를 들어올릴 힘도, 황폐한 내부의 모습을 맞닥뜨릴 여유도 내게는 없었다. 털가시나무 아래에서 밤을 보내는 일도 많았다. 가을이란 계절이 만들어내는 안개가 주위에 가득했지만, 밤을 보내기에 무리는 없었다. 알부투스 베리와 밤으로 끼니를 해결한 적도 많았다. 집시처럼 땅에 불을 피우고 열매를 구워먹곤 했다. 차라리 자연의 거친 풍경이 편했다. 자연 속에서는 나의 외로움도, 절망적인 상황도 도시에서처럼 강렬하게 느껴지지 않았다. 나는 버드나무 가지를 잘라 껍질을 벗겼다. 그리고 지팡이로 만들어 날짜를 새겨 넣었다. 밤과 낮을 구분해서 기록하며, 그렇게 나는 비참한 생활을 영위한 기간이 얼마나 되는지를 세고 있었다.

나는 스폴레토로 향하는 가파른 산을 올랐다. 주위에는 들판이 펼쳐져 있었고, 그 평원을 밤나무 가득한 아펜니노 산맥이 감싸고 있었다. 한쪽으로 수로로 이어지는 깊은 협곡이 뻗어 있었다. 협곡의 끝과 만나는 수로에는 높은 아치형 수문이 설치되어 있었다. 깊은 땅 속부터 올려 세워진 그 수문은 인간의 생각과 노력이 깃들며 한때 문명을 찬란하게 만들어주었던 것이다. 야생의 자연은 그런 인간의 유물마저 훼손시켜버렸다. 자연에게는 손쉬운 변화였을 것이다. 영원할 것만 같던 그 건축물은 잡초와 야생화, 그리고 천국에서나 자랄 것 같은 희귀한 식물들로 뒤덮였다. 해는 서쪽 하늘을 황금빛으로 물들였고, 빛에 따라잡힌 동쪽의 구름들은 잠시나마 사랑스러움을 꽃피웠다. 아름다움은 그렇게 단 한 명의 주민을 데리고 있는 세상 위에 잔뜩 쏟아져 내렸다. 나는 품에서 지팡이를 꺼내 날짜를 세어보았다. 25일이 지나 있었다. 내 귓가에 사람의 목소리가 들린 지도, 인간의 얼굴을 마주본 지도 이미 25일이라는 시간이 지난 것이다. 어둠과 외로움으로 나를 지치게 했던 날들도, 25일이라는 바로 그날들도, 이제 옛 시절과 뒤섞여 과거의 일부가 되어버렸다. 이제 다시 돌아오지 않을 것이다. 현실만이 나의 몫이다. 그 사실은 부인할 수가 없다. 25일이라는 긴, 너무도 긴 시간이 지나갔다.

왜 한 달이 아닌가! 왜 몇 날, 몇 주, 몇 달을 이야기하는지 궁금한가? 나의 미래를 제대로 그려보기 위해서, 나는 몇 년이란 시간을 움켜쥐어야만 했기 때문이다. 3주년, 5주년, 10, 20, 50주년이라는 끔찍한 시대를 확인하기 위해서는 날짜가 필요했기 때문이다. 1년은 열두 달이고, 25일이라는 수는 비교도 되지 않을 만큼

많은 날들로 채워져 있다. 그렇게 몇 년을, 몇십 년을 살아가야 한다니, 그럴 수 있을까? 이제 겨우 25일을 살았을 뿐인데, 이 삶을 계속할 수 있을까? 과연 그럴까? 과거에 우리는 죽음을 두렵게 바라보곤 했다. 이유가 무엇이었던가? 죽음 후의 세상을 알 수 없어서? 하지만 나의 외로운 미래는 죽음보다 더욱 험난하고, 더욱 예상할 수 없었다. 나는 지팡이를 부러뜨리고, 그것을 멀리 던져버렸다. 내 삶의 성장을 한 치도 기록할 필요가 없었다. 정신 사나운 생각들이 섭리를 따르지 않고 자가 분열을 계속하는 한, 내게 날짜는 아무 의미가 없었다. 홀로 지낸 시간들을 되돌아보아도, 그 시간들에 고통스러웠던 과도기라는 이름을 붙여줄 가치를 느낄 수 없었다.

나는 두 손에 얼굴을 파묻었다. 보금자리로 돌아가는 새들이 요란스럽게 지저귀며 저녁의 고요함을 흩트리고 있었다. 귀뚜라미도 시끄럽게 울어댔고, 사이마다 부엉이도 울었다. 나는 죽음에 대해 생각했다. 하지만 세상의 소리는 삶을 말하고 있었다. 나는 눈을 들어 하늘을 바라보았다. 박쥐가 하늘에서 빙글빙글 돌며 원을 그렸다. 들쭉날쭉한 산 너머로 해가 가라앉았고, 해쓱한 은빛 초승달이 노란 석양 속에서 모습을 드러냈다. 달을 따라 밝은 저녁별도 모습을 드러내며 황혼을 유예시켰다. 아래의 계곡을 따라 소떼가 지나갔다. 주인이 안내해주지 않아도, 물 마시는 곳은 잘 찾아가는 모양이었다. 들풀이 산들바람에 바스락거렸고, 달빛으로 그윽해진 올리브나무 숲의 푸른 잎은 밤나무 잎의 짙은 색과 선명하게 대비되었다. 그렇다. 이 모습이 지구다. 세상에는 아무런 변화가 없다. 파멸도 없다. 어떤 것도 신록으로 뒤덮인 세상을 해칠 수 없다. 자연은 인간이 세상에 살지 않아도, 인간이 자연을 꾸며주지 않아도, 밤이고 낮이고 끊임없이 시간의 바퀴를 돌린다. 왜 나는 그 짐승들처럼 망각하지 못할까? 왜 절망과 혼돈의 고통에서 빠져나오지 못할까? 아! 하지만 그들과 나 사이에서 입을 벌리고 있는 엄청난 차이의 구멍을 보라! 그들에게 동료가 없는가? 그들에게 친구가 없는가? 그들에게 소중한 자식이 없는가, 아니면 집이 없는가? 그들이 표현하지 않는다 해도, 그들은 모든 것을 가졌다고 나는 확신한다. 그들의 눈에도 자연이 선사하는 사회가, 소중하고 풍요로운 그들만의 사회가 존재하지 않는가! 홀로인 것은 나뿐이다. 작은 산봉우리에 서서 들판과 능선을 바라보는 나뿐이다. 하늘의 별들도 땅 위에서 들리는 모든 소리에, 그리고 하늘의 소리와 파도소리에 귀를 기울인다. 나만이 벗들에게 내 생각을 전하지 못한다. 지끈거리는 머리를 사랑하는 누군가의 가슴에 파묻을 수도 없고, 이슬을 머금은 눈동자를 마주하며 그 시선을 들이킬 수도 없다. 그 시선은 신들이 들이키는 꿀보다도 훨씬 더 달콤한 것인데 말이다. 그런데도 내가 불평하면 안 된단 말인가? 나와 같은 인간들과, 그의 자식들을 단칼에 베어버린 그 잔혹한 힘에게 저주를 퍼부으면 안 된단 말인가? 내가 이토록 고통받고 있는데, 행복하게 살아가는 다른 자연의 자식들에게 악담을 퍼부으면 안 된단 말인가?

아! 방금 전 내가 했던 한탄은 잊어라! 나는 내 자신의 슬픔을 자제하며, 너희의 기쁨을 함께 나눌 것이다. 너희가 행복하다면 나 역시 행복할 것이다. 순진한 짐승들아, 자연에게 선택받은 사랑스러운 존재들아, 너희는 계속 살아가거라. 나도 너희와 다를 바가 없다. 내게 신경이 있고 뇌와 관절이 있고 살갗이 있으며 펄떡이는 심장이 있다면, 너희도 같은 자연법칙에 따라 만들어진 같은 기관들이 있지 않느냐. 물론 내게는 그것 외에도 다른 것이 존재한다. 하지만 나는 그것을 재능이라 부르는 대신 결함이라 부를 것이다. 그것이 바로 너희들이 행복한 삶을 영위하는 사이 나를 절망으로 이끄니 말이다. 바로 그때, 근처 덤불에서 염소 두 마리와 새끼 한 마리가 나타났다. 새끼는 어미 곁에 꼭 붙어 있었다. 그들은 산봉우리의 조그만 풀밭에서 풀을 뜯기 시작했다. 나는 그들이 나를 알아채지 못하게 조심스러운 걸음으로 그 곁에 다가갔다. 그러고는 풀을 한 움큼 뜯어서 내밀었다. 어미 곁에서 웅크리고 있던 새끼가 겁을 먹고 뒤로 주춤거렸다. 그러자 숫염소가 앞으로 걸어나와 나를 노려보았다. 나는 풀을 든 손을 내리지 않은 채로 조금 더 가까이 다가갔다. 순간 숫염소가 고개를 숙이고 뿔을 세우더니 내게 돌진했다. 나는 어리석었다. 내가 어리석다는 건 익히 알고 있었지만, 그간의 격렬한 분노로 잠시 잊고 있었던 모양이다. 나는 달려오는 염소에게 던지려고 큰 돌 하나를 낚아챘다. 나는 자세를 잡고, 목표물을 겨냥했다. 하지만 도무지 그 녀석에게 돌을 던질 수 없었다. 나는 들고 있던 돌을 다른 방향으로 멀리 던져버렸다. 돌은 덤불에 부딪히며 요란한 소리를 내더니 계곡으로 떨어졌다. 놀란 염소들은 황급히 숲 속으로 달아났다. 나는 산 아래로 내달렸다. 마음이 찢어지는 것 같았고,

찢어져서 피를 철철 쏟는 것 같았다. 체력이 한계에 다다른 상태였지만 나는 절망을 벗어날 수 있는 곳을 찾아 멈추지 않고 달려갔다.

아니, 아니다. 나는 거친 자연 속에서 살지 않을 것이다. 자연은 모든 생명의 적이다. 나는 마을을 찾을 것이다. 로마, 전세계의 중심, 인간이 이룬 놀라운 성취를 보여주기에 가장 좋은 도시, 나는 그곳으로 갈 것이다. 이야기가 깃든 거리와 신성한 유적지, 인간이 노력이 남긴 어마어마한 결실들……. 그곳에서 나는 야생에서와 달리 인간에 관한 것을 기억하며 살 수 있을 것이다. 야생의 자연은 인간의 기억을 짓밟고, 인간의 성과를 훼손하지 않았던가. 봉우리마다, 계곡마다, 자연의 만행이 드러나지 않았던가. 인간이 만들어놓은 경계를 무너뜨려 급류를 풀어주고, 인간의 규칙에서 벗어나 채소들을 자유롭게 하지 않았던가. 인류가 힘을 잃고 영원한 죽음을 맞이하게 함으로써 그 시신에 곰팡이와 잡초가 자라게 하지 않았던가.

티베르 강을 마주하자 나는 환호를 질렀다. 그곳은 빼앗기지 않을 인류의 것이기 때문이었다. 넓은 로마 평원을 보고도 나는 환호를 질렀다. 그 평원 모든 곳에 사람의 발길이 닿았을 것이기 때문이었다. 비록 최근에 사람의 손길이 닿지 않아 잡초가 무성하긴 했지만, 로마 평원이라는 이름을 가진 것만으로도 그곳은 인간의 힘을 명백히 보여주고 있는 것이라 생각했다. 그 영예로운 이름을 얻지 않았다면, 그 신성한 호칭을 얻지 못했다면, 그곳은 그저 아무 가치 없는 황무지였을 것이다. 나는 포폴로 문을 통해 불멸의 도시 로마로 들어섰다. 그리고 유서 깊은 그곳에 경의를 표했다. 나는 광장을 지났고, 근처 교회들을 지나쳤으며, '큰 거리' 라는 뜻의 꼬르소를 따라 걸었다. 근처에 있는 언덕을 따라 올라가 이야기 속에나 나올 것 같은 삼위일체 성당의 모습도 보았다. 그 모든 곳은 고요하고 평화로웠으며, 너무도 아름다웠다. 짐승들이 사람들의 거처였던 곳에 보금자리를 튼 것은 로마라는 거대한 도시도 마찬가지였다. 저녁이 되자 수많은 동물들은 모두가 제 보금자리로 돌아갔다. 아무런 소리도 들리지 않았다. 오직 분수에서 샘솟는 물소리만이 단조롭게 이어지며 내 영혼과 조화를 이루었을 뿐이다. 로마에 있다는 사실은 내게 위안을 주었다. 그 경이로운 도시는 그곳의 영웅들과 철학자들로 유명했다. 하지만 그 도시가 인간에게 상상력을 선사했다는 점이, 그 도시를 유명하게 만든 더 큰 이유일 것이다. 나도 휴식을 취하기로 했다. 영원할 것처럼 타들어가는 마음속 불꽃이 꺼졌고, 나는 평화롭게 잠들었다.

다음 날 아침이 되자 한시라도 빨리 도시를 돌아보고 싶은 마음에 발이 근질거렸다. 콜론나 궁전에서 하룻밤을 묵은 나는 궁의 정원에 있는 여러 테라스를 먼저 둘러보았다. 그리고 다시 내려와 몬테 카발로 분수 앞에 섰다. 분수에서 솟아나는 물줄기가 햇빛에 반짝거렸다. 그 곁으로 오벨리스크가 짙푸른 하늘을 찌를 듯 솟아 있었다. 오벨리스크의 양 옆으로는 쌍둥이좌의 주인인 카스토르와 폴룩스가 기르던 짐승들을 곁에 두고 있는 조각상이 세워져 있었다. 그 아래에는 그리스의 조각가 페이디아스와 프락

시텔레스의 이름이 새겨져 있었다. 오랜 세월이 흘렀지만 그 장엄함은 조금도 줄어들지 않았다. 그 유명한 조각가들이 실제로 직접 공들여 조각한 것이라면, 그들의 놀라운 작품은 수많은 세대들을 거치면서도 창조주보다 오래 살아남은 것이 아닌가! 두 조각가는 작품을 감상하는 마지막 관중에 의해 그들 자체로 신이 되었다. 그 반신반인의 조각상들이 앞으로도 수많은 생명들보다 오래 살아남을 것이라 생각하자, 내 육신의 하찮음에 몸이 움츠러들었다. 하지만 이내 미래에 대한 생각이 내게 다시금 자존감을 불어넣어주었다. 앞으로도 영원히 전해질 그 조각상들의 우아한 모습은, 나의 괴로움을 덜어주고 나로 하여금 아름다운 상상을 하게 했다.

나는 되뇌었다. 나는 로마에 있다! 나는 수없이 많은 사람들이 죽어가는 동안에도, 위풍당당하게 살아남은 불후의 도시를 바라보았다. 소위 세상의 경이로움이라고 불리는, 인간의 상상을 다스리는 여군주라고도 불리는 그 도시를 바라보았다. 그리고 마음을 헤집는 슬픔을 진정시키려 노력했다. 어린 시절부터 열렬히 고대해왔던 풍경이 아닌가. 로마의 모든 곳에는 고대의 흔적이 가득했다. 수많은 이야기를 담은 거리들은 잘린 기둥들과 무너진 도시 사이로 펼쳐져 있었다. 코린트 식, 또는 이오니아 식 유적들에서는 화강암과 반암의 조각들이 햇빛에 반짝였다. 하층민들이 살던 동네조차 세로로 홈이 새겨진 기둥이나 육중한 바위들로 둘러싸여 있었다. 한때 시저가 머물던 궁의 흔적이었다. 말 못하는 건물들에서 죽은 시대의 목소리가 흘러나왔다. 한때 인간이었던 자들의 그 숨결은 여전히 공명하며 영광스럽게 빛났다.

나는 제우스 신전의 기둥을 부둥켜안았다. 광장에 살아남아 있던 그 기둥에 뜨거운 뺨을 가져다 대자, 차가운 기둥에서 그 속에 담긴 단단함이 전해졌다. 나는 오래전 기억들을 떠올리며 현재의 절망과 황폐한 감정들을 떨쳐내려 했다. 옛 기억들은 여전히 생생했다. 성직자 카밀루스와 정치가 그라쿠스 형제, 철학자 카토와 역사가 타키투스가 가르쳐준 영웅들⋯⋯. 고대 왕국의 흐린 밤하늘을 가로지르던 눈부신 유성, 그 유성과도 같았던 사람들이 떠오르자 나는 기쁨에 젖어들었다. 시인 호라티우스와 베르길리우스의 시구와, 철학자 키케로의 찬란한 시대가 마음속으로 와르르 쏟아지자, 나는 잊고 지냈던 열정마저 되찾을 수 있었다. 숭배했던 이들이 바라보았던 장면을 나 또한 바라보고 있다는 걸 깨닫자, 나는 흥분을 감출 수가 없었다. 내 눈앞에는 엄청난 광경이 펼쳐졌다. 그 영웅들의 아내들이, 어머니들이, 이름 모를 군중들이 그들에게 박수갈채와 환호를 보내고 있었다. 진정한 인류의 표본을 마주한 사람들은 감격에 젖어 흐느꼈다. 그런 환상을 보고서야 나는 위안을 찾았다. 역사가 깃든 로마를 찾은 것이 헛된 일이 아니었음을 깨달았기 때문이다. 내 상처를 치료해줄 약은 바로 로마였다.

나는 거대한 기둥들 아래에 자리를 잡고 앉았다. 내 오른편에는 폐허처럼 푸른 잡초로 뒤덮인 콜로세움이 햇볕을 쬐고 있었다. 왼편으로 멀지 않은 곳에 밀리치에 탑이 보였다. 내 주위에는 개선문과 신전들의 무너진 담 조각들이 어지러이 펼쳐져 있었다.

나는 그곳에 고대 로마의 평민들과 귀족들이 붐비는 모습을 상상하려 애썼다. 이내 억눌려 있던 상상이 현실에 겹쳐지며, 현대의 로마를 대신하게 되었다. 교황의 모습이 보였다. 어깨에 하얀 스톨을 두른 교황이 무릎 꿇은 신자들에게 축복을 내려주고 있었다. 두건을 쓴 수사들도, 베일을 쓴 짙은 눈동자의 소녀도 보였다. 새까맣게 햇빛에 그을린 농부가 물소와 황소 떼를 몰고 요란스럽게 캄포 바치노로 향하는 모습도 보였다. 암소의 벌판이라는 뜻의 캄포 바치노에서 방목되고 있을 가축들의 모습도 눈에 들어왔다. 우리는 무지갯빛 하늘과 천국 같은 자연에 연필을 적시며, 그 낭만적인 풍경에 젖어 아무런 이유 없이 이탈리아 사람들에게 고대 그리스와 로마의 장엄함을 기대하곤 하지 않았던가. 어린 시절 검은 수도승에 대해 들었던 것이 떠올랐다. 이탈리아 사람 특유의 몸놀림으로 물 흐르듯 걸어가는 수도승에 대한 묘사에, 어렸던 내가 얼마나 흥분했던지……. 이탈리아에서 가장 유명한 여인 코린나도 떠올랐다. 그녀의 대관식도, 영웅의 탈을 벗고 작가로 죽어간 그녀의 운명도 기억하고 있다. 사람들의 마음을 다스렸던 로마의 여신 코린나의 이야기는 여전히 가슴 한편에 존재한다. 그러나 그런 이야기를 품은 것도, 눈앞에 펼쳐진 놀라운 과거를 바라보는 것도 오직 나 한 사람뿐이다.

한참 동안 그런 생각에 잠겨 있다, 쉴 새 없는 생각의 도피에 심신이 피로해지기 시작했다. 빙글빙글 돌아가던 주위의 풍경들은 갑자기 현실이라는 심연 속으로 추락해버렸다. 현실 인식이라는 심연으로, 수십 배 더 큰 슬픔의 심연으로 추락해버렸다. 나는 몸을 일으키며 환상을 떨쳐냈다. 금방 전까지 들리던 로마 군중들의 함성 소리가, 인파 속에서 밀려다니던 감촉이, 모두 한순간에 사라져버렸다. 내 눈앞에 펼쳐진 것은 푸른 하늘 아래에 잠들어 있는 황량한 로마뿐이었다. 땅 위로 그림자가 평화롭게 내려앉았다. 양들은 팔라틴 언덕 위에서 풀을 뜯었고, 물소들은 의사당으로 이어지는 신성대로를 활개치고 다녔다. 나는 광장에 홀로 서 있었다. 로마에 홀로, 이 세상에 홀로 서 있었다. 단 한 사람이라도 더 있다면, 단 하나의 벗이라도 있다면 내 지친 고독을 달래줄 텐데……. 그런 이가 단 하나라도 살아있다면, 유서 깊은 이 도시의 힘보다, 이 도시의 영광보다 더욱 값지지 않을까? 암흑 속에 사는 키메르족들이 슬픔을 키워낸다고 했던가? 그보다 더 큰 슬픔과 서러움이, 육신이란 상복을 입고 있던 내 영혼을 훔쳐가버렸다. 내가 만들어낸 상상은 인류의 죽음을 더욱 선명하게 만들 뿐이었다. 거대한 사회조직이 가장 아래를 받치는 피라미드의 정점에, 그 아찔한 곳에 내가 서 있었다. 그리고 나는 텅 빈 주위를 둘러보는 것이다.

나는 헛된 비탄에서 고개를 돌려 나 자신을 돌아보았다. 그때까지 나는 또 다른 생존자를 찾겠다는 나의 유일한 바람을 이루지 못하고 있었다. 하지만 나는 절망하지 않았다. 내가 페인트로 글귀를 남겨놓은 곳은 기껏해야 보잘것없는 조그만 마을들이었다. 게다가 그런 글귀가 없다 하더라도, 나처럼 홀로 남겨진 이가 있다면 로마로 찾아올 가능성은 분명히 있었다. 믿음이 줄어들수록 나는 더 큰 기대를 그 위에 쌓았다. 또한 가능성이 희박한 그 생각에 적극적인 행동으로 부응하려 더 큰 노력을 쏟았다.

그렇기에 한동안 나는 로마에 머무르며, 이곳에 적응해야 했다. 또한 내 절망을 마주해야 할 필요도 있었다. 마주하지 않고서 어떻게 절망을 굴복시킬 수 있겠는가. 나는 삶을 견뎌냈지만, 삶의 규칙에 저항하는 것은 멈추지 않았다.

어떻게 나 스스로를 내려놓았는지 궁금한가? 사랑이나 교감 없이, 누구와도 소통하지 못하면서, 어떻게 아침 해를 마주하고 땅거미가 질 때까지의 시간을 반복할 수 있었는지 궁금한가? 왜 사는 건지, 왜 시간이란 무거운 짐을 내 손으로 던져버리지 못했는지 궁금한가? 마음속에 감금되어 펄떡이는 고통은 내가 죽으면 끝날 터인데, 왜 직접 풀어주지 않았는지 궁금한가? 나는 겁이 났던 것이 아니다. 그보다는 견뎌낼 용기가 있었던 것이다. 죽음은 위로의 목소리로 나를 유혹했다. 내가 자신의 땅에 들어서도록 유인하려 했다. 하지만 나는 유혹에 넘어가지 않았다. 운명에 대해 논하기 시작한 이후부터 나는 운명을 따랐다. 또한 눈으로 볼 수 없는 신이 우리에게 건넨 명백한 규칙에 따라 나는 신의 종으로 살았다. 그런 나의 충직함이 합리적인 근거에 따른 결과라고 이제껏 나는 믿고 살았다. 나의 복종은 순수한 감정에서 우러나온 것이라 믿었다. 그랬기에 내 안에 숨겨져 있던 우수함과 고결함을 찾았을 때에도 나는 크게 기뻐할 수 있었다. 이 공허한 세상에서, 수많은 계절과 자연의 변화 속에서, 나는 이 세상을 바라보지 못하는 눈 먼 초월적 존재의 손길을 볼 수 있었다. 그의 뜻이라면 나는 얼마든지 머리를 땅에 파묻고 사랑스러운 대지의 품에서 영원히 잠들 수 있었다. 하지만 역병이 나를 먹잇감으로 붙들었을 때, 운명은 내게 삶을 부여했다. 운명은 숨 막히는 파도 속에서 내 머리채를 붙들고 해안으로 끌어다놓았다. 운명은 내게 그런 기적을 선사했다. 나는 운명의 힘을 수긍하고, 운명이 정해놓은 법칙에 머리를 조아렸다. 나의 정신이 조금 더 성숙했다면, 모든 것이 나의 의지라는 것을 인정했을지도 모르겠다. 그랬다면 나는 삶을 종결짓고, 내 능력을 키우는 일이나 삶을 푸념으로 더럽히는 일을 멈췄을지 모른다. 하지만 내 가슴에는 가시 돋친 창이 박혀 있고 그 창을 뽑아줄 이가 아무도 없는데, 어떻게 푸념을 멈출 수 있단 말인가? 손을 뻗어보아도 나의 부름에 답해주는 손길을 느낄 수 없는데 말이다. 외로움이라는 벽이 내 사방과 머리 위를 틀어막았다. 외로움에게 내 자신을 넘겨줄 수 있다면, 잠들지 않는 내 근심들을 잊을 수 있을지도 모르겠다. 몇 달간이라도 로마에 머물겠다고 결심하고, 나는 숙소를 고르기 시작했다. 콜론나 궁전은 나의 생각과 목적에 적합했다. 장엄한 건물의 분위기와 보물 같은 그림들, 그리고 휘황찬란한 연회장들은 나를 위로해주었을 뿐만 아니라 유쾌한 기분마저 느끼게 해주었다.

로마의 곡물 저장고도 찾았다. 그 안은 곡식으로 가득 차 있었고, 특히 인도 쌀이 많았다. 인도 쌀로는 빵을 만들기가 어려워 옛날 같으면 그것을 먹을 일이 별로 없었을 것이다. 하지만 지금의 나는 그 쌀을 주식으로 이용했다. 나는 어린 시절의 고역과 무법 생활로도 복귀해야 했다. 에이드리언을 만난 이후 솔직히 나는 호화스럽게 살았다. 아니, 호화스러울 것까지는 없지만 적어도 문명의 이기는 마음껏 누렸다고 해야겠다. 그러나 그 이전까지 나는 '옛 로마에서 발견된 늑대 새끼 또는 상스러운 야만인같이' 살아왔다. 이제 나는 진짜 로마에 있었다. 밀렵과 양치기 경험에서 얻은 건 홀로 남은 내게 큰 도움이 될 수 있었다. 아침에는 로마 평원으로 말을 타고 나가 사냥을 했다. 낮에는 회랑을 돌며 시간을 보내곤 했다. 조각상들을 응시하며 나는 몽상에 빠지기도 했다. 자애로운 성모 마리아와 아름다운 정령들의 모습 앞에서는 특히 더했다. 바티칸 궁전에도 나는 매혹되었다. 그곳을 둘러싼 대리석 조각상들은 하나같이 신성하고 아름다웠다. 모든 조각들이 신을 맞이하는 반가움과 사랑의 결실을 담고 있었다. 조각상들은 현재에 안주하는 나를 이해할 수 없다는 듯 바라보곤 했다. 그럴 때면 나의 처지는 다르다고 그들을 거칠게 비난하기도 했다. 그 조각상들이 사람의 모습이었기에, 그리고 나와 같은 모습임에도 마디 하나하나에서 신의 존재를 느낄 수 있었기에, 나는 흥분을 감추지 못했던 것일지도 모르겠다. 완벽한 그 형체는 마치 살아 있는 것 같았다. 반쯤은 냉소적인 태도로, 반쯤은 망상에 빠져서 나는 조각상의 차가운 손을 잡고, 큐피드와 프시케의 입술에 입 맞추기도 했다. 아무것도 모르는 그 대리석 조각에 말이다.

글도 읽으려 노력했다. 나는 로마의 도서관을 찾아 큰 책을 하나 골라 그늘진 아늑한 곳에 자리를 잡았다. 티베르 강둑에 자리를 잡을 때도 있었고, 보르게제 저택의 정원에 있는 사당 맞은편에 자리를 잡기도 했으며, 세스티우스의 피라미드 아래에 앉기도 했다. 내 자신에게 스스로를 숨길 수 있을 만한 곳이라면 어디든 좋았다. 내 앞에 놓인 책장에 몰두할 수 있는 곳이라면 어디든 좋았다. 독자들이여. 그대들이 허브나 야채를 심고 기르는 것과 비슷하다. 식물에겐 적절한 흙과 수분, 공기가 필요하다. 또한 식물의 종류에 따라 필요로 하는 손길도 다르다. 나의 슬픔도 마찬가지였다. 마치 신이 내려주신 양식처럼 슬픔의 존재와 슬픔의 성장은 눈부신 생각들을 키워내고 있었다. 아! 내가 이 종이에 나의 이야기들을 적어 내려가는 동안, 내 인생의 죽음들을 그려내는 동안, 나의 손은 떨려왔고 숨도 가빠왔다. 머리는 어떠한 표현도, 문구나 생각도 끄집어내려 하지 않았다. 벌거벗은 현실을 덮어주고 있는 근심들은 이루 말로 표현할 수 없는 것이었기 때문이다. 아! 두근대는 나의 심장아. 지칠 대로 지친 나의 심장. 내가 너를 낱낱이 파헤쳐, 가라앉지 않는 절망과 지독한 슬픔, 푸념과 체념이 어떻게 존재하는지 설명해도 되는 것이냐? 나의 광기 어린 행동들을 기록해도 괜찮은 것이냐? 자연에게 악담을 퍼부었던 것이나, 어떻게 빛과 음식 없이 지낼 수 있었는지에 관한 것, 내 가슴 속에 불타고 있는 지옥에 관한 것을 적어 내려가도 상관없는 것이냐?

내가 우울한 생각들을 자제하려 노력하는 사이에도 한 생각만은 교묘히 내 감시를 빠져나가 과거로 돌아가곤 했다. 수많은 폐허를 지나 꽃이 만발한 숲 속으로, 산 속 아늑한 보금자리로, 이미 처음에 언급했던 내 어린 시절로 돌아가는 것이다.

로마의 곳곳을 산책하는 동안, 나는 한 작가의 탁자 위에서 원고 한 뭉치를 발견했다. 원고의 일부는 제멋대로 휘갈겨져 있었다. 찬찬히 훑어보자 그것이 이탈리어로 된 논문이라는 걸 알 수 있었다. 한 페이지에는 후세에 바치는 미완성 헌정사가 있었다. 자신의 노력을 영원히 남기기 위해 단어 하나하나를 고심하며 선택한 흔적이 역력했다.

나 또한 글을 쓸 생각이었다. 나는 소리쳤다. 누구를 보여주기 위해 쓴단 말인가? 누구에게 바치기 위해 쓴단 말인가? 그러다 나는 어리석은 수식어(절망적이라 해도 좋을 만큼 변덕스럽고 유치한 문구인 걸 인정한다)를 곁들여 첫 문장을 완성했다.

헌정사

죽어간 영웅들에게 바친다.
그림자여, 일어나 그대들의 몰락을 읽으라!
그리고 바라보라.
최후의 인간이 써내려가는 역사를.

하지만 앞으로 이 땅에 진정 사람이 존재하지 않을까? 내가 모르는, 안다 해도 갈 수 없는 어느 호젓한 곳에서 한 쌍의 연인들이 아이를 낳게 되진 않을까? 역병이 창궐하기 전(前)세대의 사람들이 남긴 이 엄청난 유적을 보기 위해, 예전 인류의 경이로운 성과를 찾고 배우기 위해, 그리고 무한한 상상력과 신에 가까운 힘을 가졌던 사람들의 흔적을 찾기 위해, 남겨진 사람들이 보금자리를 떠나 미지의 도시로 오게 되진 않을까?

나는 이 글을 가장 오래된 도시인 로마에 남겨둘 것이다. 세상의 죽음을 기리는 비석으로서 이 기록을 여기 남겨둘 것이다. 최후의 인간, 버니가 존재했다는 기록을 남길 것이다. 처음에 나는 역병과 죽음, 그리고 폐허에 대해서만 쓰려고 했다. 하지만 옛 시절에 대한 애착과 내 벗들의 경이로운 미덕들을 기록하고자 하는 마음이 커져갔고, 결국 지금처럼 기록하게 되었다. 그들은 내가 이 글을 완성할 때까지 나와 함께해주었다. 이제 나는 결말을 향해 간다. 나는 종이에서 눈을 떼고 고개를 들어올린다. 현실을 마주하면 그들은 사라진다. 다시금 나는 혼자라는 걸 느낀다.

그렇게 지낸 지 이제 1년이 지났다. 계절은 평소처럼 바뀌어가고, 이 불멸의 도시를 빼어나게 아름다운 옷으로 갈아입힌다. 1년이 지났다. 나는 이제 더 이상 내 상황이나, 나의 앞날을 가늠할 수가 없다. 외로움은 가족이며, 슬픔은 떼어 낼 수 없는 친구이다. 나는 폭풍에 당당히 맞서보려 노력했다. 스스로에게 용기를 가르치려 노력했다. 내 자신이 지혜를 가질 수 있도록 노력했다. 하지만 그럴 일은 없을 것이다. 내 머리칼은 거의 회색이 되어가고 있다. 평소 쓸 일이 없는 내 자신의 목소리는 이제 낯설게만 들린다. 나는 분명 인간의 형체를 하고, 인간들에게 주어진 힘을 가졌다. 하지만 내게 나란 존재는 그저 자연의 기괴한 혹처럼 보일 뿐이다. 지금 이 순간까지 나라는 인간에게 주어진 비애를 표현할 수 있는 언어는 알려지지 않았다! 나 스스로도 이해할 수 없는 고통을 설명하는 표현도 주어지지 않았다! 지난 1년간 로마에 들어온 이는 아무도 없었다. 앞으로도 없을 것이다. 나는 오래도록 키워온 망상 앞에서 씁쓸한 미소를 지었다. 하지만 나는 얼마든지 더한 망상을 키워낼 수 있다. 지금 내가 매달리는 믿음처럼 기만적이고 거짓된 망상들로 언제든 교체할 수 있다.

겨울이 다시 찾아왔다. 로마의 정원에는 떨어진 나뭇잎들이 수북이 쌓였다. 차가운 공기가 로마 평원을 채웠고, 평원에 살던 짐승들을 황폐한 도시의 보금자리로 몰아냈다. 물이 솟구치던 분수에도 서리가 내렸고, 트레비 분수는 불멸의 음악을 멈추고 고요함에 빠져들었다. 나는 별을 보며 대강 날짜를 세어보았다. 그리고 새해의 첫날임을 확인했다. 낡아빠진 옛 시절의 이야기지만, 한때 교황은 근엄한 의식으로서 야누스의 신전 입구에 못을 박아 새해를 알리곤 했다. 나는 그날 성 피터 성당에 올라, 가장 높은 돌에 서기 2100년이라는 글자를 새겨넣었다. 이 세계의 마지막 해다!

유일한 나의 친구로 털이 텁수룩한 개 한 마리가 있었다. 평원에서 양을 몰던 녀석으로, 물새 사냥용이자 양치기 개로 쓰였던 모양이었다. 주인이 죽었는데도 녀석은 주인이 돌아오기만을 기다리며 평소 하던 일을 충실히 해내고 있었다. 양 한 마리가 무리에서 빠져나가면 급히 달려가 양이 길을 찾게 만들었고, 다른 짐승들로부터 양떼를 지키는 일도 게을리 하지 않았다. 평원에서 말을 타는 도중에 나는 평소처럼 양을 몰던 녀석을 발견했다. 녀석은 이제 쓸모가 없는데도 사람에게 배웠던 행동을 여전히 잊지 않고 있었다. 나는 그 녀석의 행동을 가만히 지켜보았다. 일에 몰두해 있던 녀석은 한참 후에 나를 발견했다. 그러더니 몹시도 기뻐하는 모습으로 내게 쏜살같이 달려왔다. 말을 타고 있던 내 무릎까지 뛰어오르기도 했고, 신이 나서 주위를 빙글빙글 돌기도 했다. 짧은 꼬리를 정신없이 흔들며 반갑다고 짖어대는 모습을 보니, 녀석은 어지간히도 즐거운 것 같았다. 녀석은 양떼를 버리고 나를 따라왔다. 그리고 그날 이후 녀석은 잠시도 내 곁을 떠나지 않았다. 내가 쓰다듬어주거나 말을 걸어줄 때면, 녀석은 활기가 넘치는 모습으로 고마움을 표현했다. 우리는 새해 첫날 성 피터 성당으로 갔다. 넓은 성당 통로와 예배당 안에 녀석과 나의 발소리만이 울려퍼졌다. 우리는 수많은 계단을 함께 올라갔다. 그리고 계단 끝에서 계획했던 대로 마지막 해의 날짜를 새겨넣었다. 그런 다음 나는 떠나기로 마음먹은 도시를, 로마의 전경을 바라보았다. 로마를 떠나야겠다는 생각은 오래전부터 하고 있었다. 다만 이제야 이 훌륭한 집을 떠난 후의 앞날에 대한 구체적인 계획을 세우게 되었을 뿐이다.

고독은 방랑자에게 본능과도 같다. 나는 이제 방랑자가 되려한다. 장소가 바뀌면 뭔가 나아질 것이라는 기대가 나를 부추긴다. 적어도 내 삶의 무게를 덜 수는 있을 것이다. 이 시기에 로마에 있었던 것은 사실 어리석은 행동이었다. 로마는 치명적이라는 말라리아가 쉬이 발병하기로 유명한 곳이기 때문이다. 게다가 넓은 세상을 여행하다 보면, 어딘가에서 생존자를 발견할 수 있을지도 모른다. 나는 해안가의 도시가 생존자들이 도피처로 삼기에 적절하다고 생각했다. 만약 생존자들이 홀로 남겨졌다면, 그들도 희망마저 사라져버린 곳에 가만히 정착하고 있지는 않을 것이다.

그들도 나처럼 고독을 달래줄 누군가를 찾아 여행을 떠날 것이다. 거대한 바다라는 장벽이 그들을 멈춰 세우기 전까지 말이다.

바다로 갈 것이다. 그곳은 내 비애의 원인이었지만, 어쩌면 이제는 치료약이 될 수 있을지도 모른다. 나는 바다로 떠날 것이다. 이탈리아여, 작별이구나! 세상의 보석, 로마여. 오랫동안 나의 고독한 도피처가 되어준 도시여. 이제 너에게도 작별을 고하노라! 문명의 삶이여, 안락한 보금자리와 단조로운 날들이여, 이제 모두 작별이다! 나는 이제 위험을 껴안을 것이다. 위험을 친구처럼 반가이 맞이할 것이다. 죽음은 끊임없이 내 길을 가로막겠지만, 나는 죽음조차 친절한 후견인으로 대해줄 것이다. 고역과 궂은 날씨, 위험한 폭풍도 나의 신실한 벗이 되어줄 것이다. 폭풍우여, 나를 맞이하거라! 파괴의 힘이여, 두 팔 벌려 나를 영원히 붙들거라! 자비로운 힘이 내게 또 다른 종말을 명하지 않는다면, 오랜 인고 끝에 보상을 얻게 될지도 모르는 일이다. 그렇게만 된다면 나와 같은 존재를 만나 그의 가슴이 만들어내는 맥박을 느낄 수 있을 것이다.

대륙 위를 구불구불 흘러가는 티베르 강이 내 앞에 놓여 있다. 그 강의 둑에 여러 척의 배들이 묶여 있다. 나는 그 중 하나에 책 몇 권과 식료품, 약간의 물건들을 실을 것이다. 그리고 나의 개와 함께 배를 타고 강을 따라 바다로 흘러갈 것이다. 그리고 육지와 간격을 유지한 채로 아름다운 해안선을 따라 항해할 것이다. 푸른 지중해와 나폴리를 지날 것이고, 칼라브리아를 따라 시실리 섬 앞바다의 위험도 감수해볼 것이다. 스킬라와 카리브디스 소용

돌이를 지나면, 두려움 없이(내가 잃을 것이 무엇이 있겠는가?) 수면을 스쳐 몰타 섬과 먼 키클라데스 제도를 향해 나아갈 것이다. 콘스탄티노플은 피해 갈 생각이다. 익숙한 그곳의 앞바다와 그 도시의 탑들은 지금의 내게 별 도움이 되지 않을 것이기 때문이다. 그렇게 해안을 따라 나는 소아시아로, 시리아로 나아갈 것이다. 그리고 일곱 개의 입을 가졌다는 나일 강을 지나, 카르타고와 황량한 리비의 풍경을 잊을 수 있을 때까지 다시 북쪽으로 키를 돌릴 것이다. 그렇게 하면 나는 헤라클레스 기념비에 도착하게 될 것이다. 그 다음엔, 어디라도 상관없다. 이 긴 여정이 끝나기 전에 진흙 동굴이나 한없이 깊은 바다가 내 안식처가 될지도 모르는 일이다. 어쩌면 홀로 지중해를 떠다니는 사이 질병의 화살이 내 심장을 꿰뚫을지도 모른다. 또는, 어딘가에서 내가 찾던 존재를 마주하게 될 수도 있겠다. 물론 그리 되지 않을 수도 있다. 끝없는 시간 동안 홀로 늙어가며, 머리가 희끗해진 채로 계속해서 돛을 펴고 키를 잡을지도 모른다. 젊음은 사랑했던 이들과 함께 묻어두고 말이다. 그렇게 하늘의 바람에 순응하며, 영원히 이곳저곳을 떠다니고, 매번 다른 항구에 닻을 내리며 척박한 바다를 쟁기질하게 될 수도 있다. 그러다 보면 어느새 나는 태어났던 유럽 땅을 등지고 떠나, 아프리카의 황갈색 해안에 닿을지도 모른다. 그리고 남아프리카의 뜨거운 날씨 속에서 어느 작은 항구에 낡아빠진 배를 대고, 먼 인도양의 섬에서 풍겨오는 향내를 들이마시며 그늘에 앉아 휴식을 취할지도 모른다.

이것은 터무니없는 꿈이다. 하지만 일주일 전, 성 피터 성당에 섰을 때부터 이 생각들이 내 머릿속을 지배하고 있다. 나는 이미 배를 골라 약간의 짐을 실어놓았다. 책도 몇 권 골랐다. 주로 호머와 셰익스피어의 것들이다. 어차피 세상의 모든 도서관들이 활짝 열려 있다. 책이라면 어느 항구에든 멈춰 서 원하는 대로 바꿔버리면 그만이다. 이 외의 더 나은 변화를 나는 기대할 수가 없다. 단조로운 현재는 견디기가 힘들다. 나를 이끄는 것은 희망도, 기쁨도 아니다. 뒤척이는 절망과 타는 듯한 변화에의 갈망이 나를 인도할 뿐이다. 소중한 사람들을 잃은 뒤부터 나는 줄곧 위험과 두려움에 맞서는 상황을 고대해왔다. 하지만 마쳐야 할 일이 있었기에 지루한 시간을 견뎌야 했다. 이 글은 내가 반드시 해내야 하는 숙제였다. 그저 내가 원했을 뿐이건, 또는 하찮은 일이었건 상관 없이, 이 글을 쓴다는 것 자체가 내게는 중요했다. 이따금 심란한 마음에 포기하고 싶을 때도 있었다. 하지만 마무리를 지어야 한다는 생각으로, 억지로라도 양을 정해놓고 글을 써내려가곤 했다. 이제 글을 끝맺고 나면 나는 다양한 풍경 속으로 뛰어들 수 있다. 무지개 속에서 길조를 읽을 것이고, 구름 속에서 위협을 읽을 것이다. 자연이 보여주는 지표들은 내게 크나큰 의미가 될 테니 말이다. 이렇게 나는 텅 빈 세상으로 나아간다. 주위를 둘러보아도 황량한 해안선밖에 찾지 못할 곳이다. 그러는 사이에도 높이 뜬 태양은 나를 바라보고 있을 것이다. 차고 기우는 달도, 천사들과 죽은 자들의 영혼도, 나를 지켜봐줄 것이다. 전능하신 신도 내게서 시선을 거두지 않을 것이다. 최후의 인간, 버니를 실은 작은 배를……

뒤척이는 절망과 타는 듯한 변화에의 갈망, 그 속에 남겨진 '최후의 인간'

어쩌면 메리 셸리는 실제로 시빌라 동굴에서 예언의 잎사귀를 발견했던 것인지 모른다. 그녀의 작품은 기이하고도 신비하며, 한편으로 여리고 섬세하다. 지금으로부터 수백 년 전에 어떻게 당시 여성의 지위로 이토록 담대한 상상력을 촘촘히 엮어낼 수 있었는지 놀라울 따름이다. 인간이 출산이 아닌 방법으로 생명을 탄생시킨다는 내용을 통해 인간 윤리에 직구를 던졌던 것(『프랑켄슈타인』)으로 모자라, 그녀는 인류 종말(『최후의 인간』)이라는 거대한 서사를 통해 사회 구조와 개인의 몰락을 다루며 개인과 사회, 그리고 자연의 첨예한 대립과 화합을 논한다.

메리 셸리는 과학소설(SF)의 선구자로, 고전 장르문학에서는 드문 여류작가다. 사회사상가 윌리엄 고드윈과 최초의 여권운동가 메리 울스턴크래프트의 사이에서 태어난 메리 셸리는, 서정시인으로 유명한 퍼시 셸리의 부인이기도 하고, 낭만파 시인으로 유명한 바이런과 돈독한 친분을 유지하는 사이기도 했다. 이런 독특한 이력과 『프랑켄슈타인』이라는 유명한 작품에도 불구하고, 아직까지 그녀의 다른 작품이 우리나라에 제대로 소개되지 않았다는 것은 유감스러운 일이 아닐 수 없다. 늦게나마 아고라 출판사의 기획으로 그녀의 작품을 한국에 소개할 수 있게 되어 기쁘고, 영광스러운 기분이다.

Ⅰ. 양성적 매력을 겸비한 작가

메리 셸리의 어머니 메리 울스턴크래프트는 최초의 여권운동가로, 여성이 남성의 소유물로만 인식되던 시기에 여성의 평등권을 주장한 사람이다. 또한 그런 여인을 부인으로 맞았던 윌리엄 고드윈 역시 당시로서는 신지식인이라고 불릴 만한 사상가였다. 그런 부모를 뒀던 덕분인지, 메리 셸리는 여성임에도 사회와 정치를 논하는 데에 거리낌이 없었다. 그녀의 작품 『최후의 인간』에는 군주제 대신 공화제가 등장하고, 파벌과 계급, 전쟁과 내분, 영웅과 소시민이 모두 함께 다뤄진다. 그러면서도 그녀는 개인의 감정선을 따라가는 섬세한 면을 놓치지 않으며 차분히 전체 서사를 완성해낸다.

계몽주의 사상가였던 부친의 영향으로 그녀의 작품은 계몽주의 문학의 면모도 어느 정도 갖추고 있다고 할 만하지만, 장르문학 특유의 재미를 갖출 수 있는 선에서 그칠 따름이다. 사실 수많은 장점을 가지고 있다 하더라도 중심을 잡지 못하면 잡설이 되어버리고 만다. 메리 셸리는 근본을 종말이라는 서사에 잡았다. 그리고 그 위에 자연과 사회와 개인이라는 양념을 올려놓았다. 마지막으로 감성적인 문장을 이용해, 그녀는 양성적 매력을 겸비한 독특한 장르문학을 탄생시켰다.

현대를 사는 우리는 과거의 사람들과 달리 수많은 매체를 통해 다양한 세계관을 접할 기회를 가진다. 그럼에도 불구하고 상식과 인습을 뒤집는 것은 여전히 쉽지 않다. 그런 현대인들에게 메리 셸리는 이렇게 말할지 모른다.

이제 더는 우리가 옛 법칙을 따라서는 안 되며, 앞으로 우주 속 미지의 세계를 표류해야 한다고.

II. 최후로 남는 것, 『최후의 인간』

1. 종말론

『최후의 인간』은 전염병이라는 전지구적인 재앙을 다루고 있다. 배경은 2100년이라는 미래로 설정되어 있지만, 그 재앙에는 과학적·의학적 해결책이 제시되지 않는다. 그렇기에 주인공을 비롯한 수많은 등장인물들에게는 그저 재앙을 견뎌내는 것 외에 달리 방도가 없다. 결국 이야기는 재앙을 견뎌내는 과정으로 점철된다.

그 속에서 메리 셸리는 다양한 인간 군상을 다루며, 그로 인해 생성되는 관계와 사회 현상을 통해 인간의 사회적 가치와 개인적 가치에 대해 논한다.

실제로 종말이라는 것이 전인류의 멸종을 의미하는 것일까? 메리 셸리는 세계의 종말을 '나'라는 개인이 속한 사회가 무너지는 것으로 보았다. 이는 라이오넬의 죽음을 대하는 태도 변화에서 어느 정도 드러난다. 레이먼드가 죽기 전에도 전염병이 돌고 있었지만, 주인공 라이오넬은 그때까지 죽음에 대해 두려움을 느낀 적이 없었다. 허나, 레이먼드의 죽음으로 라이오넬은 변화를 감지하기 시작했다.

나는 그리스에서 불의 파괴력을 경험한 뒤로 화로에 있는 작은 불꽃까지도 두려워하게 되었다.

그리고 그 두려움은 죽음이 더 가까운 사람들에게 접근할수록 커져간다.

종말을 야기하는 전염병 또한 일견 아이러니컬하다. 라이오넬의 가족들 중에서 전염병으로 인해 죽음을 맞이한 사람은 장남 알프레드뿐이다. 이는 전제를 바꿔 생각하면 아귀를 맞출 수 있다. 즉, 재앙이라는 것은 '상실에의 두려움'이고, 종말이라는 것은 '상실'로 인한 '내 세계의 종말'이라는 것이다.

이 작품에는 종말을 맞이하는 사람들의 다양한 모습도 소개된다. 그들은 모습만큼이나 다채로운 방식으로 상황에 대처하게 되는데, 그 모든 것이 반드시 또 다른 '결과'를 이끌어낸다는 점에 주목할 필요가 있다. 에바드네의 실연은 레이먼드의 죽음을 이끌어냈고, 레이먼드의 야망은 퍼디타의 죽음을 이끌어냈다. 메리벌의 학문은 가족들의 죽음을, 영국인들의 분노는 전쟁을, 교주의 야망은 줄리엣의 죽음을, 루시의 편지는 아이드리스의 죽음을, 그리고 클라라의 소망은 에이드리언과 클라라의 죽음을 끌어냈다. 관계를 통해 만들어지는 인간의 사회적 가치는 이렇게 개인의 가치(죽음)로 소급하게 된다. 다시 원점으로 돌아가면, 사회를 논하기 위해서 개인을 다루어야 한다는 명제를 맞닥뜨릴 수 있다.

『최후의 인간』에 등장하는 인물들은 메리 셸리의 지인들과 흡사하다. 에이드리언은 그녀의 유일한 연인이자 남편이었던 퍼시 셸리를 모델로 삼은 것이며, 레이먼드는 함께 어울리던 바이런을 모델로 삼았다고 알려져 있다. 퍼시 셸리는 극중 에이드리언처럼 익사했으며, 그의 죽음 후에 메리 셸리는 『최후의 인간』을 완성했다. 서문에 삽입된 시구나, 글을 쓰는 동안 소중했던 이들의 기억으로 위안을 받았다는 라이오넬의 서사, 그리고 위에서 언급한 상황들로 미루어볼 때, 작품에 등장하는 '종말'에는 작가의 개인사가 투영되어 있음을 쉽게 짐작할 수 있다.

그러나 작품에서 이야기하는 '종말'이라는 것은, 결국 독자의 몫이라고 해야겠다. 그저 한 가지 해석을 언급했을 따름이라는 것을 양해해주길 바란다.

어쨌든 엄청난 재앙 속에서 마지막까지 살아남은 최후의 인간은 끝까지 희망을 버리지 않는다. 그 희망은 대책 없는 낙관과는 다르다. 메리 셸리가 상상한 미래는 서글플 정도로 황폐하지만, 그럼에도 등 돌리고 달아나고 싶게 만들지는 않는다. 첨단 과학으로 무장된 미래가 아니어도, 자연의 강력함 앞에 맥없이 무너지는 당혹스러운 미래여도, 중요한 것은 미래의 배경이나 상황이 아닌, 그 속을 살아가는 우리라는 것에 초점을 맞추고 있기 때문이다.

2. 기행문 형식

퍼시 셸리와 유럽의 여러 국가들을 여행했던 메리 셸리는 생전에 여러 잡지에 기행문을 투고하기도 했다. 그 때문인지 영국부터 터키와 스위스, 이탈리아에 이르는 지역을 망라하는 『최후의 인간』은 여정과 그 과정의 풍경을 묘사하는 기행문 형식을 상당 부분 활용하고 있다.

지역의 명칭은 원문을 최대한 보존하기 위해 당시의 표기법을 이용하였으나, 지역의 위치가 명확해야 하는 일부 문장에서는 현재 표기법도 병행했음을 이 지면을 통해 알리는 바다.

3. 인용

이 작품에서 메리 셸리는 많은 작품들을 인용함으로써 본문을 대신했다. 인용한 작품들은 대체로 남편이었던 퍼시 셸리가 번역을 했던 작품이거나 지인이었던 바이런의 작품들이지만, 그 외에도 당시의 유명한 문인들이나 사상가들의 글귀와 셰익스피어의 작품 또한 다수 인용되었다.

원문에는 인용 문구에 하나하나 주석이 달려 있지는 않았지만, 인용 원작을 알 경우 메리 셸리의 의도가 더욱 명확해질 것이라는 생각에 최대한 주석을 통해 작품을 명시하려 했다.

4. 그 외의 이야기

이 책은 미래를 다루지만, 작품이 씌어졌던 당대의 상황도 상당 부분 반영하고 있다. 작품 속에서 레이먼드가 참여했다는 전쟁은, 1821년부터 1827년까지 지속되었던 그리스 독립운동을 차용했다고 해도 과언이 아니다. 실제로 그리스 독립운동은 입실란티 형제가 군사를 일으켰던 것으로, 작품 속에서도 입실란티 장군이라는 인물이 잠깐이나마 등장한다.

교주와 관련된 일화에서 등장하는 감리교에 대한 내용 역시, 당시 신흥 교파였던 감리교에 대한 배타적 인식이 어느 정도 배어 있다고 할 수 있다.

하지만 이런 것들에도 불구하고, 군주제와 엄격했던 종교, 당연했던 계급제와 여성 비하 같은 가치관에 있어, 메리 셸리는 상당히 파격적인 입장을 취하고 있다. 당시의 시대 상황을 고려했을 때, 그토록 과감한 표현을 사용할 수 있었다는 것이 놀랍기만 하다.

III. 옮기고 나서

번역을 하는 동안, 수많은 부분에서 감탄을 했던 게 사실이다. 허나 그 모든 것을 해설에 담는다면, 독자들의 감상에 해로울지 모른다는 생각에 자제하고 또 자제했다.

후기는 메리 셸리의 서문을 인용하는 것으로 대신하겠다.

예언서의 내용을 충실히 기록한 서사의 일부분에서 나는 좌절, 아니 고뇌했다는 게 옳겠다. 하지만 천성은 어쩔 수가 없는지, 나는 점점 흥분을 감출 수 없게 되었다. 폭풍에 휩쓸리는 밧줄, 지진, 또는 그보다 더 심한 것들, 격렬하게 몰락하는 인간의 욕망들과 같은 상상들은 내 진정한 비애와 한없는 후회들을 누그러뜨려주었다. 고통의 극심한 쓰라림을 아직 일어나지 않은 이야기에 옷을 입혀주는 것으로 달랬다는 뜻이다.

이런 양해의 말이 필요한 것인지에 대해 한참을 고민했다. 내용의 변형과 각색이 가지는 가치는 내가 시간과 보잘것없는 능력을 쏟아부은 이유가 될 것이다. 나는 그저 연약해서 부서질 것만 같았던 시빌라의 잎사귀들에게 형체를 주었을 뿐이다.

김하나